MW01706899

LA FEMME DE DJÉBEL-BARGOU
est le cinq cent quatorzième livre
publié par Les éditions JCL inc.

Catalogage avant publication de Bibliothèque et Archives nationales du Québec et Bibliothèque et Archives Canada

Boulianne, Julie, 1971-

La femme de Djébel-Bargou

ISBN 978-2-89431-514-9

I. Titre.

PS8603.O938F45 2016 C843'.6 C2016-940973-2
PS9603.O938F45 2016

Édition originale : octobre 2016

La Femme
de Djébel-Bargou

Les éditions JCL inc.
930, rue Jacques-Cartier Est, Chicoutimi (Québec) G7H 7K9
Tél. : 418 696-0536 – Téléc. : 418 696-3132 – www.jcl.qc.ca
ISBN 978-2-89431-514-9

Cet ouvrage est aussi offert en version numérique.

JULIE BOULIANNE

La Femme de Djébel-Bargou

ROMAN

LES ÉDITIONS JCL

Canada

Nous reconnaissons l'appui financier du gouvernement du Canada.
We acknowledge the financial support of the Government of Canada.

SODEC Québec

Québec
Crédit d'impôt livres
Gestion SODEC

1.

Progressivement, des sons me parviennent. Mes paupières lourdes frémissent. Une douleur atroce à la tête salue mon réveil. J'entrouvre les yeux. Je me sens mal et j'ai un goût de fer dans la bouche. J'ai l'impression de ne plus être dans le bon corps. Il fait si froid! Tout est flou. Tout est trop lumineux, immaculé. Sur le plafond blanc flottent quelques éclats plus clairs, un miroitement comme sur la surface d'une rivière. Ces points lumineux trop éclatants sont brisés à intervalles réguliers par l'ombre que projette un ventilateur imposant qui tournoie et me donne la nausée, un hachoir géant. J'émerge dans ce cauchemar, mais rien pour l'instant ne me vient en mémoire. Tout est vide. Dans ma tête, il n'y a rien, sinon une angoisse qui grandit, car je ne suis pas dans l'état où je devrais être.

Un homme à la peau sombre fait soudain irruption dans mon champ de vision. Il se penche sur moi.

— Sophie, ma chérie!

J'ai peur. Mes dents s'entrechoquent. Qui est cet homme? Où suis-je? Qu'est-ce que je fais ici? Lentement, mes sens s'éveillent. Comme après un long combat, je m'efforce de réfléchir, mais la toile est vide, la page, blanche. J'ai beau chercher, rien ne vient.

— Qui êtes-vous?

— Je suis Joël, ton mari. Tu as eu un accident.

Il passe sa main sur ma joue. Je frémis. Une vive émotion envahit ses yeux pleins de tendresse. Mon mari? Je n'arrive plus à respirer. Mon cœur s'affole alors qu'il poursuit:

— Tu as perdu la mémoire.

J'entends ce qu'il dit, mais ne comprends pas. Je sens mon corps, mais il refuse de m'obéir. Je voudrais crier, mais mes forces me quittent. L'eau perle sur mon front. D'un mouvement machinal, je lève le bras pour l'essuyer. La douleur est bien présente. Je ne rêve pas, tous mes nerfs sont tendus. Je voudrais fuir.

Des doigts étrangers parcourent mes cheveux. L'angoisse m'étreint. Prise dans un étau, ma tête tourne au rythme des ombres voraces qui l'habitent. Tout est si confus!

Je sombre dans l'inconscience.

Un vrombissement constant me tire de ma léthargie. Je suis toujours au même endroit, mais la pièce est maintenant plongée dans la pénombre. Dans cet environnement singulier, je me sens perdue. Sur le plafond se découpent toujours les pales ovales qui brassent lentement l'air. En roulant les yeux vers la gauche, j'aperçois la silhouette de l'homme qui s'active près d'une armoire.

Il porte une chemise ample, sans col. Il a une taille élancée et ses mouvements sont délicats. Inquiète, je me remémore ce qu'il m'a annoncé: «un accident, perte de mémoire…» Ma capacité de comprendre semble disparue. Je retiens mon souffle. L'homme sort dans la nuit en écartant au passage de fins voilages. Je somnole en regardant onduler sous l'effet de la brise le tissu léger parsemé d'éclats d'étoiles.

Le temps se fait long. J'ai l'impression de ne plus être moi-même. Mon corps me trahit. Je roule sur le côté et me recroqueville pour masquer ma détresse. Des larmes me viennent aux yeux. Je suis égarée. Je reste longtemps ainsi, en position fœtale, l'inquiétude enserrant ma poitrine. Le néant m'enveloppe dans son linceul. Et si la mort venait? Peut-être faut-il attendre les anges? Des impressions à la fois volatiles et horribles me submergent.

C'est étrange comme les limbes sont calmes, comme on s'y sent seule. Personne n'est là pour m'expliquer la suite des choses. Je dois avoir de bonnes relations, pour occuper une chambre particulière dans les limbes. Quelle drôle d'idée! Je me fais sourire moi-même.

Tout ça n'a aucun sens pour moi, je dois me lever, je veux constater où je suis. Je repousse le drap souple et m'élance sur le bord du lit en essayant de maintenir mon équilibre. La pression dans mon crâne est si forte que toute la pièce bascule. Je m'effondre lourdement sur le sol de céramique. De la table de chevet, un cadre dégringole et se brise avec fracas. Assise sur le sol jonché d'éclats de verre, j'observe la photo d'un Africain à la mine radieuse. Presque immédiatement, la porte s'ouvre en coup de vent; l'homme de la photo se précipite vers moi.

— Tu n'aurais pas dû te lever.

Il me prend dans ses bras pour me recoucher. Après avoir replacé le drap sur ma poitrine, il se penche sur moi, le coude sur mon oreiller. Je constate avec embarras que ses lèvres s'approchent terriblement des miennes. Va-t-il aller jusqu'à m'embrasser?

Je sens immédiatement son parfum délicat. Il semble soulagé, enthousiaste, même. Peut-être que mon état est moins grave que j'ai cru. Pour éviter ce contact saugrenu, je tourne la tête. En voyant mon désarroi, il recule. Je suis rassurée. Son regard est profond et empathique. Soudain, il lance, comme s'il venait lui aussi de se réveiller :

— Oh! Sophie, ma chérie, j'ai eu si peur! Je croyais te perdre à jamais.

Mon cœur saute un battement ou deux. Je n'arrive pas à dire quoi que ce soit. J'essaie, mais il ne sort de ma bouche qu'un filet d'air. Pourtant, j'aimerais lui dire de reculer, qu'il est dans mon espace. Il est tellement familier, alors que je ne l'ai jamais vu.

Ses doigts frôlent maintenant mon bras. Mon air effrayé, chargé d'incompréhension, le convainc de reprendre une certaine distance. Il s'assoit près de moi et prend ma main. Il m'explique de quoi il retourne.

— Sophie, l'accident t'a fait perdre la mémoire, nous l'avons constaté à l'hôpital.

L'incrédulité fait place à la surprise.

— Je crois que vous vous trompez. Moi, je m'appelle…

Je n'ai aucun autre nom à lui donner. Je reste la bouche entrouverte, suspendue en apesanteur dans l'espace.

— Tu t'appelles Sophie Marchand, dit-il, les yeux pleins de compassion.

Je me sens embourbée dans une situation catastrophique. Le trou dans ma mémoire est béant. J'ai peur de lui poser des questions; la vérité m'effraie.

— Quelle sorte d'accident?

— Nous étions en voyage à Tunis lorsque tu as été renversée par une voiture. Le chauffard n'allait pas vite, mais tu as eu un sacré choc à la tête. J'ai vraiment eu peur de te perdre. J'espère que… Je suis content que tu reviennes parmi nous.

Le nom qu'il m'a donné trotte dans ma tête et son écho martèle mes tempes. Sophie! Rien que le néant. Qui suis-je? Quel est mon nom? Sophie? Ça ne me dit vraiment rien. Et Tunis? Que faisais-je là?

— Toi, tu étais là aussi?

— J'étais sur le trottoir quand tu as voulu traverser.

— Joël! C'est bien ça, ton nom?

— Oui, Joël Akil. Ton mari.

Je hoche la tête de gauche à droite. Je ne sais plus. Tout semble s'être effacé. Il me vient des idées, mais ce ne sont que des impressions. Le reste n'est que néant, ce qui me confirme que j'ai, pour un moment, perdu le fil de l'histoire.

Sa dernière phrase se faufile difficilement jusqu'à mon cerveau. Je serais mariée? Je suis gagnée par la panique, intérieurement d'abord, puis je sens la bouffée de chaleur gonfler en moi. Des larmes me montent aux yeux. Je tremble, prise de soubresauts. Sa voix chaude me réconforte.

— Ne t'inquiète pas, je vais tout faire pour que nous retrouvions notre vie d'avant.

Quelle vie? Je ne le connais même pas. Pourtant, je ne souhaite pas qu'il reparte.

Il attend une réponse de ma part, mais je ne peux que l'observer. Il fait si noir! Sa présence me réconforte. Je bafouille:

— Nous sommes allés à Tunis?

Je sais où se trouve Tunis sur une carte du monde. C'est quelque part au nord de l'Afrique, mais je n'arrive pas à m'y voir.

— Même si tu ne t'en souviens pas, ce n'est pas grave, moi, je m'en souviens et je suis là.

Il me regarde avec douceur et replace une boucle de mes cheveux sur mon épaule. Je me laisse consoler par sa présence. Je ne suis plus personne, mais je suis bien.

— Où sommes-nous, maintenant?

— Chez nous, tout près de Sidi Hmada.

Perplexe, je redresse la tête. Je regarde au fond de ses yeux noirs et crois y voir un homme bon, compatissant.

— Je t'ai ramenée à la maison. Tes souvenirs vont probablement revenir. Le médecin a bon espoir que tu retrouves tes repères. Ici, tu seras mieux pour ta convalescence. Je vais prendre soin de toi, ma Sophie.

Je retire de ses paroles un semblant d'espoir et de réconfort, mais je ne peux rien répondre, je ne sais plus. Que faire, sinon placer ma confiance en cet homme? Je ne peux pas m'enfuir en courant. Lentement, je comprends que tout ce qui me paraît étrangement nouveau ne devrait pas l'être, puisque je suis chez moi.

— Où est la maison, déjà?

— Au milieu de notre plantation d'oliviers.

— Des olives?

Pour bien s'assurer de ma compréhension, il ajoute :

— Tu adores notre oliveraie. Le domaine de Djébel-Bargou est la ferme que tu as choisie pour t'installer en Tunisie.

— En Tunisie!

— Oui, nous l'avons achetée il y a trois ans pour une somme dérisoire. C'était une très bonne affaire.

C'est trop d'informations! Mon cerveau se rebelle. Il a décidé de faire chambre à part. Je reste là, démunie, à ne rien dire, je n'ose plus rien demander. Que puis-je faire, sinon attendre de mieux me remémorer mon passé?

Pour l'instant, je ne peux qu'accepter mon état de dépendance avec la plus grande humilité.

À la lueur du jour, je me réveille en sursaut au son d'un grondement effrayant; mon estomac se contracte. La lumière naturelle filtre au travers des grandes portes vitrées. Au-delà, je ne vois rien, il fait trop clair. Mon cœur tambourine en permanence contre ma cervelle. Je ferme les yeux pour calmer mon inconfort.

Depuis quand suis-je ici? Je me rappelle m'être endormie près de cet homme, Joël, hier. Je tente de me redresser. Mes côtes me font souffrir et ma jambe arbore une ecchymose violacée, mais j'arrive à bouger tous mes membres. À mesure que mes sensations se réveillent, j'analyse l'environnement autant que mon élasticité. Me revient sans cesse en tête l'image d'une lumière aveuglante, puis plus rien. J'en déduis que j'ai bel et bien eu un accident. Cependant, je ne me rappelle pas vraiment où et quand. Hier, peut-être? J'ai de la difficulté à me situer, mais je ne suis pas morte; je devrais donc m'en remettre. Pourtant, à mesure que je me réveille, le vide réapparaît.

Sur ma gauche, je remarque une panoplie de tableaux exotiques colorés de formes variées, disposés de manière à former une grande mosaïque sur un mur de crépi blanc. D'une poutre sombre du plafond descend un ventilateur qui n'a rien de futuriste. C'est là un environnement bizarre. J'entends maintenant des voix qui s'approchent. Je ne distingue pas le discours, mais, tout près, un homme et une femme conversent.

J'ai les idées encore brouillées. Je n'arrive pas à penser avec cohérence, mais j'analyse les quelques éléments dont je dispose. Une femme en tunique apporte un plateau qu'elle dépose sur un meuble. Lorsqu'elle s'aperçoit que je suis réveillée, son enthousiasme devient débordant.

— Bonjour, madame Akil! Comment vous sentez-vous, ce matin? demande-t-elle en tapotant mon oreiller et en souriant. Vous verrez, vous serez bientôt sur pied.

Elle semble me connaître. C'est angoissant pour moi qui ne la reconnais pas.

— Je peux avoir un peu d'eau?

— Vous devez avoir faim, aussi? J'ai monté une soupe légère. Vous devez prendre des forces. Bientôt, vous pourrez vous remettre progressivement à une alimentation plus consistante.

Cette femme mûre aux traits fins et à l'attitude bienveillante m'aide à me redresser et me présente le bol. Mes mains tremblent. Je bois quelques gorgées, mais une douleur lancinante à la tête me fait plisser les yeux.

— Prenez votre temps. Je m'appelle Fadila. Monsieur m'a engagée pour veiller sur vous.

Ouf! Voilà pourquoi je ne la reconnais pas.

Cette Fadila, qui porte des vêtements si particuliers, se met frénétiquement à nettoyer et astiquer la pièce. Je la soupçonne de garder un œil sur moi. Lorsqu'elle m'annonce qu'elle va préparer le repas du midi, elle me conseille de me reposer.

J'essaie de me concentrer sur mon cas lorsque l'homme à la peau brune se ramène avec un panier d'abricots. Ce Joël m'apporte aussi des cachets pour ma migraine, qui ne font qu'apaiser légèrement ma douleur. Il s'assoit sur le bord du lit, mais, cette fois, il respecte la distance.

L'accident m'a laissé un corps presque intact. C'est ma tête qui s'est brisée.

Durant les jours suivants, j'ai encore la sensation désagréable que mon crâne se rétrécit. J'ai toujours mal à la tête, jusqu'à en avoir la nausée lorsque je bouge trop vite. Aussi suis-je contente que mon ange gardien m'entoure de bons soins. Petit à petit, j'apprends à le connaître. Je dors beaucoup, mais, tous les après-midi, lorsque Joël m'apporte des fleurs et des fruits, il me renseigne sur notre passé et sur notre vie commune. Il répond de son mieux à toutes les questions qui m'assaillent.

— Joël, pourquoi avoir choisi la Tunisie, si nous sommes canadiens tous les deux?

— Après notre rencontre à l'université, nous avons d'abord habité Montréal, mais, quand tu as vu de tes yeux cette région pour la première fois, tu t'es mis en tête de déménager ici. Je n'avais plus d'arguments. À l'époque, mes parents vivaient encore près de Tunis. Ils nous ont quittés, depuis.

— Ils sont morts?

Il acquiesce et poursuit rapidement pour cacher son malaise.

— C'est probablement ma mère qui t'a donné la piqûre pour le climat d'ici et les olives, elle était tunisienne, c'est mon père qui est canadien.

— Qu'est-ce que j'étudiais, à l'université?

Il réfléchit un temps pour bien se remémorer cette époque.

— Tu étais passionnée par les roches. Tu étudiais sans arrêt. Je devais t'arracher à tes livres pour t'emmener au restaurant. Après nos études, nous nous sommes mariés. Nous avions une maison, jadis.

Il marque un temps d'arrêt. Les yeux au ciel, il poursuit:

— Nous avons tout vendu pour venir ici. Nous étions tellement amoureux, avant!

Il sourit, amer. Pour la première fois, je vois l'homme déstabilisé qui a perdu beaucoup. De mon point de vue, notre passé n'a jamais existé. Je me sens un peu coupable. J'essaie de sortir de cette impasse. Je veux bien croire que je l'ai vraiment aimé, ce qui me semble plausible, car il est plutôt attirant.

— Toi, qu'est-ce que tu étudiais, à l'université?

Avec patience, il me décrit ses études aux HEC. Ses domaines de prédilection, c'était l'administration des affaires, la mise en marché, la gestion…

— Tu gères donc notre plantation?

— Tout à fait.

Cet après-midi me plaît beaucoup. Je ne suis pas obligée de plisser les yeux parce qu'il fait trop clair et la discussion est plus facile, plus amicale. Nous étions assurément très proches, avant.

— Depuis quand vivons-nous ici?

— Nous avons voyagé entre le Canada et la Tunisie durant quelque temps, mais nous nous sommes vraiment installés ici à la suite de la mort de ta mère, il y a presque deux ans.

— Ma mère est morte?

— Je suis désolé que tu l'apprennes ainsi. Après la mort de ton père, elle a eu un cancer.

— Mon père aussi est… Mais c'est terrible!

— Tu te souviens d'eux?

— Absolument pas!

Je suis désemparée. Ces nouvelles rendent mon amnésie encore plus effrayante.

— Joël, comment étaient-ils?

— Très gentils, mais tu les trouvais trop routiniers.

— Si tu savais comme je suis triste d'être dans cet état! Tous ceux que j'aimais n'existent même plus dans ma tête.

— Je suis là, moi.

Assis sur le lit, Joël me serre dans ses bras et je ne résiste pas. Ainsi appuyée contre lui, je souhaite en apprendre davantage.

— Joël?

— Oui, Sophie.

— Je dois bien avoir d'autres proches qui pourraient m'aider à retracer mon passé?

— Sophie, tu ne te souviens probablement pas non plus des raisons qui t'ont fait déménager ici, mais c'était ce que tu voulais. Tu vois, en étant fille unique, tu t'es toujours très bien débrouillée sans personne. Je pense que c'est un trait de caractère que nous avons développé tous les deux en grandissant seuls.

— Tu es sûr qu'il n'y a personne d'autre? J'ai peut-être encore des amis au Canada!

— Vu l'éloignement, tu n'as pas vraiment gardé de contacts avec eux. Notre refuge, nous l'avons forgé tous les deux ensemble, toi et moi.

Je suis confuse. Aucune autre option ne s'offre à moi pour me soutenir dans la réappropriation de mon passé. Joël me caresse doucement les cheveux, alors que j'essuie mes larmes.

— Hé! Regarde-moi!

Je lève la tête pour l'apercevoir du coin de l'œil.

— Ça va aller. Ça aurait pu être pire, tu aurais pu… Ne t'en fais pas, on va s'en sortir ensemble.

Je ne réponds pas. Je bats des cils, les yeux pleins d'eau. Je suis une immigrante amnésique. Quelle effroyable chose!

Au fil des jours, j'apprends la vérité de la bouche de Joël, qui me renvoie une image de ma vie selon son propre miroir, sa version. J'accepte petit à petit chacune de ses réponses à mes questions. Je me sens exposée aux intempéries, nourrie par de maigres informations.

Selon Joël, j'ai aménagé ma chambre simplement, selon mes goûts, en y mettant les toiles que je préférais, celles pleines de couleurs chaudes représentant un paysage esquissé lors d'un voyage à la mer. Pourtant, une fraîcheur flotte toujours dans l'espace. Souvenir d'avant?

N'est-ce pas étrange, pour un couple, de faire chambre à part? Il m'apprend qu'ici, au domaine, nous avons cette habitude qui permet à chacun d'avoir sa propre intimité, tout en voyageant fréquemment dans l'univers de l'autre. La maison est suffisamment grande pour que nous puissions nous le permettre.

— J'ai hâte que nous reprenions nos escapades nocturnes, m'a-t-il avoué dans un sourire enjôleur.

Gênée, je n'ai pas osé demander plus de détails. Son explication, sans équivoque, sous-entend que nous sommes des amants épanouis et heureux. Comment retracer toutes les portions de mémoire qui me font défaut? Dans ce pays que je ne connais plus, je ne suis qu'une étrangère dans mon propre corps sans cervelle.

Après quelques jours au lit, je reprends des forces. Je veux maintenant voir au-delà de ma chambre, sortir un peu de cette cellule où j'ai l'impression d'étouffer.

Joël m'aide enfin à me lever. Il me tient par la taille le temps que je trouve mon équilibre.

— Sophie, attention! Pas trop vite! Ça va?

— Oui, je suis un peu étourdie, mais c'est tolérable.

Avec son aide, je fais brièvement le tour de ma chambre

au deuxième étage. Je suis encore chancelante. Cependant, la migraine s'est estompée. Je m'accroche à la présence rassurante et aux souvenirs de Joël.

Il s'approche pour me soutenir et me diriger vers la porte-jardin qui s'ouvre sur le paysage, sous la véranda, une espèce de salon extérieur couvert, bordé de trois arches soutenues par quatre piliers carrés. Aussitôt, j'ai un coup de foudre. Mon regard s'anime devant la beauté que je découvre.

— C'est…

Je bafouille, prise d'une excitation irrépressible.

— Oui, c'est chez nous.

— Ouah!

Je suis plus qu'impressionnée. Je ne m'attendais pas à voir un si beau panorama.

Encore bas, le soleil du matin est déjà puissant et chaud. Je comprends immédiatement la nécessité de l'air conditionné dans ma chambre. Je ferme les yeux pour me laisser chauffer par ses rayons énergisants. Lorsque je les rouvre, le paysage est toujours là, encore plus sublime. Je suis parachutée dans un monde fantastique. Je vois pour la première fois, à perte de vue, une prairie cultivée qui s'étend au-delà de notre jardin. Les couleurs et les formes sont variées. Des alignements d'arbres partent en différents points de fuite qui donnent l'impression d'une immense courtepointe dans les tons de vert. Je désigne les arbres rabougris aux feuillages plus argentés.

— Ce sont nos oliviers?

— Oui! Là, les verts plus brillants, ce sont nos citronniers.

Devant mon air surpris, il ajoute:

— Nous avons aussi des amandiers.

— Et jusqu'où va notre terrain?

— Tu vois la ligne d'arbres foncée, au loin? Jusque-là.

— Mais c'est immense!

Il esquisse un sourire empreint de fierté.

La découverte du paysage se poursuit un moment. Au loin, on voit de grandes montagnes bleutées qui donnent de part et d'autre sur une vallée. Tout est tellement parfait! Cette villa comble mes sens. C'est certainement le domaine de mes rêves, puisqu'il me projette dans un état de béatitude agréable. Je l'ai certainement bien choisi. Lorsque je suis rassasiée, Joël m'entraîne jusqu'à la balustrade de ciment où je découvre notre cour. Elle est là, turquoise, crevant les yeux comme un joyau, au milieu de cet espace clos; en bas, il y a une piscine. Je regarde Joël, émerveillée, tout sourire.

— Oui, c'est notre piscine. Tu as toujours aimé l'eau.

— Je peux y aller?

— Pas maintenant, mais bientôt. Tu n'es pas encore assez forte.

Je trépigne d'impatience. J'aurais vu la mer que je n'aurais pas été plus heureuse.

Soudain, un chien beige grimpe les marches pour participer aux réjouissances. Joël le fait fuir d'un mouvement brusque.

— Aïdi n'a pas le droit de monter à l'étage; elle reste dehors. C'est notre chien de garde.

Je poursuis mon exploration de cet environnement en le considérant d'un œil nouveau. Le jardin est délimité par un mur d'enceinte en ciment, un espace qui ressemble à un cloître. Je vois une remise cubique, décrépite, appuyée dans un angle. La maison semble manquer d'entretien, mais je m'abstiens de formuler tout commentaire. Cependant, après avoir eu la vision du domaine, je ne peux refréner mon excitation et ma hâte de m'aventurer au-delà de l'escalier extérieur qui donne directement sur la terrasse, en bas.

Cependant, Joël, en tant que superviseur de ma santé et en mari avisé, me retient encore quelques jours à l'étage, de peur que l'effort ne fasse monter la pression dans mon crâne. Je profite donc durant les jours suivants de cet espace couvert qui se prolonge sur toute la façade de la maison. Cette deuxième pièce à vivre, percée de grandes ouvertures en arches, laisse passer l'air sans être exposée aux rayons directs du soleil. Je suis très contente d'avoir ce petit espace salon dans le prolongement de ma chambre qui occupe une extrémité de la galerie. Le bureau de Joël, lui, est juste à côté, à l'autre bout. En faisant les cent pas, je passe devant sa porte où je peux le voir travailler, penché sur ses dossiers. Je l'invite à discuter:

— Tu travailles?

Je le surprends, mais il n'en laisse rien paraître.

— Non, viens t'asseoir, je règle des comptes.

— Je ne veux pas te déranger.

— Tu sembles triste…

— J'ai simplement un peu de mal à me faire à toute la nouveauté que je découvre.

— Notre vie peut te paraître récente pour l'instant, mais tu verras, ça ne durera pas longtemps. Je vais te faire visiter notre domaine et tu redeviendras la reine des lieux.

Il pointe une chaise de rotin qui trône dans un coin, sur laquelle je m'effondre lourdement.

— Ça ne va pas?

— Joël, j'aimerais tellement me souvenir de notre vie d'avant!

Il se recule sur son siège, perplexe.

— Te manque-t-il quelque chose?

— À vrai dire, pas vraiment, sinon des souvenirs.

Il se lève, me prend par le bras et me conduit au soleil. Je me laisse guider. Ses mouvements sont empathiques, ses yeux semblent regarder au loin, vers quelque chose que je ne vois pas encore.

— Lorsque nous avons découvert ce lieu…

Il m'observe un court moment et, devant mon air intrigué, poursuit:

— Tu m'as dit: «C'est le plus bel endroit au monde!» C'est pour cette raison que nous avons décidé ensemble de construire notre vie ici.

Son corps frôle doucement le mien; il passe sa main sur ma nuque et rapproche sa bouche de la mienne. Tout lui semble si naturel! Je baisse les yeux. Comme une gamine gênée, je ne peux soutenir son regard. Au dernier moment, je détourne légèrement la tête. Je respire à peine. Je sais que, involontairement, j'ai brisé quelque chose entre nous. Il me relève le menton pour que je le regarde de nouveau. Il a de beaux yeux noirs, un visage avenant, une peau sombre et lisse. C'est un bel homme. Il sourit, même si sa déception est palpable.

— Je… je suis désolée.

— Ne le sois pas, fais-moi confiance, nous allons nous retrouver, affirme-t-il.

Je dépose ma main sur la sienne, appuyée sur le large rebord de la balustrade. Je remarque son jonc de mariage et passe mon doigt sur le métal brillant. Je constate alors que, moi, je n'en possède pas. Mon index marque un mouvement sur mon annulaire, là où il aurait dû se trouver.

— Joël, pourquoi n'ai-je plus mon alliance?

Il répond, un peu moqueur:

— Tu l'enlevais toujours pour les travaux et… tu l'as perdue.

Je replace ma main sur la sienne.

— Merci, Joël, d'être là.

C'est un peu faible comme prix de consolation, mais je ne suis pas encore à l'aise de le sentir si proche de moi.

Il retire sa main et retourne à ses papiers en s'excusant, la mine renfrognée. Moi, je reste là, appuyée à la balustrade. Je laisse mes pensées aller à la dérive, emportées par la brise légère.

Nous avons donc davantage qu'un lieu en commun. Sans Joël à mes côtés, j'ai l'impression d'avoir une identité quelconque, d'être une femme, c'est tout. Le regard au loin, à la recherche de ma mémoire, j'échafaude des certitudes. Ce lieu est ma maison, je dois m'y faire, je veux m'y retrouver. Je dois peut-être tracer une croix sur le passé et recommencer à neuf avec lui? La vie est parfois si étrange! Je ne comprends pas encore très bien pourquoi je me suis retrouvée dans un coin aussi perdu. Dans quel contexte ai-je quitté le Canada pour m'établir dans cette vie, à l'orée d'une zone aride d'Afrique du Nord?

Après quelque temps, ce nouveau décor habille mon quotidien et je commence à m'y sentir plus à l'aise. La compagnie de Joël y est pour beaucoup. Nous prenons ensemble, sous la véranda, les repas que Fadila cuisine. Elle en profite pour ranger la chambre. J'ai aussi vu Nazim, son conjoint, qui est notre jardinier. De la cour, il me salue poliment lorsqu'il m'aperçoit en haut de ma tour d'ivoire. Je me sens choyée, telle une invitée de marque. Ma convalescence se poursuit agréablement.

Tous les soirs, Joël me fait découvrir des jeux de patience et des jeux de lettres. Il est fort, mais je suis une bonne élève.

J'ai des aptitudes pour la logique et les mots; c'est comme une seconde nature. En peu de temps, je peux rivaliser avec lui, ce qui confirme tout ce qu'il m'a raconté sur ma vie d'avant, à savoir que j'ai fait des études, que j'aime les lettres et que je n'ai pas l'impression d'avoir perdu trop de mes connaissances, seulement mes repères et mon passé. Cependant, il me surprend en m'informant que c'est moi qui ai peint les tableaux accrochés aux murs. Leur beauté m'inspire et me calme depuis mon réveil. Cette révélation me touche énormément.

L'effort que je dois faire pour me lever est de moins en moins pénible. Mes étourdissements et mes nausées ont pratiquement disparu, même si j'ai des maux de tête récurrents. À la fin de chaque journée, j'ai la satisfaction d'avoir relevé un nouveau défi. C'est là ma récompense pour les efforts que je déploie. Ma chambre est simple, mais splendide. Tout y est pâle et naturel, tellement apaisant! Les meubles en bois patinés par le temps y mettent une touche de chaleur exotique. Régulièrement, Joël rapporte des fleurs de notre jardin pour remplacer celles qui se défraîchissent. Le parfum délicat des jasmins aromatise l'air.

Les tiroirs et la penderie contiennent des vêtements confortables, certains ajustés, d'autres plus amples et soyeux. Je découvre ma garde-robe en en essayant de nouveaux à toute heure de la journée. Décidément, j'ai des goûts éclectiques: des chemisiers délicats, des camisoles usées, certains pantalons ajustés, d'autres amples et vaporeux. De me voir jouer les mannequins fait bien rire Joël. J'aime particulièrement les robes courtes en tissu léger qui suivent tous mes mouvements et je préfère marcher pieds nus ou avec mes nouveaux escarpins, ceux que Joël me dit avoir achetés à Tunis en ma compagnie peu avant qu'un chauffard me vole une grande part de ma vie.

Je me concentre maintenant sur un but bien précis, me réapproprier mon univers. Joël me propose une relecture de notre vie. C'est un peu comme un livre audio que j'écoute en ayant hâte de connaître la suite. Je me sens parfois mal à l'aise d'être une intruse dans son environnement, mais, physiquement, je n'ai plus vraiment mal. Joël a passé plusieurs jours à la maison avec moi, sans paraître trop impatient de retourner à son travail. Bien que les jours soient paisibles, je commence à me questionner sur son emploi du temps.

Un soir, après le départ de Fadila, alors que nous sommes tous deux sous la véranda, je soulève la question.

— Joël, as-tu pris congé pour moi?

— Évidemment! Je n'allais pas te laisser seule ici!

— Où travailles-tu, habituellement?

— Dans la cour!

Il rit presque à gorge déployée, comme s'il venait de dire une réplique excessivement drôle, mais sa blague tombe à plat. Devant ma moue d'incompréhension, il s'explique.

— Je n'ai aucun talent pour le travail manuel. Je me suis perfectionné dans la gestion d'entreprise.

Il m'observe avec des yeux fauves avant de déclarer:

— Les olives, c'était seulement pour t'amuser.

— Mais c'est honorable, comme emploi!

Je suis médusée. Pour la première fois, je le trouve condescendant. Je suis déçue; je croyais que nous nous occupions de la plantation ensemble. Je l'imaginais très bien dans des tâches terre à terre, à mes côtés, la sueur coulant sur sa poitrine.

— C'est toi qui tenais à t'installer ici. C'est toi qui aimes jouer à la fermière. Moi, je n'ai pas voulu te priver de ton projet.

— Si je me fie au sentiment d'amertume qui me vient, j'imagine que nous avons déjà eu ce genre de conversation?

— Bien sûr! Ma compagnie, avec ses revenus annuels dans les sept chiffres, aurait pu suffire à te faire vivre.

— Tant que ça!

— Il est certain que le marché fluctue, mais je travaille pour que les profits soient intéressants.

— Qu'est-ce que c'est, comme compagnie?

— *Akil ressources*, gestion de ressources minières.

— Mais tu l'aimes bien, notre plantation, non?

— C'est toi que j'aime! Tant que tu seras ici, je l'aimerai aussi.

Il respecte l'écart que je lui impose tacitement et me paraît prêt à m'attendre. Ses yeux doux me regardent, pleins de sollicitude, alors que, moi, je l'observe timidement. Lorsque la fatigue me gagne, il me reconduit à ma chambre. Nos regards se croisent. Il dépose un baiser sur mon front. Je perçois chez lui une grande déception. Pour confirmer mon intuition, je lui pose directement la question.

— Ça va?

— Sophie, tu es toujours aussi belle. Je sais que tu dois apprendre beaucoup de choses en même temps, mais…

Il hésite à poursuivre.

— Mais quoi?

— J'aimerais t'embrasser comme avant, je voudrais t'aimer… mais je comprends que nous ne sommes plus dans le même état d'esprit, en ce moment.

— J'admire ta franchise.

— Quand tu seras prête à venir vers moi, je serai là.

J'ai affaire à un homme d'honneur. Je m'endors en pensant à tout le temps que je devrai rattraper et à son doux compliment: «Tu es toujours aussi belle.»

Ce matin, je fais le tour de l'étage en catimini. Je ne suis pas encore à l'aise et je préfère découvrir les lieux sans témoin. J'aurais détesté qu'on m'observe, pendant que je suis à la recherche du moindre signe qui favoriserait le souvenir. J'arpente le corridor. La céramique est fraîche sous mes pieds. Un pot de terre cuite qui y trône depuis longtemps a marqué le coin du mur. La chambre de Joël est au fond, dans l'angle, à gauche de l'escalier. À droite, il y a son bureau. Je ne le vois pas souvent passer par l'intérieur, il emprunte habituellement l'escalier de la véranda et passe par la porte entre sa chambre et son bureau. Je ne sais jamais où il se trouve dans la maison, il apparaît comme bon lui semble.

Dans mon exploration, je remarque qu'il y a une pièce à côté de ma chambre dont la vocation m'échappe encore. Elle est toujours fermée à clé. Cette pièce m'intrigue; personne ne semble jamais y entrer. J'en déduis que c'est la chambre d'ami. Je devrai poser la question.

Mes doigts glissent sur la balustrade cernant l'escalier de bois sombre assorti, qui transperce le centre de la maison comme une colonne vertébrale, du rez-de-chaussée jusqu'au toit. Je m'assois sur la première marche, appréhendant le moment où je vais le descendre. J'ai tellement honte de ne pas me rappeler! Dans ma chambre, je me sens en sécurité. Toutefois, l'escalier qui mène au rez-de-chaussée m'attire terriblement. Je n'en peux plus de vivre isolée, je déteste être seule, je veux m'approprier le reste de ma plantation, je rêve d'être celle qui prouvera à Joël que la terre est bienfaitrice. Je vais sortir de mes retranchements. Mes souvenirs me manquent toujours autant, mais mon équilibre émotionnel m'ordonne de poursuivre l'exploration.

Je n'ai plus rien à repérer en haut et je suis toujours là à attendre l'autorisation de descendre.

— *Pourquoi attends-tu la permission de Joël?*

— *Parce que je suis en convalescence.*

— *Belle excuse! Et si lui attend que tu descendes?*

Voilà que je discute avec ma conscience.

— *Et si mon mal de tête revient?*

— *Tu vas très bien! Depuis trois jours, tu n'as aucun symptôme de rechute.*

Je brûle d'explorer le rez-de-chaussée.

Doucement, je place mes pieds sur chaque marche.

— *Tu n'as pas le droit.*

— *Je n'enfreins aucune règle, je suis chez moi. Il sera fier de moi.*

— *Tu descends sans approbation? Quelle audace!*

Je me moque de moi-même, à m'inventer ainsi un dialogue intérieur.

Fadila est à la cuisine; une fois en bas, je l'entends. Elle m'accueille, toute souriante. Sa présence est rassurante.

— La colombe est finalement tombée du nid? Monsieur voulait que je monte vous avertir de son absence. Il est allé en ville.

— Ça me fait du bien de m'évader un peu. C'est très beau, la vue qu'on a d'en haut, mais je suis curieuse de voir le reste de la maison.

— Asseyez-vous, je vais préparer le thé.

Avant de prendre place sur un tabouret, je caresse le comptoir de pierre blanche.

— J'aime préparer les repas dans votre cuisine, annonce Fadila en travaillant.

J'examine le grand évier assorti au comptoir et les armoires minimalistes qui mettent en évidence des récipients de toutes sortes.

— J'aime ce dosseret en mosaïque sombre. Ça donne de la profondeur à la pièce.

Je le touche pour apprécier sa texture. On dirait les écailles d'un immense poisson. Je me vois, très bientôt j'espère, aider Fadila dans ce lieu inspirant.

— Monsieur Akil m'a dit que vous avez rénové cette pièce récemment.

Comme je me montre sceptique, elle comprend que c'est encore une chose que j'ai oubliée. Cependant, je me réjouis de voir pour la première fois Fadila faire le thé floral, si riche et réconfortant. Elle m'explique comment elle fait infuser le géranium, puis elle prend le temps de déguster quelques dattes avec moi, assise au comptoir, en me parlant de ses tâches quotidiennes. Ici, seule à seule, elle est plus ouverte. Pour la première fois, je lui demande des explications sur les merveilleux repas qu'elle concocte et qu'elle monte ponctuellement à ma chambre. Nous vivons, comme deux amies, un moment très agréable et, étant donné qu'elle m'accueille dans ma propre cuisine, elle est la témoin privilégiée de mon escapade, prélude à mon rétablissement.

Joël nous surprend en pleine discussion. Inquiet, il s'enquiert de mon état. Devant ma mine réjouie, il se détend un peu. Je lui demande de m'accompagner, alors que je vais visiter la maison. J'en profite pour lui soutirer encore quelques souvenirs. La salle à manger attenante à la cuisine donne directement sur la terrasse. J'observe maintenant la cour et la piscine d'un autre angle. J'apprécie cette nouvelle incursion dans mon monde. Joël m'ouvre les larges portes coulissantes en bois qui donnent sur le salon. J'en referme une pour prendre le temps de regarder le vitrail aux différentes formes géométriques, enchâssé dans ce cadre massif en bois.

— Cette toile aussi est de moi?

Je pointe une toute petite peinture accrochée près du chambranle. Elle n'a pas de signature et semble d'un style différent.

— Elles sont toutes de toi. Par contre, celle-là. Elle...

Il hésite et détourne les yeux.

— Elle est plus ancienne, finit-il par dire dans un souffle.

— Je la trouve inspirante. J'aime le turquoise foncé juste là, mélangé avec ce bleu foncé, pas tout à fait uni. C'est abstrait. C'est intéressant.

Je sens son malaise, mais mon commentaire semble lui plaire. Je continue de marcher lentement autour de la pièce en effleurant du regard chaque objet: boîte de fer ajourée contenant des allumettes près d'une lampe à huile décorative, coussins colorés sur un sofa immense sans dossier... Le plancher fait de grandes porcelaines polies est frais. C'est un environnement sobre et vide de sens. Un large miroir me renvoie l'image d'une femme incertaine, qu'un homme patient accompagne.

En voyant notre reflet, Joël me prend par la taille. Je nous vois côte à côte, mais je reste là, sans bouger. Il prend mon bras doucement et le déplace sur sa propre taille.

— Regarde-nous. Tu vois comme tout est parfait? C'est notre vie.

— Joël, j'ai peur de ne plus jamais être la même.

— Je comprends. Je vois beaucoup de tristesse dans tes yeux et ça me fait de la peine, mais je veux que tu sois heureuse.

— Pourquoi cela m'est-il arrivé?

— Ça n'a plus d'importance, maintenant.

Il se déplace pour déposer ses bras musclés sur mes épaules, retenant mon cou en otage. Il a un visage rayonnant; je suis subjuguée par son charme.

Ses doigts dessinent maintenant le contour de mon visage et ses lèvres s'approchent tout doucement. Je lève le menton et glisse mes mains sur son dos; son souffle me fait fermer les yeux. Pourquoi pas? Nos bouches se touchent, mais je me mets à trembler, je suis prise de vertige, je me sens faiblir. Sa main caresse ma joue.

— Qu'est-ce qui se passe? murmure-t-il à mon oreille.

— Je ne sais pas, je me sens mal.

— Tu devrais t'asseoir.

Son regard empathique cache mal sa déception.

— Je m'excuse, dis-je.

— Étends-toi ici, je vais t'apporter de l'eau.

Lorsqu'il revient, pour masquer mon malaise, je le questionne sur mon emploi du temps.

— Qu'est-ce que je faisais de mes journées, avant l'accident?

— Tu t'occupais de la maison, du ménage et de la cuisine. Nous profitions de nos après-midi exactement comme maintenant. La piscine, la lecture, parfois les tâches liées à la plantation, mais, l'été, c'est plus tranquille.

— En ce moment, je me réjouis d'avoir Fadila pour faire les tâches. J'aime discuter avec elle; c'est une femme agréable et gentille.

Depuis que j'ai descendu l'escalier, ma vie quotidienne est mieux structurée, même si c'est toujours un nouveau départ chaque matin. Mes blessures physiques sont guéries, à part l'hématome devenu jaunâtre sur ma jambe. Je me lève lorsque j'entends la maison se réveiller. Fadila et Nazim, logés dans une petite maison qui jouxte la propriété, arrivent tôt pour se mettre au travail sans délai. Habituellement, Fadila demeure dans la maison et Nazim reste aux champs ou près du garage. Il est toujours disponible pour effectuer les travaux qui requièrent son intervention. Moi, j'essaie de suivre les allées et venues de Joël. Nous prenons le déjeuner ensemble, puis, lorsqu'il se met au travail dans son bureau, je flâne à la recherche de celle que j'étais avant.

Le plus difficile, c'est de ne pas savoir, de n'avoir plus aucun ancrage. C'est un processus de réappropriation quotidien qui me gruge de l'intérieur. Je me questionne sans arrêt. Seul Joël a les réponses et j'ai peur d'éteindre la petite flamme vacillante au fond de ses yeux en l'ennuyant constamment avec mes interrogations et mes refus. Il ne souhaite plus parler de l'accident, c'est pour lui un sujet clos.

— C'est arrivé, c'est tout, qu'il me dit. Maintenant, tu dois faire avec.

Alors, j'estime délicat d'afficher en permanence mon ignorance, étant donné que je suis déjà le centre d'intérêt de toute la maisonnée. J'attire suffisamment l'attention. Afin de mieux comprendre cette vie et pour m'intégrer plus efficacement, je préfère me fondre dans le décor et éviter de me faire trop envahissante, contrairement à la plante grimpante qui monte jusqu'à ma chambre.

Joël m'assure qu'une nouvelle consultation médicale ne ferait que confirmer le précédent diagnostic : l'amnésie affecte ma mémoire épisodique liée à mon passé, ce qui n'altère en rien ma mémoire sémantique, celle de mes connaissances générales. Je me rappelle donc ma géographie, mais aucunement mon nom ni mon passé. Mes parents et mes amis ont disparu. Le traumatisme crânien est suffisant pour expliquer une large part de mon manque de mémoire. J'ai été chanceuse, je suis en bonne voie de guérison.

Pourtant, il m'arrive d'avoir l'impression qu'il me vient quelques souvenirs, mais ils s'avèrent tout au plus des émois éphémères. De trouver de la cohérence parmi ces fragments du passé est difficile. Je n'arrive pas à comprendre ni à dresser une ligne du temps qui s'adapterait parfaitement à mon cheminement. Je me retrouve en apprentissage perpétuel. Tous les codes, tous les mots de passe sociaux ont disparu. Je suis en extase, mais je suis en visite dans ma propre vie. Chaque seconde est une découverte.

J'ai le sentiment de rêver; cette nouvelle maison qui laisse entrer généreusement la lumière me plaît beaucoup. Elle constitue une étincelle dans une cour semi-verdoyante circonscrite entre les quatre murs chaulés de deux mètres et demi de haut qui obstruent la vue vers l'extérieur, mais empêchent probablement toute intrusion. Elle me rend très joyeuse même si j'ai l'impression de n'avoir jamais vu cet endroit auparavant. J'ai certainement pu vouloir y passer une partie de ma vie. Je suis heureuse d'être ici. La chaleur douce, les variations de couleur et l'orientation par rapport au soleil proposent différents jeux d'ombre et de lumière, selon la période de la journée. La terrasse en céramique un peu vieillotte sous la véranda, l'herbe piétinée, sèche, et les petits palmiers un peu étriqués me laissent supposer un manque d'entretien, mais le principal est là. Les grimpants un peu trop fournis sur la vieille pergola et la chienne beige qui répond au nom d'Aïdi complètent ce décor. Peut-être est-il dangereux de s'aventurer en dehors des murs? Cet environnement inconnu me paraît maintenant inhospitalier. Aujourd'hui, j'ai entendu des sons étranges. Certainement des animaux sauvages.

J'ai encore des doutes. Je bascule dans l'incertitude en un claquement de doigts. Ça ne peut pas être chez moi, rien ne me parle, ici. Aucune image ne s'allume dans ma tête. J'ai régulièrement le goût de pleurer lorsque je me retrouve seule avec moi-même. Tous nos voisins semblent éloignés de plus d'un kilomètre. De ce que je peux voir aux alentours, leurs maisons ressemblent à la nôtre. Un haut mur de béton entoure chacune d'elles.

Au sud, tout près de la chaîne de montagnes qui ferme l'horizon, les maisons semblent plus rapprochées, collées les unes sur les autres. À l'ouest, les terres s'étendent en larges bandes, les fermes occupant tout l'espace disponible. Au nord des buttes et des vallons plantés de différentes espèces végétales, on aperçoit des points blancs; ce sont d'autres habitations très éloignées.

J'ai tout de même des images en tête, des montagnes arrondies et enneigées, des cours d'eau immenses, des visages sans nom, une table de cuisine verte. Mais aucune lueur, réelle ou non, provenant de ma mémoire ne correspond à cet endroit-ci, bien qu'il soit merveilleux. Les personnes qui vivent dans mes souvenirs sont pêle-mêle, sans lien aucun, sans nom, sans adresse, sans avenir non plus. Rien ne peut me rattacher à mon passé, comme si mon ordinateur personnel s'était déconnecté du réseau. Le cerveau est si complexe! Tout ce qu'on peut me dire se résume à :

— Prends le temps. Patience! Le temps arrangera les choses.

Le problème est bien posé : le temps… Mais, justement, du temps, pour le moment, j'en ai à ne pas savoir quoi en faire.

— Tu veux jouer une partie?

Joël me tire de ma rêverie.

— Cette fois-ci, c'est moi qui vais gagner!

2.

Depuis une semaine, Joël retourne régulièrement travailler en ville. Il possède un bureau à Siliana, le principal pôle urbain, commercial et industriel de notre région, à une vingtaine de kilomètres au nord-ouest, selon ce qu'il m'a dit. Il passe habituellement trois jours par semaine au siège social d'*Akil ressources*. Les autres jours, il travaille de la maison. En tant que PDG, il a l'avantage d'avoir un horaire flexible qu'il peut gérer à sa guise. Il quitte le domaine tôt le matin pour la ville d'où il gère ses projets miniers, puis il revient pour dîner à la maison. En raison de la chaleur, nous passons nos après-midi sous la véranda ou à l'ombre des arbres fruitiers. Je connais si peu de chose sur la Tunisie et j'ai si peur de ses traditions que je n'ose pas m'aventurer en dehors de la cour. Comment sont les gens? Parlent-ils seulement notre langue? Comment pourrais-je me présenter? Dans ma tête sévit une tempête perpétuelle qui m'angoisse. Alors, j'arpente les abords de la piscine, j'explore la remise et le garage au toit arrondi derrière la maison. C'est bien suffisant.

La galerie m'offre une excellente vue sur la route. J'attends de voir le nuage de poussière que soulève notre jeep lorsqu'elle revient de Siliana ou de ses autres escapades quotidiennes. Ces va-et-vient rythment aussi mes allées et venues dans la maison. Je suis toujours prête à changer de poste d'observation ou, dès que Joël arrive, à m'étendre au bord de la piscine. Finira-t-il par me trouver paresseuse? Il ne semble pas se préoccuper de mes activités. Lui-même est constamment prêt à flâner à mes côtés quand son travail le lui permet.

Cet après-midi, un verre de jus glacé à la main, les pieds dans la piscine, Joël m'explique les grandes lignes de la culture de l'olivier, mais je n'ai pour l'instant qu'un pâle tableau de tout ce que peut représenter cette activité économique rurale.

— Comment ai-je pu me retrouver à vouloir cultiver des olives dans un coin aussi perdu?

— Bonne question. Et moi, comment ai-je pu te suivre sans poser de questions? Quel piètre administrateur je fais!

— Je ne te crois pas! C'est ridicule, tu m'as dit que tu t'occupes de la gestion de la plantation.

— Que veux-tu, puisque nous avons cette oliveraie, nous devons maintenant assumer nos choix.

Il en profite pour se rapprocher et entourer mes épaules d'un bras, l'autre tendu vers une destination qu'il est seul à voir. Il est suffisamment penché sur moi pour que sa joue effleure la mienne. Ainsi, il me protège de son ombre et, le regard au loin, il commence à me faire l'éloge de la géographie du terrain.

— Le domaine s'étend sur une grande surface légèrement en pente, bien irriguée en cas de sécheresse et bien drainée s'il pleut trop.

Notre mur m'obstrue la vue, mais je le laisse m'expliquer ces détails, des évidences qui, en fait, ne me disent à peu près rien. Ses grands gestes me frôlent au passage et me font rire.

— Exposées adéquatement au soleil, nos terres sont avantagées. De plus, elles sont toutes d'une pièce, c'est-à-dire qu'elles ne sont pas entrecoupées par celles de voisins.

— Pour quelqu'un qui ne veut pas cultiver la terre, tu t'en sors bien?

— Pas mal, oui. De toute manière, je ne t'aurais pas laissée te casser les dents sur une entreprise si importante. Pour que j'accepte que tu en fasses l'acquisition, il fallait que je sois sûr qu'elle pouvait être rentable.

Je suis impressionnée. Il paraît si heureux, à cet instant! Nos yeux se croisent une seconde et j'ai l'impression de vraiment le connaître. Sa seule proximité me comble. Je sens que je peux vraiment me fier à lui, car, en plus de posséder un instinct protecteur, il connaît très bien nos affaires et il sait compter.

Avec le temps, je dessine, dans ma tête, une carte de notre petit univers. Notre maison en est le cœur. Au loin, en hauteur, une route serpente vers le village de Bargou au nord-est, tandis que, en allant vers l'ouest, on peut se rendre à la ville de Siliana. Notre demeure cubique à deux étages est bordée au sud par un petit verger qui fait face aux falaises abruptes, impressionnantes, d'une montagne qu'on ne voit qu'en partie de l'intérieur de la cour, les murs et la maison la cachant considérablement.

Depuis que Joël s'absente certains avant-midi pour le travail, Nazim et Fadila s'occupent de tout, du ménage, de la cuisine et des menus travaux. Ils sont amicaux et, bientôt, je me laisse emporter dans les tâches quotidiennes à leur suite. J'aime autant apprendre à faire des menus tunisiens qu'à tenir les outils lorsque Nazim entretient les différents appareils dans le garage.

— Lorsqu'on a deux jambes et deux bras, on doit s'en servir. Sinon, c'est une offense au cadeau qui nous est offert, me dit-il.

— Mais lorsqu'on n'a pas le moral?

— D'avoir un but est primordial!

Nazim me pose des questions sur la peinture. Je sens qu'il aimerait que je me remette à mes pinceaux. Cependant, c'est un pan de ma vie totalement absent, que je n'ai encore retrouvé d'aucune manière.

Parfois, lorsque les trous de ma mémoire me troublent, je reste à me prélasser avec indolence, mais je ne suis jamais seule; je me sens soutenue et comprise, même si, en retour, je ne peux offrir mieux que mes sourires de gratitude.

Après un souper où Joël est absent, Nazim me presse de sortir de table. J'intercepte un clin d'œil qu'il décoche à Fadila. Par le bras comme on aide un aveugle, il me guide jusqu'en haut du grand escalier. Il est excité comme un gamin. Devant la pièce du deuxième, celle qui est toujours verrouillée, il agite un trousseau de clefs sous mes yeux pour me faire languir un peu.

— Vous avez la clef? Je suis intriguée et j'ai hâte de découvrir l'autre côté de cette porte. Oh, s'il vous plaît, Nazim, ouvrez, je vous en prie.

Il se penche sur la serrure en cherchant la bonne clef parmi la dizaine que contient le trousseau. À chaque échec, il m'annonce qu'il s'est trompé.

— Monsieur le jardinier, vous perdez la vue?

— La voici!

On entend le loquet.

— Votre atelier, madame! annonça-t-il solennellement en s'écartant, alors que la porte massive en bois pivote sur ses gonds.

J'écarquille les yeux. Il a dit «votre» atelier! Ce lieu est donc à moi! Mon âme s'y trouve peut-être! J'y entre comme s'il s'agissait d'une église, d'un lieu sacré.

Situé à l'angle de la maison, mon atelier est lumineux sans être ensoleillé; il est parfait pour peindre. Les tubes de couleurs et les toiles, tout est là, prêt à être utilisé. À qui appartiennent tous ces objets? Je ne reconnais rien dans cet univers. Pourtant, j'adore les œuvres qui trônent un peu partout. Elles portent toutes le nom d'une certaine SoPhi, sans e, une signature que termine un i étiré en un long trait, une rature suffisamment longue pour biffer tout mon passé. Les toiles peuvent bien être de moi. Elles me plaisent et le lieu est inspirant, vivant. Pourtant, le doute plane; comme cet oiseau qui vole en cercle au-dessus des champs.

J'entre et fais le tour du propriétaire posément en effleurant chaque toile du bout des doigts comme si chacune pouvait me raconter son histoire. Je reconnais le style des œuvres qui parsèment les murs de la maison. Le chevalet en bois de palme, poli par une utilisation quotidienne, semble dater de plusieurs décennies; c'est un objet élégant et riche d'histoire qui trône apparemment devant la fenêtre depuis toujours. Mais, pour moi, rien n'évoque les heures que j'ai pu y passer. Et si l'artiste en moi s'était enfui en même temps que mes souvenirs?

Les couleurs sont à ma portée. Je m'assois machinalement devant le support vide. Au travers de sa structure ajourée, je réalise la pureté de l'alignement des objets, soit la chaise, le chevalet et l'ouverture vers un extérieur prodigieux qui devient encore plus immense dans cette perspective, au travers de l'encadrement. Je me relève promptement pour me pendre à la fenêtre, subjuguée par la beauté de la lumière qui s'impose devant moi et embrase la montagne. C'est un magnifique panorama qui s'offre à ma vue. Les jeux d'ombre engendrent des contrastes qui donnent une impression de profondeur. Une grande puissance s'en dégage. Je ne peux qu'être en état de béatitude dans ce domaine idyllique. J'aperçois au loin un rassemblement d'habitations au centre duquel se dresse une tour carrée immaculée.

Je me retourne pour questionner Nazim.

— C'est un village que l'on voit au bas de cette paroi rocheuse?

— Oui, c'est Sidi Hmada et le minaret de sa mosquée.

— Et comment s'appelle cette montagne?

— C'est le djébel Serj.

— Djébel?

— Montagne, en arabe.

— Mais pourquoi, alors, la propriété porte-t-elle le nom de Bargou?

— Peut-être parce qu'on voit de la cour le djébel Bargou au loin.

J'acquiesce.

— Au coucher du soleil, d'ici, vous aurez toujours le plus extraordinaire des spectacles de toute la Tunisie.

Le jardinier me salue de la tête et sort discrètement en fermant la porte derrière lui. Cet espace est le mien! Je n'en reviens pas; le djébel se démarque de ses voisines; cette paroi rocheuse m'appelle comme une apparition. Sa face érodée est comme une carrière de pierres naturelle, un immense mur protecteur convexe, composé d'étagements rocheux qui alternent avec des strates verdoyantes; ces bandes d'arbres lui confèrent l'aspect d'un gâteau à étages superposés.

Progressivement, le soleil descend. J'attends patiemment, perdue dans mes pensées. Les ombres s'étirent, les palmiers bordant le tableau deviennent ocre, le feuillage, doré. Le ciel s'empourpre à mesure que s'installe le crépuscule. Bientôt, le sommet de ce djébel se colore d'oranger. Les rayons dessinent sur ses parois de larges bandes de couleur qui contrastent avec les ombres verticales profondes et mouvantes. Le spectacle vaut la peine d'être savouré. Je reste là, impuissante à quitter des yeux ce cadeau du ciel, à seulement espérer pouvoir m'y rendre un jour et toucher ce lieu qu'habitent certainement les dieux. L'image me fait sourire. Je m'imagine accédant au sommet et me présentant devant l'oracle qui y trône.

Je fais la révérence.

— *Bonjour, très honorable mage.*

— *Quels motifs vous amènent jusqu'à moi?*

— *C'est l'horreur! Je suis une personne sans passé et je crois ne plus avoir d'avenir!*

Je suis remuée, mais soulagée d'avoir verbalisé à voix haute ma réalité. J'admire la vue et j'aime cette pièce, même si je ne ressens aucunement l'envie de peindre.

La nuit est tombée. À regret, je dois fermer la fenêtre. Le bruit des insectes m'effraie un peu. Joël n'est pas encore rentré. Je suis déçue. J'aurais aimé découvrir cette vision avec quelqu'un. Sans bruit, je me dirige vers ma chambre. L'odeur de l'air est délicate, presque parfaite.

Pourtant, au même moment, au rez-de-chaussée, j'entends Joël sermonner Nazim. Il est en colère et menace de le renvoyer. Il est question d'initiative et de jugement. Je m'approche de l'escalier pour mieux entendre, sans oser descendre. Joël remet durement Nazim à sa place. Je me sens ambivalente; je suis heureuse d'avoir vu mon atelier et le coucher du soleil, mais extrêmement déçue que Nazim en paie le prix. Joël aurait peut-être préféré me faire cette surprise lui-même. Je regrette d'avoir succombé à ma curiosité.

En colère, Joël se précipite dans l'escalier. Il continue à rager et à manifester son désaccord jusqu'à ce qu'il me surprenne, assise au haut des marches comme une petite fille qui aurait entendu ses parents se chamailler. Il s'arrête dès qu'il se retrouve en face de moi. Il a les dents serrées.

— Tu aurais dû me le demander!

— Je ne savais pas qu'il y avait des lieux secrets dans cette maison.

Il se radoucit.

— Tu n'avais pas à crier après Nazim, dis-je. Je ne vois pas ce qu'il a fait de mal.

— Il doit tout de même connaître ses limites.

Je suis confuse. Joël me tend le bras pour m'inviter à me relever. Je me retrouve le nez proche de son cou. Une larme glisse sur ma joue, qu'il effleure d'un doigt en me tenant à bout de bras.

— C'est pour ça que j'hésitais à te montrer l'atelier. Je crois que tu n'es pas prête. Tu es encore si fragile! Viens, je vais te conduire à ta chambre.

Il est sévère autant que protecteur, mais, en ce moment, je le préférerais tendre et compréhensif. Une fois près de mon lit, j'aimerais qu'il profite de moi, de mon corps, mais il ne fait pas les premiers pas. Sa chaleur, même refroidie par notre altercation, commence à me brûler.

Une fois de plus, je m'endors seule dans mon grand lit, en espérant que Nazim va bien et qu'il ne s'éloignera pas de moi. Étendue sur le dos, je regarde tourner le ventilateur en imaginant Joël, lui aussi seul dans sa chambre.

Les jours suivants, nous ne parlons plus de l'atelier. Cependant, j'aime toujours aller voir le minaret de Sidi Hmada s'enflammer au pied de cette muraille taillée dans le roc, et ce soir, pour la première fois, j'invite Joël à venir l'observer avec moi. Assis à mes côtés, il pose sa main sur mon dos. À mesure que les ombres s'étirent, il s'enhardit à caresser mon cou. J'aime qu'il me tienne compagnie devant cette superbe montagne. Je saisis l'occasion pour mieux comprendre la toponymie du lieu.

— Joël, qui a donné le nom de Djébel-Bargou au domaine?

— C'est toi, chérie!

Il ne m'avait pas donné ce surnom affectueux depuis mon réveil, qui date maintenant de trois semaines.

— Mais le djébel Serj est bien plus impressionnant!

— Oui, mais tu as toujours dit que les mots djébel Bargou étaient plus jolis.

Je souris nerveusement. Je suis comblée par sa seule présence.

— Tout à fait! Ça sonne mieux, je trouve.

— On continuera de l'appeler Bargou, si ça te fait plaisir.

Malgré tout, je ne me sens pas tout à fait disposée à accueillir ses avances, bien que je rêve du jour où il osera franchir la ligne qui empêche notre relation d'évoluer. J'ai encore une peur bleue de mon ignorance, sans raison apparente et sans vraiment pouvoir m'expliquer le sentiment qui m'étreint. L'avenir m'effraie. Est-ce que je vais un jour accepter mon amnésie et me résigner à l'absence de temps passé?

Lorsque Joël passe de longues heures dans son bureau, je l'épie depuis le balcon. Il semble aimer ce rituel. Lui vient tôt le matin s'asseoir devant ma fenêtre. Nos regards se croisent et une certaine intimité se noue entre nous deux. Aucun ne semble vouloir brusquer notre amitié. Pourtant, je surveille ses faits et gestes, et j'attends sa venue. Je flirte avec cet homme sympathique et attachant. Je le trouve trop distant, à présent. Je me surprends à laisser volontairement ma porte ouverte, quitte à ce que la chaleur gagne ma chambre, simplement pour éviter qu'il se sente exclu. Je marche continuellement; je fais des kilomètres entre quatre murs pour flâner toujours plus près de lui. Va-t-il m'attendre ainsi encore longtemps? Souhaite-t-il encore me toucher autant que, moi, j'espère me retrouver dans ses bras? Secrètement, il est devenu ma raison d'être. Je veux plus, je veux tout.

Ainsi, je me mets à lui servir moi-même les repas préparés par Fadila. Au lieu d'utiliser la salle à manger, je le convie à des goûters au bord de la piscine, sur de jolies nappes colorées. De passer mon bras autour du sien pour placer un couteau, de déposer son verre dans sa main afin de la toucher, ce sont là de petits stratagèmes que j'exploite pour me rapprocher de lui. Il semble disposé à me rendre la pareille, à suivre mon rythme. Je saute avec joie dans la piscine, l'éclaboussant sans ménagement. Il rit. Il me complimente sur mes progrès en natation. Je sais qu'il m'observe. J'expose volontairement mon corps à sa vue, mais, même si je l'invite à me rejoindre dans l'eau fraîche, il n'ose pas, prétextant qu'il préfère lire ses ouvrages ou qu'il a une tâche importante à terminer ailleurs. Je devine qu'il garde ses distances pour ne pas se faire éconduire de nouveau.

Maintenant, je cherche continuellement à l'atteindre, à faire en sorte qu'il aime davantage celle que je suis devenue, même si j'ai changé et que tout me paraît nouveau. Je dois me réapproprier cet homme. C'est mon djébel Bargou, la montagne que je dois escalader pour la faire mienne.

Les chaleurs de juin sont plus sèches que d'habitude, selon Fadila, plus suffocantes. Un soir, alors que je suis assise sous la véranda, une brise rafraîchit l'air et, comme un présage favorable, j'aperçois près de la porte, sous un pot de terre cuite, une petite table basse bleue en forme de chat.

— Le chat bleu!

Je me précipite et tombe à genoux devant l'objet. Je le reconnais. Il est enfoui quelque part dans mes souvenirs. Aussi insignifiant qu'il soit, ce fragment de mémoire me permet d'authentifier ma demeure, comme si, tout à coup, le passé tentait de communiquer avec moi. Je suis chez moi. Maintenant, je peux m'autoriser à travailler sur ma nouvelle vie.

Au dire de Joël, j'ai repris ma forme d'avant et ma bonne humeur. Pourtant, il m'arrive encore d'être distraite et évasive. Je conserve un soupçon de gêne, mélangé à une certaine mélancolie que je combats de mon mieux afin d'être agréable à ceux qui m'entourent et que j'affectionne grandement. Chaque existence a ses habitudes. Ici, paresseusement, je coule en apparence des jours paisibles. Mais il y a régulièrement des angoisses qui m'assaillent.

Pourtant, c'est à partir de cette belle soirée que j'entreprends non pas d'écrire le passé, mais de bâtir l'avenir. La vie m'offre peut-être une deuxième chance. Sous cette impulsion positive, je fais irruption dans la chambre de Joël. Mais il n'est pas là; son bureau est vide, lui aussi. Je le croise finalement dehors, alors qu'il ferme la porte d'enceinte.

— Nazim et Fadila sont partis chez des amis. Je ferme pour la nuit.

Je prends tout à coup conscience que, depuis mon retour ici, je n'ai reçu aucune visite. Personne aux alentours n'a semblé s'informer de mon état, aucune voisine n'est passée sur notre chemin isolé, comme s'il existait une aura de vacuité autour de moi.

— Et nous, nos amis?

— Quels amis?

Il semble perturbé.

— Nous avons certainement des connaissances, des gens que nous côtoyons?

— Pas vraiment. Nous travaillons et nous nous avons, nous. C'est suffisant.

— Je ne te crois pas. Tu es beau, drôle et intelligent. Tu dois avoir tout un réseau de fréquentations.

Il hésite à me répondre, mais je ne lâche pas prise. Je modifie ma question.

— Et tes affaires? Tu dois bien avoir des partenaires! Et moi? J'ai certainement déjà rencontré d'autres femmes, ici. Est-ce qu'on ne reçoit pas des gens à souper, à l'occasion?

Il paraît d'abord surpris, puis contrarié. Il s'écarte pour marcher autour de la piscine, exaspéré. Lorsqu'il revient vers moi, il a l'air de chercher ses mots. Il s'assit dans un fauteuil tout près, les coudes sur les genoux. Ses mains frottent ses tempes. Il me raconte comment nous avons décidé de nous isoler loin de tous, pour vivre notre amour et nos rêves, sans la contrainte de devoir rendre des comptes à qui que ce soit.

Je pousse encore un peu plus mon exploration en évoquant d'éventuelles implications dans la communauté. Il m'explique finalement que les femmes ne sortent pas beaucoup, ici, et que, avant, étant donné mon origine étrangère et mon ignorance de la langue arabe, j'occupais mes temps libres à peindre à la maison.

Sans mémoire, comment puis-je faire, maintenant, pour me rappeler les liens sociaux obscurs qui parsèment certainement mon jardin intérieur?

Je suis tout de même étonnée de n'avoir pas davantage d'intérêt pour les autres. Cette nouvelle pirouette d'émotions me renvoie dans de perpétuels questionnements sur ma vie passée. J'ai l'impression de ne rien maîtriser. Peut-être qu'en fait je n'ai jamais eu d'amis? Mais, si j'en ai eu dans un passé lointain, pourquoi ai-je décidé de leur tourner le dos?

D'un coup, mon rythme cardiaque s'accélère et ma gorge se noue. Je pense à Joël. Est-il possible que lui et moi subissions le même déclin, si je ne fais rien? Que sommes-nous finalement devenus depuis l'accident? De bons amis d'enfance? Horreur! Un couple périmé? Pouvons-nous être encore, comme j'aime l'imaginer, des amants éperdus d'amour? Je me vois prise de frissons sous ses mains et je m'interdis de penser qu'il est trop tard pour redresser notre relation.

Mon cœur impatient palpite, pendant que ma tête trop molle se réjouit que les préliminaires soient longs. Heureusement, comme s'il savait ou devinait mes pensées les plus intimes, il m'offre de nouvelles raisons d'attendre et d'espérer. Si je me fie au récit qu'il brosse de notre vie d'avant, une vie douce et romantique remplie de défis, le jeu en vaut certainement la peine. L'amorce déjà bien enflammée parcourt dans mon cortex cérébral un vaste réseau jusqu'à la grenade qui explosera bien un jour, disséminant sur son passage un vent de fraîcheur. Pourtant, ici, il n'y a que le sirocco, ce vent chaud et sec dont Nazim m'a fait l'éloge, qui souffle du Sahara et traverse ma vie en apportant souvent bien de la poussière.

Je me réveille en sursaut, alors que les mains longues et délicates de Joël frôlent mon corps. Ce n'est qu'un rêve, mais je salive d'impatience devant l'intensité de l'image. Je me sens euphorique et toute frémissante, je veux accueillir simplement, sans gêne, tous ces sentiments amoureux sublimes. Nous en sommes là. L'inconfort rôde encore près de moi. Mes repères sont flous.

— *Et si je ne voulais pas de cette intimité?*

— *Foutaise! C'est clair que l'amitié ne te satisfait plus! Sinon, pourquoi surveilles-tu ses moindres gestes? Tu recherches sans cesse son approbation.*

Il est vrai que je lorgne toujours de son côté à l'affût de son regard sur moi. Ses gestes les plus anodins me remplissent d'émotions positives. Je l'ai surpris aussi à me regarder dormir. Il s'est approché de mon lit, a passé son doigt sur le contour de mon visage et est ressorti de ma chambre en soupirant. J'ai regretté de ne pas avoir ouvert les yeux. Mais sait-il que je l'épie aussi depuis la galerie lorsqu'il se baigne seul? En effet, souvent, je feins de balayer quelques palmes mortes en reluquant son corps si beau, luisant et musclé. Je reste attentive lorsqu'il se sèche, nu, et qu'il enroule sa serviette comme un pagne. Son souvenir me fait rêver alors que je monte seule à ma chambre, cherchant malgré moi une prochaine occasion de croiser sa route et surtout de trouver le courage de m'élancer dans ma vie renouvelée.

Malheureusement, Joël m'annonce qu'il part six jours en voyage d'affaires. Sans le savoir, il contre mes plans, alors que je suis résolue à m'avancer davantage, à lui manifester ouvertement ma passion. Son départ ne fait qu'exacerber mon impatience. J'ai hâte qu'il soit de retour. Rien ne m'importe plus au monde. Je suis décidée à ne rien négliger, dorénavant, à ne pas me laisser abattre et à me mettre à la tâche avec zèle. Reste à élaborer la bonne manière de m'élancer dans ses bras.

Graduellement, je me suis rapprochée de Nazim et de Fadila. Ils sont simples et heureux de m'enseigner leur savoir. Je m'en suis fait de bons alliés et je peux compter sur leur appui pour concrétiser mon projet.

Nazim approche la soixantaine. Il est jovial et toujours disponible pour effectuer les tâches d'entretien. Cependant, je crois qu'il ne démontre que très peu d'initiative en horticulture. Il répare tout de ses mains habiles, aussi bien la plomberie que le crépi, mais, malgré son titre de jardinier, la cour semble condamnée à un désordre perpétuel. La chaleur qui s'installe assèche le sol de plus en plus et ajoute à la difficulté de maintenir la verdure en bon état.

La remise où il entrepose ses outils, adossée à l'enceinte, est le déclencheur d'une nouvelle prise de conscience. Alors que je le cherche partout, un coup d'œil infructueux dans son appentis m'illumine. Derrière la porte bleue délavée, un espace restreint se présente à moi. Au milieu du carré en terre battue trône un petit établi. Autour, il y a des rangements poussiéreux où tout est accroché. Sur la droite, en entrant, se trouvent différents outils pour l'entretien, cisailles, binettes, truelles à crépi et autres objets utiles. Au fond, ce sont des paniers en grande quantité et, à gauche, les instruments plus encombrants tels que les pelles, haches ou échelles. Une petite houe, un râteau et une paire de gants accrochés au mur me font de l'œil.

Ces objets communs du potager agissent comme un détonateur. Ils activent la chaîne de mes connexions nerveuses et font exploser la barrière psychologique qui me retient dans l'immobilisme. Je vois un bref instant un jardin entouré de gazon vert où une femme aux cheveux blancs désherbe les rangs de carottes. Ce n'est pas ici que cette scène a eu lieu. Mon impression de déjà-vu se transforme en décharge électrique. Ma mère jardinait, je le sais, maintenant. À ce moment précis, mon implication dans la propriété m'apparaît comme la clé de mon avenir. Machinalement, j'attrape un panier, décidée à prendre ma vie en main. Je sors sous le soleil en plissant les yeux devant une lumière si vive. Une énergie bienfaitrice m'irradie de l'intérieur. En une fraction de seconde, je vois le plan d'ensemble du projet que j'ai en tête. Je constate avec plaisir qu'il y a dans notre cour une tonne d'avenues possibles, autres que le confort désœuvré. Le sang qui afflue dans mon être a une nouvelle saveur. Je suis habitée par une motivation grandiose, je peux toucher, palper quelque chose d'imperceptible pour les autres, qui me pousse à agir. J'ai un but, celui de faire de ce jardin un havre de paix.

Je me suis toujours tourmentée et je n'arrive pas à savoir si c'est parce que je n'ai pas de passé ou si, au contraire, c'est parce que je ne maîtrise pas le présent et que l'inconnu me terrifie.

Pourtant, je me mets à jardiner. La température est idéale. Après la vague de chaleur des dernières semaines, ce vingt-huit degrés Celsius est confortable. Le terrain qui entoure la véranda est propice à l'expression de ma créativité. Bastat, la chatte noire, s'allonge à l'ombre pour me regarder travailler.

Mes gestes sont précis et coordonnés, je m'attaque avec vigueur à un bosquet envahi par des herbes hideuses. Je m'active, j'enlève de cette terre sableuse tout ce qui ne me convient pas. Telle plante, bien que magnifique, ne cadre pas dans mon paysage; elle ira rejoindre les exclus derrière le garage. Je ne souhaite nullement la faire disparaître, seulement l'éloigner de mon regard comme quelques autres, envahissantes et superflues. L'image du jardin se dessine dans mon esprit, le schéma se complexifie, mon acuité se raffine. Il fait de plus en plus chaud. Je ratisse large, je creuse et je bêche. La sueur me coule sur le visage, j'essuie mes yeux de mon épaule moite et poussiéreuse. Je remonte mes cheveux en chignon de mes doigts sales.

Je me fous pas mal de mon apparence. Je suis seule et j'ai la tête bouillonnante de projets tout aussi inutiles les uns que les autres. C'est mon premier soubresaut de vie depuis des lunes et j'en suis ravie. Cette plante ira ici, celle-là est trop grosse, elle porte ombrage à cette petite mignonne trop discrète pour prendre sa place et s'épanouir. J'exploite le temps, qui passe maintenant trop vite. Je creuse de mes mains, j'enfonce mes doigts sous les racines, soulève les mottes, m'évertue à atteindre la couche sous-jacente où les racines s'accrochent de toute leur force à la recherche de nutriments enfouis sous le sable aride. Tout d'un coup, le temps se fige. Dans mon crâne éteint, un bref instant, je me suis vue les mains dans la terre meuble, humide sous la pluie, baignée dans l'odeur des vers de terre… Et cette maison…

Je reste une seconde sans bouger, à sonder les profondeurs de ma mémoire béante. C'est le vide. Plus rien. Pourtant, la sensation a été si nette! Ce n'était pas ici, c'était ailleurs, dans cet ailleurs, dans ce passé qui me fait terriblement défaut. Cependant, je n'ose pas aborder mes fragments de souvenirs, car j'ai bien trop peur que le moment présent se brise. Ma vie ici me semble si fragile! J'ai l'impression d'y être seulement par procuration.

Le soir, la noirceur enveloppe tout. Les bruits de la nuit me poussent à m'enfermer dans la jolie maison, prisonnière de mes peurs. Même les insectes me terrifient lorsqu'ils volent dans les fenêtres. Aussi, je ferme les lumières et je m'endors, seule et triste. Pourtant, chaque matin, après une nuit de sommeil, la lumière réveille mes ambitions. Ce rythme campagnard, propice aux activités matinales, me satisfait. Je me lève toujours avec les meilleures intentions.

Je me replonge de plus belle dans ma tâche. Les jours suivants, je taille le jardin, je lui fais une mise en plis sévère. D'une crinière de lion, je fais un pelage de léopard aux motifs complexes et ordonnés, sauvages et racés. Aujourd'hui, je travaille le gravier. Au moyen de tous les cailloux que j'ai déterrés en bêchant et que j'ai méthodiquement triés selon leur taille, j'ai décidé de faire des ornements. D'abord, je borde le chemin de chaque côté d'une ligne de belles roches aux arêtes bien définies. J'en retire toutes les mauvaises herbes et j'égalise l'allée en utilisant de la poussière calcaire couleur crème. Je suis de plus en plus satisfaite de mon travail. Mais ça me demande beaucoup d'efforts. J'ai perdu la forme. Je me sens pourtant au meilleur de ma force psychologique, en pleine possession de mes moyens.

La noirceur tombe lorsqu'on m'appelle. Dès le lendemain, je prévois attaquer une bordure; la haie pourrait être moins haute et le bosquet, rabattu. La palissade est trop vide, trop laide. Elle semble me mépriser de sa hauteur. Peut-être qu'une toile, une mosaïque, une sculpture y trouverait sa place... Je déplace encore quelques cailloux avant de rentrer.

Des projets naissent en moi. Je sens la vie exploser dans mes veines. Je vois une multitude de possibilités se dessiner. Je suis sale, épuisée, mais heureuse. Il faut aussi penser à refaire une partie du crépi qui s'effrite. Je demanderai à Nazim d'entreprendre ce travail.

— Sophie! Venez! Le souper est prêt!

Je rentre en état de béatitude après avoir observé mon œuvre encore un peu. Au moment d'atteindre la maison, je rencontre Nazim qui revient des champs. Il me sourit en me gratifiant d'un regard conquis.

— Bonne journée de travail, hé?

— Nazim, croyez-vous que je pourrais orner la clôture des objets désuets qui traînent dans la remise?

— Pourquoi pas? Ils y seraient certainement mieux que dans la poussière. Ici, on donne de la valeur à tout ce qu'on peut!

Il ajoute dans un sourire enjôleur:

— Vous, les femmes, vous êtes notre trésor le plus précieux.

Il regarde la cuisinière de son air taquin. À son âge, il sait encore séduire.

Fadila a cuisiné comme à son habitude une multitude de bons plats. Je m'émerveille toujours devant les nouveaux menus qu'elle dresse. Ils me charment par la diversité des textures. Leur goût délicat, parfois très prononcé, me transmet des effluves enivrants, exotiques. Je ne m'habitue guère au harissa, mais la coriandre, le cumin et l'anis font mon bonheur. Je suis étonnée de leurs couleurs si variées, ainsi que des mélanges de fruits et de légumes du jardin que Fadila imagine. Les plaisirs du palais ne me redonnent cependant aucun indice sur mes préférences. Rien ne semble activer ma mémoire gustative. Je désespère de retisser des liens affectifs avec mon passé culinaire. Les bons plats de ma mère ou de ma grand-mère sont peut-être perdus à jamais?

J'entretiens Fadila de mes projets. Mon enthousiasme la charme. Elle me suggère de repeindre la porte bleue d'une couleur plus franche qui la démarquerait des autres. Elle croit que j'ai besoin de couleurs vibrantes et m'encourage dans cette voie. Je reprends goût à la vie. Une ligne directrice se dessine graduellement.

Durant les nuits où Joël est au loin, mes pensées dérivent. Je me questionne beaucoup sur notre premier rendez-vous. Comment a-t-il eu lieu? M'a-t-il invitée au restaurant? Qu'est-ce qui l'a séduit chez moi? Ce souvenir me manque aussi. Lorsqu'on aime quelqu'un, qu'on attend son appel, qu'on espère sa présence, chaque moment compte. Comment ma conquête s'est-elle déroulée? Sous quelle lune nous sommes-nous fréquentés? Qui a fait les premiers pas? Tous ces moments auraient dû rester gravés dans ma mémoire. Pour moi, ce sont des symboles importants qui me lient à Joël, des souvenirs communs impérissables que je veux chérir. Mais il est désormais le seul gardien de notre passé. La nostalgie m'étreint de nouveau.

Malgré mon bonheur actuel, une seule vague de ces pensées me projette dans une mer de questions sans fin qui débouche invariablement sur un état de tristesse infinie où je ressens les pertes subies avec acuité. Je dois éviter à tout prix ce qui me relie au passé et vivre seulement le présent. J'échafaude donc un plan pour créer un nouveau premier rendez-vous. Je suis décidée, emballée, riche d'un élan fertile tout neuf que j'associe au jardinage.

Étant donné les nombreuses heures de solitude que je dois meubler, les travaux avancent bien. Tous les soirs, j'arrose parcimonieusement les plantes délicates qui demandent plus de soins. Ici, l'eau est rare, et précieuse en période de sécheresse. Fadila me raconte que parfois la saison sèche se prolonge si longtemps qu'on croit qu'il ne pleuvra plus jamais. Ses paroles sont celles d'une femme qui a du vécu et qui est heureuse.

Moi, Joël me manque; mon être souffre de déshydratation. Je confie alors ma peine à Fadila, qui fait toujours preuve de sagesse. Elle sait trouver les bons mots, ceux qui apaisent mon chagrin.

— Sophie, parfois, lorsqu'une situation semble désespérée, la confiance peut faire la différence entre tout perdre et profiter de chaque minute de bonheur.

— Tu crois que nous allons nous retrouver?

— Je te vois entretenir et arroser ton jardin. Cependant, tu n'arroses jamais les oliviers.

— Est-ce que les oliviers résistent à la sécheresse?

— Pas toujours. Il faut parfois refaire certaines plantations à partir de rien, mais c'est là la définition de la vie: éternel recommencement, vie et mort.

— Tu ne trouves pas ça décourageant, de repartir à zéro?

— Est-ce que tu trouves monotone ce que tu fais au jardin?

— Non, je m'amuse beaucoup.

— Alors, même si, dans deux mois, certaines plantes meurent, tu seras encore heureuse de prendre soin du reste de ton jardin. Tu es une femme active, c'est évident. Tu t'engages. Tu en retireras des bénéfices. Une joie, si minime soit-elle, est toujours une joie.

— Et pour Joël?

— Je crois qu'il t'aime, mais il attend probablement que tu sois plus solide pour te proposer d'accueillir son amour. Profite de ce qui est en vie en toi. Ne t'attarde pas au passé.

Je suis réellement ravie de discuter avec elle. Cette femme chaleureuse, frêle et basanée, éternellement vêtue d'une robe bigarrée sur laquelle est noué son tablier, devient graduellement une figure maternelle pour moi.

Elle a ses principes et elle sait les faire respecter avec une douce autorité. Dans sa jeunesse, elle a dû faire battre des cœurs. Elle transpire encore l'assurance et la détermination, quoiqu'elle semble se plaire dans son rôle, qui consiste à se mettre au service de tout un chacun. Aujourd'hui, elle fait plus que servir, elle agit pour que son univers se modèle sur ses ambitions, tout en écoutant et en comprenant les besoins des autres.

Le soleil entre en grande pompe par la baie vitrée, illuminant l'intérieur à travers de sobres voilages blancs. Malgré les arches qui nous épargnent le soleil direct et les pins qui bordent la palissade, la chaleur extérieure finit toujours par entrer. Je me consacre donc à mes tâches tôt le matin et tard le soir. Les résultats se matérialisent rapidement.

Je commence à prendre en main la demeure; le jardin n'a été que le prélude. Joël est maintenant parti depuis quatre jours. Il me manque tellement! Pourtant, en son absence, la maison est devenue pour moi une source d'énergie positive qui me permet de me dépasser. Chaque jour germent de nouvelles idées. La suite de meubles disparates est maintenant plus harmonieuse et plus accueillante. Je m'y sens mieux. Les réaménagements que j'effectue nourrissent mon désir de m'ancrer dans ce lieu et m'aident à restructurer ma vie.

Fadila m'observe d'un œil bienveillant et m'assiste dans mes initiatives. Cela la repose de la routine. Elle ne me donne son avis que lorsque je le sollicite, mais, chaque fois, elle fait preuve de goût. Nazim, quant à lui, attend les ordres pour déplacer les meubles, surtout les plus lourds, en manifestant son enthousiasme devant le nouvel ordre des choses. Des meubles de l'étage se retrouvent au salon, alors que le buffet trop massif de la cuisine offre un espace parfait pour ranger les toiles de mon atelier. Le fait de permuter ainsi les meubles me permet de me les approprier et de décider personnellement de leurs fonctions, de leur utilité, de leur histoire. Je découvre leur âme, de sorte que tout reprend vie dans mon univers. La dernière journée d'attente est consacrée au grand ménage.

Cette semaine m'a apporté son lot de bénéfices. Nous formons maintenant tous les trois une belle équipe, en plus de vivre dans un environnement plus chaleureux. Lorsque nous soulevons une commode très lourde, nous avons l'air de jeunes colocataires qui aménagent leur premier appartement. Cette semaine sans Joël nous rapproche grandement. Fadila et Nazim ne sont plus seulement des employés pour moi, car nous nous répartissons les tâches et formons désormais une famille singulière.

Le temps a passé rapidement, presque sans que je m'en rende compte, tant j'ai mis de cœur à l'ouvrage. Je suis maintenant fixée; Joël est le charbon qui brûle, qui me fait bouillir; la vapeur fera bientôt avancer les choses. Toute la journée, je peaufine mon travail en attendant impatiemment le retour de mon soupirant. Et, encore plus important, je désire vraiment l'impressionner.

3.

Comme prévu, en fin d'après-midi, Joël apparaît finalement dans l'embrasure de la porte. En l'apercevant, je deviens livide. Tout le sang de mon corps fuit vers mon cœur. Je suis bouleversée par sa présence et des larmes brouillent ma vue. J'accours vers lui.

— Joël! Enfin, te voilà!

— Sophie, ma belle, tu m'as manqué!

Il s'approche et me prend dans ses bras. Cela me fait espérer qu'il souhaite lui aussi un rapprochement. Il passe sa main sur mes cheveux, lève le menton et sourit. Le moment est délicat. Je veux briser la glace, mais je n'ose pas. Le rapprochement me fait frissonner.

Le jardin est presque terminé et la maison est bien différente. Il est impossible de ne pas remarquer les changements. Je suis fière de moi. J'ai enfin une preuve de mon investissement personnel à lui offrir, mais je retiens volontairement ma joie et mon empressement à tout lui montrer. Je souhaite qu'il découvre ce que nous avons fait et lui laisse le loisir de parler le premier. Quel est son verdict? Aime-t-il son nouvel habitat? D'un rapide coup d'œil, il embrasse l'espace. Le salon semble le surprendre.

Il fronce les sourcils et fait une contorsion comique de la bouche en hochant la tête en signe d'approbation.

— Vous avez travaillé fort durant mon absence!

Ne pouvant retenir ma joie plus longtemps, je demande:

— Tu aimes?

Il pivote sur lui-même en observant les menus détails. Son intérêt pour ce que j'ai réalisé me fait un bien immense. Il est souriant et d'humeur enjôleuse.

— C'est très beau, joliment différent! Ça te ressemble, de rendre plus beau tout ce que tu touches.

Son compliment me flatte.

— Ce n'est pas tout. As-tu vu notre parterre?

Je l'entraîne dehors en le tenant par la main et l'oblige à regarder tous les détails. Il a un rire sonore à la vue du tableau composé à l'aide de vieux outils sur la palissade.

— C'est charmant! Tu as fait ça toute seule? Le recyclage, c'est bien toi, ça! Tu as toujours été créative.

— Fadila et Nazim m'ont beaucoup aidée, surtout quand il s'est agi de transporter les choses lourdes et de faire le grand ménage. Je me sens vraiment plus en forme qu'avant.

— Je suis étonné. Tout semble plus lumineux! On dirait vraiment que tu es de retour chez toi, maintenant.

— Tu n'es pas déçu, j'espère? J'ai bousculé toute notre maison. J'ai vraiment envie de repartir à neuf...

J'ajoute presque silencieusement:

— Avec toi.

Je ne suis pas certaine qu'il ait entendu. Je baisse les yeux devant lui, gênée, intimidée par sa prestance, sa beauté, sa proximité, aussi. Mes sentiments s'entrechoquent. Je le veux pour moi, mais j'ai peur. J'ai peur parce que j'ai l'impression de ne plus être la même. J'ai violemment perdu le contact avec mon mari. Pourtant, c'est lui et il est à moi! Il espère peut-être, il est là et, comme il me l'a dit, il m'attend. Je suis inerte, toujours blessée. Mais pourquoi?

— Tu te débrouilles bien.

Je sursaute presque en entendant sa voix. Sa réponse m'est agréable. Chaque fois qu'il bouge, il émet une onde qui me chavire. Je retombe amoureuse de mon époux; la flamme est vive, éblouissante.

— J'aimerais que ça te plaise aussi. Je veux que tu sois heureux.

Il serre ma main, qui est toujours dans la sienne.

Nous passons le reste de la soirée à nous prélasser près de la piscine. Pour la première fois, il me rejoint dans l'eau et nous jouons comme des enfants à nous éclabousser.

Nos discussions s'orientent pêle-mêle vers différents sujets, comme les olives qui poussent bien, les meubles qui se déplacent dans la maison en son absence, les animaux qui rôdent parfois autour du domaine, des hyènes, peut-être des chacals et certainement des renards.

— Sont-ils dangereux?

— Vraiment! Il ne faut jamais t'aventurer seule autour du domaine.

Il sourit.

— Tu me fais marcher?

— Non! C'est sérieux. Je ne voudrais pas que tu te fasses dévorer par une bête sauvage.

Je doute de sa sincérité, mais je retiens la leçon. Nous rions beaucoup. C'est une journée vraiment agréable et ses bienfaits s'étirent sur tous les jours suivants. Au jardin, il m'aide à arranger quelques détails ici et là. Il sue à grosses gouttes, tout sourire, en me regardant sans arrêt. Je remarque qu'il a dit vrai lorsqu'il m'a assuré qu'il n'est pas très manuel, mais il se plie avec joie à mes demandes.

Un soir, nous déplaçons tout un tas de terre sablonneuse pour le remplacer par un humus plus fertile provenant de sous les amandiers. Nous travaillons ensemble autour d'une brouette presque unijambiste. Cela m'amuse de voir Joël peiner à garder l'équilibre en la déposant sur le moignon restant.

— Nous devrions la faire réparer par Nazim, tu ne trouves pas?

Ce travail commence à l'exaspérer. Moi, j'en rajoute. En plus, je le taquine. Il répand finalement le contenu de la brouette en butant sur un caillou. Il explose de colère et vocifère contre l'outil boiteux. Je monte sur le tas de sable pour arriver à sa hauteur, l'attire à moi par l'épaule et prends son visage dans mes mains, histoire de me faire pardonner. Il n'ose pas me regarder. Sa frustration est vive. J'essuie son front à l'aide de mon fichu. Il cesse de jurer. Je l'enlace de mes deux bras et m'approche jusqu'à l'embrasser. Il se laisse faire, mais détourne légèrement la tête au moment où mon baiser se pose sur sa joue.

— Tu es tellement beau, en colère!

Je me mords la lèvre. Pourquoi, maintenant, est-ce lui qui se refuse à moi? Comme s'il m'avait entendue, il répond.

— Je ne veux pas que ça se passe ainsi. Mon chandail est sale et trempé.

Il se tourne dos à moi. Il rumine, un peu comme lorsqu'il jongle à ses affaires.

— Ça m'est égal que tu ne sois pas à ton avantage. Je t'aime comme tu es.

— Tant qu'à te refaire des souvenirs, j'aimerais mieux qu'ils soient vraiment beaux.

— Je ne te comprends pas.

— Sophie, je tiens vraiment à toi. Tu es tellement forte, vraiment surprenante!

Je suis étonnée et embarrassée par ce compliment.

— Nos souvenirs, justement, ils étaient positifs ou pas?

— Jusqu'à maintenant, ils sont parfaits. Mais, tu as subi un grave traumatisme et c'est pour ça que je reste prudent. J'ai peur de te bousculer. Je ne voudrais pas que tu penses que je veux profiter de la situation.

— Joël, si tu savais comme j'apprécie ta présence!

Je l'aime tout autant dans ce moment de faiblesse où je le sens vulnérable, lui qui aime maîtriser tout.

— Nous achèterons une nouvelle brouette, grogne-t-il pour clore la discussion.

Il est donc si orgueilleux? Je fais semblant de bouder. Je suis cependant heureuse qu'il ait ce petit côté très masculin, frustré parce qu'il n'arrive pas à garder son sang-froid en maniant une brouette récalcitrante. Je m'approche de lui. Il me prend par la main. Il ne me rejette pas, cette fois. Nous regardons en silence le djébel Bargou devenir orangé sous le soleil couchant. Le spectacle est fascinant. Je dégage ma main pour le prendre par la taille et, en m'appuyant contre lui, j'ose enfin lui demander des précisions sur notre vie sentimentale.

— Joël, raconte-moi notre premier rendez-vous.

Après un bref silence, il s'élance.

— Sophie, tu étais la plus belle fille que j'aie jamais vue. Tout m'attirait de toi, tu étais différente, studieuse, souriante et timide. J'ai eu de la difficulté à te faire lever les yeux vers moi; ils étaient toujours dans tes bouquins. Lorsque j'ai osé t'inviter à dîner, tu as d'abord refusé. Je t'ai promis que nous reviendrions à la bibliothèque dans l'heure et je t'ai convaincue en te disant que tu manquerais le plus banal des repas si tu ne venais pas. Nous avons mangé un sandwich au thon. Par la suite, nous avons pris l'habitude de prendre nos repas ensemble à la cafétéria. Nous nous sommes vite rapprochés, puisque tu étais seule à Montréal, tout comme moi.

— Et où… Comment s'est passé notre premier baiser?

— Simplement, d'un commun accord. Nous marchions sur la rue Saint-Denis. Il tombait une petite neige. Tout était parfait. Tu t'étais arrêtée pour voir une publicité dans la vitrine d'une agence de voyages, nous avons émis l'hypothèse de voyager ensemble un jour. Nous nous sommes regardés et nous avons scellé notre promesse par le plus doux des baisers.

— Tu regrettes Montréal?

— Absolument pas, je préfère être ici. Le froid, ce n'est plus pour moi. Maintenant que nous sommes tous les deux, je pense que nous allons bâtir quelque chose de bien.

Il vient de refuser mon baiser, mais il semble maintenant très heureux à mes côtés. Sa main caresse mon épaule, pendant que ses yeux ne quittent pas la montagne. Soudain, il pivote pour me faire face et reprend ma main. Il me surprend par sa question.

— Tu aimerais m'accompagner en ville, demain?

Il piétine maintenant comme un jeune homme hésitant. Son changement d'attitude ne fait qu'augmenter ma convoitise.

Je n'ai jamais osé demander à me rendre en ville, même si je la sais à seulement cinq kilomètres. De chez nous, je vois bien le minaret carré de Sidi Hmada derrière la cime des pins et à travers les collines, mais je ne peux pas vraiment estimer sa géographie. Mon univers est limité à la cour, à cause des bêtes féroces qui rôdent tout autour. Je ne peux qu'imaginer les environs, d'après les carrés blancs visibles au travers des arbres émeraude qui se détachent dans un paysage couleur sable. Car, depuis plusieurs semaines, la sécheresse sévit. Tout est maintenant beige et ocre.

La perspective d'une sortie me fait sauter au cou de Joël. L'étreinte le déstabilise, il me prend par la taille fermement et ses mains frôlent mes seins. Je ferme les yeux de bonheur, envahie par le désir.

Il me repousse doucement.

— Je dois me rendre à la commune d'Echbika. Nous irons voir un nouveau terrain. Il s'agit de douze hectares plantés de huit cents oliviers dans les années 1960. Il y a aussi des abricotiers. Tu aimes les abricots, si je me rappelle.

Je ne peux m'empêcher de demander:

— Pourquoi acheter un autre terrain? Nous en avons déjà un, non?

— Parce que c'est rentable. Peut-être que tu te contentes de la culture paysanne, mais, moi, je préfère l'exploitation commerciale des oliviers et j'aime mieux investir sur plusieurs terres en fonction de l'avenir.

Je suis déboussolée devant sa réponse.

— Qu'est-ce que tu veux dire?

— J'ai appris à ne pas mettre tous mes œufs dans le même panier. Notre maison et notre oliveraie, c'est pour meubler nos temps libres, mais la nouvelle plantation nous assurera une marge de manœuvre. Elle fait partie d'un plan d'affaires destiné à faire fructifier nos avoirs. La terre, c'est toujours plus que ce qu'on voit.

— Et qu'est-ce que tu vois, quand tu regardes vers l'avenir?

— Je nous imagine en possession d'un domaine rentable. Nous vivons au Bargou et nous ne sommes pas soumis aux aléas du temps et des gens.

Je suis heureuse qu'il soit préoccupé par ces choses, mais plutôt perplexe. Il se rapproche et passe ses doigts sur mon menton.

— Ce n'est pas grave, tu n'es pas obligée de toujours tout comprendre. Tu vas voir, c'est très beau. Viens, rentrons.

Après un silence, il me chuchote dans un sourire :

— J'aime te voir un peu fragile.

Je lui pose quelques questions d'ordre technique sur l'emplacement de la ville, dont je n'ai jamais entendu parler. Nous n'irons donc pas voir Sidi Hmada? Je n'ai aucun souvenir de la géographie de la région. J'aimerais comprendre et savoir où nous irons, mais je suis tellement excitée à l'idée de ce départ que je m'en fais une fête. Cela jette un baume sur la plaie vive de ma perte de mémoire.

En arrivant à la cuisine, il donne un ordre à Fadila.

— Préparez-nous un goûter, nous sortons demain.

Son ton impérieux me surprend.

— Nous partirons assez tôt et reviendrons tard. Notre destination se trouve de l'autre côté du djébel Bargou. Sophie, tu devrais préparer un petit bagage.

Devant mon air interrogateur, il ajoute :

— Tu es contente de m'accompagner?

— Oh oui! Vraiment! Merci!

— Arrête de me remercier, ça m'énerve!

— Désolée.

Il grogne. Comme une adolescente, je cours à l'étage et me prépare longuement. Il m'a invitée! C'est magique, le bal du siècle! Je vais me transformer en Cendrillon. Lorsque je redescends lui demander si nous devrons marcher longtemps, il a disparu. Évaporé! Il ne me reste que l'espoir d'un lendemain grandiose.

Je remonte à ma chambre pour essayer de dormir, mais le sommeil n'est pas au rendez-vous. Mes rêves sont éveillés. Pour la première fois, je sortirai de la propriété et verrai l'autre versant de cette crête infranchissable qui bouche mon horizon. Mes neurones travaillent toute la nuit en attendant que se matérialise cette journée.

Très tôt, Joël frappe à ma porte. Il entre sans attendre ma réponse, s'assoit sur mon lit et me présente un plateau de fruits comme durant ma convalescence.

— Allez, dormeuse, réveille-toi, nous devons partir.

En rêve, je lui arrache ses vêtements, mais je préfère m'imposer une certaine retenue. Ce que je veux avant tout, c'est goûter cette journée. Après que nous ayons pris notre déjeuner au lit, il me conduit à la jeep qui dort dans le garage.

— Quelle chance! Le temps est parfait!

C'est une blague un peu facile, étant donné qu'il ne pleut pas depuis des jours. Ma robe légère me colle déjà à la peau. L'air conditionné est le bienvenu, mais il ne suffit pas à refroidir mes ardeurs.

Je peux enfin sentir la profondeur de mon isolement. La petite route de gravier s'élance à travers un dédale d'autres domaines asséchés, parsemés comme le nôtre d'arbres aux feuillages persistants gris-vert qui suivent les ondulations du terrain. Il semble n'y résider que des fantômes. Sur près de dix kilomètres, nous ne croisons personne sur la route poussiéreuse.

— Il n'y a pas beaucoup de gens, ici.

— Il y a rarement des promeneurs dans les plantations. Les gens y travaillent surtout au moment des récoltes. Là, ça devient plus animé.

— Mais que font-ils le reste du temps?

— Comme nous…

Joël ne termine pas sa phrase, nous arrivons à un embranchement. Les rares affiches sont en arabe. J'en suis surprise. Mon chauffeur m'explique que beaucoup de gens parlent français, mais que tous parlent arabe. C'est pittoresque.

— Toi, parles-tu arabe?

— Quelques mots utiles seulement. Je comprends aussi certaines expressions. C'est très difficile. L'anglais et le français me suffisent généralement pour mener mes affaires.

— Et moi? Mon niveau d'arabe?

— Tu es complètement nulle!

Je suis déçue par sa réponse. Je boude jusqu'à la route principale, la C73. Il était temps que nous rejoignions une route pavée, car les cahots commençaient à me rendre malade. À mesure que nous nous élevons, la vue sur la vallée que nous quittons est de plus en plus vaste. Nous pouvons voir au loin un quadrillage de plaines qui se dégradent dans toutes les teintes de kaki jusqu'au jaune or et qui s'étendent à l'infini. Il y a bien quelques villages minuscules qui brillent au loin, mais chacun semble inaccessible par cette route tortueuse. C'est magnifique. La forme des champs se moule à travers les collines et les irrégularités du paysage. Partout, les oliviers dominent. Je peux pour la première fois voir l'ampleur de cette activité économique. Le gouvernorat de Siliana, m'a dit Joël, ne possède que peu de villes d'importance. La vallée compte à peine quelques agglomérations disséminées çà et là. Je découvre cette terre en silence. J'ai maintenant une perspective différente.

J'aime tellement la vie ici! Quant à l'homme qui se trouve à mes côtés, il me rend folle d'enthousiasme. J'ai des yeux neufs.

Nous empruntons un col ombragé bordé de buissons et d'arbres que Joël nomme; il y a des chênes verts, des caroubiers et des pins. La route étroite nous permet de passer de l'autre côté de la chaîne de montagnes du Bargou.

— C'est bizarre de quitter notre vallée.

— Nous traversons le Parc national Djébel es Serj. Tu vas voir, un peu plus loin, c'est différent.

J'admire le paysage. Nous apercevons à peine les contreforts de l'autre versant. Nous sommes toujours entourés de montagnes. Cette vallée encaissée est habitée par des éleveurs de chèvres qui profitent des forêts pour s'abriter.

J'aime être en compagnie de Joël, un homme chaleureux, jovial et plein de confiance. Je me sens confortée dans mes choix, privilégiée et optimiste, ce qui ne fait qu'exacerber mon désir de me rapprocher.

De l'autre côté, le climat est de plus en plus désertique. Notre vallée est bien verte par rapport à ce que je vois. Je qualifie même d'oasis certains des îlots de verdure tels que celui où nous habitons.

— Ce ne sont pas vraiment des oasis, c'est l'irrigation qui détermine l'aspect verdoyant de certains espaces. Le désert est encore très loin.

— Tu y es déjà allé?

— Non, je n'ai pas encore eu beaucoup de temps pour visiter, avec toutes les tracasseries auxquelles je fais face.

— Tu veux parler de la plantation?

— Mouais, et du reste…

Il n'en dit pas plus. Mon accident est un sujet que j'évite, car il semble toujours escorté de regrets.

— Nous devons y être pour le dîner.

— Tu crois qu'il y a des choses à visiter, là-bas?

— Non, mais peut-être. Comment veux-tu que je le sache?

Je sens sa nervosité.

— Parce que, le cerveau, c'est toi depuis que le mien est mort.

Je continue de regarder par la fenêtre pour ne pas qu'il remarque ma déception.

Je découvre maintenant une vallée spectaculaire. On a vraiment changé de paysage. Un petit canyon asséché, bordé de tumulus de pierrailles, s'ouvre, perpendiculaire à notre route. Nous devons emprunter un grand pont pour l'enjamber. Sur notre gauche, je vois les vestiges d'un pont antique comportant six arches massives en pierre, le dernier pilier semblant se jeter dans l'abîme. Il prend fin abruptement, comme un quai suspendu au-dessus du vide. Joël refuse de faire un arrêt pour contempler ce chef-d'œuvre de l'époque romaine. Je soupire. Il est étrange de voir une aussi belle construction dans ce qui semble être une carrière de gravats désaffectée.

De l'autre côté de cette faille dans la croûte terrestre s'étend une plaine immense. Il est impressionnant de voir dans une zone aussi inhospitalière une telle étendue de plantations en alternance avec des cultures traditionnelles. De la steppe jusqu'aux parois rocheuses, tout n'est que fermes agricoles. Joël espère tirer parti de cette culture typique de la Tunisie, qui vient après la Grèce comme quatrième productrice d'huile d'olive au monde.

Alors qu'on aperçoit une grande ville tout près, Joël bifurque vers la droite, sur la route C46.

— Je croyais qu'on arrivait.

— Non, là, c'est la ville d'Ousseltia, répond-il en scrutant l'odomètre. Nous n'avons fait que trente kilomètres; il nous en reste environ soixante.

Je suis à la fois déçue dans ma hâte d'arriver et contente que le voyage s'étire vers le sud et nourrisse ma curiosité. Je prends conscience que j'ignore tout de ce pays. Assoiffée, je saisis notre seule bouteille d'eau pour nous désaltérer. Je bois un peu et la tends à mon compagnon, qui avale une bonne rasade et me la remet en me décochant un clin d'œil. Notre complicité me fait chaud au cœur.

Ici, on voit des pipelines pour l'eau, là, des lacs artificiels et des ouvrages de rétention d'eau, des citernes et même des aqueducs en pierre. Toute cette ingénierie pour cultiver et survivre me fascine. Plus j'observe le paysage et les installations qui bordent la route, plus j'aime y découvrir les aspects originaux d'un monde à part et plus je me sens bien. Je saisis instinctivement le fonctionnement de ces mécanismes. Des formules et des angles me reviennent en tête. Je suis stupéfaite de penser à un évacuateur de crues. Il ne s'agit pas d'un dispositif semblable au batardeau que nous venons de traverser, plutôt d'un ouvrage beaucoup plus grand et complexe. Je suis effrayée par les pensées qui s'imposent alors à moi. Ce sont des plans qui se matérialisent dans ma tête.

— Joël, tu m'as dit que j'étudiais les roches, mais quel est mon vrai métier?

Surpris par cette question, il répond du tac au tac.

— Tu ne travailles pas, tu restes à la maison.

— Oui, mais avant, quand nous étions au Québec? J'ai déjà travaillé sur un barrage, n'est-ce pas?

En continuant de fixer la route, il laisse tomber d'une voix monocorde:

— Tu as travaillé à ce genre de projet, mais, ici, c'est la plantation qui t'intéresse.

Il demeure neutre, sans ajouter de détails. Moi, je souris intérieurement. Ma mémoire revient, j'en suis persuadée. C'est grisant d'étudier le paysage et étrange de découvrir en même temps des fragments de mon passé. Joël me jette un coup d'œil soucieux accompagné d'un sourire aimable.

— Génie civil. Tu as obtenu ton diplôme d'ingénieure.

— Vraiment! C'est formidable, tu ne trouves pas?

Ma mémoire se joue de moi. Elle n'a pas fini de me surprendre. Je creuse cette pensée jusqu'à ce qu'un souvenir se fraie un chemin à travers mes neurones endormis et je me rappelle une professeure, madame Maude, qui me disait que j'avais le compas dans l'œil. Je suis excitée au plus haut point de découvrir ce fragment de mon passé.

— Joël, si j'étais douée, pourquoi ai-je décidé d'émigrer?

— Tu préférais les grands espaces, répond-il sans hésiter, la liberté aux bureaux et devis.

— J'ai donc quitté cette profession avant de venir ici?

— Tu as donné ta démission lorsque nous avons déménagé. Tu voulais une touche d'exotisme dans ta vie. C'est pourquoi tu m'as choisi, non?

— J'aime la contrée et j'aime découvrir cette route avec toi.

— Moi aussi, ma Sophie.

Il pose sa main sur ma cuisse et remonte légèrement ma robe. Je l'observe, souriante, en lui offrant l'espace qu'il recherche. Je glisse mes ongles sur son bras en signe de consentement. Sa main demeure juste en haut de mon genou. Cette simple familiarité suffit à me griser.

Après plusieurs minutes, alors que je suis perdue dans mes pensées, Joël brise le silence et mes songes pour me parler de la nouvelle concession qu'il souhaite acheter.

— Le vendeur est vieux et il n'a pas de descendants. C'est avantageux, je vais l'avoir pour une somme plutôt modeste.

— C'est loin de chez nous, tu ne trouves pas? En plus, c'est très désertique.

— Je vais la faire fructifier. Une fois que j'y aurai fait les aménagements adéquats, elle vaudra le double.

— Ce pauvre homme, il n'a pas d'enfants pour prendre soin de sa terre?

— S'il est prêt à vendre, tant mieux pour nous.

— Mais c'est légal?

Ma question le froisse.

— Tu ne me fais pas confiance?

— Oui, mais lui n'aura plus rien!

Qu'est-ce que Joël manigance? Sa compagnie fait-elle toujours ainsi de l'argent sur le dos des autres?

— Ici, c'est comme ça. Nous y voilà!

Nous arrivons dans la cour d'un domaine rustique. À première vue, la maison est comme les autres, blafarde, sans charme particulier; elle répond à sa fonction première de protection, point.

La porte s'ouvre avant que nous ayons quitté la jeep. Joël me demande poliment de me taire, sans plus. J'acquiesce d'un signe de tête. Une femme contrite nous conduit à l'intérieur en nous saluant en arabe. Tandis que nos yeux s'habituent à la faible lumière, un homme nous tend les mains en signe d'accueil. Sa longue tunique ondule lorsqu'il s'élance vers nous. Les hommes s'assoient à table autour de la paperasse. La femme me désigne le petit salon attenant, où elle m'invite à m'asseoir sur un divan aux allures de paillasse.

— Alors, Amine! commence abruptement Joël.

Ils se connaissaient donc déjà? L'interjection suscite une lueur d'effroi dans les yeux de notre hôte, ce qui n'échappe pas à Joël. Ses traits deviennent durs; il parle d'affaires. La coupure est si nette que j'en ai presque des frissons.

— Je vous en offre la moitié, ajoute Joël, placide. D'après mes recherches, l'endroit est mal irrigué, difficile d'accès, et sa topographie ne bénéficie d'aucune protection contre les vents.

— C'est un domaine familial immense et cultivé depuis longtemps. Il a fait ses preuves.

— Selon mes informateurs, c'est un fardeau financier important. Vous avez déjà perdu beaucoup.

Je ne sais plus s'il parle d'arbres ou d'argent, un sujet se mélangeant à l'autre.

— Depuis que vos fils ont disparu, on raconte que vous avez laissé aller les affaires, poursuit Joël pour faire plier l'acheteur.

Son air mesquin me perturbe. Quelle froideur! Ne connaissant pas les rouages de la négociation foncière, je porte mon attention sur le mobilier ouvragé. Toujours en arabe, la dame sermonne son homme tristement.

— Je vous sers le thé? fait le petit homme d'un air maussade pour masquer sa nervosité.

Aussitôt, sa femme leur sert à boire, mais ne m'offre rien. Elle semble me détester, alors que je ne me rappelle pas l'avoir déjà rencontrée. Monsieur Amine reprend ses aplombs et cherche à modifier son approche.

— Monsieur Akil, j'ai de bonnes nouvelles. La ville envisage d'améliorer le service d'électricité.

— C'est de la poudre aux yeux! On s'entend que ce n'est pas pour bientôt.

— Vous êtes un homme trop exigeant, monsieur Akil, et trop gourmand en affaires pour tremper dans le commerce de l'huile d'olive. Cette terre nous nourrit depuis des générations; les oliviers ont toujours donné leurs fruits. Nous trimons dur pour obtenir des résultats. Vous, vous frimez, vous détruisez le travail simplement avec de l'argent.

La réprobation est nette. La haine qu'elle sous-tend est à peine voilée. D'après ce que je déduis de l'échange, ce n'est pas la première fois que Joël lui fait une offre. Je me sens à l'autre bout de l'univers, comme si la petite pièce où nous nous tenons était immense. Je ne peux contenir ma langue et ma remarque traverse l'espace pour soutenir la réputation de Joël.

— Mon époux est un homme honorable et sérieux!

— Je crois que votre femme aimerait bien connaître l'ampleur de vos investissements, affirme le vendeur, l'air conquérant. La confiance est nécessaire pour survivre sur ces terres. Les Tunisiens ont pour leur dire qu'une bonne réputation est préférable à la richesse.

Joël est en colère, je le remarque à sa manière de mordre dans ses mots lorsqu'il prend la parole.

— Mon épouse m'accompagne. Elle n'est pas là pour discuter.

Le ton est autoritaire. Il me remet à ma place pour reprendre l'avantage de la négociation. Je conçois que pour rester à la hauteur, il doit parlementer d'homme à homme. L'épouse de l'autre sait se tenir, elle. Elle se garde bien d'intervenir. Mais le vieil homme n'a pas dit son dernier mot. Joël se fait égratigner au passage.

— On voit que vous n'êtes pas d'ici. Un musulman n'aurait pas eu un tel manque de respect envers le bien d'un pauvre homme.

En se radoucissant un peu, Joël avoue qu'il est de confession catholique et qu'il reconnaît le travail bien fait. Pour ne pas perdre la face, ni la terre, il fait une nouvelle offre.

Moi, je baisse les yeux en signe de soumission. Même si je n'entends jouer ce rôle inférieur que de façon temporaire, je suis blessée. Je préférerais être ailleurs, ne jamais avoir été témoin de cette négociation. Que sous-entend cet homme à propos des affaires de Joël?

Il fait une contre-offre. Le jeu s'éternise une partie de l'après-midi.

De mon côté, la chaleur a eu raison de ma patience. Je suis affalée et mes pensées se ratatinent comme un fruit sec. Comment Joël fait-il pour endurer cette litanie?

J'arpente du regard les motifs complexes qui ornent le tapis déposé sur le sol. Je me prends à imaginer Joël dans toute sa nudité, étendu sur moi, s'offrant comme une terre vierge, m'invitant à le découvrir, à caresser sa peau sombre. Je suis témoin de l'achat d'une parcelle tunisienne, mais je n'y porte plus aucune attention. Je ne suis plus à terre, je flotte dans un rêve que je sais en voie de devenir. Mon sourire béat peut trahir mes pensées et j'en rougis de bonheur.

Joël me tire de ma rêverie.

— Sophie!

— Quoi? dis-je, un peu perdue.

— Viens lire l'accord. Tu seras mon témoin.

Je n'ai pas vraiment conscience de toutes les implications. Je lis sur un ton monocorde l'entente écrite à la main. L'acte notarié suivra sous peu. Je ne suis plus intéressée par ces échanges saupoudrés de rancœur. La femme se tient droite, solennelle, la tête haute. À sa place, je n'aurais pas une telle résignation; je me battrais bec et ongles pour conserver ma maison. Je me sens coupable de ne rien faire. Mais, même si elle est en désaccord, contrairement à moi, elle connaît son statut et jamais l'idée ne lui viendrait d'intervenir. C'est une affaire masculine. Lorsque tout est conclu, on ne nous reconduit pas à la porte. L'air est lourd, mais ce n'est pas à cause de la température.

Nous reprenons la route. Je suis déçue. Le voyage a été gâché par la transaction. Je vois peut-être déjà, non sans un certain scepticisme, que d'étendre notre propriété signifie aussi vivre auprès de ce Joël-là, l'homme d'affaires intransigeant, celui qui ne fait pas de concessions.

Joël interrompt mes pensées.

— Tu aurais dû te taire.

— Mais j'aimerais connaître un peu mieux nos affaires, dis-je pour ma défense.

— Ici, la propriété est une affaire d'hommes. Tu devras t'y faire!

— Est-ce que tu es satisfait de l'entente?

— C'était un juste prix. De plus, ils travailleront pour nous encore un temps.

— Comme Fadila et Nazim?

— En quelque sorte, répond-il.

Un autre brouillard d'incertitude plane sur cette réponse évasive.

Je suis un peu confuse. J'ai faim et très soif. La journée est très avancée et je sens qu'elle me glisse entre les doigts. Étrangement, Joël ne prend pas le chemin du retour. Ses traits d'homme coriace s'assouplissent. Il a certainement besoin d'un peu de temps pour digérer l'achat et me pardonner mon manque de diplomatie, peut-être. Son après-midi a été rempli de contrariétés. Il a été probablement plus éprouvant que le mien. Je patiente en silence. Nous roulons maintenant vers l'est depuis un moment sans échanger un mot. Un climat d'hostilité flotte dans l'air surchauffé de la jeep. Les paroles d'Amine me trottent dans la tête. Mais comment puis-je laisser ses allégations briser une escapade que je voulais amoureuse?

N'en pouvant plus, j'essaie de savoir où nous allons.

— Nous ne rentrons pas par le même chemin?

Il arbore encore son air renfrogné.

— Nous allons acheter une nouvelle brouette, jette-t-il gravement.

— Tu es sérieux?

Je le regarde, les yeux ronds. Il se met à sourire et ses joues se creusent de fossettes.

— Pendant que nous sommes par ici, il y a quelque chose que je veux te montrer.

— Qu'est-ce que c'est?

— Tu verras.

Il a réussi à piquer ma curiosité et ma joie revient instantanément. Je l'observe, alors qu'il fixe la route. Je n'ai jamais osé le regarder aussi intensément. Comment peut-il être à la fois si dur en affaires et si tendre avec moi? J'essaie de reléguer mes pensées sombres dans un coin reculé pour ne profiter que de notre proximité. N'eût été mon intervention, sa prestation aurait été sans faille. J'apprendrai bien un jour à comprendre sa vie d'homme d'affaires.

À coup sûr, il a du caractère et de la personnalité. J'admire son physique élégant. Sa maturité, sa prestance, sa virilité me font fondre de désir.

mal choisi pour retomber dans le passé. Ici, il fait chaud, très chaud, et j'espère bien que le temps restera clément pour réchauffer l'atmosphère jusqu'à son paroxysme.

Après nous être un peu sustentés, nous nous rendons au marché côte à côte.

— Est-ce que nous sommes déjà venus ici ensemble?

Une image de mon enfance me traverse l'esprit, celle d'Aladin et de la lampe merveilleuse. Je me retrouve réellement dans un souk achalandé. C'est irréel.

— Je t'avoue que c'est notre premier voyage ici. Voilà un souvenir unique, juste pour toi.

— Que nous aurons en commun. C'est gentil!

Moi qui vis recluse depuis des semaines, j'ai le tournis de me retrouver ainsi, au milieu d'innombrables objets hétéroclites, sous les dais de toile qui protègent les vendeurs du soleil. Les bruits discordants et les senteurs se combinent; toutes les nuances vives se marient comme un jour de fête. On retrouve ici tout ce qu'on peut imaginer dans un tel lieu, des chaussures, des sacs à main, des coussins en cuir multicolores, des meubles et des écheveaux de laine brute. Je n'ai pas suffisamment d'yeux pour tout voir. Les amoncellements de tapis aux motifs divers et aux couleurs explosives surprennent. Certaines carpettes sont étendues directement sur le sol; d'autres, suspendues à la vue de tous, ornent les murs blancs comme des étendards. C'est une splendide harmonie arc-en-ciel.

Selon un marchand, ici, le tapis trône fièrement au sommet de l'artisanat local. Il a sans doute ses origines dans l'ancien Empire perse, qui a jadis dominé culturellement une très vaste région. Le tapis à points noués de Kairouan, ou zarbiy, a même son appellation contrôlée. Disposée à tout découvrir, je m'imprègne de l'ambiance et des odeurs distinctives de fruits frais et d'herbes aromatiques qui émerveillent mes sens.

Joël m'adresse des regards mielleux. Il scrute mes réactions ou me frôle le visage en pointant du doigt tel ou tel motif. Je l'imite. Nos gestes trahissent bientôt nos envies complices. Il fait toujours chaud. Le soleil est encore bon et la rue, même bondée de touristes, offre une ambiance riche d'émotions et de découvertes. On peut entendre ici et là une multitude de langues, l'arabe, bien sûr, mais aussi l'anglais et le français parlés par la plupart des commerçants. Personne n'est indifférent dans ce joyeux tumulte. Un Américain inquisiteur veut faire des affaires d'or devant un étalage de théières ouvragées. D'autres individus qui voyagent en groupe suivent une guide qui rassemble de son mieux son troupeau. Un couple admiratif regarde les bijoux; l'homme veut probablement offrir une bague à sa conjointe.

Joël m'initie aux épices sur un étal à ciel ouvert; il y a tant de diversité! Je lui demande si nous pourrions en rapporter à Fadila et il achète un échantillonnage conçu pour les touristes, même si notre cuisine est sans doute déjà bien garnie. Tant de découvertes me rendent euphorique. En retour, je sens bien que Joël est d'humeur à me faire plaisir. Il se met à rire de moi, lorsque, en reniflant de trop près un produit, je me mets à éternuer, faisant voler la fine poussière couleur d'or sous l'œil colérique d'un homme au turban porté serré.

Mes efforts pour résister à l'enthousiasme collectif sont bien inutiles. Mon compagnon est lui aussi emporté par la transe et son charme en est multiplié. Mes chances de lui appartenir s'améliorent chaque seconde. Ma garde fond comme neige au soleil et je ne rêve que de succomber. Pourquoi combattre mon désir? Ce n'est pas un caprice, c'est maintenant ma raison de vivre. Mais il doit m'embrasser en premier. J'ai peur que ma passion ne l'offusque, qu'elle ne soit pas réciproque.

Le mot tentation a perdu sa connotation négative. Il n'est plus lié à la transgression d'un interdit ou d'une règle. Pas de regret, pas de remords, personne pour me sermonner ou me faire la morale. Mon désir qui, au début, n'était qu'une illusion, une excentricité de mon cerveau, est maintenant réel, bien tangible. Je suis si bien, une montagne russe d'émotions dans le corps. Je reçois comme une bénédiction un soubresaut d'adolescence. Je veux plus, j'espère même lui prouver que je suis de retour en version améliorée, que je suis la Sophie qu'il a épousée et qu'il attend. Je me sens renaître. Une douce folie gronde en moi. J'assume cette passion naissante. C'est un appel qui m'invite à vivre au présent.

Joël interrompt abruptement ma réflexion.

— Savais-tu que la grande mosquée porte aussi le nom de Sidi Okba?

Il me regarde avec ses grands yeux savants. Pour ne pas le froisser, je lui indique l'affiche qui désigne l'entrée. On peut y lire exactement ce qu'il vient d'affirmer.

— Voilà, j'ai raison!

Je souris, ravie qu'il prenne la chose avec humour.

Le mur d'enceinte de la mosquée s'impose dans tout le quadrilatère par sa hauteur et ses contreforts massifs. À l'ombre de la grande porte, Joël, qui ne lâche pas ma main depuis le marché, m'attire à lui; ses mains se faufilent sur ma nuque et se dirigent vers mon cou pour atteindre mon menton que je soulève déjà pour parvenir à ses lèvres pulpeuses. Nos corps se répondent mutuellement, se touchant délicatement. Ses bras m'enlacent solidement, avec conviction. Ma main caresse la base de ses cheveux. Je goûte au bonheur attendu. Notre premier baiser dure jusqu'à ce que le muezzin, du haut de son minaret, se mette à chanter l'appel à la prière de dix-sept heures six.

J'ai un léger malaise, non pas parce que Joël me fixe dans les yeux, mais parce que nous sommes entourés de musulmans qui s'engouffrent par la porte en psalmodiant déjà les préceptes de Mahomet.

— Je t'aime, Sophie!

Pour masquer ma gêne, je lui demande à l'oreille si nous pouvons entrer nous aussi. Il m'entraîne à la suite des fidèles et des touristes. À l'intérieur, l'impression d'austérité diminue au fur et à mesure que nous détaillons le mur de briques ocre. L'immense cour de dallage nous attend, bordée de galeries aux colonnes ouvragées, surplombée d'un côté par une coupole immaculée. De l'autre, l'ensemble est dominé par un colossal minaret carré à trois larges paliers crénelés, coiffé d'un dôme nervuré. Tout cet espace à ciel ouvert évoque déjà la préséance que cette grande mosquée a eue dans l'histoire. La visite guidée de ce sanctuaire s'impose, mettant en veilleuse ma hâte de retrouver Joël seule à seul.

Les pièces que nous visitons nous offrent l'occasion de mieux comprendre la richesse de l'amalgame culturel et intellectuel du monde arabe. Nous découvrons des portes ornées de sculptures et de boiseries, des mosaïques plus belles les unes que les autres, des motifs géométriques complexes composés d'étoiles, de losanges incrustés, d'entrelacs complexes répétés rigoureusement. Les enfilades de colonnes de marbre multicolore se succèdent. Une multitude de mots s'empilent aussi dans ma tête : tambour octogonal, niche intérieure, cannelures concaves, clef de voûte, arabesques et autres évocations architecturales retraçant toutes les époques nourrissent maintenant mon intellect et mes tympans. Étrangement, ces mots ne me sont pas étrangers; mon savoir architectural est ranimé et me berce de ses sonorités.

Nous ne pouvons pénétrer le lieu sacré, réservé aux musulmans, mais chaque pièce que nous visitons rappelle le passé somptueux et les multiples savoir-faire de plusieurs siècles d'occupation et de métissage ethnique.

— Joël, tu ne trouves pas que nous ne sommes pas à notre place, ici? dis-je tout bas.

— Que veux-tu dire? Tu n'aimes pas la visite?

— Non, j'ai juste l'impression qu'il n'y a pas beaucoup de gens qui pratiquent notre religion, autour de nous.

— Tu as probablement raison. La guide parle d'environ vingt mille catholiques en Tunisie, pour la plupart des étrangers.

Il est tard et nous ne pouvons terminer la visite. Je n'ai plus de pieds ni de patience. Je feins l'intérêt, mais Joël est le joyau que je veux obtenir. Le soir tombe. Soudain, je m'inquiète de la route qu'il va nous falloir couvrir. Nous en avons pour près de deux heures. Aurons-nous le temps de revenir chez nous avant la noirceur?

Joël me chuchote à l'oreille.

— Je pense bien que ce serait plus sage de trouver un hôtel et de dormir ici.

Je lui adresse un sourire complice. Nous devons être dans la cité où les rêves se réalisent, car jamais je n'ai espéré une telle opportunité. Après une caresse à ma joue, il s'élance vers la guide pour s'informer. L'hôtel *La Kasbah* se situe à moins de cinq cents mètres sur la même rue que la mosquée. Le stationnement est maintenant presque vide, les autobus de voyageurs ont déjà quitté les lieux.

C'est un hôtel en briques luxueux et moderne, qui s'harmonise parfaitement avec les détails architecturaux antiques de la médina : grande porte en arc outrepassé comme un fer à cheval, murs crénelés, grande cour où se trouve une piscine bordée de palmiers, de chaises longues et de parasols.

Les formalités réglées, nous gagnons notre chambre. Je remarque immédiatement le lit matrimonial. Il n'y a pas d'ambiguïté possible.

— Voilà, nous y sommes!

— C'est très chic! Le plafond est impressionnant.

— Tu veux te rafraîchir un peu?

— Je pense même que c'est obligatoire, après la journée qu'on a passée. J'ai l'impression qu'on est parti depuis trois jours.

— Prends un bain si tu veux, je vais aller faire le tour du propriétaire et réserver le restaurant.

— Euh... d'accord, mais je n'ai pas d'autre robe que celle-ci.

— Elle ira très bien, murmure-t-il sur ma nuque en me poussant délicatement, corps contre corps, vers la salle d'eau de marbre blanc.

Devant le miroir, il passe ses mains dans mes cheveux qu'il dénoue pour qu'ils retombent sur mes épaules. Je nous regarde timidement dans la glace, gênée par l'image séduisante qu'elle me renvoie. Il soulève mon menton pour que je nous observe.

— Regarde comme tu es magnifique!

Il pose un baiser sur mes cheveux en me tenant par les hanches. Je peux sentir son désir. Il déplace une main sur mon ventre, remonte lentement l'autre sur mon épaule, effleure au passage la naissance d'un sein. Je sens son souffle. Je me mords la lèvre inférieure de plaisir. Lui aussi est impatient. Il joue au chat et à la souris. Puis, brisant l'instant présent, il recule pour me laisser seule dans cette pièce de marbre immaculé.

Je ne me retourne pas. J'entends la porte se refermer derrière moi, puis celle de la chambre claquer un peu plus fort. Il est sorti. Je quitte ma robe, qui tombe informe sur le sol. Je reste un moment hypnotisée par mon image. Mon corps ne porte plus aucune trace de mon accident. Le temps a bien masqué mes blessures.

Joël, oh! Joël, un nom si doux, si sensuel! Je le prononce à haute voix, mais le miroir me renvoie l'image floue d'un moi antérieur accompagné d'un homme blond, différent, qui se tient derrière moi. Prise de vertige, je rejette cette image, probablement celle d'un ex-copain. Je me précipite sous la douche pour dissiper le passé en espérant que la suite sera encore meilleure, à la hauteur de mes envies. Après quelques secondes de pluie, je me ravise et prends un bain pour me détendre un peu. Je somnole dans l'eau, concentrée sur l'enveloppe charnelle de mon fabuleux mari. Il ne sert à rien de courir. J'y suis déjà. Et Joël reviendra.

J'entends aussitôt la porte de la chambre. Joël me crie.

— C'est moi! Tu es là?

Déjà! Ça y est, je suis nerveuse.

— Je sors!

Je me dépêche de rafraîchir le tissu léger de ma robe, elle séchera en un rien de temps. J'hésite un peu avant de me présenter devant Joël avec cette robe mouillée sur le dos. L'expectative atteint un niveau rarement aussi élevé. Finalement, je laisse retomber le tissu informe sur le bord de la baignoire et m'enroule dans une robe de chambre soyeuse pour sortir précipitamment, déterminée à me laisser porter par les événements. Le soir tombe. Des bougies font chatoyer le plafond de bois ouvragé. De dos, une serviette autour de la taille, Joël met la dernière main à une robe toute désignée pour la soirée qu'il étale sur le lit dans l'intention de me l'offrir. Il se retourne. Comme un garçon pris en flagrant délit, il perd sa serviette.

— Je suis allé à la piscine.

C'est son seul argument. Je regarde sans gêne. Je retire lentement mon peignoir. Nos corps s'appellent naturellement. Je peux finalement assouvir ma soif d'exploration. Je fais glisser sur son dos mes doigts qui descendent progressivement vers ses fesses bombées et fermes. Enfin, il laisse lui aussi tomber toutes ses barrières. Il me chuchote des mots tendres à l'oreille en parcourant de ses mains mon cou et mes seins. Nos corps parlent une langue commune. Le désir a été exacerbé par la si longue attente. Il me couche sur les draps et me recouvre de son corps athlétique. Il sait y faire. Nous nous délectons de chaque millimètre d'épiderme. Ses ongles frôlent ma poitrine, ses mains prennent tout leur temps. Les yeux dans les siens, je contemple ses muscles avec mes doigts, comme si chacun voyait et enregistrait les courbes fermes de son corps. Il m'embrasse avec volupté; je lui rends son étreinte. J'essaie de dégager mon corps prisonnier sous le sien. Je veux, moi aussi, découvrir ses larges épaules, son torse lisse, tout. Ma langue sur sa peau le fait frémir. Il murmure mon nom :

— Sophie, il y a si longtemps!

— Tant que ça?

— Je n'en pouvais plus de t'attendre.

— Je suis là, maintenant.

Nos paroles se font moins utiles; les caresses nourrissent notre envie. Mes jambes se mêlent aux siennes. Notre respiration se synchronise. Il me bascule et me domine. Il n'y a plus aucun doute, plus aucune question. Nous sommes ouverts l'un à l'autre, consentants. Nous profitons de cet instant unique que je peux graver dans ma mémoire comme étant notre première fois. Oui, il est mon époux. J'en ai maintenant la confirmation.

Ma tête sur son épaule, je me réveille en sursaut. Il replace son bras en le faisant remonter le long de mon dos. De sa voix chaude, il me complimente encore au sujet de mon corps apparemment si parfait. Il se déplace encore un peu sur le côté pour m'enlacer. Devant lui, je fonds littéralement.

— Tu as faim? demande-t-il.

Il fait plus sombre. La nuit est proche.

— Juste de toi? Oui!

— Le restaurant nous attend. Moi, je serai encore là après. Cette journée m'a affamé!

Il récupère la robe, qui s'est finalement étalée sur le sol.

— Je l'ai achetée pour toi. J'espère qu'elle t'ira. Turquoise comme le tableau que tu préfères dans le salon et comme la piscine où tu aimes nager.

Il la dépose sur moi.

— Elle te va à merveille. Simple et rafraîchissante, tout comme toi.

Je me sens comme une princesse dans son palais. Je me prépare en quelques minutes. Lui, avait certainement prévu le coup: il a un nouveau pantalon et une tunique qui lui donne un air... tunisien.

J'entre au bras de mon amant dans un restaurant très élégant. Les murs en pierres de taille ocre montent très haut. L'éclairage feutré provenant de projecteurs invisibles près du sol leur donne un aspect massif de cité antique. L'atmosphère est enveloppante, bien que la salle à manger soit peu achalandée. Joël a réservé une table dans une loggia à l'écart, derrière une immense colonne. Le mur opposé est paré d'une mosaïque de céramique dessinée de fines volutes florales symétriques brunes, bleues et vertes, aux contours soulignés par une bande de couleurs plus contrastantes.

Joël recule ma chaise et m'invite à m'asseoir d'un geste solennel. Il commande une bouteille de vin à notre serveur avant de regarder la carte. Nous discutons du menu et choisissons chacun un mets au nom évocateur.

— Tu aimes cette table? C'est magique, non?

— C'est probablement le souper le plus romantique dont je me souvienne, dis-je avec humour.

Je ris, gênée. Il m'en promet beaucoup d'autres. Il joue avec mes mains qu'il caresse et observe tout à la fois. Le service est lent. Nous avons le temps d'espérer nous retrouver à la chambre. Cependant, lorsque la nourriture et le vin arrivent enfin, tout est parfait. Mon assiette garnie de généreuses crevettes réveille en moi une brise venue du large qui me sort des menus plus traditionnels de Fadila. Ma vie prend une voie qui me comble. Il est près de minuit lorsque nous réintégrons la chambre nuptiale.

Le lendemain, nous nous prélassons un long moment avant le déjeuner à la chambre, puis nous profitons de l'opportunité qu'offre l'hôtel. En effet, il possède un hammam. La relaxation que procure le bain de vapeur, dans ce cadre enchanteur, nous fait un bien immense.

Plus tard en après-midi, nous quittons à regret cette réelle oasis pour compléter notre visite de Kairouan. Pour agrémenter notre nouveau cocon, Joël me fait choisir un splendide tapis. Le marchandage est d'une étonnante facilité pour mon homme. Il s'exprime avec rapidité et conviction, sans insulter quiconque. Il a du bagout. Il se montre d'abord désintéressé et remet le vendeur à sa place sans lui donner l'avantage, alors qu'il essaie d'obtenir bien plus qu'il ne le devrait. Le jeu semble lui plaire. Joël obtient notre tapis à un très bon prix. J'en conclus que l'art de la négociation fait partie de ses atouts. Il est légèrement plus ardu d'arrimer le rouleau sur la jeep, surtout à côté de notre nouvelle brouette.

Au sortir de la masse mouvante des pèlerins et des odeurs qui vont avec, je suis soulagée de retrouver le confort et la promiscuité que nous offre la Jeep.

Joël a déniché une carte routière de la Tunisie. Nous choisissons ensemble de prendre une route différente afin d'explorer la région. Pour la première fois, je peux me faire une idée de ma position dans le monde. Du bout du doigt, j'étudie les différentes possibilités de routes. De Kairouan, on peut se rendre à Sousse, au bord de la mer, soixante kilomètres plus loin.

— La prochaine fois, on pourrait aller se baigner à la mer?

— Ce serait une idée.

Je ne trouve pas l'endroit où se situe notre maison. Joël me l'indique, au sud du village de Bargou, que j'ai eu de la difficulté à trouver. Je suis le tracé jusqu'au nord, jusqu'à Tunis, la capitale. Un peu plus haut sur la carte, inscrit dans un espace bleu, il y a le mot Méditerranée. Un sentiment de vide m'envahit. Je me sens loin, sans savoir de quoi.

Le retour est long. J'ai hâte d'être chez moi. Il y a toujours quelques zones agricoles, mais les prairies arides, quasi désertiques, s'étirent à perte de vue. La route choisie est aussi plus vétuste. Tout à coup, un point au loin sur la route se met à grossir. C'est une femme vêtue de noir qui marche à côté de son âne. Le baudet a les flancs chargés de deux énormes paniers. Nous en faisons le tour avec précaution.

— Où va-t-elle? Il n'y a pas grand village par ici.

— C'est un fait, mais elle a certainement une maison pas loin, car, sous ce soleil, ce n'est pas long qu'on meurt déshydraté.

Joël a le don d'expliquer les choses un peu trop crûment.

Nous sommes tout de même heureux de voir ce décor, qui ne se prête pourtant guère au tourisme. Nous dépassons un petit mausolée blanc avec ses colonnes turquoise et une usine, peut-être une carrière, qui semble exploiter de la pierre blanche. Puis nous traversons, par une vallée qui fait office de porte, une barrière de roc qui semble clore le désert. Cependant, ce n'est que le début d'une série de détours qui nous ramènent finalement au passage que nous avons emprunté pour sortir de notre vallée. Elle m'apparaît verdoyante, même sous le soleil déjà couché. Le maigre filet de lumière et la fatigue ne me permettent plus de reconnaître la route poussiéreuse qui mène chez nous ni de lire la carte. Je m'en remets donc à Joël. Même si je le soupçonne d'avoir commis quelques erreurs, je ne lui en fais pas la remarque. Les hommes sont parfois contents d'être maîtres en de telles situations. Lorsque le djébel Bargou dessine sa sombre silhouette, je comprends que nous sommes à la porte de chez nous.

— Tu as un bon sens de l'orientation.

Il gare la jeep en souriant. Avant qu'il ne sorte, je me précipite au-dessus du boîtier de vitesse pour l'embrasser. Il dénoue le lacet de ma nouvelle robe turquoise pour y glisser la main, puis suspend son exploration.

— Viens, aide-moi à descendre le tapis. Tu as fait un bon choix. Ce sera beau dans le séjour. J'ai hâte de l'essayer.

— J'aime les couleurs vives. Ça met de la vie et du piquant. Est-ce que tu veux aussi tester la brouette immédiatement?

Il prend mon visage entre ses mains et m'observe comme si j'étais une nouvelle personne. Son regard profond me fait fermer les yeux. Il me répond avec sa langue. Puis, mettant fin à l'étreinte, il s'exclame, victorieux:

— Allez! Le travail avant le jeu. Rentrons-le vite! Nous irons nous baigner ensuite. La nuit est belle.

— On en a bien besoin! La route a été longue.

Personne ne doit s'expliquer, personne ne demande non plus comment s'est passée notre escapade. J'ai envie d'intimité avec Joël et c'est ce que j'obtiens. Nous prenons seulement le temps de sortir la limonade sur la terrasse; la route et la chaleur ont vu ma dernière goutte de salive s'évaporer.

Joël s'approche de moi en enlevant sa chemise, le regard sans équivoque, provocateur et invitant. Le jeu est alléchant. Je me dévêts délicatement sans crainte, sous les milliers d'étoiles. Ses gestes sollicitent les miens. Ils sont judicieusement synchronisés, avec lenteur et harmonie. Nous sommes maintenant nus face à face sans nous toucher. Je soutiens son regard, lui le mien. Il ne faut pas abuser de l'éternité.

Il plonge le premier. La piscine nous accueille, deux êtres dénudés, deux mammifères aquatiques qui glissent l'un contre l'autre sans frottement, qui se tortillent pour mieux juger de la grandeur du territoire à explorer, pour découvrir chaque parcelle. Il est là pour moi et je suis déterminée à lui plaire coûte que coûte.

La veille, lui et moi avons pris le déjeuner sur mon lit comme des copines en vacances. Aujourd'hui, je suis de retour de voyage avec mon amant. J'ai envie de me fondre dans son être, de m'approprier tout son espace, de m'enchâsser comme une pierre précieuse dans son écrin. Cette nuit, dans ma chambre, nous poursuivons la réappropriation de notre intimité.

Au matin, lovés l'un contre l'autre, nous faisons la grasse matinée en exploitant au maximum notre complicité. Joël ne cesse de me toucher, de me mordiller, de me regarder avec des yeux sensuels.

— Tu as faim?

— Tu as toujours faim, toi!

— Sérieusement, je dois prendre des forces.

Super! Je l'ai déjà anéanti! Je ris. J'essaie de le dissuader de manger en laissant glisser ma main vers son bas-ventre, mais mon estomac émet un grondement gênant de désapprobation.

— Je crois qu'on doit le nourrir, dit-il, l'air amusé, en mordant mon ventre où il laisse la trace de ses dents.

Il bondit hors du lit et se dirige flambant nu vers l'escalier.

— Habille-toi!

Il se retourne en s'exhibant à ma vue.

— Pourquoi? Fadila et Nazim ne viendront pas, aujourd'hui. Je leur ai donné congé.

Eh bien, oui, pourquoi s'inquiéter? Nous sommes chez nous, après tout. Nous avons tout notre temps et je suis très heureuse de la tournure que prend ma vie.

Nous passons ainsi notre seconde lune de miel entre ma chambre et la piscine.

4.

Joël me fait aussi explorer les abords de la plantation. Les promenades que nous faisons à l'extérieur, main dans la main, me font découvrir l'homme cultivé qu'il est. Il a voyagé et il peut parler d'une infinité de sujets. Ma mémoire n'est pas complètement morte, puisque je suis capable de discuter avec lui d'histoire, d'art et de science.

Son rythme de vie est bien orchestré. Il se rend régulièrement à son bureau de Siliana. Il peut ainsi s'acquitter de ses différentes obligations sans trop délaisser sa femme. Je comprends mieux, maintenant, ses allées et venues. Je ne sais quels étaient nos horaires respectifs auparavant, mais il semble heureux de l'arrangement actuel. Parfois, tard dans la nuit, il traverse de la chambre au bureau.

— De petites affaires à régler, me dit-il.

C'est mignon, mais j'ai peur qu'il s'épuise à tenir autant de projets à bout de bras. Une vraie girouette!

À une occasion où nous sommes seuls à la cuisine, Joël m'offre de me préparer un repas. Tout content de lui, il me présente un plat rempli de choses gluantes.

— J'ai fait acheter une cargaison de calmar frais à Bargou.

Je le dévisage. Il est tellement fier de son assiette!

— Je vais même les apprêter moi-même comme tu les aimes, avec un peu de sel et du citron, tout simplement.

— Euh! On en mange souvent de cette…

— Tu n'as pas l'air convaincue. Tu aimais pourtant ça, avant.

Comment peut-il croire que je vais manger ça? C'est dégoûtant! Je ne veux pas le décevoir, mais je ne veux même pas goûter à ça.

— Je suis désolée, Joël, mais je n'ai pas faim du tout. Je vais te regarder les manger, si tu veux.

Il semble fort déçu, peut-être même blessé. Il s'était fait une joie de me présenter son emplette, d'après ce que je vois.

— Je voulais te surprendre. Je croyais que… Tu as pourtant mangé des crevettes, il y a quelques jours?

— Ce n'est pas la même chose.

Il se retourne, empoigne le contenant et le jette brusquement dans la poubelle.

— N'en parlons plus.

— Nous mangerons le reste de couscous, si tu veux.

— C'est moi qui n'ai plus faim, à présent.

Je n'arrive pas à lire ses émotions sur son visage lorsqu'il passe près de moi pour monter à son bureau.

— Je dois travailler, maintenant. Tu mangeras ce que tu veux.

Je reste seule à la cuisine avec le remords d'avoir gâché sa surprise. Pourquoi, parfois, tout est-il si compliqué? Et comment est-ce possible qu'en dix ans de vie commune, il ne se soit pas aperçu de mes préférences? Ce n'est pas possible que mes goûts se soient modifiés à ce point à cause de l'accident.

Lorsqu'il redescend en fin de journée, il m'annonce sans préambule :

— Je dois partir!

— Non! Pas déjà! Il y a moins de deux semaines, tu as été absent plusieurs jours.

— Je dois prendre possession de la nouvelle propriété. Elle doit être entretenue.

— Ça peut attendre à demain?

— Si je ne suis pas là, rien n'avancera. Je dois dresser le calendrier d'opération. Je vais résider quelque temps là-bas.

— Je pourrais t'accompagner. Je saurais me rendre utile. Je me vois déjà organiser la nouvelle maison en y mettant ma touche personnelle.

À voir sa mine sévère, je me dis que je l'ai blessé.

— Ce n'est pas un milieu pour toi et, en plus, c'est loin.

— Ce n'est pas si loin! On y est allés la semaine dernière. On a même découvert un petit je ne sais quoi… très intéressant.

Je veux lui rappeler notre première nuit à l'hôtel, un moment mémorable pour moi, comme si ce fragment brillant provenant d'un miroir jadis brisé illuminait ma vie depuis. Ce nouveau premier souvenir de notre union joue le rôle de pierre d'assise. À l'évocation de la nuit romantique que nous avons connue dans une sorte d'oasis au milieu du désert, je sens encore le désir monter en moi. Je me sens faiblir.

Mais mon allusion ne semble trouver aucun écho.

— Tu ne veux déjà plus de moi?

Cette boutade n'améliore pas les choses. Je remonte dans sa chambre à sa suite. Il se renfrogne encore plus, et jette littéralement ses vêtements dans un sac de cuir brun. Je regrette déjà ma tentative de chantage. La peur de rester seule me fait monter les larmes aux yeux.

— Qu'est-ce que tu veux? Tu ne trouves pas que je t'ai consacré assez de temps? C'est toi qui ne me fais pas confiance.

— Je veux être avec toi toutes les nuits.

— Moi, je te veux ici, c'est tout.

— Mais…

— Arrête de discuter. Là-bas, tu ne serais qu'une distraction! Je n'ai pas que ça à faire, m'occuper de toi. Tu restes ici. Toi, tu es la femme de Djébel-Bargou.

Eh merde! Je viens de tomber de mon socle. L'image me crève les yeux. Je suis la statue d'ici. Lui sera là-bas, il pourra faire et dire ce qu'il voudra. J'enrage. On ne discute pas avec Joël, on suit son plan.

«Je n'aurais pas dû le contrarier, me dis-je. Il est si préoccupé! Les affaires doivent être rudement compliquées. Lorsqu'il reviendra, je serai plus attentionnée.»

Dans l'après-midi, il quitte le Bargou et la femme de ce lieu par la même occasion. Il disparaît dans un nuage de poussière, après un long baiser et quelques paroles encourageantes. Je reste devant le garage à lui envoyer la main. Était-ce toujours ainsi, avant? Apparemment, ma vie comporte des failles. J'espère que ce ne sont pas des crevasses infranchissables. Chers neurones pourriez-vous reprendre du service rapidement, s'il vous plaît? Parfois, j'ai l'impression d'être morte.

J'attrape Bastat sous le porche et rentre m'affaler sur le canapé, à l'air conditionné, pour la caresser. Je m'épuise juste à sauver les apparences. En réalité, j'aurais envie de m'effondrer, de crier à l'injustice, de retourner à ma vie d'avant, celle qui n'existe nulle part ailleurs que dans la tête de Joël. J'aimerais tellement pouvoir être colocataire dans son cerveau! Je saurais tout sans rien demander. Je pleure en silence, de peur d'alerter Fadila qui a repris son poste de cuisinière ce matin. De m'apitoyer ne sert à rien, mais je m'accorde un bref moment de désespoir.

Joël a probablement raison, rien ne sert de remuer le passé. Il faut vivre l'instant présent, c'est mieux.

— Essaie de garder l'équilibre, me conseille-t-il depuis l'accident.

Difficile, lorsqu'on passe de l'overdose d'amour au sevrage le plus complet. Je suis amoureuse, ça, c'est indéniable.

Bien entendu, je ne peux pas demeurer éternellement recroquevillée sur le canapé. Lorsque j'entends la vaisselle tinter dans la cuisine comme un appel de la réalité, je vais offrir mon aide à Fadila. Très maternelle, elle accueille mes soupirs.

— Tu vas voir, il va revenir. Ce n'est pas grave. Tu n'as pas seize ans! Tu peux attendre un peu!

Fadila n'a pas besoin de me le rappeler. Elle sourit beaucoup trop. Je me sens comme une gamine à qui on avouerait qu'on a percé son mystère.

— Oui, mais il me manque déjà.

— Il vient de partir! réplique-t-elle, découragée devant mon attitude puérile.

Pour la première fois depuis que je suis ici, Fadila m'énerve. Elle me fait la morale comme si elle était ma mère. Avant le souper, je prétexte un mal de tête pour m'évader dans ma chambre. Je me laisse tomber sur le lit et ne me réveille que le lendemain matin. Comme toujours, je me rends à la cuisine où Fadila est encore affairée.

— Tu as meilleure mine ce matin. Le repos t'a fait du bien.

Elle sourit toujours, mais son ton a changé.

— Je m'excuse pour le souper d'hier. Je vais t'aider, aujourd'hui. Ça va m'occuper l'esprit.

Les jours suivants, Fadila me montre à réparer les paniers pour la cueillette des olives et à façonner la pâte à pain traditionnelle. Je me remémore alors une phrase qu'on m'a déjà dite: *Il est préférable de s'intéresser aux autres plutôt que d'attendre toute sa vie qu'ils s'intéressent à vous.*

Je profite donc d'un moment où je suis à la table de la cuisine avec Fadila pour mieux la connaître, pendant qu'elle s'affaire à préparer le tajine de navets aux dattes. Plusieurs légumes traînent sur le comptoir: artichauts, tomates poivrons, olives, carottes, oignons, pommes de terre. Fadila cuisine toujours comme si elle espérait une visite impromptue.

— Fadila, je suis contente que tu sois là. Tu remplaces un peu ma famille. J'aimerais que tu me parles un peu des tiens.

— Ils sont dispersés, répond-elle en se levant pour mettre l'eau à bouillir.

Il me vient à l'esprit que ma mère devait aussi faire ces petits gestes quotidiens, s'oublier pour les autres aux dépens de sa propre personne.

Je me propose pour faire le thé aromatisé au géranium. Je nous le sers accompagné d'amandes grillées.

Tout en travaillant, elle évoque certains pans de sa vie. Son époux est mort d'une courte maladie, faute de soins adéquats. C'était un mariage arrangé par les deux familles. Elle l'appréciait, mais ne s'était jamais sentie aussi amoureuse que les jeunesses modernes. L'expression me vise personnellement et elle rit de bon cœur. Son fils a épousé une étrangère et ils se sont expatriés. Sa vie dans un pays voisin n'est pas plus rose que celle d'avant.

— C'est votre seul enfant? Avez-vous des filles?

— Bien sûr! C'est utile, les filles! J'en ai trois. Les deux plus vieilles, Rafika et Dalel, sont bien mariées. Elles vivent plus près d'Hammamet. Elles travaillent dans les hôtels touristiques sur la côte. Par là-bas, c'est plus facile. Elles m'ont déjà donné six petits-enfants, de vrais trésors. Ma plus jeune, Hedia, étudie à Tunis. Elle va se marier avec le fils de Nazim. Ils se connaissent depuis toujours.

— J'aimerais bien les rencontrer. Elles doivent être très gentilles.

— Si elles viennent pour la cueillette des olives, je te les présenterai.

— Et… toi et Nazim, il y a longtemps que vous vivez ensemble?

Elle paraît gênée, mais avoue tout de même que Nazim est l'homme de sa vie depuis plus de quinze ans.

— Avez-vous toujours travaillé comme cuisinière?

— Depuis que mon mari est parti, oui. J'ai besoin de travailler pour subvenir aux besoins de mes enfants. La famille, c'est important, même lorsqu'elle est loin.

— N'avez-vous jamais rêvé de faire autre chose?

— De servir ici est une grande joie pour moi. Depuis que je vous connais, tout est plus facile. Vous avez apporté un vent de fraîcheur par ici.

Les légumes sont maintenant au four. Le charme de cet après-midi se tarit doucement comme le thé dans nos verres.

— Je dois finir la lessive, me dit-elle pour s'excuser et prendre congé.

Je continue de méditer en regardant un insecte se poser sur la table. Il avance les pattes l'une après l'autre. Même lui a certainement une famille au loin. Et moi? J'aimerais bien avoir la mienne.

Durant la première absence de Joël, je me suis occupée en bâtissant un nouvel univers. Le jardinage est un bon exutoire, mais, maintenant que tout est en état, l'entretien ne requiert que très peu de mon temps et Joël me manque. Je voudrais tout vivre avec lui, je voudrais bâtir mon univers à ses côtés et même avoir des enfants de lui. Est-ce que ma passion était aussi forte avant ou si mon amour renouvelé est différent?

M'a-t-il dit qu'il m'aime, avant de partir? J'aurais préféré qu'il reste auprès de moi, même si je comprends que le travail ne peut pas être balayé du revers de la main. J'ai besoin de lui; il me manque terriblement. Mon corps en sevrage depuis trois jours s'ennuie lamentablement.

Entre apprécier et aimer, combien y a-t-il de verbes pour qualifier l'amour? Mon sentiment d'admiration envers lui est-il réciproque? Le fait que nous sommes en parfaite communion et que nous faisons preuve d'une même tendresse l'un envers l'autre n'est-il pas la preuve que nous éprouvons les mêmes sentiments? Je soupire. Le désir n'est-il qu'un leurre, une ivresse du corps? Mon cœur s'interroge, ma tête tente d'analyser le phénomène, mon corps, lui, est juste impatient que Joël revienne. Je suis sa Sophie, je suis son trésor, mais il me fait vivre l'enfer en m'obligeant à l'attendre seule ici. Avant mon accident, combien de fois l'ai-je attendu?

Je me tortille comme une chenille dans mes draps. La source de mon bonheur s'est enfuie et mon énergie est à zéro.

Pour tromper l'attente, je dois peut-être me remettre à peindre. Je passe donc les quatre jours suivants dans mon atelier. Les pinceaux et l'acrylique sont prêts, mais ma main refuse tous les ordres de mon cerveau. Je n'arrive même pas à déposer la peinture en petites gouttes sur la palette, encore moins à peindre. Les toiles de ma chambre sont si complexes! Elles transmettent une gamme de sentiments qui traversent le cadre. Les couleurs se chevauchent admirablement, le flou du trait de pinceau est parfait. Pourquoi, alors, n'en ai-je plus aucune envie? Le choc sur ma tempe? Un coup du sort? J'ai perdu mon aptitude pour la peinture au profit de mon goût pour le jardinage? C'est tellement irréel! J'espère vraiment que l'inspiration va me revenir, accompagnée de son fidèle porteur, Joël.

Je mets de l'ordre ici et là. Je passe la plus grande partie de mon temps à attendre en regardant par la fenêtre le profil du Bargou, en me posant des tas de questions et en me languissant pour rien. Qu'est-ce que l'amour? Comment savoir ce qui me faisait vibrer, avant? J'aime être seule et libre de faire ce que je veux, j'aime jardiner et aussi observer toujours et encore les mêmes rochers qui changent de couleur selon l'heure de la journée. Mais il vaudrait mieux vivre tous ces moments en compagnie de quelqu'un. Joël est si beau, si spécial! Dans l'histoire de ma vie qui recommence, il est la base de mon idéal de bien-être.

Dans mon atelier, à défaut de peindre, j'échafaude des théories sur l'amour, mais, rapidement, ce n'est plus suffisant pour combler mon vide intérieur. Je décide d'explorer les alentours. Au début, tout me paraît hors de portée. La terre qui s'étend à perte de vue me terrifie, simplement parce qu'elle est là. Cependant, j'ai la ferme intention d'agrandir mon territoire. Après des semaines cloîtrée dans la maison, je peux enfin dire que j'ai fait le tour du propriétaire. Même si j'ai déjà arpenté les abords du terrain au bras de Joël, je n'ai jamais osé m'aventurer plus loin. Je manque de courage, l'inconnu est un obstacle à franchir, surtout quand on n'a aucun souvenir ni aucune expérience personnelle comme référence. Je me rends compte que je n'ai jamais quitté le domaine seule, alors que plusieurs semaines ont passé. C'est ce que j'entreprends. Je souhaite retrouver ma confiance en moi.

L'oliveraie est relativement grande. D'en faire le tour me prend plus qu'une heure. Je refais et refais le trajet en m'accordant chaque jour une période de découvertes qui s'étire de plus en plus.

En quelques jours, j'ai arpenté la plus grande partie du monde visible. Je surveille les olives qui commencent à apparaître. La récolte débutera en octobre, m'a appris Nazim. Je commence à connaître chacun des sentiers qui sillonnent la terre rocailleuse semi-désertique, blanche sous le soleil, ocre au crépuscule. Je sais les vallons à perte de vue où s'alignent les oliviers plus larges que hauts comme des sentinelles joufflues. Je peux encore faire le tour de chaque arbre; j'en aurai pour des semaines à explorer ainsi.

Cependant, je me languis toujours dans l'attente. J'espère le retour de Joël tout autant que je l'appréhende. Est-ce que je rêve en couleurs? Comment repartir à zéro? Comment pouvons-nous, en tant que couple, survivre à ma mémoire béante? Je me questionne autant que je marche, mais les réponses sont aussi absentes que mon passé.

— Sophie! Sophie!

C'est Fadila qui m'appelle en brandissant une lettre au-dessus de sa tête.

Vite, je quitte mon perchoir, un monticule de gravats à l'ombre entre deux arbres d'où j'essayais de repérer le village, au loin. En quelques enjambées, je suis près d'elle.

— Ça vient d'arriver de Kairouan.

Tout aussi excitée que moi, elle ne se gêne pas pour étirer le cou au-dessus de mon épaule. J'ouvre délicatement

l'enveloppe, j'ai les mains moites. Ma tête élabore dé
tas de scénarios confus. Je déplie lentement l'unique fe

— Allez, allez!

Fadila s'impatiente. Elle saisit mon regard en coin. En feignant l'indignation, elle me laisse un petit espace pour que je puisse lire le texte qui m'apporte une grande vague de soulagement après huit jours de froid intérieur. Mes sentiments se réchauffent enfin. Je serre le papier sur ma poitrine en regardant ma précieuse messagère. Elle ne peut s'empêcher de demander des détails sur le contenu de la missive.

— Alors? Que dit-il? Ne me fais pas attendre plus longtemps!

— Il va bien et il a hâte de revenir.

— C'est tout?

— Oui.

Elle reste estomaquée, puis elle repart, l'air vexé par le manque de bienveillance dont Joël fait preuve.

— Il est sans cœur. Il devrait t'accorder plus d'attention. Son absence va le perdre.

Je la regarde s'enfuir vers la cuisine, déçue que cette lettre n'annonce pas le retour glorieux du prince avec ses caravanes d'or et de présents.

Moi, je suis en extase devant cette suite de mots. Ils sont suffisants pour me permettre de l'attendre. Son écriture est délicate et droite.

Ma belle Sophie,

Je prends le temps, cette nuit, de te dire à quel point tu me manques. Tu as toujours été importante pour moi. Tes rires, ta candeur, ta grande créativité m'ont charmé dès notre première rencontre.

Après ton accident, j'ai cru que notre relation s'était irréversiblement fracturée, mais voilà que tu es de retour dans ma vie, tout aussi belle et attirante.

Pour mon plus grand bonheur, je retrouve mon épouse, et mon amour pour toi grandit encore. Ta nouvelle personnalité me comble et j'ai hâte de revenir bientôt dans notre oasis.

Je n'en peux plus du sable du désert qui me fait grincer des dents.

Ton mari pour toujours,

Joël

Je suis donc son oasis. Je ne suis plus assoiffée dans le désert, je suis désaltérée pour un temps. Je compte vraiment pour lui. Quelle surprise! En quelques mots, un poème à mes yeux, il a su me charmer.

Fadila continue son interrogatoire durant tout le repas, mais je n'ai pas envie de lui lire la lettre; c'est mon jardin secret.

J'excuse Joël en affirmant, un peu pour me rassurer moi-même aussi, que l'entreprise qu'il vient d'acquérir nécessite une période d'ajustement et des sacrifices de la part de nous tous. Il fait face à un nouveau défi; il ne doit pas avoir le temps de penser. Il faut bien que je lui laisse un peu d'espace pendant qu'il travaille. Je pense que je vais lui demander ce que je pourrais faire pour que son projet devienne le nôtre.

La vaisselle faite, je sors m'allonger au bord de la piscine, pensive. *Bientôt!* C'est ce que Joël m'a écrit. Je me demande bien ce que ce mot veut dire pour lui. Demain, ou dans trois jours? La lettre a pris combien de temps à se rendre ici?

Encore une fois, comme l'eau, l'information me file entre les doigts et je dois plonger dans la piscine pour me rafraîchir les idées.

Joël ne donne pas de nouvelles durant les deux jours suivants. Je le suspecte de me faire passer le test de la patience. Il m'a demandé de rester ici; je vais respecter sa volonté et l'attendre sans broncher.

Je marche encore et encore tous les jours. Parfois, j'accompagne Nazim au champ. C'est un petit homme plus vif qu'on ne pourrait l'imaginer. Il parle peu, mais ce qu'il dit est toujours juste. Il me renseigne sur la faune et la flore des environs. Je le perçois maintenant comme le protecteur de notre plantation. Tous les jours, il a des tâches à accomplir, comme si c'était son domaine. Il en connaît tous les rouages et se plaît à me transmettre l'information.

En marchant avec Nazim pour tailler certains arbres, j'en profite pour sonder mon passé. Comme une petite fille gênée, je regarde mes pieds.

— Nazim, est-ce qu'il y a longtemps que nous habitons ici?

— Je ne sais pas, commence-t-il en hésitant un peu. Tu sais que monsieur Akil nous a offert ce travail après votre mésaventure à Tunis. Il avait besoin d'aide pour que vous puissiez vous remettre sur pied.

— Mais, Fadila et toi, vous habitez ici depuis longtemps?

— Ici et là. Nous avons déménagé souvent dans la région. C'est toujours un peu pareil, peu importe dans quelle plantation on travaille.

— Êtes-vous bien, ici? Vous sentez-vous chez vous avec Fadila, moi et Joël?

— Tu me rappelles ma fille. Elle était aussi joyeuse que toi.

Le malaise est perceptible dans son timbre de voix.

— Monsieur, lui, dit-il en marquant une hésitation, il est comme les autres propriétaires.

— C'est-à-dire?

— Il nous paie pour un travail.

Je ne relève pas sa réponse. J'hésite à poser d'autres questions, mais, au bout de l'allée, devant la splendeur du mont Bargou, j'ose lui demander :

— Votre fille, où est-elle, maintenant?

— Elle est morte.

Ses yeux expriment une grande tristesse. Des larmes apparaissent au coin de ses paupières. De toute évidence, la blessure est encore vive.

— Je suis désolée. Je m'excuse.

— Non, ne le soyez pas. C'était il y a plusieurs années, un accident bête. Un peu comme vous.

— Sauf que moi…

Je baisse les yeux, hésitant à compléter ma phrase.

— Moi, je suis ici… avec vous. Je ne peux pas remplacer votre fille, mais je pense que nous formons presque une famille, dans cette maison, avec Fadila.

Nous regardons le coucher de soleil ensemble. Le bruit d'une voiture au loin attire inévitablement notre attention. La poussière s'élève dans l'air chaud. Je ne distingue pas l'auteur de ce vibrant chahut, mais, empressée, je me réjouis à l'avance. Nazim et moi échangeons un regard incrédule en souriant. Je dévale la pente à toutes jambes, sans me faire prier; Nazim me suit de son pas leste.

C'est bien la jeep de Joël et, bientôt, je me jette dans ses bras sans attendre son approbation. Il m'accueille de son air le plus étonné.

— Vous m'attendiez? me dit-il d'un ton théâtral.

Je réplique sur le même ton :

— J'ai cru que vous ne reviendriez jamais.

— Ma belle Sophie, je suis là, maintenant.

Il essuie la petite larme d'émotion qui coule sur ma joue. Je n'ai rien à lui dire de plus. Ses mains sur mon cou réveillent mon désir d'être près de lui.

— Tu as fait bon voyage? Le travail avance? Les assises sont solides? J'espère que tu ne repartiras pas de sitôt!

— Laisse-moi le temps d'arriver. Si tu veux que je reparte, dis-le tout de suite.

— Désolée. Je voulais seulement être certaine que tu es vraiment là et que tu ne t'enfuiras plus.

Il sort sa valise de la voiture et la tend à Nazim en lui demandant de la monter à l'étage. Je suis stupéfaite. Je n'aurais jamais eu l'idée de faire porter mes bagages. L'attitude de Joël me blesse. Je n'ai d'autre choix que de dire :

— Nazim, laisse-nous, je m'en charge.

Joël me foudroie d'un regard réprobateur qui me donne le frisson. Quel est ce besoin de se sentir toujours supérieur? Au moment où Fadila et Nazim prennent finalement congé, je me jette de nouveau à son cou pour dissiper l'inconfort. Je murmure à son oreille :

— Ta lettre m'a émue. Merci! Nous sommes seuls, maintenant. Tu veux te détendre un peu?

Je descends mes mains sur son dos et glisse mes doigts sous sa ceinture pour caresser sa fesse. Il prend mon visage entre ses mains et en fait le tour de ses doigts. Cela me fait l'effet d'un soulagement.

— Tu es tellement douce! Je suis heureux de t'avoir pour moi.

Il m'embrasse goulûment. Notre entente tacite existe toujours. Je réponds à ses caresses.

Je porte moi-même sa valise à sa chambre où nous faisons une escale langoureuse. Sa peau mate sent l'homme du Moyen Âge, mais, loin de m'en éloigner, je veux sentir chacune de ses odeurs et goûter sa bouche avidement.

Nous nous déshabillons avant de descendre à la piscine pour un bain plutôt érotique. Enfin, il est là. Enfin, il comble mon besoin d'être aimée.

Au bord de la piscine, il prend le temps de me fournir quelques renseignements au sujet de son voyage.

— C'est plus difficile que je croyais. J'ai un bon chef de chantier, mais la plantation a été laissée à elle-même longtemps et les travaux ne pourront pas se réaliser si je reste ici à attendre. Il faut réparer le système d'irrigation. La main-d'œuvre est facile à trouver, mais de coordonner les corps de métiers demande de l'organisation.

— Ne pourrais-tu pas gérer la plantation comme tes projets miniers, à partir de Siliana?

— Je vais essayer, mais les vacances ne pourront s'éterniser, je dois aussi retourner au bureau de Siliana cette semaine.

C'est loin de me faire plaisir et de me rassurer. Ma raison peut bien comprendre son besoin de bâtir un empire, mais mon cœur veut seulement un nid pour s'y cacher et se reconstruire.

Joël étire ses vacances auprès de moi pour jouir de deux jours près de la piscine. J'en profite pour lui montrer mes sentiers préférés sur nos terres, ceux que j'ai arpentés avec notre jardinier. Il s'inquiète et plisse les yeux.

— J'espère que tu ne t'éloignes pas de lui.

— J'aurais bien trop peur des bêtes sauvages, dis-je en riant.

— C'est sérieux!

— Joël, ne t'en fais pas pour moi. Je ne commets aucune imprudence.

Cette fois, c'est moi qui prends son visage entre mes mains et qui lui parle comme à un enfant apeuré.

— Ce qui m'est arrivé à Tunis ne se reproduira pas. Je comprends que tu t'inquiètes pour moi, mais ma tête va bien, maintenant. Je suis heureuse avec toi, ici, surtout lorsque tu y es en personne.

— Quand la nouvelle ferme sera organisée, je te promets une vie meilleure.

— Tout ça me convient parfaitement! dis-je en lui montrant l'ensemble de notre clos. Tu sais, je n'ai pas besoin qu'on fasse fortune.

L'après-midi, je réussis à le convaincre d'aller visiter Sidi Hmada. Même s'il préfère rester au domaine, moi, je veux récidiver et explorer les parages à ses côtés. J'aime qu'il soit là, j'ai besoin de lui pour me guider et me protéger. Dans ma tête, ce village est le chef-lieu de notre région. Son grand minaret carré m'attire. Ses maisons sont nichées, compactes, dans les vallons au pied du djébel, à quelques kilomètres au sud d'ici.

Je veux ouvrir mes horizons. J'espère en secret me faire une idée de la vie des autres femmes qui vivent dans ma réalité d'à présent.

En gravissant la côte qui mène au village, nous sommes accueillis par quelques ruines, témoins de plusieurs générations qui se sont succédé dans des habitations basses au toit plat, percées de trous carrés fermés par des volets bleu pâle. Ici aussi le climat et le temps ont laissé des traces. Le ciment vieillit mal. Il est balayé par les intempéries, ce qui lui confère un aspect grisâtre et désolé. Moi, je trouve cet endroit pittoresque, très rustique, pour ne pas dire désuet. Tout en haut, au bout de la route de campagne en béton fissuré, s'ouvre la rue principale qui détermine une frontière entre la montagne d'un côté et l'enchevêtrement de domiciles de l'autre. C'est un corridor qui mène droit au centre du village. Une place sous les arbres abrite un café.

Ce patelin pas du tout touristique n'arbore aucune décoration particulière, pas de plantes exotiques mises en valeur, pas d'aménagement pour jouir de ce cadre enchanteur. Tout est beaucoup moins festif qu'à Kairouan. Peu de couleurs vives, aucun étal de marchandises et, bien sûr, pas de touristes indisciplinés. C'est un village où l'objet répond strictement à une utilité. Au-dessus de nos têtes, des fils électriques pendent d'une tour métallique à l'autre. Le relief accidenté oblige la construction de murets de gravats extraits de ce sol calcaire rocailleux pour créer de petites terrasses en pente douce qui accueillent le jardin de certaines maisons. L'ensemble du village n'est ni joli ni laid. Quelques vêtements sèchent au vent et trahissent la présence de familles dans ce lieu.

La mosquée, quant à elle, est très bien préservée. L'encorbellement du porche, soutenu par deux piliers massifs sculptés dans la pierre, se démarque du mur fraîchement blanchi sous lequel s'ouvre une grande porte bleue, cloutée et ornée de métal travaillé.

Dans l'embrasure, je ne porte qu'une attention distraite et profane à ce lieu de culte. Je néglige le protocole, mais évite les regards sombres de ceux que j'ai offensés. Mon recueillement ne me permet que de divaguer encore sur le seul et même thème qui m'intéresse, l'amour de Joël. Je pense si fort que j'ai peur qu'on m'entende.

Nous marchons un peu dans le village, mais rien de particulier ne nous y attire. On aperçoit ici et là quelque scène de la vie quotidienne. C'est un petit village où les habitants doivent avoir leur routine et l'étrangère que je suis s'y sent embarrassée.

Nous décidons finalement de faire quelques pas sur la colline moutonnée d'arbrisseaux qui s'élève en bordure du village. La butte est parsemée de figuiers de barbarie qui poussent en bosquets et atteignent des proportions surprenantes. Joël m'explique que c'est une plante utile pour lutter contre la désertification et l'érosion. Elle pousse facilement et donne un fruit juteux très intéressant. Ce cactus est aussi utilisé comme un légume; on consomme sa tige aplatie en salade ou dans différents plats.

Cette marche sans but précis dans le maquis me fait du bien, simplement parce que c'est la première fois que nous explorons ensemble les environs. Je dépose mes pieds dans les traces de pas de Joël laissées dans la poussière. J'ai envie de tenir sa main. Je fixe ses mollets. Je m'évade de la routine.

— Y a-t-il un sentier qui se rend au sommet du djébel Bargou?

— Je n'en ai jamais entendu parler. Je ne crois pas que les chèvres aimeraient monter aussi haut. Ça ne servirait à rien.

— Moi j'aimerais bien y monter. La vue doit être formidable.

Nous faisons une halte pour observer le paysage. Tout est silencieux. On n'entend que la brise qui fait frémir les arbustes. Mes pensées errent au loin. Elles suivent un filon. Je ferme les yeux et offre mon visage à l'air chaud. Émerge dans mon souvenir un sentier forestier de pins gris et de thuya qui débouche sur un promontoire rocheux surmonté d'une immense croix blanche, qui offre une vue apaisante sur une rivière large et calme encaissée dans les montagnes bleutées. Prise de vertige, j'ouvre les yeux.

— Joël!

— Oui?

— Je viens de voir... Je viens de me rappeler un sentier qui mène à une croix. C'était si beau! Ce n'était pas ici, il y avait beaucoup d'arbres. Est-ce que ça te dit quelque chose?

Je suis tout sourire et excitée en attendant sa réponse.

— À Montréal, nous avons souvent emprunté le sentier sur le Mont-Royal, jusqu'à la croix.

— Non! Celle-ci n'est pas en ville.

Je suis catégorique, cette vision de mon passé a une saveur familiale, une connotation enveloppante. Je revois cette image; il y a des arbres enracinés dans les anfractuosités de la pierre.

— Peut-être... mais attention!

Joël me tire promptement vers lui et me serre dans ses bras. Il pose sur moi un regard taquin et en profite pour m'embrasser tendrement.

— Les sentiers rocailleux sont infestés de serpents venimeux qu'il faut éviter à tout prix. Il aurait pu te mordre.

— C'est une blague, n'est-ce pas?

— Pas du tout! Il s'est enfui par là, sous cette pierre. Tu en as vu suffisamment, maintenant?

— Euh, oui. Il fait vraiment chaud et j'ai soif aussi.

— On redescend, alors?

Même si je suis devant, je suis convaincue qu'il a une expression sérieuse sur le visage.

— O. K., tu as réussi à m'effrayer.

Derrière moi, il s'approche et m'enlace les épaules pour freiner ma marche et murmure à mon oreille :

— Ne t'en fais pas, je suis là et je ne les laisserai pas faire.

Devant lui, je reviens à pas précipités vers les tables de la place publique, sous les oliviers, pour prendre le goûter. L'idée de voir un serpent me fait encore frémir. Parmi les quelques hommes qui sirotent leur boisson, j'ai l'impression d'être une intruse. On m'observe. Mon habillement, mes cheveux au vent, ma peau pâle, mon langage, tout peut être interprété dans ce lieu. Ici, la vie doit être traditionnelle. Je ne vois aucune femme. Elles doivent être plus souvent à la maison. Je ne ressens pas d'animosité, même si je suis devenue instantanément une source de curiosité qui fait chuchoter. Certains commentaires en arabe sont directement reliés à ma présence ou à celle de Joël, qui paraît lui aussi différent des autres. Nous n'y attachons aucune importance. Nous sommes deux, nous sommes ensemble pour nous défendre.

L'air est chaud, les insectes, bruyants. Le village nous a offert une halte agréable. Nous regardons un moment le paysage en contrebas. Des terres cultivables s'étalent à perte de vue.

Cette deuxième escapade avec Joël est moins riche d'un point de vue culturel, mais notre liaison est plus naturelle et ouverte. Nous nous dirigeons vers notre voiture lorsqu'un homme interpelle Joël par son prénom. L'homme aux traits tunisiens semble très heureux de nous rencontrer. Une femme l'accompagne! Elle s'avance avec enthousiasme. Je suis étonnée de rencontrer ici une immigrante comme moi.

— Joël! Il y a longtemps qu'on s'est vus! dit-il avec le même accent que Nazim.

Ils se connaissent certainement.

— Presque un an, je crois.

Il fait les présentations :

— Nejib est un cultivateur de la région. Je vous présente Sophie, mon épouse.

— Enchanté! dit l'homme.

Je ne m'avance pas outre mesure. Il me tend la main que je serre poliment.

— Et voici ma femme…

Le reste de sa phrase m'échappe, alors que cette femme blonde dans la quarantaine me salue chaleureusement. Elle a un accent étranger. À sa posture, à sa manière de parler, on dirait une aristocrate anglaise.

Joël s'en tient aux présentations formelles et aux propos d'usage lorsqu'on rencontre des connaissances. Personne ne s'avance davantage dans la conversation. Même moi, je n'ai pas osé un mot poli. C'est ma première rencontre et je reste figée. Je suis déçue de moi. Maintenant qu'elle est partie, des questions sur ses origines et les raisons de sa venue dans ce pays me viennent en tête. Ma réaction en pareille occasion ombrage ma journée.

Sur la route du retour, je questionne Joël sur sa relation avec ces gens. Mais il reste vague; elle est américaine, lui est d'ici. Ils possèdent eux aussi une plantation et c'est lors de la dernière récolte des olives qu'ils se sont rencontrés.

— Quel est le nom de cette femme? Tu le sais?

— Attends un peu que ça me revienne. Nala? Sabine? Non! Sarah.

— Tu sais où ils habitent?

— Pas précisément, mais leur plantation n'est pas très éloignée du village.

Au retour, je me sens davantage isolée.

Ce soir-là, nous reprenons notre habitude de jouer sur la terrasse. J'ai bien en tête l'image du sentier couvert d'épines de pins torturés par le vent. Des questions germent en moi en permanence et l'envie de revoir cette Sarah m'assaille. Étrangement, Joël n'est pas empressé à me raconter notre passé. Je dois être en quête perpétuelle. Je suis fatiguée de quémander des explications sur les moindres détails qui parsèment ma vie.

— Sophie? Où es-tu encore partie?

— Je suis là! Pourquoi?

— Viens, tu es fatiguée, allons nous coucher.

Il a tôt fait de trouver un prétexte pour que nous regagnions rapidement la chambre et que nous profitions au maximum du temps que nous avons ensemble.

Lorsque je me réveille le lendemain matin, Joël est déjà parti. Je suis un peu déçue. Il m'a laissé une note: *Je ne voulais pas te réveiller. Je suis parti pour Siliana très tôt. Tu es adorable, nue dans mon lit. Je t'aime.*

5.

C'est à ce moment, lorsque Joël part pour son travail, que je commence à courir. C'est Nazim, le jardinier, qui me suggère cette activité à la blague, alors que je lui avoue que je suis fatiguée de marcher. Je le prends donc au mot.

Ma première course me transporte dans une autre zone de mon cerveau, mais l'exaltation est de courte durée. Sous ce soleil, au septième olivier, mes poumons veulent éclater; mes pieds se révoltent au quinzième arbre où ils stoppent abruptement et je reste là comme un cheval qui refuse de sauter devant une haie. J'ai parcouru environ cent mètres et je dois revenir. La sueur me brûle les yeux. Mes muscles ne sont pas entraînés à cette discipline, plus éprouvante que je le croyais. Cependant, cette activité constitue une détente bienvenue. Nazim a eu encore raison, même s'il ne croyait certainement pas que je me mettrais au jogging aussi assidûment.

Courir tous les matins, quelle évasion! Se lever plutôt que dormir, choisir d'agir. Arrêter de penser à tout ce que j'ai perdu, de ressasser mes inquiétudes et mes angoisses. Je préfère gambader, le sourire aux lèvres. Les yeux au ciel, Fadila me reproche mes allées et venues seule hors des sentiers.

Elle m'accuse d'être imprudente, de l'accabler d'inquiétude et d'être une femme trop dégourdie. Elle m'étonne. Elle n'est pourtant pas du genre à toujours quémander l'assentiment de Nazim avant de sortir. Je constate alors qu'elle ne quitte pratiquement jamais seule la maison. Mais, moi, je suis trop heureuse pour m'apitoyer et me conformer aux us et coutumes de ce pays.

Quand je m'élance sur le sol irrégulier, mon cerveau s'emballe. L'homme du Bargou, comme un virus, demeure accroché dans ma poitrine en tout temps. Ainsi, je trompe l'attente. La sensation de vide que je traîne me fait travailler plus fort, courir plus vite; mon besoin inassouvi est temporairement comblé par la course.

D'avoir mal aux jambes me donne l'impression de vivre. Même sous la chaleur écrasante du matin, la course m'apporte un vent frais. Le rythme de ma foulée, comme celui d'un métronome, me permet de sortir de toutes les pensées envahissantes qui m'assaillent, d'entrer dans un autre monde et un autre temps. J'acquiers doucement la certitude que mon cerveau vagabond va finir par revenir.

Je me propose de nouveaux défis tous les jours. De constater mes progrès m'amuse et m'encourage. Personne n'a besoin de connaître mes performances, mes jambes s'en rendent suffisamment compte lorsqu'elles sont mises à l'épreuve. Après seulement six sorties, j'ai apprivoisé ma vilaine volonté paresseuse et je fais un aller-retour jusqu'au quarantième arbre. Chaque sortie est le prélude d'une nouvelle étape. Ce ne sont pas les défis qui manquent. La terre est vaste, irrégulière, difficile à dompter. Ici, c'est l'infini.

Joël et moi nous réservons le reste de la journée lorsqu'il revient à la maison après le travail. Ce soir, alors que nous sommes étendus l'un contre l'autre sous la voûte étoilée, j'en profite pour attaquer de plein fouet un sujet qui me tourmente depuis un certain temps.

— Je m'ennuie tellement, toutes ces journées à t'attendre!

— Tu as tout ce qu'il te faut, pourtant, dit-il en me désignant le jardin et les jolis dessins de cailloux qui le parsèment. Depuis plusieurs semaines, tu es toujours occupée. Regarde tout ce que tu as fait.

— Mais c'est bien inutile.

— C'est très beau, c'est artistique. Le fait de t'occuper est probablement très bien, dans ton état. J'ai eu peur que tu fasses une dépression quand tu es revenue ici, mais je vois que tu as seulement changé les pinceaux pour un râteau. C'est parfait, non?

— Oui, mais, quand tu n'es pas là, ici, je n'ai ni famille ni amis.

Dans ma tête, j'ajoute: «Ni aucun souvenir.» La nostalgie me gagne. Même la course n'y peut rien.

— Fadila et Nazim sont là, eux. Ils veillent sur toi et je pense qu'ils t'aiment bien.

— Ce n'est pas la même chose.

Puis, spontanément, je lance:

— N'aimerais-tu pas avoir des enfants?

Ma question n'est pas préméditée; elle est sortie de ma bouche directement, sans aucun enrobage, juste parce qu'il est là avec moi et que, à ce moment précis, nous ne formons qu'un. Il me rapproche de lui et me souffle à l'oreille:

— Nous en avons déjà parlé, chérie.

Il semble exaspéré par la question.

— Et après? Nous pouvons reprendre la discussion.

— Avant ton accident, nous avons soupesé tous les arguments à de nombreuses reprises. Je crois que c'est réglé. Arrête de revenir là-dessus!

— Moi, je ne me rappelle pas en avoir déjà parlé. Ne pourrais-tu pas au moins me faire part du verdict, si le jury a déjà tranché?

— Tu es vraiment harassante, quand tu veux.

Pour lui, il ne semble pas y avoir de retour possible.

— J'ai le droit de savoir. C'est ma vie aussi, non? Toi, tu es vraiment indélicat de me tenir dans l'ignorance.

— Nous avons choisi de vivre sans enfants.

— Mais c'est impossible.

— Du moins, pour l'instant, c'est ce que nous avons prévu. Voilà! Tu es contente?

Sa réponse est froide, elle me perce le cœur et me laisse un trou béant. Tout à coup, je me sens seule, inutile, et une grande tristesse m'envahit. Ma demande ne comportait pourtant aucun reproche. Je suis heureuse avec lui, mais ma solitude se fait de plus en plus présente. Je comprends que ma mémoire a encore failli à sa tâche. Je me mets à pleurer. Il me berce un moment, puis, décidant que c'en est fini de cette tristesse, il essuie ses propres larmes. Son visage crispé trahit une douleur comparable à la mienne.

Je comprends qu'il vit lui aussi difficilement la situation dans laquelle nous sommes. La conjoncture et ses entreprises, doublées de ma condition, peuvent lui paraître suffisamment éprouvantes sans que nous y ajoutions des enfants. Lui aussi vit sans doute mon amnésie comme une grande perte. De le constater, de l'admettre m'apparaît comme une révélation. Je suis le fantôme du passé. Je suis toujours là à geindre, mais je ne me suis jamais soucié de ses sentiments et de ses besoins dans la nouvelle mise en scène de notre vie commune. J'espérais que notre couple surmonterait l'épreuve aisément.

Pour détendre l'atmosphère, je me mets à échafauder des plans loufoques. La visite du village aux allures fantomatiques de Sidi Hmada m'inspire.

— J'ai une idée! Je pourrais ouvrir un *bed & breakfast*.

— Mauvaise idée! Personne ne passe par ici.

— Je l'appellerais *Natte et Datte*! Tu ne trouves pas que ce serait accrocheur?

— Et pourquoi pas *Thé et Tapis?*

Il n'est vraiment pas convaincu.

— Tu as raison, c'est plus tunisien. On pourrait accrocher des lampes berbères au plafond et orner les murs de fresques représentant des déserts, avec des caravanes de dromadaires.

Il se met à sourire.

— Tu exagères un peu. Ici, pour les touristes, ce qu'il faut mettre en valeur, c'est les olives.

— C'est un projet digne d'un grand film. Tu pourrais même y jouer ton propre rôle. Je vois déjà une histoire d'amour où une femme venue du Nord en mal d'aventure ouvre un petit quelque chose de sympathique qui rendrait tout le monde heureux.

— Ma Sophie trouverait ainsi un sens à ses trous de mémoire, rencontrerait l'homme de sa vie et, bien entendu, l'amour arrangerait tout. Sinon, à quoi serviraient tant d'efforts? ajoute-t-il en me couvrant de son corps.

Pourtant, au lieu de succomber, je poursuis mon exploration.

— Un gîte nous permettrait de rencontrer d'autres couples, des étrangers qui viendraient de partout à travers le monde. Ce serait comme voyager en restant à la maison.

— Tu as vraiment perdu la tête!

Il paraît maintenant consterné. En colère, je lui crie:

— Oui! C'est précisément ce qui s'est passé, j'ai perdu ma tête, en même temps que tout ce qu'elle contenait. Toi, tu continues à faire tout ce que tu faisais, alors que, moi, je reste là à t'attendre et à espérer retrouver celle que tu voudrais que je sois!

Il se lève, attrape sa serviette et, après un moment d'hésitation, me tourne le dos en répliquant, amer:

— Tu n'as qu'à être Sophie sans te poser toutes ces questions.

Estomaquée, je comprends mal son reproche. Comme il veut que je sois toujours dans les meilleures dispositions, depuis des semaines, je m'efforce d'être agréable, positive, occupée, heureuse. Je découvre de la versatilité dans son tempérament. Il y a celui qui est amoureux et tendre, celui qui est anxieux et celui qui a peur. Pendant qu'il gravit l'escalier qui mène à son bureau, je vais jusqu'au bout de ma pensée et poursuis sur ma lancée.

— Nous pourrions au moins inviter Sarah et son mari? Ils m'ont semblé t'apprécier, eux. Si j'avais une amie, j'aurais quelqu'un à qui parler quand tu n'es pas là.

— Il est tard. Nous en reparlerons demain, répond-il sèchement.

Pour la première fois depuis longtemps, il ne m'invite pas dans sa chambre. Je suis seule au bord de la piscine, abandonnée plus que jamais. Ce serait pourtant formidable d'avoir des enfants et aussi des amis qui s'inviteraient à la maison. Mais je ne veux pas que cette discorde nous éloigne. Joël a peut-être besoin d'un peu de temps pour se faire à l'idée d'avoir des enfants?

Croyant l'avoir blessé, je cours à sa chambre et me jette dans ses bras en m'excusant de l'avoir troublé avec mes questions. Bien que plus froid que d'habitude, le lit se réchauffe graduellement et il finit par m'enlacer, sans prononcer la moindre parole. Je m'endors encore très tard, la tête pleine de questionnements.

Le lendemain, je n'ose aborder les sujets qui mènent invariablement à une dispute. Pour lui, le plan semble simple, il monte un empire financier. Nous avons maintenant deux plantations et une compagnie qui investit dans les mines. Il n'y a de place ni pour les enfants ni pour les amis. J'ai beau aimer la campagne et les olives, je ne comprends pas réellement mon rôle à travers ça. Le temps répondra certainement à mes questions.

Lorsque je me réveille, Joël dort encore profondément, je le regarde respirer. J'ai parfois l'impression que notre bonheur est nouveau. Ma mémoire est si fragile! Je passe mes doigts sur son front. Les yeux clos, il affiche tout de même un sourire.

— Je t'aime.

— Sophie, tu sais que, moi aussi, je t'aime vraiment.

Je l'embrasse tendrement sur la bouche, les épaules et la poitrine, puis je glisse mes doigts sur tout son corps qui frissonne. Il reste immobile, mais je sais qu'il aime. Son souffle change, le coin de ses lèvres charnues s'assouplit, formant imperceptiblement un visage heureux. Sa chambre, qui fait face au Bargou, emmagasine les rayons dorés du soleil levant. Sa peau sombre semble ainsi plus étincelante. Ma statue en or commence à se mouvoir et à répondre à mon appel. Je suis la plus chanceuse des femmes. En cet instant, ma mémoire n'a aucune importance.

Après une douche, nous nous retrouvons enlacés sur les draps, où nous demeurons à contempler silencieusement le jour qui se matérialise. Au bout d'un moment, lorsque le soleil suffisamment haut atteint la penderie d'une raie lumineuse, je me lève, curieuse d'explorer sa garde-robe. Joël a toujours le chic pour se vêtir. Il semble toujours porter l'agencement parfait. Tantôt chic et raffiné, il peut très bien en une autre occasion endosser le même vêtement assorti à un autre morceau et devenir ainsi le nec plus ultra du sportif à l'allure réussie.

Je repasse ses habits en revue et touche les tissus. J'aime m'approprier tout de ses appartements pour en faire mon univers.

— C'est quoi, ce tissu?

— C'est du damas. C'est un motif de satin en soie.

— Tu connais bien la mode, tu devrais y investir! Tu es toujours élégant. Ça te donne un air noble.

Je saisis le cintre et tire la chemise de la penderie pour l'observer sous la lumière du jour. Le contraste entre la brillance du fond et les motifs mats complexes aux effets chatoyants semble provenir d'un autre temps. Joël a parfois des allures princières qui font que mon cœur s'emballe. En tenant la manche du bout des doigts, je joue les mannequins. Ici, dans la chambre, je suis sa princesse.

— Elle m'irait?

— Pas du tout! Trop masculine! C'est une coupe trop droite pour avantager tes jolies formes.

— C'est pourtant un motif très féminin!

— C'est syrien.

Il est étendu sur son lit sans aucune pudeur, la tête légèrement relevée sur un monticule d'oreillers appuyés contre l'imposante pièce de bois massive qui tient lieu de tête de lit. Je suis séduite par son aisance. Comment fait-il pour être constamment au-dessus de tout en toutes circonstances? J'ai de la chance d'avoir un tel homme dans ma vie.

Je continue l'inspection de son placard en enfilant une autre tunique moirée ocre. Elle descend sous mes fesses. Je laisse volontairement bâiller l'ouverture sur le devant pour qu'il aperçoive mes seins lorsque je me retourne.

— Approche!

Je monte par le pied du lit en mesurant chacun de mes mouvements. Il a la mine plus sévère, les yeux plus petits. D'un seul doigt, il m'attire à lui. Lorsque je suis suffisamment avancée au-dessus de sa poitrine, il m'agrippe promptement par les pans du vêtement qu'il croise rapidement. J'ai la gorge enserrée dans la soie sous ses deux poings. Je suis aussitôt renversée, les épaules clouées au lit. Ravie, je ris. J'aime le jeu.

— Tu vois, la soie a de multiples qualités. Elle est douce, souple et très résistante.

Il sourit, à présent, victorieux. Il desserre l'étreinte et se contente de m'embrasser sur la joue. J'ai encore la carotide qui palpite. S'il avait eu de mauvaises intentions, j'aurais frôlé la mort sans m'en rendre compte.

— Tu sais bien te battre, tu m'as surprise.

Je porte encore la main à mon cou, stupéfaite de sa force, mais surtout de l'agilité avec laquelle il m'a basculée sans que je puisse réagir. Je me suis fait avoir promptement par sa démonstration.

— Je sais me défendre, dit-il, complètement détaché.

Il se lève, fougueux et déterminé. Je le regarde s'habiller. Il enfile un t-shirt blanc et un bermuda en jean.

— Où vas-tu comme ça? Aux champs?

— Allez! Arrête de paresser, nous avons du travail à faire dehors, aujourd'hui.

Alors qu'il est déjà en bas, mal reposée par ma nuit trop courte, je reste un moment dans son lit à rêvasser. Dans ma mémoire flotte encore le souvenir de l'homme aux cheveux blonds. Je m'abandonne à cette pensée et il devient plus intense. Je m'affole, alors que s'impose à moi le souvenir de ses caresses. Mon corps ne peut trahir l'attirance qu'il exerce sur moi, mais je n'arrive pas à cerner son visage. Qui est-il? Ce n'était pas ici, c'était ailleurs, et il n'y a pas si longtemps, j'en suis certaine.

— Sophie? Que fais-tu? Descends!

J'ai l'impression d'être prise en flagrant délit d'adultère. Je ne peux tout de même pas lui demander combien j'ai eu d'amants durant nos dix ans de vie conjugale! Je n'ai d'autres choix que de taire les pensées qui m'obsèdent. Le temps m'offrira peut-être une solution à cette énigme. Joël m'attend impatiemment pour déjeuner. Je n'ose pas le regarder dans les yeux, inquiète que mon visage trahisse mon malaise.

Durant son congé, nous vivons de beaux moments en vaquant à certaines obligations autour des oliviers. Je porte fièrement le chapeau qu'il m'a offert pour me protéger du soleil. Nous consacrons quelques jours au grand ménage du garage, à entasser les outils dans la remise et à remettre chaque objet à sa place. Nazim nous aiguille sur les tâches saisonnières à effectuer. Joël revendique toujours son rôle de mâle alpha. Cependant, malgré son animosité occasionnelle à l'égard de Nazim, il lui fait confiance pour la récolte à venir. J'aime travailler en équipe avec les deux hommes de ma vie.

Un matin, Joël se lève tôt pour travailler dans son bureau, ici, à la maison. Je sors de la chambre un peu après lui. Comme à mon habitude lorsqu'il se rend à Siliana, je passe par la cuisine prendre un fruit et je sors par-derrière pour courir entre les citronniers, dans un couloir d'ombre qui débouche sur une vue imposante du djébel Bargou. Chaque fois que j'arpente cette prairie, j'en ai des frissons. C'est vivifiant et grisant tout à la fois. Je porte un short et un t-shirt. Mes cheveux attachés en queue-de-cheval se balancent selon mon allure.

Lorsque je sors courir, je change de parcours en me laissant guider par l'inspiration du moment. J'explore ainsi le voisinage. Même si j'arrive à courir chaussée de mes sandales, je me blesse parfois les pieds sur des roches ou les branchages dans les sentiers. C'est ainsi que je rentre pour la première fois, un pied entaillé par une pierre pointue. En poussant la porte, je crie à Joël de venir désinfecter la plaie. Il arrive par l'escalier extérieur alors que je le monte.

— Mais d'où arrives-tu?

— Je suis allée courir.

— Tu es allée faire quoi? explose-t-il, l'air scandalisé.

La surprise se lit sur son visage. Il est vrai que je n'ai jamais fait ça en sa présence.

— Bien, courir!

J'ajoute pour compléter l'explication:

— Vers le sud.

Je pointe la direction d'où j'arrive. Mais je n'ai pas le temps d'en dire plus. Joël me prend agressivement par le bras pour m'attirer à lui.

— C'est quoi, cette histoire stupide?

— Je ne sais pas trop, je courais et j'ai marché sur une pierre.

Moi, je ne trouve pas ça si dramatique, mais lui est plutôt troublé. Il me traîne jusqu'au jardin, où il coupe avant que j'aie pu l'en empêcher une belle feuille d'aloès de ma rocaille à l'aide du canif qu'il porte souvent à la taille. Il l'ouvre pour récolter le gel et l'applique sur la plaie en massant trop fortement.

— Arrête! Tu me fais mal!

— J'espère que tu auras suffisamment mal pour ne pas recommencer.

Je ne comprends pas vraiment son intervention. J'ai l'impression d'être une enfant qu'on dispute. Je cherche à détourner sa colère.

— Est-ce que ça se mange, l'aloès?

— C'est efficace pour cicatriser les écorchures. La gelée aide à l'hydratation de la peau.

— Tu n'as jamais goûté?

— C'est idiot. Pourquoi j'aurais fait ça?

— Pour essayer, il paraît que c'est nutritif.

Il monte à l'étage chercher le nécessaire dans la pharmacie. Durant ce temps, je goûte la pulpe transparente; le filet visqueux est insipide. À son retour, il me fait un bandage pour protéger le petit accroc que je me suis fait sous la plante du pied.

— Je pense que j'aurais besoin de souliers de course fermés.

— Quoi? Mais tu sembles vraiment ne rien comprendre.

Pour les obtenir, j'avoue à Joël que je fais du jogging régulièrement lorsqu'il est absent et que je circule librement sur les routes aux alentours. Il paraît choqué d'entendre ça. Officiellement, je ne lui ai jamais caché la chose, mais je ne lui en ai pas non plus fait la confidence. Je n'ai nullement l'intention de lui demander la permission à chacune de mes allées et venues. Il s'en offusque.

— Tu aurais dû m'aviser, dit-il, exaspéré, en se redressant.

— D'accord, mais est-ce qu'on pourrait aller acheter des espadrilles?

— Mais je t'interdis de courir!

Il est maintenant furieux. Il fait tout pour m'en dissuader. Je suis une femme, je peux être kidnappée, je risque d'être violée, il y a des serpents venimeux, il y a la chaleur et les maladies de pied. Mais rien n'a raison de ma détermination. Je continue d'argumenter.

— Je cours depuis des jours et rien n'est arrivé.

Il pointe le bandage sur mon pied.

— Ça, ce n'est rien, juste une égratignure, dis-je.

— C'est un sport trop dangereux pour toi. Tu es une femme fragile, me répond-il d'un ton sans équivoque.

Il ajoute:

— Ici, les femmes ne courent pas!

C'est cette phrase choquante, je crois, qui me fait comprendre que, intérieurement, je suis une rebelle prête à défendre mes droits. Finalement, malgré mes explications et devant mon obstination, il conclut:

— Si tu sors encore sans permission, tu verras ce qui…

— Je verrai quoi?

Je suis insultée.

— Ne t'avise plus de partir seule du domaine. C'est tout.

Après cette nouvelle controverse, je me retire dans mon atelier, déboussolée. Voilà que la domination masculine s'immisce dans ma demeure. Je repense tristement à la femme d'Amine. Comme elle, j'ai le sentiment de dépendre de la volonté d'un homme. Des paroles anodines placées dans le bon ordre peuvent monter le plus beau des colliers autour de mon cou. Il a peut-être raison, courir est bien inutile, dans ce pays. La chaleur nous contraint déjà à la lenteur. Que faire?

Quelle position dois-je tenir? Faut-il constamment que je suive ses principes et ses ordres? Je ne souhaite nullement être une femme soumise. Depuis quand Joël veut-il me contrôler? Depuis mon accident, ou était-il ainsi avant?

Une semaine, peut-être, s'est écoulée depuis que Joël a appris que je cours. Même Fadila se range à son avis.

— Ici, même les hommes ne courent pas. La course est un sport sérieux, olympique, me dit-elle.

Mais, étant donné que Joël me traite comme une déesse grecque, je fais à ma tête et, dès le lendemain, je recommence en secret à courir aux alentours. Je me garde alerte, prête à saisir toutes les occasions. J'allonge mon parcours. Ma forme physique se peaufine. Le lion étant souvent parti chasser, la gazelle explore son pâturage.

Nazim me voit partir tôt le matin, mais il s'abstient de tout commentaire. Je le soupçonne d'avoir été témoin de mon altercation avec Joël. Mais, en père avisé, il me couve de sa protection. Peut-être même a-t-il parlé en ma faveur. En effet, Joël n'a plus abordé le sujet. Néanmoins, il m'a ramené de Siliana des babouches traditionnelles tunisiennes. Ce sont des souliers de cuir turquoise ouverts à l'arrière, fermés en pointe et brodés sur le devant. Le message est on ne peut plus clair: «Je t'aime, j'ai choisi la couleur que tu préfères, mais je ne plierai pas sur mes principes.»

Un matin, je reviens à la maison à bout de souffle, les deux mains sur les genoux, en nage. Le jogging s'est transformé en une course effrénée contre un animal, probablement le chat farouche d'un voisin.

Occupé dans la cour à colmater le mur de ciment, Nazim me questionne du regard. Je lui demande si je pourrai emmener le chien la prochaine fois, pour ma sécurité. Il me répond en dévoilant toutes ses dents dans un grand rire gras :

— Tu deviens froussarde?

— Bien quoi, il n'est peut-être pas gros, mais il a de bonnes dents et du flair pour aboyer après toutes les bêtes féroces qui pourraient me surprendre.

Nous rions de cette conversation pendant plusieurs jours, surtout qu'Aïdi, la tête surmontée de ses oreilles dressées qui retombent à leur extrémité, ne veut pas courir. Elle se contente de suivre Nazim dans les champs en trottant derrière lui et de se coucher à ses pieds lorsqu'il travaille.

Le temps est élastique, long quand je suis seule et oisive, trop court quand je suis occupée ou que Joël est près de moi. Mon humeur joyeuse revient avec les bons mots de Fadila ou les conseils de Nazim.

Pour assouvir mon envie d'explorer, j'ai découvert El Gannara, un village plus petit, plus aéré et plus proche que Sidi Hmada. Lors de ma première visite, je me suis arrêtée de courir avant de parvenir à destination et j'ai finalement rebroussé chemin. Joël et ses craintes m'ont transmis une certaine méfiance, mais, après quelques jours, je suis revenue en empruntant un sentier bien battu. Rien n'indique que la voie est privée et je me rends jusqu'à la mosquée. Son minaret est un point de repère fiable.

Même si, visuellement, la plupart des villages présentent les mêmes bâtiments de béton gris, beige ou blanc, celui-ci semble plus ouvert et mieux ordonné. Ici, les portes bleues délavées se déclinent dans les tons de turquoise; quelquefois, ils tirent un peu sur le violet. Rares sont les portes rouges; en fait, il n'y en a qu'une seule. C'est charmant. La mosquée semble sortir d'un champ d'oliviers. Plusieurs chemins en terre battue rasée par le va-et-vient des habitants permettent de circuler entre différents champs, bâtiments agricoles et habitations.

Chaque parcelle cultivée autour du village est délimitée par une haie d'opuntias, ces figuiers de barbarie dont Fadila m'a finalement fait goûter le fruit. Différentes espèces de pins poussent aux abords de ce qui semble un ruisseau à sec, qui serpente dans le paysage en coupant la route par endroits. On traverse les fossés sur de petits ponts de bois. J'aime beaucoup venir ici. Le village à peine surélevé permet d'avoir vue sur une partie de notre plantation.

Je traverse la rue principale encadrée de façades sans vie. Tout semble abandonné. Pourtant, un peu plus loin, j'entends des enfants qui jouent. Il y a une école primaire et un terrain de soccer. Je monte la pente douce jusqu'à un embranchement. Au bout de ce couloir de béton formé par les maisons de part et d'autre, j'aperçois vers la droite, un peu en contrebas, la vallée et ses oliveraies, ainsi que quelques pins dans la steppe encore verdoyante. Encore plus loin, c'est toujours le Bargou et ses mille deux cent soixante-six mètres d'altitude. Sur ma gauche s'ouvre une place publique où trônent quelques bancs peu achalandés en ce début de journée. J'en fais le tour rapidement comme une nouvelle résidante. Je m'y sens bien. Je ne poursuis pas plus longtemps ma visite, mais je me promets de revenir. Au retour, une vache brune aux yeux doux traîne librement près de la route. Je passe en marchant. Elle a tout de même de belles cornes.

Je prends l'habitude de me rendre à El Gannara de temps à autre. J'y suis en moins de quinze minutes. C'est à environ trois kilomètres de chez nous, de sorte que c'est maintenant à ma portée. Au fond d'un cul-de-sac, je découvre une petite oasis de verdure. Derrière cet écran végétal, d'un tuyau qui passe à travers le mur coule un filet d'eau de source qui retombe sur une dalle naturelle usée faisant office de vasque. Une femme est venue y puiser de l'eau et se désaltère du précieux liquide. L'odeur des plantes vertes me convainc de m'arrêter. Debout, les bras en croix, le nez au soleil, je m'enivre de ses chauds rayons et respire l'air torride qui me brûle les poumons.

Ici, je n'ai plus besoin de mes souvenirs. Je veux vivre et tout m'y incite. En ce lieu, en cet instant, la vie est parfaite. Dans l'air matinal, tout est possible, la paix, l'amour, l'épanouissement auprès de Joël. J'ai le sentiment d'être au cœur d'une bulle protectrice; je suis le centre de mon univers. Il n'y a plus de lutte, plus de remords, plus de détresse. Je n'ai même plus de regrets d'avoir perdu la mémoire. Il n'y a que la satisfaction d'être ici. Je me fais le serment de me respecter, d'honorer celle que je suis maintenant.

Sur un muret, un lézard se chauffe au soleil, énergisé comme moi. Je l'observe, impassible. Il n'attend rien de personne. Sa vie s'étire lentement. J'admire sa sérénité.

Je reste plus longtemps que d'habitude, à baigner dans la quiétude. Comme le lézard, je me prélasse à l'ombre, assise sur les pavés. C'est finalement en marchant du pas de la promeneuse que je reviens à la maison. Ma santé mentale vient de gagner un round. L'activité physique, ce sera pour demain. Le moment est trop précieux pour le gaspiller dans un essoufflement.

Juste à la sortie du village, je revois Sarah, la femme blonde. Elle est assise dans une voiture côté passager. Voilà donc que nos routes se croisent à nouveau. Nous

nous regardons fixement, d'un regard carrément indiscret, à la limite de l'indécence. Nous nous éloignons l'une de l'autre, et poursuivons chacune notre chemin, mais, il s'est passé quelque chose. Par-dessus mon épaule, je la suis du regard. Son mari conduit. Elle m'envoie finalement la main dans un geste discret. M'a-t-elle reconnue? Ma bulle de bien-être vient de se fendiller. Le doute fait maintenant partie de ma vie. Chaque regard, chaque lieu sera un temps encore une source de stress et d'incertitude, mais j'en souris. Ma décision demeure, irrévocable; je ne vais plus me laisser miner par un passé inconnu. Je veux revoir cette femme.

De retour sous le portail de mon chez-moi rassurant, je saute de joie en voyant la jeep dans l'allée. Il est revenu avant le dîner! Mais ma quiétude frivole s'efface net lorsque je vois l'air maussade et stressé de Joël.

En me voyant accourir vers lui, il éclate. Franchement en colère, il m'abreuve de jurons, puis tourne les talons en faisant voler la poussière, sans autre explication, sans me saluer ni même m'embrasser. Il marche rapidement vers la maison. Je m'élance à sa suite.

— C'est quoi, cet accueil? Vas-tu te fâcher chaque fois que je sors du domaine? Je suis prudente, si tu veux savoir!

— C'est tout ce que tu mérites! Tu n'as rien respecté! crie-t-il.

Pour ne pas envenimer les choses, je coupe au plus court.

— Je ne serai jamais une femme à ombrelle qui prend le thé dans ton jardin!

Sans se retourner, il s'engouffre dans son bureau. On entend sûrement la porte claquer dans tout le domaine. N'empêche, je n'accepte pas d'être soumise à son mécontentement. Bien que sous le choc, je refuse qu'il anéantisse ma belle détermination à jouir de ma propre vie, de notre nouvelle vie, en fait, car, à n'en pas douter, nous étions jadis un couple. Je dois maintenant travailler à obtenir le rôle de maîtresse du domaine. Je suis prête à assumer entièrement mes responsabilités et il est temps que je reprenne ma place dans la demeure, que j'agisse plutôt que de subir. Le moment est bien choisi. Une maxime me revint en tête: *Il faut battre le fer quand il est chaud.*

Bien décidée, je me dirige vers le bureau lorsque Nazim interrompt mon élan.

— Tu ne devrais pas le déranger, il ne semble pas de bonne humeur, ce matin. Les affaires, probablement… Ce n'est pas ta faute. Laisse-lui un peu de temps.

Mais je suis maintenant aussi furieuse que Joël et, sans le remercier de ses conseils, je monte et passe la tête dans le bureau.

— Quand tu te seras calmé, j'aurai deux mots à te dire.

Je ne referme pas la porte, l'obligeant à se relever pour la claquer de nouveau dans mon dos.

J'entre dans mon atelier. Je bous intérieurement, et aussi extérieurement, car il y fait chaud comme dans une fournaise. Soudain, toutes les tensions que j'ai accumulées explosent dans un orage violent. Pour la première fois, je prends les pinceaux et les couleurs pour barbouiller de rouge, de noir, de violet et pourquoi pas de bleu et d'orange une toile vierge, l'une des plus grandes que j'ai pour être sûre que ma colère entre toute dedans.

— Tiens, tu en veux encore? Voilà du vert! Et du jaune!

Il y en a partout. Des larmes coulent sur mes joues. Je salis la toile comme un bébé qui découvre la peinture au doigt.

Tout liquider, effacer le passé! Ma décision de ce matin vient d'être lacérée. La rage me fait tourner en rond. J'embrasse finalement le mur de mes mains sales, contre lequel je me laisse glisser jusqu'à ce que je sois recroquevillée sur le sol. Lorsque ma peine est calmée, j'observe la traînée colorée, la silhouette informe que j'ai laissée sur la cloison blanche. Elle me ramène à la réalité. La colère est inutile. La chaleur me pousse à la piscine. Il est presque midi. L'eau claire, même un peu chaude, me rafraîchit les idées.

Il est vrai que je suis sortie courir ce matin, et plus longtemps que d'habitude, mais Joël n'avait aucune raison de se mettre dans une rage pareille.

Il passe sous la véranda d'un pas rapide. Il ne paraît guère plus détendu et ne vient pas vers moi. Je sors rapidement de l'eau à sa suite. Mes cheveux dégoulinent dans mon visage et j'ai encore un peu de couleurs sur les mains.

— Joël, Joël, attends-moi. Qu'est-ce qui se passe? Pourquoi es-tu si exaspéré?

— Et toi? répond-il en serrant les dents. Qu'est-ce que tu voulais me dire de très important?

— Je veux régler une fois pour toutes la question de mes droits. Je suis peut-être ton épouse, mais je ne t'appartiens pas! Je suis ton égale et déterminée à le rester.

— Tu es tellement insouciante!

— Absolument pas, je m'occupe très bien du domaine en ton absence. Arrête de jouer les maris possessifs. Je n'ai pas besoin de ta constante protection.

Je sais maintenant qu'il a une double personnalité, qu'il est attentionné et plein de douceur lorsqu'il est heureux, mais impulsif et emporté quand il est contrarié.

Il se retourne vers moi, agressif, les yeux menaçants.

— Tu m'as manqué de respect. Tu ne mérites même pas que je perde autant de temps à tout t'expliquer. Ton rôle est pourtant simple. Veille sur la maison! Si tu cours continuellement ailleurs, tu n'es pas à ton affaire!

Je lui ai manqué de respect, maintenant! Il se prend pour qui? Je suis sans voix. Je le regarde la bouche entrouverte. Rester à la maison? C'est quoi, cette exigence?

— Mais pourquoi craches-tu ton venin sur moi?

— Parce que, en plus des problèmes d'irrigation, il y a le gouvernement qui exige des frais exorbitants et ma femme qui n'écoute rien. Je t'avais avertie! Tu passes ton temps à te moquer de mes ordres.

— Tes ordres? Tes accusations sont ridicules! Jamais! Jamais, tu m'entends, je ne vais me laisser dicter mes droits et mes obligations! Je n'ai aucun ordre à recevoir de toi!

Devant mon visage qui se liquéfie, il se radoucit.

— Écoute, je me soucie beaucoup de toi, mais j'ai d'autres préoccupations pour l'instant. J'ai pris beaucoup de retard.

— Mais, je n'ai rien fait!

— Justement, au lieu de courir, tu pourrais… tu pourrais… et puis merde!

Il ne discute plus. Il s'élance vers le garage. Avant qu'il disparaisse, je lui crie :

— Joël, je ne suis pas une statue dans ton jardin!

Je ne sais pas s'il a entendu. La jeep est déjà loin sur le chemin. Seule la poussière témoigne de son départ précipité.

Il s'est encore évaporé. Qu'était-il venu faire ici? Voulait-il m'épier? Je suis maintenant dans la cour, les bras ballants, sans savoir s'il reviendra. Je l'ai déçu et il m'a profondément blessée. Que veut-il que je fasse? Je n'ai pourtant fait que ce que je croyais juste. À ce moment, il me semble tellement abject! Je me sens une moins que rien. Il a démoli ma sérénité. Quelque part, une source coule dans une minuscule cour intérieure qui abrite un lézard impassible. Ici, l'eau de la piscine stagne en une belle mare cloisonnée qui enferme une femme égarée.

Qu'a été ma vie, avant? Étais-je vraiment satisfaite de vivre dans cette oasis irréelle, en dehors du temps?

Furieuse, je me réfugie dans ma chambre. Je suis persuadée qu'il ne reviendra que la semaine prochaine, mais, bientôt, j'entends la jeep se garer. Il m'appelle en criant. Il est accompagné d'un jeune garçon qu'il me présente rapidement.

— Voici Rudy! À l'avenir, il veillera à ta sécurité! Rudy t'accompagnera partout. Tu commets beaucoup trop d'imprudences!

— Je n'ai pas besoin de chaperon!

Je suis plus que vexée. C'est un affront à ma liberté.

— Ne discute pas!

— Je suis ta femme, pas ton engagée, et je sais m'occuper du domaine autant que toi. Je t'épaulerai, je ferai ce que tu as besoin que je fasse.

Pour seule réponse, il tourne les talons.

— Allons dîner!

Fadila nous sert un repas froid; l'ambiance l'est encore plus. Les plats s'entrechoquent. Les ustensiles s'activent bruyamment.

L'après-midi je m'occupe au jardin. Bastat, la chatte qui, apparemment, chasse les rongeurs, est couchée dans l'allée que je désherbe. La terre sablonneuse me colle à la peau, la sueur coule dans mes yeux et les larmes dessinent certainement des sillons propres sur mes joues. Rudy est assis à l'écart derrière moi, à l'ombre. Fidèle à sa mission, il m'observe en essayant d'attirer le chat avec une herbe.

Nazim s'approche. J'essuie mon visage de mes mains pour le couvrir de poussière et dissimuler ma tristesse.

— Monsieur Akil s'excuse de ne pouvoir vous saluer personnellement; il est parti pour le reste de la semaine dans la capitale. Il fait dire qu'il vous verra à son retour, quand ses affaires seront réglées.

Et, certainement pour mettre un baume sur ma peine, il ajoute :

— Il ne veut pas vous bouleverser, mais la plantation de Kairouan a de graves problèmes de sécheresse. Rudy est un bon travailleur; il pourra nous être utile. Prenez-le avec vous, comme engagé.

Je suis incapable de répondre. J'entends le discours, mais n'y accorde aucune attention. Je suis de nouveau seule, soumise à la régence de ce jeune homme aux allures de hyène, qui dresse une palissade entre le monde et moi. Comment ne pas mourir étouffée sous cette chaleur? Ma gorge se serre. Je ne suis plus rien, je ne suis plus personne. Je me sens léthargique comme le lézard... Monsieur Akil, ce n'est certainement pas Joël, mon époux.

Fadila s'approche. Elle s'assoit à l'ombre, son ouvrage dans les mains. J'ai le sentiment d'être sa cible. J'en profite pour me vider le cœur.

— Comment ai-je pu accepter une telle attitude pendant dix ans?

— C'est le lot du mariage. Il faut savoir trouver sa satisfaction dans les petits gestes quotidiens.

— Toi, tu es heureuse, Nazim est toujours près de toi. Il t'épaule et te comprend.

— Oui, mais ça n'a pas toujours été le cas. Mon premier époux n'était pas agréable tous les jours. Nous avons tout de même réussi à bâtir une union enrichissante.

— Je ne veux pas d'une vie seulement convenable, je veux vivre l'amour et être en état de béatitude tous les jours, sans craindre les mensonges.

— Les tourtereaux doivent quand même prévoir que la lune de miel finit un jour.

— Oui, mais, moi, j'ai vraiment l'impression de ne connaître Joël que depuis trois mois.

— Tu n'as qu'à te plier à ses demandes et trouver ton bonheur autrement.

— Fadila, ce que tu dis n'a pas de sens.

— Arrête d'espérer son approbation et son attention! Tu te fais du mal pour rien.

Je suis donc inutile, une perle blanche, une sculpture d'ivoire qui trône dans un coin du salon? Fadila poursuit son explication, alors que je me désagrège de l'intérieur.

— Le bonheur, je ne l'exige pas, je l'attends, ouverte, mais il faut avoir le courage et la détermination de le dénicher partout. Le désert est proche, mais je ne le vois pas à cause des montagnes. À quoi me servirait de me tracasser en pensant à cette étendue de sécheresse et d'être constamment effrayée par ce qu'elle peut comporter de malheur?

— Comment peux-tu être heureuse à travers les mensonges que l'on t'a racontés, les rejets et les peines que tu as vécus?

— Ma grand-mère disait: « Occupe tes mains! » Lorsqu'on crée quelque chose, il faut être fier de ce qu'on fait. Quand je tisse, je ne me dis pas: « C'est trop long, c'est difficile.» J'essaie de penser à ceux qui vont profiter de ce que je fais et je retire du plaisir en pensant au bonheur que mon travail leur procurera.

— Et tout ce que tu fais sans jamais être remerciée? Je pense que tu n'es pas suffisamment payée et je n'aime pas voir que Joël ne te montre pas plus de reconnaissance.

— Lui joue son rôle d'homme. Moi, je sais ce que je fais, je sais ce que je vaux, et je suis bien trop vieille pour changer le cours des choses. Je me sens en harmonie avec moi-même dans cet environnement. Je ne cherche pas à avoir plus.

Ainsi, elle aime sa vie.

Plus tard, sur le dos dans la piscine, je me laisse porter. Je regarde le ciel bleu qui ne change jamais. Je sais que, si je ne bouge pas, je vais sombrer. J'attends... Je coule lentement. Lorsque mes poumons n'en peuvent plus, je me remets à décrire des cercles avec les bras pour me remettre à flot. La vie, c'est la même chose. Si je ne fais rien, je vais m'y perdre.

6.

JE passe ainsi le début de la semaine à ne pas savoir quoi faire et à m'interroger sur le changement d'attitude de Joël. Apparemment, nos problèmes ont commencé lorsqu'il a su que je fais de la course, à moins que ce ne soit au moment où il a acheté la plantation d'Amine. À bien y penser, la seconde hypothèse n'a rien à voir, puisque c'est à ce moment-là que nous nous sommes enfin retrouvés. Mais qu'est-ce qui ne va pas chez lui?

Je ne souhaite pas me rendre au village sous le regard inquisiteur de Rudy, le délateur, l'homme de confiance de Joël, son espion. Il est jeune, frêle, et il a des cheveux noirs en bataille. Il ressemble étrangement à une fouine. Je me sens observée et suivie. Il semble indifférent à tout ce qui se passe autour. Toujours à bonne distance, il est là, immobile, l'air efflanqué, sans savoir quoi faire ni quelle attitude adopter. Il est discret, mais surtout inutile. Il passe tous les après-midi à m'observer, alors que je suis dans la piscine. J'enrage. J'ai juste envie de le détester.

Que fait-il la nuit? Je ne sais pas. Lorsque j'entre dans ma chambre, je ne le vois plus, comme si de l'ignorer le fait disparaître.

Voilà, c'est comme ça. Joël est parti depuis quelques jours. Mon cœur se serre un peu, mais c'est tant mieux si j'ai du temps, car je suis encore en colère.

Je me lasse bientôt de la présence végétative de Rudy. À défaut de m'en débarrasser, je dois l'inclure dans mes activités quotidiennes. Nazim a certainement raison, il pourrait être utile à quelque chose d'autre que m'épier. Un après-midi, durant la sieste, je décide que j'ai suffisamment boudé. Je l'interroge.

— Qu'est-ce que tu dois faire, Rudy? Qu'est-ce que monsieur Akil t'a demandé?

— Je dois vous suivre partout et veiller à votre sécurité, madame.

Pourquoi Joël s'inquiète-t-il à ce point pour moi? C'est absurde.

— Tu sais nager?

— Non.

— Ça ne sert donc à rien que tu me regardes nager. Va plutôt aider Nazim.

— Mais…

— Ne t'en fais pas, je ne vais pas me noyer. De toute façon, tu ne pourrais rien faire.

Peu à peu, mal assuré, il s'en remet aux ordres de Nazim pour les travaux.

Le lendemain matin, je m'habille sans joie, fais mon lit et descends à la cuisine me servir une tranche de pastèque. J'appelle Rudy pour l'informer que nous allons à El Gannara. Il semble content de changer de routine. En fait, je veux mettre ma longe à l'épreuve. Jusqu'où puis-je étirer ma corde? Quelle distance puis-je franchir en toute liberté?

Rudy me suit à vélo en me faisant la conversation. Il aime jouer au soccer et connaît bien le village, puisqu'il a fréquenté son école primaire. J'ai l'impression de jouer au chat et à la souris. Il est sur mes talons et ne me perd jamais de vue. J'en prends donc mon parti, il m'accompagnera partout selon les ordres de Joël.

Arrivée sur la place, je vois Sarah qui s'apprête à franchir l'unique porte rouge du village.

Je fais appel à mon courage et l'interpelle.

— Bonjour, Sarah? C'est bien ça?

Je suis soulagée qu'elle me reconnaisse.

— Oui, Sarah Wilson, enchantée. Toi, tu es Sophie?

Elle me tend la main et m'offre d'entrer, mais, pour éviter les quiproquos, je préfère lui offrir de faire connaissance sous les arbres en face. Ainsi, pas d'ambiguïté possible. Je ne peux pas me permettre d'avoir Joël contre moi. Bien que son attitude me révolte, il est mon unique pilier et j'espère que notre union ne souffrira pas de notre différend.

Sarah est aimable. En sa présence, j'oublie rapidement mes angoisses. Nous engageons facilement la conversation. Elle me demande évidemment qui est Rudy et je lui réponds, mal à l'aise, la vérité, à savoir qu'il est là pour veiller sur moi. Elle sourcille et me parle de sa propre crise identitaire lorsqu'elle a déménagé dans ce pays. Puis, elle aborde la période d'adaptation que son époux a connue pour se faire à son rythme de vie occidental. Pour me défendre et probablement excuser Joël, je lui dis que, depuis l'accident, je suspecte Joël d'être bipolaire. Nous rions toutes les deux.

Tout m'attire, chez elle, son cheminement semblable au mien, son assurance, sa féminité, son éloquence et son petit accent. Je me sens bien en sa compagnie. Ensemble, nous découvrons nos affinités pour cette partie de l'Afrique. Nous discutons de tout et de rien. Elle m'offre le thé qu'elle nous sert sur un petit plateau. Elle aussi a épousé la Tunisie. Son mari et elle y habitent depuis quelques années et ils s'y sentent maintenant chez eux. Avant, ils demeuraient à Tunis, mais la ville était trop tumultueuse. Depuis qu'ils habitent la campagne, chacun réalise son rêve d'enfance, elle de vivre dans un pays d'Afrique, lui de cultiver des olives. Ils ont même essayé d'habiter au Canada, mais Nejib, son époux, ne s'habituait pas à l'hiver.

— Et le tien? Joël est-il frileux?

— Euh, je n'ai pas eu le loisir de le tester.

Le blanc de ma mémoire, comme la neige, crée un souvenir flou, une vague impression de froid. J'ai un frisson... Je suis figée. Dans ma vision, je skie, je dévale des pentes enneigées. C'est un souvenir bref, mais évocateur qui me revient. J'aime les sports d'hiver. Je bois une gorgée de thé. Son amertume me replonge dans la chaleur de ce début d'août sur le plateau tunisien.

Sarah est la première étrangère à qui je raconte mon amnésie. Elle est pleine de compassion. Rapidement, notre amitié se tisse.

Rudy nous laisse parler. Il se promène, il va voir les enfants jouer au ballon en contrebas, tout en gardant un œil distrait sur moi. Après plus d'une heure à discuter avec Sarah, c'est la conscience joyeuse que je fais signe à mon chaperon que nous rentrons.

À la maison, je l'invite à s'asseoir à la cuisine avec moi. Il hésite, mais se laisse tenter par l'odeur qui émane des chaudrons. Fadila nous sert un copieux repas, que nous partageons tous ensemble dans la bonne humeur. Il sourit, rassasié. Moi aussi. Depuis qu'il habite avec Fadila et Nazim et qu'il mange à sa faim tous les jours à la maison, il est devenu plus efficace pour aider Nazim dans les tâches d'entretien.

Trois fois, nous allons voir Sarah. Nos rencontres arrêtent le temps. Nous ne sommes jamais à court de sujets et nos conversations ne se tarissent jamais. Elles constituent une évasion de la routine, un plaisir toujours renouvelé.

Je n'ai pas de nouvelles de Joël de la semaine. En fin de journée, je reste longtemps lovée dans le fauteuil sur la galerie à essayer de voir plus loin que le paysage qui s'étire. Lorsque la température redevient supportable, Bastat vient se faire cajoler. J'ai le vague à l'âme. La chatte, déesse égyptienne noire et mince, me rappelle l'image d'un livre d'histoire que j'ai dû posséder. Je m'élance vers la bibliothèque, une petite étagère sur le mur dans le bureau de Joël.

De pénétrer son espace de travail en son absence me donne un petit remords de conscience sans fondement que je balaie du revers de la main. Je cherche parmi les livres celui où j'aurais pu voir l'illustration que mon cerveau vient d'évoquer, mais, évidemment, il n'y a aucun livre d'enfant. Je suis tout de même récompensée par trois documents intéressants, deux traités touchant la culture des olives et un cahier racorni sur lequel on peut lire : *Registre du domaine*.

Je m'installe donc au lit pour feuilleter les bouquins. Les techniques que je découvre me fascinent. Je comprends mieux comment les sols agissent et comment différentes stratégies améliorent la récolte. Nazim et Joël m'ont bien renseignée. Malheureusement, je ne vois rien qui m'indique que j'ai déjà possédé ce savoir.

Le carnet ne contient que très peu d'informations, quelques notes manuscrites, un vague agenda et une liste de réparations à faire sur la maison, la cuisine figurant au premier plan. Je ne reconnais pas mon écriture. Je me lève pour comparer avec celle de Joël, sur la lettre qu'il m'a écrite récemment. Les deux sont délicates, mais, sur celle du cahier, la fin de chaque lettre est recourbée en volute. Ce n'est assurément pas la même main qui l'a rédigé. Je découvre ainsi un autre trou dans ma mémoire béante. Qui a écrit ces notes?

Il est tard. Je dois attendre à demain pour en parler à Fadila et Nazim.

Très tôt, j'interpelle tout le monde pour mener mon enquête. Personne n'a de réponse à me donner et tous échouent le test d'écriture que je leur fais subir. Vu mon amnésie, j'ai peur que de petits détails comme celui-là prennent une trop grande importance. Me reste à demander à Joël quand il daignera rentrer.

Toute la journée, nous travaillons au parement de la maison. J'ai entrepris des travaux de réfection du crépi pour lui rendre son statut de joyau du Bargou.

— Monsieur Akil! Il arrive au loin! crie Rudy de sa position sur une échelle, en train de chauler la maison.

Il est enfin là. L'attente prend fin, ma sentence aussi. J'espère qu'il revient avec des regrets et le cœur à la bonne place. Avant de m'élancer impulsivement vers lui, je fais un détour par la cuisine pour aviser Fadila de son retour. Il est parti dans un état frisant l'hystérie, il doit revenir dans une maison sereine et tenue d'une main ferme. Je n'aurai pas deux chances de me faire valoir, de lui prouver que je sais m'occuper de tout. Quand je suis satisfaite de l'état des lieux, je prends soin d'enfiler une robe de circonstance. J'hésite entre la robe turquoise achetée à Kairouan et une plus sobre.

J'opte finalement pour la simplicité. Je veux que le message soit clair : « Je t'attendais, je suis prête à t'accueillir, mais pas à n'importe quel prix. Je suis la maîtresse de cette maison, ton égale et ta femme. »

Il a probablement garé la jeep. Il doit maintenant approcher de la maison. Je suis assise au bord de la piscine, un tissage à la main comme une bonne épouse. Il dépasse le coin de la demeure, beau dans son costume de voyage, la chemise entrouverte. Il porte sa valise de cuir brun. Il m'aperçoit alors que je me lève pour l'accueillir.

— Sophie! Comme tu m'as manqué!

Il se précipite, très joyeux. Je reste de marbre.

— Joël! Tiens, tu es de retour?

Il s'approche pour m'embrasser. Pour lui, tout semble aller pour le mieux. Moi, je veux être rassurée sur mon statut. Je recule légèrement, détachée.

— Tu es encore fâchée? me demande-t-il.

— Vraiment! Tu crois qu'il suffit de partir une semaine pour être pardonné? Je veux savoir quelle place tu me réserves, quelle position j'occupe dans ta vie.

— Tu es sortie, cette semaine?

Cette question me poignarde.

— Évidemment. Je ne vais quand même pas rester là à t'attendre sans rien faire.

Il jette un regard inquisiteur vers Rudy en lui faisant un signe qui semble signifier : « Tu viendras faire ton rapport. » J'intercepte sa pensée.

— C'est tout ce qui t'importe, que Rudy me suive partout? Et moi?

— Tu n'es pas obligée de sortir. Je ne paie pas Fadila et Nazim pour rien.

— Oui, mais la cuisine, le ménage, l'entretien et les divers travaux aux champs ne leur laissent que peu de temps pour courir avec moi!

— Tu es incorrigible à ce que je vois?

— J'aime être rebelle. C'est probablement pour ça que tu m'aimes.

Je viens de jouer ma dame de pique, entre le valet et le roi. Bien sûr, j'ai fait exprès pour le provoquer. Je tiens à réaffirmer mon autonomie. Je revendique ma liberté. Ma mémoire me trahit, je suis prête à lui pardonner son comportement exécrable, mais je souhaite vivre avec l'homme que j'aime, celui de Kairouan, l'homme attentionné et tendre. Il marque une pause dans son rôle de grand inquisiteur et fait signe à nos employés de partir; leur journée de travail se termine maintenant. Je les remercie et les salue alors qu'ils passent le portail. Joël s'assoit sur le pied d'une chaise longue. Je l'observe en tapant du pied, les bras croisés. J'attends ses excuses. Il baisse les yeux et regarde ses mains avant de s'élancer.

— Je suis inquiet pour toi, Sophie. Tu ne sembles pas voir qu'on n'est pas au Canada. Ici, c'est une vie différente. Tu dois me croire!

— Peut-être, mais ton angoisse est exagérée. Tu devrais me faire confiance.

J'éprouve tout à coup un plaisir coupable. Joël a peut-être raison de ne pas se fier à moi? L'homme aux cheveux blonds, Éric... Je retiens mon souffle, cet homme m'apparaît nettement comme mon amant, au Canada. C'est moi qui me mords la lèvre, à présent.

— Avons-nous déjà eu des conflits, auparavant?

— Pas vraiment, me dit-il en me regardant sévèrement. Rien d'irréparable, si tu veux savoir.

— Même pas au Canada?

— Nous étions un couple très heureux et sans histoire, avant.

Je le rejoins et m'assois, une jambe repliée. Suis-je donc la source du conflit? De peur de m'empêtrer davantage, je change de sujet.

— Moi aussi, j'ai eu le temps de réfléchir, durant ton absence. J'ai besoin de me réapproprier mon passé. Dans la maison, la seule photographie que j'ai vue, c'est celle qui se trouvait dans le cadre que j'ai brisé. Et je n'y apparais même pas. Nous avons certainement d'autres photos de nous, de nos familles! Quelque part dans ton bureau, peut-être?

— Pourquoi me demandes-tu ça?

— Ça m'aiderait sûrement à me remémorer notre vie d'avant. Parfois, j'ai l'impression que tu n'es pas si empressé de me voir retrouver la mémoire.

— Le passé peut parfois être difficile à soutenir.

— Qu'est-ce que tu veux dire?

— Je préfère que tu te concentres sur le présent.

— Trop tard, tu en as trop dit. Que cache notre passé de si terrible?

— Je…

Il hésite à me répondre et refuse de me regarder dans les yeux.

— Dis-le comme ça vient.

— Je ne veux pas te faire de peine, mais… Juste avant que nous prenions la décision de venir nous installer ici, il est arrivé un événement terrible.

Il s'arrête momentanément de parler.

— Joël, tu dois tout me dire, même si c'est difficile. Je veux tout savoir. Notre confiance mutuelle en dépend.

Il se tourne subitement vers moi. Son regard est étrange. Cette seconde d'attente m'angoisse.

— L'an passé, notre maison de Montréal a brûlé. Nous avons tout perdu. Il n'en est rien resté. Ça a été un moment très pénible. Tous… tous nos souvenirs ont disparu.

— Pourquoi me l'avoir caché?

C'est Joël qui semble ébranlé, à présent. Moi, je n'ai aucun souvenir de l'événement.

— Je voulais t'épargner cette autre perte. Tu as suffisamment de peine ainsi.

— Nous ne sommes donc pas ici depuis deux ans?

— Nous avons acheté la propriété il y a trois ans, mais nous n'y demeurons en permanence que depuis un an.

Tout à coup, j'ai l'impression de bouillir intérieurement.

— Pourquoi est-ce toujours si difficile pour toi de dire la vérité?

Il s'énerve à son tour.

— Non, mais tu ne comprends vraiment rien? C'est parce que j'ai peur de te perdre encore, Sophie!

— Pourquoi, encore? Je suis toujours là, moi.

Il m'attrape les deux bras d'une main ferme; c'en est presque effrayant. Mais il me lâche aussitôt. Il se lève et regarde la maison.

— Sophie, je vois que tu fais des efforts pour reprendre ta place. Ce que tu as fait de la maison, c'est très bien, mais, lors de ta perte de mémoire, j'ai eu l'impression de te perdre une fois.

Il poursuit son explication. Entre deux phrases, il glisse une faible excuse au sujet des faits qu'il a omis de me mentionner.

— Viens, accompagne-moi au bureau. Je vais te montrer les plans que j'ai reçus à Tunis.

Pour lui, le sujet est clos. Je n'ai rien à ajouter, croit-il. Je n'aime pas sa manière de toujours présenter ses raisons comme étant naturelles. Je me sens de nouveau bernée, mais son charisme m'attire inexorablement. J'accepte donc de le suivre.

En haut, il me fait voir ses plans d'irrigation des terres d'Echbika. Je suis heureuse qu'il m'associe enfin à ce projet. Notre deuxième plantation est certainement entre bonnes mains. Joël a de vrais objectifs en tête. Il supervise bien les travaux et effectue les aménagements nécessaires. Je le sens fier de me montrer son travail. Il a les yeux pétillants et il parle vite, en gesticulant comme rarement je l'ai vu faire.

Il se rapproche de moi. Sa voix devient sensuelle, invitante. Il m'incite à jouer avec lui. Il m'entraîne dans sa fougue en soufflant dans mon cou. Moi non plus, je ne peux attendre plus longtemps. Ses explications se transforment en exploration. Ses doigts pianotent sur mon corps. Ses paumes m'enserrent les hanches et m'attirent vers les siennes. Je sens son ardeur gronder comme un orage au loin. Il fait monter mon désir en posant ses lèvres sur mon cœur, en les passant presque imperceptiblement sur mes seins, mes épaules et mon cou au travers de ma blouse entrouverte. Il attend.

— Je te veux à moi pour toujours, finit-il par avouer.

— Je serai ta douce moitié, mais je n'accepterai plus jamais que tu partes en colère comme tu l'as fait.

— Je vais mieux. Je vais prendre soin de toi comme avant.

— Jure-moi qu'on n'aura plus de secrets l'un pour l'autre.

— D'accord, tout ce que tu veux.

Cette attente, maintenant insoutenable, est le prélude au plus grand étalement de cartes et de plans que nous ayons jamais étudiés directement sur le bureau. Les dessins et les schémas finissent sur le sol en s'enroulant sur eux-mêmes, alors que ses mains frôlent les miennes et remontent sur mes bras pour chercher un refuge plus intime au creux de mes seins. Il me prend là, avec ardeur et passion, puis me ramène dans ses bras costauds jusqu'à sa chambre. Il n'est même pas midi. Quelle paresse! Quelle joie de retrouver notre promiscuité, notre harmonie! Mon cœur est aux anges.

Le soir, nous célébrons copieusement nos retrouvailles. Joël a rapporté quelques bouteilles de vin de Tunis. Il n'est pas question d'affaires ni de nos sorties respectives. Joël m'aime toujours. Après que nous ayons un peu trop arrosé cette soirée, il doit me reconduire à l'étage, car j'ai la tête qui tourne sévèrement.

Mes rêves sont mouvementés: une maison ailleurs, des gens qui m'appellent au loin; je cours sans avancer. Je me réveille très tôt et me love près du corps qui me procure amour et sécurité.

La vie au domaine reprend son cours. Joël se rend au travail après avoir pris le déjeuner en compagnie de tout le monde, ce qu'il fait rarement. En après-midi, lorsque j'entends sa voiture revenir, je suis en train de nourrir mes nouveaux poulets. Nazim a réparé l'ancien poulailler et j'ai fait bâtir un enclos par Rudy. Grâce à mes huit pensionnaires, nous aurons bientôt des œufs frais. Une fois mes tâches accomplies, je me précipite au bureau de Joël. En me voyant à sa fenêtre, il cesse d'écrire et me fait signe d'entrer. Son sourire tendre est revenu, me procurant l'assurance dont j'ai besoin pour le questionner. J'ai à la main le registre du domaine.

Ses yeux ne peuvent cacher sa surprise.

— D'où sors-tu ce cahier?

— Peu importe, je veux savoir qui l'a écrit.

— Fais-moi voir!

Il se lève et s'élance sur moi pour me l'arracher des mains. Je lève le bras et recule, mais il m'empoigne facilement d'une main pour me subtiliser le document.

— Qui te l'a donné? Fadila? Elle a fouillé dans mon bureau?

— Ne mêle pas Fadila à ça, c'est moi qui l'ai trouvé dans la bibliothèque avec les livres sur les oliviers.

— C'est donc toi qui viens fureter ici!

— Oh! Arrête, Joël. Je voulais un livre. La question n'est pas là. Dis-moi à qui il appartient.

Il tourne méticuleusement chaque page.

— Je crois que c'était ici quand nous sommes arrivés, dit-il finalement sur un ton apparemment neutre.

— Pourquoi, alors, te mettre dans un tel état?

Il marque un temps d'arrêt, puis se dirige vers le classeur pour fourrer le registre dedans sans avoir pris le temps d'ouvrir une chemise. Il referme durement le tiroir.

— C'est sans importance!

Je ne suis pas satisfaite de sa réponse.

— Joël, hier, on a dit qu'on n'aurait plus de secrets l'un pour l'autre. De qui est ce cahier?

Les bras pendants et les poings serrés, il avoue.

— De ma mère… Un souvenir.

Une certaine mélancolie se lit sur son visage. Je sais qu'il ne poussera pas plus loin la confidence. Je doute encore de sa sincérité. Tout est confus et ma mémoire est hors service. Pourquoi sa mère aurait-elle tenu un registre de notre domaine? Pourquoi aurait-elle voulu rénover ma cuisine?

— Ta mère n'est-elle pas morte depuis longtemps?

Je sens qu'il retient sa colère. Il est déjà en mode offensif, prêt à me rejeter. Mais je refuse de me laisser embobiner, cette fois.

— Qu'est-ce que tu manigances, Joël?

— C'est toi, Sophie, qui voit des problèmes partout. Je ne te comprends plus. Pourquoi cherches-tu constamment à me piéger? Tu ne faisais pas ça, avant.

— Oui, mais, aujourd'hui, tu me mens en plein visage. Tu me fais suivre et tu te mets en colère pour n'importe quoi. Comment penses-tu que je puisse vouloir rester avec toi dans ces conditions?

— Tu me menaces de partir?

— Je te veux, toi, à condition d'être libre. Je veux élever une famille, je veux des enfants, je veux avoir des amis et vivre des moments intéressants avec toi. Mais je ne peux pas bâtir ma vie sur des suppositions et des mensonges.

Il se braque et croise les bras sur le dessus de sa tête, le nez au ciel, en émettant un soupir de découragement.

— Mais qu'est-ce que je vais faire de toi?

Il semble sérieusement à bout de ressources. Il me regarde droit dans les yeux et m'attrape par la taille en ajoutant:

— Je déteste ton attitude.

Dans un sourire à la fois rebelle et conquérant, je lui réponds:

— Deux coqs ne font jamais bon ménage. Et ton histoire de registre sonne faux.

Il me soulève, me plaque contre la porte et m'embrasse fougueusement.

— Ne t'avise pas de me filer entre les doigts, chuchote-t-il à mon oreille.

— Je t'informe que nous sommes mariés.

— Justement, tu m'appartiens!

Cette réplique me refroidit. Néanmoins, après notre marche du soir, il réussit tout de même à me faire rire et nous terminons la soirée dans son lit.

Joël quitte le domaine au petit matin pour aller travailler à Siliana. La chambre, ce lieu vaporeux baigné de lumière, m'invite à rêvasser. La soirée de la veille a comblé une part de mes envies, mais elle m'a aussi laissé un goût âpre au sujet de notre passé. Je commence à percevoir des nuances dans ses sentiments; il préfère être mon amant plutôt que d'échafauder des plans d'avenir en tant que mon partenaire. Je repense à l'incendie supposé de notre maison, à ses réticences quand il s'agit de répondre à mes questions et au cahier qui l'a fait sortir de ses gonds. Que cherche-t-il à dissimuler, dans son bureau?

Il nous faut remettre la sincérité au premier plan de notre relation.

Je dois me faire violence pour quitter le lit et plonger dans la piscine, histoire de me réveiller. Après quelques brasses, je repense aux innombrables mises en garde de Joël: la déshydratation, les bêtes sauvages, les serpents. Il refuse que je sorte courir, il ne veut pas que je rencontre Sarah et il m'impose en plus un garde du corps. Il fait tout pour m'isoler. C'est une constatation blessante. Son amour si exaltant perd de son lustre.

Je sors de l'eau, amorphe, Nazim est déjà prêt à travailler, Rudy sur ses talons. Ce jeune homme est très heureux que ses habiletés manuelles soient mises à contribution. Il a avoué à notre jardinier que, depuis qu'il a quitté ses parents pour trouver du travail, sa vie n'est pas facile.

Je lui conseille de terminer la réfection de la face extérieure du mur d'enceinte.

Avant d'enfiler mes habits de travail, je m'élance dans le bureau sacré et furète un peu partout. J'ouvre le tiroir du classeur; le cahier litigieux n'est plus sur les fiches. Je regarde quelques documents, des actes notariés pour la plupart, qui concernent des achats de terrains. Il y en a plus que je croyais. L'immobilier est probablement l'activité commerciale que Joël préfère. Une liste de transactions récentes mentionne quatre achats de lots tunisiens depuis peu. Il a aussi effectué des divisions et vendu seize parcelles à des investisseurs étrangers. Je ne comprends pas réellement la teneur de ses contrats, mais les chiffres sont gros, certains soulignés de rouge. Il y a une chemise intitulée *Investissements* et une *Évaluation*, ainsi qu'un tas d'autres identifiées par des termes qui s'apparentent aux affaires. Je ne peux pas tout lire ni tout comprendre. Ce que je vois suffit à confirmer ce que Joël m'a toujours dit, il aime les affaires.

J'ouvre les tiroirs de son bureau. Celui du haut est bien garni en crayons, celui du bas fait office de papeterie. Je soulève le paquet de feuilles vierges toujours emballées. Une petite enveloppe fleurie apparaît dessous, ouverte. Après avoir levé les yeux vers la porte, l'air conspirateur, je prends le pli. Il contient une photo de famille à la vue de laquelle je reste stupéfaite autant que déroutée.

Il y a Joël un peu plus jeune, qui tient dans ses bras un poupon qu'il regarde avec fierté. À ses côtés se trouve une jeune femme blanche aux longs cheveux noirs étirés vers l'arrière. Elle regarde Joël amoureusement. C'est la photo de famille parfaite.

Je ne comprends pas. Il a donc eu une aventure avec une autre femme? M'en a-t-il déjà parlé? Au dos de la photo se trouve une inscription: *Voyage chez les Marchand, au Canada, Fahmi et Sophie.*

— Mais… qui est-elle? Étrange qu'elle porte le même nom que moi!

— Pas du tout, c'est toi qui portes son nom.

Incrédule et déboussolée, je range rapidement le bureau. Je m'en vais m'affaler sur mon lit, mais me relève presque aussitôt. J'arpente la galerie, puis rentre m'habiller. Le miroir me renvoie l'image de cette Sophie. Nous pourrions presque être sœurs. Mais je suis catégorique, la Sophie de la photo, ce n'est pas moi à une époque antérieure. Je sors par l'arrière de la maison sans regarder personne pour rejoindre mon promontoire dans l'oliveraie où je m'effondre. Le vide dans ma tête ne s'est qu'entrouvert. Trop de questions étouffent mon cerveau.

Il m'est impossible d'évacuer mes soupçons. Tout est tellement incohérent. Qui est réellement Sophie Marchand? Moi, ou l'autre? Et cet enfant, Fahmi? Est-il le sien? « Nous en avons déjà discuté… Nous avons choisi de vivre sans enfants », m'a-t-il affirmé.

J'ai envie de m'enfuir en courant, mais je n'arrive pas à bouger. Je laisse le soleil me brûler de ses chauds rayons. Une suite d'images se bousculent dans ma tête. Les vêtements de ma garde-robe qui ne sont pas toujours à ma taille, les souliers qui me blessent les pieds, mes goûts que Joël ignore, les calmars, la peinture que je ne maîtrise pas du tout…

Au loin, j'entends Nazim ordonner à Rudy de lui apporter des outils. J'aime son timbre de voix, sa patience, sa bienveillance… Je sens un arc électrique parcourir mon corps comme un électrochoc : « Valérie! Apporte-moi des pinces. » Je discerne la voix de mon père qui m'appelle de son garage. Cette image qui semble venir de nulle part me dit : « Valérie est ton nom. »

C'est une impression fugace, mais ô combien bouleversante! Elle me paraît tellement vraie! Elle me trouble au point que j'ai la conviction que je dois remettre en question toutes les certitudes que Joël m'a imposées.

Je tremble. Je sens la rancœur fleurir dans tout mon être. Elle se manifeste par ma froide immobilité. Je passe de longues minutes en dehors du temps. À chaque seconde résonne la même ritournelle: «Non! Impossible! Impossible! Impossible!» L'émotion monte progressivement jusqu'à mon ventre en se déployant comme le frimas qui crée des arabesques florales sur une vitre gelée. Elle remplit mon intérieur, trace son chemin jusqu'à ma gorge qui se crispe; elle y forme une boule douloureuse et indigeste. Tous ces riens m'étourdissent.

Je ne m'appelle pas Sophie! Je m'appelle Valérie.

C'est comme une vision blanche, fantomatique. Comment est-ce possible? Je n'y comprends rien. C'est une certitude inexplicable, difficile à croire. Je le sais tout simplement. Au Canada, mon prénom était Valérie.

Lorsque je vois la jeep arriver, je la suis du regard, sans pouvoir répondre à la salutation que m'adresse Joël de la main. La voiture disparaît derrière la maison. Il sera là dans quelques instants. Je m'empresse de revenir dans la cour. L'angoisse me serre la poitrine. Je m'enfuis à l'étage.

Joël me trouve prostrée dans mon atelier.

— Sophie? Que fais-tu là?

Les genoux sous le menton, je suis incapable de bouger. Je suis en état de choc nerveux. Ma vie s'effondre. Derrière moi, Joël se penche pour m'enlacer.

— Hé! Que se passe-t-il?

Je frissonne. Sa présence a un goût d'amertume. Il s'en aperçoit certainement. Même mon corps se détourne de lui, indifférent.

— Sophie!

Sa voix est changée. Il se veut rassurant, mais il semble tourmenté. Mes craintes ne font que se confirmer. Depuis des semaines, il ne fait que me mentir et se défiler.

Je retourne la main et lui mets sous les yeux la photo que j'ai glissée dans ma paume.

— Cette vie n'est qu'un mensonge!

Je prononce la phrase doucement pour m'assurer que mon propre cerveau l'assimile.

— Sophie, tu ne peux pas comprendre. Tout est allé si vite, l'accident, la maison et toi.

Ma rage explose. Je bondis et lui fais face en lui hurlant au visage :

— Joël, tu n'es qu'un menteur, un hypocrite! Dis-moi qui est cette femme!

— Sophie, je…

— Je m'appelle Valérie!

Je le regarde froidement. Il est stupéfait.

— Rends-moi la photo, c'est tout ce qu'il me reste d'eux.

Je la lui jette au visage, puis, en pointant la porte, je lui ordonne de sortir. Je ne veux plus le voir ni entendre ses explications.

— Tu veux que je sois honnête? Tu vas écouter ce que j'ai à te dire!

— Sors d'ici!

Il m'attrape par les épaules, m'assoit sur l'une des chaises et en approche une pour lui. Il serre les dents et respire avec fureur. Sa bouche est à quelques centimètres de la mienne.

— Sois attentive, parce que je ne me répéterai pas.

Je suis sidérée. Il parle calmement, avec froideur.

— Sophie est ma femme, Fahmi est mon fils, ils…

— Tu m'as dit que tu ne voulais pas d'enfant!

Il élève le ton.

— Tu m'as demandé d'être honnête, alors, écoute-moi, à présent que je parle!

Des larmes me montent aux yeux tandis qu'il poursuit son récit.

— Sophie et Fahmi étaient à Montréal quand l'incendie a détruit notre maison. Ils sont morts là-bas, au loin, seuls. Moi, j'étais ici. J'aurais tout donné pour sauver ma famille, mais je n'étais pas là.

Voilà quelque chose de nouveau. Je revois toutes les fois où il a fait preuve de faiblesse, où il a modifié la vérité pour me la faire avaler.

— Toi, je t'ai rencontrée à Tunis. Tu y étais en voyage. Moi, j'y étais pour affaires. Il y avait un an que je ne sortais pas, je ne vivais plus, je n'arrivais pas à faire le deuil de Sophie. Quand je t'ai vue, j'ai cru la revoir. Tu lui ressembles tellement! Je t'ai observée longuement. Cependant, c'est toi qui es venue vers moi pour me demander des informations à propos de la visite du musée du Bardo. Je t'ai même accompagnée à ta demande. J'ai découvert une femme cultivée, intéressée et intéressante. Nous nous sommes retrouvés autour d'une table au moment du souper. Tu m'as raconté comme ta vie de couple était routinière et ennuyeuse, tu m'as dit que tu enviais ceux qui osaient avoir une vie différente. Tu t'exclamais au sujet du climat et des couleurs fabuleuses de la Tunisie… Ne viens jamais me reprocher ce que j'ai fait!

Son doigt dirigé vers moi ponctue son ordre. Je mets quelques secondes à digérer l'information. Je veux aussi être sûre qu'il a fini.

— C'est du délire!

— Pas du tout! Tu étais libre, heureuse, et tu flirtais ouvertement avec moi. Nous avons passé trois jours fantastiques ensemble. Tu m'as redonné le goût de vivre. Tu l'as peut-être oublié, mais tu voulais me suivre. Je t'ai offert la vie que tu me décrivais. Tu étais prête à t'élancer, à tout laisser pour demeurer avec moi. Je t'ai même offert le temps dont tu avais besoin pour te familiariser avec ta nouvelle vie après l'accident. Je me suis soumis à tous tes désirs. Même notre première nuit d'amour à Kairouan a été orchestrée selon tes critères.

C'est la chose la plus effroyable que j'aie jamais entendue. Cependant, son histoire semble me revenir en tête à mesure qu'il la relate.

— Et ma famille?

Il se relève.

— Mais on n'en a rien à faire, de ta famille! Ici, tu peux avoir tout ce que tu veux. Je suis l'homme de ta vie, ne l'oublie pas. Sophie, je sors de l'enfer, tu es ma déesse, ne me rejette pas. Tu ne peux pas, après tout ce que j'ai enduré. Je suis prêt à tout pour te garder.

— Mais, si je m'appelle réellement Valérie, pourquoi m'appeler Sophie?

— J'ai cru que, étant donné ta perte de mémoire, ce serait plus facile pour moi de te redonner une identité et un passé. Je sais si peu de choses de Valérie! Je voulais que tu puisses t'appuyer sur moi, sur une histoire concrète.

Ainsi, chaque fois que je lui posais une question au sujet de mon passé, il répondait selon ce qu'il avait vécu avec

Sophie, sa femme. Voilà pourquoi il m'était impossible de faire des liens avec les souvenirs mensongers qu'il me forgeait.

— As-tu toujours mes papiers, mon passeport, mon portefeuille, mes pièces d'identité?

— Ils sont en sécurité, ne t'inquiète pas.

Mon cerveau fonctionne à cent à l'heure. Joël m'a menée en bateau depuis mon accident. À coup sûr, il a perdu la raison. Plus je l'écoute, plus je le vois convaincu du bien-fondé de sa mise en scène. Chose certaine, je ne devrais pas être ici, confinée dans un tissu de mensonges. Je dois garder la tête froide et faire semblant d'entrer dans son jeu.

— Tu ne parles plus? C'est rare.

— Je crois que… je suis surprise. Mais je peux comprendre.

— Si tu savais à quel point ils me manquent!

Il paraît dévasté. Je saisis tout à coup le sens de l'attachement qu'il porte à la petite toile naïve qui se trouve près de la porte du salon. C'est une toile de Fahmi!

D'assister à l'effondrement de mon univers alors que mon cerveau se remet à réfléchir et à faire des liens, cela me fait une impression des plus étranges. Mais je n'ai plus d'autre choix que de faire semblant de me plier à son stratagème, ne sachant jusqu'où peut aller sa folie.

— Joël, si tu veux, tu peux continuer à m'appeler Sophie. Ce sera mon nom tunisien. De toute façon, je ne me rappelle plus la vie de Valérie.

Il replace la chaise le long du mur et repasse près de moi. « Sois forte! » semble vouloir dire la main qui étreint mon épaule. Il sort en fermant la porte.

J'ai mal au cœur. Il me dégoûte. L'air n'entre plus dans mes poumons. Je suis morte! Pas moi, mais celle que Joël veut ressusciter. La brûlure qui monte dans ma gorge achève son chemin à mes yeux où grossissent des larmes de désespoir. Lorsque l'une d'elles se fraie un chemin à travers mes paupières closes, les autres ne peuvent être retenues. Je peux seulement les essuyer, les mélanger à la sueur qui émane de mes pores.

J'ai honte. Le drame réside tout entier dans une minuscule phrase, un sujet, un verbe et un complément: Joël a supprimé ma vie.

Je reste longtemps à regarder le mur sans le voir vraiment. J'étouffe, je veux hurler, mais aucun son ne parvient à mes lèvres. Sous la pression sanguine irrégulière, mes tempes me font mal, mon muscle cardiaque se serre à chaquc nouvelle pensée; le jardin qui avait nourri mon optimisme, le voyage à Kairouan qui m'avait redonné la passion, le travail acharné, les heures à attendre que Joël revienne, tout ça n'a servi à rien à partir du moment où ma confiance part en lambeaux.

Le soleil se couche, horriblement insensible. Le monde s'est effondré. Il n'y a plus d'étoiles dans la noirceur de ma vie anéantie. La douleur m'écrase la poitrine. Le paysage noir s'étend dehors. La fenêtre ne possède pas de barreaux, mais je sais maintenant qu'ils sont là.

Je verse toutes les larmes possibles. Dans ma tête, je deviens graduellement une statue de marbre, comme un gisant grossier qu'on retrouve sur certaines tombes. Je me sens tellement seule! J'ai l'impression que l'univers entier s'est ligué contre moi. La vie m'a trahie. Elle m'abandonne à mon sort. Je suis laissée pour compte. Je ne sais plus ce qui est vrai ou non.

Si je meurs prématurément ici, loin de ma vraie vie, personne au Québec ne connaîtra la vérité, nul ne cherchera à savoir. Je vais sombrer dans l'oubli sans laisser aucune trace derrière moi. Je revois mes parents. Peut-être sont-ils vivants. Comment savoir?

L'apathie dure jusqu'à ce que ma détresse s'envole petit à petit. Mes pensées refont surface, sans aucune cohésion, jusqu'à ce que, machinalement, je reprenne le chemin de ma chambre comme une condamnée. On croit habituellement ce qu'on voit, c'est ce que j'ai fait jusqu'à maintenant. Mais je ne vois plus rien et je ne peux plus imaginer que je vais me rapprocher de Joël. Rien ne pourra réparer ce qu'il a fait, surtout pas les explications qu'il pourrait me donner.

Dans ma chambre, seul le grésillement des insectes entame le lourd silence.

Une lueur d'espoir infime perce ma nuit. « Éric, j'ai besoin de toi! » Je m'étonne de repenser à lui. Des images floues de notre vie commune me reviennent en tête. Nous étions un couple. Selon Joël, notre relation n'allait pas très bien, mais est-ce vrai? Avions-nous des enfants? Cette pensée m'angoisse. Je ne sais plus. J'ai aussi l'impression d'avoir embrassé un autre homme, à mon départ. Pourtant, je ne peux qu'espérer qu'on m'apprécie suffisamment pour me rechercher.

Au matin, je me tire du lit sans enthousiasme. Je dois affronter ma nouvelle réalité. Comment faire sinon paraître détachée et toujours en accord avec notre union?

— Te voilà?

Devant lui, je tressaille. Les jambes molles, je me sens blêmir.

— Bien dormi? ajoute-t-il.

Je n'aurai pas deux chances de lui faire croire que je regrette mes soupçons à son endroit. La confiance doit revenir; c'est la clé de ma liberté. Je dois être sincère avec Joël, lui avouer mon malaise, être crédible pour la suite des choses.

— Ce que tu m'as avoué m'a causé un choc.

— Peut-être, mais, maintenant que tu comprends mieux pourquoi tu es ici, on va pouvoir de nouveau compter l'un sur l'autre.

Il s'approche et passe sa main sur ma joue. Son pouce glisse sous mon œil.

— Tu as l'air fatigué.

— Je dois t'avouer que je n'ai pas beaucoup dormi. J'ai réfléchi à notre avenir.

Je ne vais pas lui résumer mes conclusions, à savoir que sa femme est morte et qu'il m'a enlevée pour la remplacer. Comment peut-il sincèrement croire que je peux rester ici?

Ses yeux se rétrécissent. Sa bouche, qui n'a plus de secrets pour moi, est crispée. Joël attend une décision de ma part. Je ne peux pas le décevoir maintenant. Étant donné la folie qui l'habite, il est bien capable de s'en prendre à moi. La nuit porte parfois conseil. Je suis ébranlée, mais je sais maintenant pourquoi je suis toujours prête à me surpasser, à affronter les épreuves et à revendiquer mes droits. C'est parce que je suis Valérie, une battante. La première étape de ma libération consiste à rassurer Joël pour garantir ma sécurité ici, au domaine. Je pourrai ensuite planifier mon départ.

— Joël, ma perte de mémoire m'a permis d'apprendre à te connaître et j'apprécie vraiment ma nouvelle existence ici, au Bargou, à tes côtés. Maintenant que tu as été honnête à mon endroit, je suis prête à te donner une chance. Je pense qu'on va pouvoir reprendre le cours des choses.

— Oh! Sophie, j'ai tellement besoin de toi!

Pour masquer ma volonté de le déjouer, je mets mes doigts sur ses hanches. Son contact me révulse, mais je n'en laisse rien paraître. Il est toujours aussi beau, mais je n'ai plus aucune envie de l'approcher.

Il passe sa main derrière ma tête, m'attire sur sa poitrine et pose un baiser sur mes cheveux détachés. Voilà ma nouvelle situation. Sa chaleur, sa tendresse, le souvenir de nos nuits d'amour, tout cela me revient en mémoire. Un sentiment complexe remonte vers mes yeux, m'obligeant à retenir mon souffle pour ne pas me mettre à pleurer de désespoir.

7.

L'après-midi s'évapore dans le travail. Joël sue à grosses gouttes; il creuse une tranchée à l'aide d'une pioche, tandis que Rudy, Nazim et moi déblayons la terre sèche qu'il en retire. Je ressasse les événements. Je dois faire le deuil de cette vie. La vue de Joël me torture. J'admire toujours son corps, même si notre amour est une mascarade parsemée de squelettes cachés dans des placards oubliés. J'ai vraiment aimé Joël, tout autant que je le déteste maintenant.

De son côté, il suit mes moindres gestes. Je m'applique à travailler aussi loin de lui que possible. Je ne me rappelle pas avoir vécu un moment aussi embarrassant.

— Est-ce que tu es malade? me demande Nazim discrètement.

— Tu devrais boire un peu, suggère Rudy.

Attentif à la conversation, Joël ajoute son grain de sel.

— Sophie, tu peux t'arrêter. C'est vrai que tu es blême.

— Je trouve seulement qu'il fait trop chaud pour travailler. Je vais être plus utile à la cuisine. Je vous laisse entre hommes.

— Si ça peut te mettre dans de meilleures dispositions… me répond-il.

Fadila m'accueille, souriante, non sans passer un commentaire sur mon état, elle aussi. Comment apaiser ma colère sans rien dire? Pourtant, je ne dois rien révéler. Cela pourrait se retourner contre moi.

— Joël et moi, on a eu une scène, hier. J'espère que tout va rentrer dans l'ordre bientôt.

— Ne t'inquiète pas, ça va s'arranger. Aide-moi, on va préparer un festin à nos hommes. Quand les paroles deviennent inutiles, il faut les prendre par le ventre.

Elle rit. Fadila est toujours enthousiaste.

Vers vingt heures, fraîchement lavés, les hommes se mettent à table. Joël a retrouvé sa bonne humeur. Il se faufile derrière moi au comptoir pour me baiser le cou devant le sourire satisfait de Fadila.

À la fin du repas, il nous annonce que, étant donné que les travaux d'aménagement sont complétés et que la saison des récoltes est encore loin, il met fin au contrat de Fadila et de Nazim.

— Mais tu ne peux pas faire ça!

L'effet de surprise est total. Des regards affolés se croisent.

— Et pourquoi donc? Nous n'avons plus besoin de leur aide. Tu es suffisamment rétablie pour t'occuper de la maison, à l'avenir.

Je vais me fâcher quand Nazim intervient, évitant une nouvelle confrontation.

— Je vous remercie, monsieur Akil. J'espère que vous êtes satisfait de notre travail. Nous quitterons le domaine demain matin, si ça vous convient.

Rudy sort rapidement sans rien dire, troublé.

Joël fait-il exprès pour que je le déteste? Me voilà complètement isolée.

Après des adieux déchirants et quelques mots d'encouragement de part et d'autre, mes parents adoptifs quittent la maison. Je crois sincèrement que ce sont les enfants devenus adultes qui doivent quitter le nid familial.

Joël me retrouve dans ma chambre, satisfait d'avoir mis de l'ordre dans la maison. Je suis si triste! Il a délibérément creusé un nouvel écart entre nous.

Il passe en revue les objets hétéroclites qui traînent sur ma commode sans faire aucun commentaire alors que je m'apprête à me mettre au lit. Je n'ose le confronter maintenant. Je dois tenir mon rôle jusqu'à ce qu'il baisse sa garde. Ce sera à ce moment-là seulement que je pourrai m'enfuir.

Il s'approche de moi. Je reconnais le Joël satisfait de sa stratégie, celui qui achète et vend des terres.

— Sophie, j'ai quelque chose pour toi.

Il sort de la poche de son pantalon une petite boîte. J'arrête de respirer.

— Qu'est-ce que c'est?

Il fait basculer le couvercle, qui dévoile une bague.

— Repartons à neuf, tous les deux, comme si l'accident n'avait pas eu lieu. Laisse-moi te combler et t'aimer comme tu ne l'as jamais été.

— Elle est belle.

C'est le seul commentaire que j'arrive à formuler lorsqu'il me passe l'anneau au doigt. Il m'enlace, m'embrasse et m'aime comme si c'était la première fois. Je suis bouleversée de pouvoir lui offrir ainsi mon corps sans mon cœur.

Au matin, Rudy est à son poste, maussade. Joël est au travail. Modifié par l'absence de Fadila et de Nazim, le quotidien est d'autant plus ennuyeux que les corvées sont multipliées. Rudy refuse de me suivre à El Gannara et m'interdit de m'y rendre. Il est sans animosité, mais il a reçu de nouvelles consignes selon lesquelles les tâches doivent être accomplies avant le retour du patron et madame Akil ne doit pas sortir du domaine. C'est drastique et ridicule. Durant quelques jours, je me plie à ces nouvelles contraintes pour échafauder mon plan.

J'ai la certitude que Joël idéalise la vie qu'il a voulue avec sa femme. Mais je ne suis pas Sophie et je ne vais pas vivre auprès d'un homme qui prétend dicter chacun de mes gestes. Je n'entrerai jamais dans sa folie.

Il ne quitte plus le domaine; il travaille toujours à son bureau. Je synchronise mon horaire sur le sien. Rudy, qui semblait n'être qu'un adolescent efflanqué, est devenu un bon geôlier, agréable, mais rigoureux. Joël sait quand je vais cueillir des citrons et même combien de temps j'y mets. Je dois réussir à le déjouer. Comment garder un pas d'avance sur lui? Joël a acheté sa fidélité au moyen d'un salaire dérisoire en retour d'un travail très ennuyeux. Moi, je dois m'assurer de sa loyauté autrement.

— Nazim te manque?

Rudy n'ose me répondre.

— Il me manque, à moi. Je le considérais comme un père. Je suis furieuse que Joël l'ait renvoyé. Je ne comprends pas pourquoi. En plus, les repas de Fadila étaient bien meilleurs que les miens.

Il sourit, vaguement complice.

— Ce que tu fais est quand même bon.

— Mais je suis persuadée que Fadila te manque aussi.

J'entreprends de l'initier à l'entretien de la piscine. Je lui montre comment contrôler l'acidité de l'eau, nettoyer le filtre, puiser les insectes et les feuilles mortes. Je le vois saliver de convoitise lorsque, un après-midi, je l'invite à se baigner. Il refuse net. Sa tâche n'est pas de batifoler dans la piscine avec l'objet de sa surveillance.

— Je n'ai pas de maillot!

— Ce n'est pas très fort comme excuse. S'il m'arrivait quelque chose, tu ne pourrais rien faire pour me secourir. Que dirais-tu à Joël? Que tu n'avais pas de maillot?

Je lui déniche un short un peu trop flasque.

Il est presque doué. Mes leçons l'aident à flotter et il s'exerce en jouant dans l'eau comme un enfant toutes les fois que je le lui permets. Depuis qu'il a vu la piscine, d'en profiter est l'aboutissement d'un grand rêve pour ce gamin.

Moi, je dois être en mesure de savoir ce qu'il révèle à son patron.

— Rudy, savais-tu que Joël a déjà été marié et qu'il avait un fils? Ils sont morts accidentellement. Il refuse d'en parler parce qu'il se sent coupable. Maintenant, il a peur que je sorte, car il redoute qu'il m'arrive la même chose.

Il m'écoute, attentif et surpris.

— Moi, je n'aime pas rester enfermée. Je crois que nous pourrions nous promener sans crainte comme avant. Tu ne penses pas?

— C'était plus agréable, c'est vrai.

Inconsciemment, je lui pose un cas de conscience. Je continue mon monologue.

— Quand je vivais au Canada, je me rappelle que j'aimais manger au restaurant. Il y a tellement de choix, sur la rue! Parfois, Montréal me manque, même si, ici, les grands espaces me renversent par leur beauté.

Dès le soir, Joël me parle de Montréal et de ses restaurants. Il s'informe aussi de ma mémoire qui semble revenir.

Cependant, il ne fait aucune allusion à mon envie de sortir du domaine. J'entreprends alors de laisser des choix à Rudy, ce qui lui assure toujours une porte de sortie. De deux choses que je lui confie, je constate qu'il rapporte la moindre. En me rapprochant de lui, j'ai une chance de berner Joel sur mes intentions.

J'apprends aussi à Rudy différentes choses sur les filles, je lui prodigue des conseils très féminins sur l'art de plaire. Il se montre curieux et gêné tout à la fois. Je suis même prête à le séduire si, le cas échéant, cette solution se révèle utile.

Le plus délicat, c'est de gagner sa confiance à l'égard de mes sorties. Graduellement, j'arpente les environs. D'abord, je fais le tour de l'enceinte sans éveiller les soupçons, puis j'élargis mon périmètre; je fais le tour du champ nord ou un aller-retour jusqu'à la clairière au sud des citronniers. Joël semble très satisfait de ma conduite et il me le prouve par son empressement à m'aider dans mes tâches, à reprendre nos soirées de jeux sur le balcon comme au début de ma convalescence et à me poursuivre de ses avances.

Qu'est-ce qui me fait le plus mal? La perte prématurée de ma vraie vie, ma haine de Joël qui m'en a imposé une nouvelle version ou l'hypothèse que je sois la source de cet imbroglio? Un jour, la bouilloire trop pleine sifflera le départ, j'en suis certaine, mais, pour l'instant, j'appréhende tellement ce moment que la seule idée de plonger vers l'inconnu me scie les deux jambes. Comme une gazelle figée par la peur, je me contente de rester isolée dans mon écrin de béton, entourée d'un manteau de verdure des moins réconfortants.

Pourtant, je n'ai pas d'autres options que de me sortir de cette vie empruntée. Je dois attendre le moment propice, déjouer la vigilance de Joël et me rendre à Bargou. À pied, il me faudra deux heures à peu près. Là, les autorités pourront sans doute m'aider. J'ai vraiment peur de jouer ma vie, mais je n'ai plus le courage d'affronter les menaces de Joël, de subir ses propos, d'être le jouet de ses désirs. Je suis maintenant obligée de coucher avec lui. Ce n'est pas moins bon, mais c'est nettement moins passionnant. Ma fureur augmente à mesure que la flamme s'éteint. Nous n'échangeons plus que des banalités superficielles. Pour moi, il n'y a pas de réconciliation possible. Je dois m'enfuir sans éveiller ses soupçons.

J'erre ainsi, entre la raison et l'inconscience. Joël perçoit que notre relation est différente, bien sûr. Pour éviter que je m'éloigne, il a les yeux sur moi plus que jamais. Il me désire toujours plus, continuellement à l'affût de tous mes gestes. Je ne me suis pas soumise à sa loi dès le départ et j'en paie le prix.

Un matin, en fin d'avant-midi, alors que Joël est parti je ne sais où, puisque, à présent, je doute de l'existence d'une réelle entreprise nommée *Akil ressources*, j'entends une voiture qui se gare devant la propriété. C'est inhabituel. En regardant par le judas, j'aperçois la voiture et Sarah qui s'approche.

J'accours vers elle et l'accueille dans la cour qui l'impressionne assurément, en raison de son aménagement, du jardin et de la piscine, sans compter la demeure elle-même.

— Tu ne m'as jamais dit que tu te caches dans une oasis?

Je la regarde, gênée de mon outrageuse vie de rêve, où j'ai pourtant l'impression d'être emmurée vivante. En outre, j'ai la honte au ventre à l'idée que paraisse dans mes yeux le mensonge dans lequel Joël m'enferme.

— Je suis venue prendre de tes nouvelles. Ça fait longtemps qu'on ne s'est pas vues.

— C'est gentil, Sarah, de me visiter.

J'essaie de paraître crédible et sereine alors que mon cœur s'emballe. Je ne vois que l'opportunité de fuir avec elle. Sarah comprendrait.

Mon regard croise celui de Rudy qui nettoie le poulailler.

— Nazim et Fadila ne sont pas là?

Je n'ai que peu de temps pour déballer mon histoire. Je prends une grande respiration.

— Sarah! Tu dois m'aider. Joël me garde ici contre mon gré. Il refuse que je sorte.

Je tremble. De lui avouer ainsi ma condition me plonge dans un mélange indicible d'émotions. Je bafouille, je perds le fil de mon propos.

— Raconte-moi ce qui t'arrive.

Elle passe son bras autour de mes épaules et me dirige vers un fauteuil à l'ombre, sur le patio.

— J'ai rencontré Joël au mois de mai, à Tunis. Je ne suis pas sa femme. Il a profité de mon amnésie pour me faire croire le contraire, mais il ne semble plus faire la différence, à présent. Je veux partir avec toi.

— Mais comment? Je ne comprends pas.

Rudy passe dans mon champ de vision pour se diriger vers la maison. Il regarde au travers du moucharabieh.

— Joël arrive! s'écrie-t-il.

— Sarah, je t'en prie, aide-moi.

Je me précipite à la porte de l'enceinte. Joël a arrêté la jeep en diagonale près de la voiture de Sarah. Il n'y a plus de fuite possible.

— Sophie, je vois bien que ça ne va pas, mais, si tu veux, je reviendrai. Je vais t'aider, mais pas maintenant.

— Ne reviens pas ici, dis-je, ne tenant pas à la compromettre aux yeux de Joël.

Lorsqu'il fait irruption dans la cour, j'affiche mon air faussement réjoui. Sarah masque très bien notre discussion en s'élançant sur un sujet banal.

Autant que je puisse en juger, Joël n'est pas fâché de sa visite. Cependant, après que Sarah a quitté le domaine, il s'enferme tout l'après-midi dans son bureau. Lorsqu'il en sort, il discute un moment avec Rudy et l'envoie chercher de l'essence à El Gannara. Le garçon part à bicyclette, le récipient rouge accroché au guidon.

Joël me rejoint alors que j'étends les vêtements à sécher sur la corde tendue en bordure de la remise.

— Qu'est-ce que Sarah faisait ici ce matin?

— Elle venait prendre de mes nouvelles.

— Prendre de tes nouvelles? Et quoi encore?

Il s'agite.

— De quoi avez-vous discuté?

Ça y est, les insinuations arrivent.

— Joël, ce n'est qu'une amie. Nous avons parlé des tâches domestiques et du jardinage.

Il s'approche, l'air méprisant, supérieur. Je vois maintenant la rancœur dans son regard.

— Tu perds ton temps avec elle.

Il m'empoigne la tête pour m'embrasser goulûment, avec fougue et rudesse. Il marque son territoire. Moi, j'essaie de le faire reculer en le repoussant de mes deux mains, mais il a l'avantage de la force.

— Bientôt, nous vivrons dans notre nouvelle maison. Tu verras, ce sera un nouveau départ pour nous deux.

Je ne veux pas vivre dans le désert isolé au sud du djébel Bargou. Je refuse ses avances. Il insiste et continue à m'embrasser, mais je n'ai nullement envie qu'il me touche.

— Sophie, nous ne sommes que toi et moi. Allez, embrasse-moi!

— J'ai du travail à finir. Laisse-moi.

— Tu cherches à m'éviter. Pourquoi? C'est elle? C'est cette Sarah qui te met des idées dans la tête.

— Non!

— Alors, prouve-moi que tu m'aimes, ici, maintenant!

Je suis terrifiée. Sa nouvelle attitude m'effraie. Je saisis son regard malveillant.

D'une main, il me tire les cheveux vers l'arrière. L'autre remonte vers mon sein brutalement et continue jusqu'à ma gorge, qu'il caresse de ses ongles. Sa langue vient lécher ma carotide. Un frisson parcourt mon corps. La peur me glace le sang, mais mon corps répond à ses ordres. Je veux m'enfuir, mais je suis devenue une proie paralysée qui attend d'être avalée vivante.

— Tu es mienne pour toujours.

Il chuchote dans mon cou comme à Kairouan, comme lorsque je voulais tellement lui appartenir.

Il me fait reculer en dénouant mon soutien-gorge et me pousse sans ménagement contre la porte de la remise. Entre la surface rugueuse qui me râpe le dos et son avant-bras sur ma gorge, je suis piégée. Il ne me regarde pas, il s'imprègne de moi. Il me parcourt de ses mains. Le jardin offre l'intimité qui permet les plus grandes folies. Ses avances retrouvent en moi la fibre qui m'allumait auparavant, mais il est trop tard, mes pensées se détachent et sont déjà loin. Mon âme ne veut plus de lui.

Il m'étreint comme si j'étais une chose qu'on peut jeter après usage. Les griffes acérées, je l'empoigne par le bras. J'ai mal, mais, même si ma conscience m'ordonne de partir, il n'y a plus que nos deux corps qui se consument. Je suis son joyau. J'ai le pouvoir de le séduire et de le déjouer. Je ne suis plus une victime, mais une guerrière.

Brusquement, il me retourne, appuie mon visage sur le bois et me tord le bras dans le dos, jusqu'à ce que je pousse un cri de douleur. Il m'écarte les jambes de son pied et m'immobilise en poussant son bassin contre le mien. Je sens son désir. Les yeux fermés, je n'entends que son souffle. J'essaie de me dégager, mais il ne fait que resserrer son étreinte.

— Tu me comprends, à présent? Tu me veux, n'est-ce pas?

Je ne réponds pas. Je ne croyais pas qu'il irait aussi loin. C'est un salaud!

— Jure-moi que tu me seras fidèle. Je vais t'offrir tout ce que tu désires.

De ma main libre, j'essaie de l'agripper, mais il est plus rapide. Il me la plaque au-dessus de la tête en augmentant la pression sur mon autre bras.

— Je te le jure!

Le son étouffé de ma voix semble me trahir. J'éprouve un immense sentiment de culpabilité d'avoir cédé.

— Tu vois comme c'est facile!

Il desserre son emprise et me retourne face à lui.

Son chandail m'offre une prise pour l'étrangler, mais il s'en sort habilement. Sa force est supérieure à la mienne. Il enlève son chandail nonchalamment, un sourire au coin des lèvres, puis il fait glisser son caleçon. Il est nu. Il s'applique à me dévêtir sensuellement. Ses yeux fauves calculateurs se délectent de mon air effarouché. Il m'enlace. D'un mouvement rapide, il me fauche les jambes et ses muscles de panthère noire me clouent au sol. Il a capturé sa proie, qu'il étend sur l'allée de cailloux. Ses mains profitent de mon immobilité pour parcourir ma peau. Je suis agitée de soubresauts, mais il n'en a cure.

— Sophie, je t'aime tellement! Ta peau est si douce! Je sais ce que tu aimes. Je ne te veux pas de mal. Je ne te laisserai plus seule, je vais te protéger, à l'avenir.

Je n'ai d'autres choix que de me plier à son désir. Il m'incite à le caresser à mon tour. Alors que mes mains effleurent la peau de son torse, une pulsion animale me redonne du courage. La langue dans sa bouche, je me sens onduler comme un serpent. Nos deux mondes luttent dans un affrontement dénué d'amour.

— Laisse-toi aller. Tu m'aimes, je le sais.

Je ne l'avais jamais vu sous ce jour. La passion est morte, tout autant que l'amour. Notre fougue est proche de la folie. L'une est si différente de celle de l'autre! La mienne est énergie destructrice. Nos corps n'en forment plus qu'un, mais nos esprits, la glace et le feu, s'affrontent dans un duel sans merci. Ils n'ont plus rien à se dire. Nos corps déconnectés se suffisent. Mon cœur frigorifié ne cherche pas l'amour. Il a seulement envie de se venger.

Maintenant que l'étreinte est consommée, j'ai froid, tellement froid!

— Rentrons!

C'est un ordre qu'il me jette à la figure.

— Rentre. Moi, je vais me baigner.

— Une douche te ferait du bien. Je t'attends à la cuisine.

Je plonge dans l'eau tiède sans lui accorder un regard. La tête sous l'eau, je reste la bouche ouverte suffisamment longtemps pour essayer de suffoquer. Il me suffirait d'inspirer. Ce sont trente secondes inutiles, puisque je n'ai pas l'intention de mourir noyée.

Il monte à l'étage, me laissant à la dérive. Lorsque je sors de l'eau, Bastat vient se frôler contre ma jambe hérissée de chair de poule. Je la prends dans mes bras et me roule sur une chaise longue. Je plonge le visage dans sa fourrure et mouille ses poils de mes larmes. Je pleure, mais, elle, elle ronronne de plaisir jusqu'à ce qu'un intérêt soudain l'appelle au loin. Mon corps nu et glacé cherche refuge dans la remise austère qui m'accueille. Je me fous des représailles, je ne coucherai plus jamais avec lui. Comme une fillette en robe de nuit cachée sous son lit, j'espère que personne ne me cherchera. Ma volonté oscille entre l'envie de partir immédiatement, en pleine nuit, et celle d'assassiner Joël.

Dans cette pièce sombre remplie d'objets que j'aime, je veux fuir mes pensées. Au fond, j'ai envie de blesser Joël, je veux lui faire payer ses écarts, le punir du viol qu'il m'a fait subir. J'ai un goût âcre au fond de la gorge. Comment ai-je pu vendre mon âme pour cette vie?

Je suis recroquevillée sur le sol, enroulée dans quelques draps de bain à motifs de chevrons. J'ai un solide mal de cou, tellement les tensions se sont accumulées. Je suis certaine d'être en pièces comme une poupée de carton qu'on habille avec des vêtements de papier; les attaches se sont déchirées, la feuille est froissée, les couleurs ont pâli et les habits ne conviennent plus. J'aurais tellement envie qu'on m'enveloppe, qu'on recolle les morceaux, qu'une autre personne m'accompagne dans ma chute!

Dans un passé pas si lointain, Joël a assurément tenté de me secourir, mais je suis maintenant convaincue qu'il n'a pas usé d'une stratégie honorable. Ma mémoire me trahit toujours. Il est évident que ma santé mentale ne supportera aucun autre affront tel que celui que je viens de subir. J'ai le sentiment d'avoir les signes vitaux au plus bas.

La porte de l'appentis s'ouvre en coup de vent. Joël est surpris de ma présence dans ce coin sombre et de mes yeux bouffis.

— Que fais-tu là? Je te cherchais. J'ai préparé un repas. Tu vois comme tu es fragile! Tu as constamment besoin de moi pour te soutenir.

Il s'assoit près de moi et m'impose ses consolations. Je n'arrive même pas à retenir mes larmes, mais je dois réussir à réfléchir, même terrifiée, alors qu'il me caresse les cheveux.

— Tu as raison, j'ai besoin de toi. Ramène-moi à ma chambre. Je suis si fatiguée!

— Est-ce que tu m'aimes autant que je t'aime?

Armée de tout mon courage, je réussis à lui dire ce qu'il veut entendre :

— Joël, tu es toute ma vie.

Je suis révulsée à la pensée de me retrouver cette nuit dans les bras de mon pire ennemi, mais, comme la vipère, j'y consens en attendant le moment propice pour le mordre.

Un voyage s'impose à moi. Pas celui qu'on réalise l'esprit léger, à l'affût de paysages étrangers, plutôt une expédition de survie, pour ne pas sombrer encore plus bas. Je dois m'enfuir, je dois retrouver ma vie passée. À bien des égards, celle que j'ai ici est intéressante et je pourrais la faire mienne, bien sûr, mais je ne crois plus qu'elle m'appartienne. Joël m'a trahie dès le départ; il m'a utilisée. La rage fait maintenant partie intégrante de ma cage dorée.

Le monde extérieur m'attire, mais le train file et je suis toujours dedans. Il n'est jamais facile de sauter d'un wagon en marche.

Une foule de sensations se bousculent en moi. Il ne me reste que mon intuition, ma mémoire reptilienne, celle qui constitue mon instinct de survie. Celle-là ne pourra jamais me trahir. Mon passé, en s'effaçant, a fait de moi la victime parfaite. Je comprends que Joël ne se sente pas menacé. Il a été à mon retour à la conscience un refuge fascinant pour moi, un homme d'exception. Je l'ai aimé énormément. Depuis, il tient aisément ma vie entre ses mains.

Je devrai aussi faire des deuils pénibles. La villa maintenant si belle, étant donné tout ce que j'y ai accompli comme tâche, mon atelier... Dans ce monde-ci, je pouvais laisser libre cours à mes aspirations. Cette vie était trop parfaite. Elle me brûle maintenant de l'intérieur. Je ne peux plus stagner dans ce marais. Je dois m'évader, trouver une rivière qui mène à la mer. Les événements de l'après-midi m'apportent ce que j'attendais depuis un moment, à savoir une réponse claire. Je ne dois pas attendre. Il n'y aura jamais de moment propice. Je dois fuir.

8.

Quelques minutes, c'est tout ce dont j'ai besoin pour me rendre chez Sarah. Je dois l'informer de ma fuite, lui demander conseil et emprunter l'argent nécessaire pour prendre le bus. Elle est la seule sur qui je peux compter. Quelqu'un doit savoir que je suis vivante et, si je me fais prendre, elle pourra avertir les autorités. C'est devenu une question de vie ou de mort. J'ai une pensée pour les personnes qui, inévitablement, attendent mon retour au Canada.

Au matin, Joël ne me quitte pas d'une semelle. Il ne se rend pas au travail. Rudy se fait discret en travaillant au dépoussiérage du garage. Je fais des adieux silencieux à Bastat et à Aïdi; j'observe le fruit de mon travail au jardin. Je chausse mes sandales préférées, revêts un short confortable et un chandail tout ce qu'il y a de plus commun. Je ne crois pas finir la journée ici, mais je n'ai aucune idée de la manière dont je vais réussir à déjouer suffisamment longtemps la vigilance de Joël.

Rudy ne devrait pas poser de problème. Je prends le risque de lui faire confiance en espérant qu'il va m'aider à m'en sortir. Il s'avise des marques bleues sur mon bras et des poches foncées sous mes yeux. Sous son regard interrogateur, je détourne le mien, honteuse. Il serre les poings. D'un petit signe de tête, je lui ordonne de ne rien faire. Plus tard, lorsqu'il vient manger à la cuisine, je lui confie que je veux me rendre chez Sarah.

— Tu ne peux pas, tu le sais!

— Oui, mais j'ai besoin de lui parler.

— Il ne peut pas te traiter ainsi.

C'est la première fois que Rudy émet une opinion aussi franche.

— C'est la peine causée par la perte de son épouse qui le pousse à agir ainsi.

Je ne veux pas discréditer Joël devant Rudy ni lui avouer que j'ai l'intention de disparaître. Je ne veux pas le rendre complice de ma fuite.

— Rudy, je te remercie pour ce que tu fais. Ton travail est apprécié. Tu es vaillant, tu vas aller loin.

Gêné, il sort de la maison en me gratifiant d'un sourire.

En après-midi, Joël l'entraîne de l'autre côté du garage. Je ne les vois pas, mais, par la fenêtre, j'entends leur conversation. Rudy doit fournir des explications sur notre discussion à la cuisine. Sous la pression de Joël qui s'impatiente, il bafouille une excuse culinaire. Il veut impressionner une fille avec un gâteau, prétend-il. Au nombre de détails qu'il ajoute, je comprends qu'il retient Joël, que j'entends bientôt rire de lui.

Je ne peux pas entendre la suite de la conversation qui semble bien engagée, je suis déjà dans l'escalier. Je fais irruption dans la cour. Devant moi, je vois la porte qui peut me conduire chez Sarah. J'aimerais accéder au garage et remercier Rudy, mais c'est impossible.

Le vélo appuyé près de la porte me pousse à fuir. J'enfourche rapidement la bicyclette rouillée et pédale à toute vitesse vers la route principale. En arrivant sur la voie bordée d'arbres plantés à intervalles réguliers, j'accélère et tiens un rythme effréné jusqu'à ce que je sois en vue de ma destination, à bout de souffle. Ai-je trompé la vigilance de Joël? Je n'en sais rien, mais je frappe avec insistance. Sarah m'ouvre, surprise.

— Sophie!

J'arrive difficilement à reprendre mon souffle.

— Je suis partie.

— Tu as quitté Joël?

— Non, je me suis simplement enfuie. Tu dois m'aider.

— Nejib est parti avec la voiture. Il ne sera pas de retour avant une bonne heure.

— Joël me trouvera avant.

J'ai la mine déconfite.

— Pour avoir de l'aide, tu dois joindre l'ambassade du Canada à Tunis.

On entend un véhicule freiner abruptement sur la place.

— C'est la jeep de Joël, s'écrie Sarah, l'air désolé. Passe par-derrière!

Elle me pousse à sortir. Je lui fais rapidement l'accolade.

— Je suis désolée, je ne voulais pas t'impliquer dans cette histoire.

— Ne t'en fais pas pour moi!

La porte donne sur un espace circonscrit par des rangs de plantes coriaces. Je m'élance sur un sentier piétiné. Devant s'ouvre une route menant directement vers le djébel. Je cours à perdre haleine, sans me retourner. Je vise un boisé qui s'élève vers la montagne.

Je ne tarde pas à entendre la jeep prendre un virage à grande vitesse, puis un autre embranchement. Je ne peux pas me soustraire à la vue de Joël, qui louvoie dans ma direction. J'ai l'avantage de pouvoir courir en ligne droite vers le sud, alors qu'il doit suivre la route. Ma stupeur est de courte durée. Mon corps se transforme en boule d'énergie.

Il y a bien un kilomètre jusqu'à la lisière de la forêt et la pente s'accentue. Joël me suit avec la jeep sur une courte distance, puis j'entends claquer une portière. Il est probablement plus rapide que moi, mais j'ai une petite longueur d'avance, juste ce qu'il faut pour atteindre les premiers fourrés suivant les oliviers. Un coup d'œil par-dessus mon épaule me permet de m'apercevoir que le paysage n'est pas trop ouvert à la vue. De nombreux buissons nous séparent. J'entends son pas. Je perçois un mouvement un peu plus bas, à environ quarante mètres. Je n'ai pas arrêté de courir. Je suis suffisamment en forme pour continuer jusqu'aux arbres, que je réussis finalement à atteindre. Le sol rocailleux est bruyant, ce qui ne m'aide pas. La distance entre nous s'amenuise peu à peu, mais je continue à m'enfoncer dans le maquis. Enfin, trop essoufflée, je me tapis dans un fourré. Je suis pleine d'égratignures. Je reprends mon souffle en m'évertuant à ne pas faire de bruit. Joël est un peu plus bas. Il peine dans sa recherche. N'en pouvant plus, il crie :

— Sophie, je sais que tu es là. Je vais te retrouver!

Il monte toujours, passe à une dizaine de mètres de moi, crie quelques jurons en frappant l'air d'un bâton qu'il a ramassé. Malgré ma panique, je reste tapie sans faire de bruit. Au bout d'un instant, j'entends son pas s'éloigner, puis se rapprocher, il passe un peu plus haut, un peu plus bas. Il arpente la zone, mais, recroquevillée, je ne bouge pas. Au bout d'un moment, sa patience s'épuise.

— Sophie, si tu ne reviens pas, tu n'auras pas d'autres chances de te faire pardonner.

Il essaie de m'amadouer.

— Tu ne verras jamais nos olives.

Un moment plus tard, il ajoute :

— Quand je te retrouverai, tu vas payer cher cet affront.

Impatient, il botte une roche qui siffle au loin. Finalement, j'entends la jeep repartir. Il n'y a plus de retour possible. Je suis en cavale pour de bon, sans rien d'autre que les vêtements que je porte.

Il n'est pas si facile de s'évader d'une vie, de partir sans regret, sans regarder derrière. Cela pouvait arriver aux autres, pas à moi. Qu'est-ce que j'ai fait pour mériter une si lourde peine? Pour seule consolation, j'ai le bonheur d'être en vie. La maison de Joël a été une source inouïe de joie, mais c'était un bonheur artificiel.

Je suis à la base de la montagne qui m'a tant fait rêver. Maintenant, elle me terrifie. Je la trouve monstrueuse et sauvage. Déjà, une multitude de bruits étranges se font entendre.

Je sors de ma torpeur lorsque je sens que mon artère jugulaire se remet à irriguer mon cerveau. J'ai les sens engourdis; mon cœur est aussi vide que ma mémoire. Dans quelques heures, le jour déclinera et je ne souhaite pas rester ici la nuit. Je ne peux pas non plus revenir sur mes pas. Au fur et à mesure que le sang revient dans mes membres, j'entreprends de monter plus haut. Il y a certainement sur cette butte calcaire un promontoire qui m'offrira un meilleur point de vue sur la plaine.

Je sillonne le sous-bois éclairci. Une crête rocheuse m'apparaît enfin. Elle me permet de me situer. Je suis beaucoup plus loin que je ne le pensais. Sur ma gauche, il y a Sidi Hmada et, plus bas, presque à l'infini, s'étend le plateau cultivable, la plaine de Siliana. Quelques maisons éparses ponctuent cette mer d'oliviers. Je suis sur les pieds du géant, le djébel Bargou. Vers la droite, je vois des collines à demi cultivées, parsemées d'arbres fruitiers. À une certaine altitude délimitée par des cercles concentriques, commence la forêt de pins. Suis-je donc rendue aussi haut?

Un court instant, j'ai une impression fugace de liberté. Je suis fière de ma performance physique. Mais cette pensée se transforme rapidement en angoisse. Je survole l'action qui vient de se passer. Je n'en fais pas partie, c'est impossible. En moins d'une heure, j'ai foutu ma vie en l'air. Qu'ai-je fait? Un sentiment de grande solitude m'envahit.

Je prends le temps de chercher un point blanc isolé dans la plaine. Cette oasis d'hier devient un stigmate maintenant desséché qui marque un pôle géographique d'importance, ma maison. Je reconnais sur la route le pin majestueux qui rythmait ma course le matin, ainsi que le ponceau menant au village qui englobe la maison de Sarah. Je dois refouler mes émotions et me remettre en route avant de m'effondrer. Je dois m'orienter vers ma prochaine destination.

Je me mets en marche sans véritable but. Les oiseaux s'envolent. Mon sentiment d'échec et de honte m'empêche de flotter au-dessus du tableau idyllique qui se trouve à mes pieds. Je veux piétiner cette vie, mais mon pas lourd bute contre les moindres aspérités du sol. Toutes mes convictions se sont effondrées. Je suis contrainte de réorienter mes pensées, de prendre les décisions qui s'imposent. J'ai choisi la sécurité de la forêt pour fuir. À présent, je dois sans faute revenir vers le nord. Le sud est trop rude, trop sec, trop rocailleux. Mon seul voyage dans la plaine au-delà du Bargou m'a fait voir un tableau terrifiant de sécheresse, et Kairouan est loin.

La montagne, si sécurisante vue de mon atelier, s'avère sans avenue maintenant que je m'y trouve. Je me rassis un moment directement sur le sol, les jambes croisées, la tête entre les genoux pour sangloter. Je jongle avec les mots pour me rassurer.

— *La joute n'était pas un jeu pour Joël. J'ai jugé injuste sa jalousie; je suis partie sans jasmins.*

— *Et ton jardin?*

— *Il restera en jachère…*

— *Voilà, tu tiens ta chance! Reprends-toi!*

Cette nouvelle voix se fait plus forte à mon oreille. Je refuse de me laisser sombrer. Je n'ai pas le temps de m'apitoyer sur ma vie passée. Je redresse la tête et me relève. « Adieu! » C'est le seul mot qui convient, dans les circonstances.

Redescendre vers la plaine, contourner ces collines, éviter ce village, et me rendre à Bargou. Est-ce possible? Rien n'est certain. Je dois seulement quitter la montagne. Après avoir étudié le paysage comme une carte, je me remets à marcher, la peur au ventre, surtout quand je songe aux bêtes dont Joël m'a parlé. Je chemine plus de deux heures dans le maquis avant de trouver un passage sinueux qui redescend vers un ramassis de moellons ordonnés, probablement un muret effondré. En m'approchant, je constate que cet arrangement est en fait un refuge provisoire pour les bergers. Le jour étant avancé, je me dis que c'est un endroit propice pour passer la nuit.

Armée d'un bâton solide, je fais le tour de l'espace en brassant les herbes séchées pour faire sortir les insectes, les araignées et autres petites bêtes. Nazim m'a fait découvrir toute une faune rampante dont je ne me souciais pas au début de l'été. À force d'observer, j'ai commencé à la voir, ainsi qu'à reconnaître et à craindre les individus contre lesquels il m'a mise en garde. Nazim se contentait de marcher muni d'un bâton pour les faire fuir. Moi, je piétine frénétiquement le sol.

L'abri est formé de quatre murs de pierres qui se rejoignent pour former une toiture en ogive. Il y a une table bancale en bois robuste poli par le temps. Je fais une provision de cailloux que je place près de moi pour me sentir en sécurité. On ne sait jamais ce qui peut surgir.

Je me roule en boule sur la plateforme de bois de la table. Cloîtrée dans cet assemblage de roches qui laisse passer les courants d'air, je me mets à trembler sur mon lit de fortune. J'ai eu très chaud aujourd'hui, mais je ne porte qu'un short et un t-shirt. Le jour décline et, à présent, je suis gelée jusqu'aux os.

Je prends graduellement conscience de ma situation. Ma position précaire me rattrape abruptement. Je suis seule dans un monde hostile, inconnu, au cœur de la nature sauvage. Mes sens me jouent des tours et le découragement frappe à ma porte. Je n'ai pas le droit de flancher, je dois franchir cette nuit et dépasser les limites que mon cerveau cherche à m'imposer. Je n'ai pas sept vies comme les chats arabes.

Un bruit étrange me parvient de l'extérieur, un oiseau nocturne, probablement. Bientôt, c'est un bruit qui vient de moi que j'entends. Je n'ai rien mangé de la journée. Fadila m'aurait certainement fait mon plat préféré, du poulet aux olives et citron confit accompagné de couscous. Je salive, mon estomac continue de gronder.

Je tremble de plus en plus. Le froid est impossible à supporter. Je dois trouver un moyen de me couvrir. Il fait très noir, maintenant, et je m'en veux de ne pas avoir mieux préparé ma nuit. Je me lève et fais quelques mouvements rapides. À l'aide de mon bâton, je frappe les murs et la table, comme si je mimais un chevalier armé de son épée. Je fais du bruit, j'éloigne mes peurs, j'essaie tant bien que mal de faire circuler mon sang plus rapidement. Au bout d'une quinzaine de minutes, je suis épuisée. Je décide donc de retirer mes vêtements humides et de les faire sécher dehors dans la brise. C'est mieux que rien. Je me recouche en sous-vêtements sur la table. Le Joël de Kairouan me manque terriblement.

J'ai tout le temps d'étudier l'étrange variation des sons, qui changent constamment durant la nuit. J'écoute le vent qui s'amplifie. Il siffle maintenant comme s'il venait de loin. Le bruissement des branches se transforme en arpèges de notes qui chuintent d'un arbre à l'autre. Les bruits simples n'existent pas. C'est une cacophonie discordante de sons complexes. On est loin du bruit d'une cascade fraîche entre les roches. Le vent joue sa mélopée, *La complainte de Sophie au mont Bargou*, composée pour celle qui vient de perdre tous ses repères. Dans cette sombre forêt, sans maison ni famille, je remets mes vêtements secs, combien inappropriés pour cette aventure!

La nuit est interminable. J'expérimente toutes sortes de stratégies pour passer le temps et faire fuir les démons; je lance des cailloux, fais la course autour de la table et tente même de courir à l'extérieur dans la noirceur effrayante. Je voudrais crier ma rage, chanter à tue-tête pour chasser mon mal, hurler à la lune comme un loup, mais la peur glace même mes cordes vocales.

Dans la noirceur qui précède l'aurore, Éric me revient en tête. Un conjoint et un travail m'attendent certainement dans l'autre vie, celle que l'oubli a avalée. Progressivement, cette image floue se transforme en une évocation plus subtile. Je retrouve dans les ruines de ma mémoire l'intention que j'avais en venant en Tunisie. J'avais envie de vivre une aventure hors du commun. Eh bien, c'est réussi! Je voulais reprendre contact avec moi-même, revenir à l'essentiel. Me voilà servie, dans ce repaire de bergers.

Dès les premières lueurs, je regarde le soleil se lever enfin. Mon bâton bien en main, je me remets à marcher d'un bon pas. Je ne veux plus jamais vivre une nuit aussi horrible. Je me rédige une note à moi-même: ne plus jamais sortir sans vêtements chauds, toujours garder des provisions et avoir en permanence de quoi allumer un feu.

Je m'éloigne, le cœur lourd, mais bien décidée à me rendre le plus loin possible. De quitter le djébel Bargou sans l'avoir gravi jusqu'en haut me fait de la peine, mais je dois continuer à longer ses flans en restant dans la plaine, sur des routes plus sûres, si je veux atteindre mon objectif. Qu'a dit Nazim? Il y a une quinzaine de kilomètres de la maison de Joël à Bargou. J'en ai fait quelques-uns dans la mauvaise direction, déjà.

Le sentier descend vers un petit groupe de maisons. J'en fais volontairement le tour en me faufilant derrière la masse des plantations. Je trouve une eau qui descend en un mince filet dans une rigole convenablement aménagée, mais je n'ose pas la boire. Je suce quelques olives amères, ridiculement petites. Dégueulasse! Personne ne semble remarquer ma présence, ce qui me soulage. Le sentier abrupt se change en route lorsque j'arrive dans la plaine cultivée un peu plus au nord-est de chez moi, de l'autre côté d'El Gannara. Je suis déjà perdue, en terrain inconnu.

En même temps que j'en fais le constat, une parole importante me revient: «Va au bout de ton rêve!» Je me souviens de la voix de… Ian. J'ai le souffle court. Oui, maintenant que j'y pense, ce pan de ma vie me revient. J'ai un petit frère. Je ne suis pas enfant unique, je revois son visage étroit, ses yeux noirs encadrés par ses longs cheveux châtain foncé ondulant jusqu'à ses épaules. Je marche en continuant de sonder mon passé, mais ma mémoire tourne à vide.

Par sa position géographique, située dans un goulot d'étranglement, la commune de Bargou est le passage obligé pour sortir de la steppe. La route me mène directement dans ce défilé. Je reste vigilante. Le lieu me semble menaçant. Ces inconnus et cette agitation m'inquiètent. La seule chose qui ne peut pas m'arriver, c'est de me faire voler, puisque je n'ai rien. Je suis sans papier, sans argent, et je comprends l'ampleur du défi que je dois relever.

Il me semble opportun de me faufiler au travers de cet amoncellement de cubes grisâtre et de m'y fondre. Je dois repérer les lieux, chercher la gare d'autobus et trouver comment me procurer un billet pour Tunis. En moins de dix minutes, je traverse la ville au complet. La médina forme un quadrilatère serré et plutôt régulier. J'entreprends donc d'explorer un autre axe et me retrouve au milieu de quelques commerces.

Dans le premier café, je ne réussis pas à me faire comprendre. Dans une boulangerie, je parviens à expliquer que je veux aller à Tunis, mais la femme me fait un signe négatif de la tête. Voyant que je contemple avidement ses pâtisseries, elle m'en sert une. Je lui montre que j'ai les poches vides, mais elle m'offre tout de même la brioche. J'en mange la moitié et mets le reste dans ma poche. Le commerçant suivant, un vendeur d'objets hétéroclites, me fait patienter un instant. Il revient avec un bout de papier et un crayon. Je lui dessine un autobus sur lequel j'écris le mot Tunis. Après réflexion, il se rend dans l'arrière-boutique en me signifiant d'attendre encore, mais, au retour, il me fait des signes négatifs. Je lui montre que j'ai soif en lui indiquant que je suis sans le sou. Aussitôt, il me chasse avec de grands gestes.

En fin d'avant-midi, je ne suis pas plus avancée à propos de la route à suivre. Je ne sais pas comment quitter Bargou. Personne ne semble le savoir, d'ailleurs. Je m'assois un moment sur un muret et regarde jouer les enfants. La vie est si simple, pour eux! Leurs cris joyeux me font verser quelques larmes. Mais ce n'est pas le temps de pleurer. Je dois aller plus loin, me rapprocher de l'ailleurs qui m'attend. Comme ces enfants, je dois bouger infatigablement, même si je sens de plus en plus la fatigue.

J'entre dans un bistrot où les gens discutent. Le serveur parle très bien français. Je lui demande si le bus pour Tunis passe dans les environs. Il me répond que la ligne passe d'El Fahs à Kairouan. Je n'ai donc aucune chance de prendre le bus ici. El Fahs est plus au nord-est. Cependant, le garçon connaît un routier qui s'y rend tous les jours. Il pourra certainement m'y emmener. Il me suggère d'attendre là un moment en me désignant une table. Il me sert de l'eau; l'homme arrivera sous peu, prétend-il. Je suis mal à l'aise autant qu'angoissée. Il ne m'est jamais venu à l'idée de faire de l'autostop. C'est bien trop risqué. Mais que peut-il bien m'arriver de pire que d'être seule dans une ville inconnue d'un pays étranger?

Ma tête se heurte toujours aux mêmes obsessions. Comment en suis-je arrivée là? Pourquoi moi? On me regarde. Que pense-t-on de moi? Je suis assise là depuis trop longtemps. J'ai envie de partir. Je baisse les yeux pour cacher mon visage défait. Y a-t-il une solution à ma détresse?

Soudain, un homme pousse violemment la porte. Tout le monde lève la tête en même temps. C'est Joël. Il m'aperçoit immédiatement.

— Ça suffit, maintenant, rentrons! ordonne-t-il sur un ton sans réplique.

Je reste immobile. Il s'approche. Mes yeux font le tour de la pièce. Les clients silencieux sont tous témoins. Je me lève lentement en évaluant mes chances de gagner la porte. D'un bond, je m'élance en repoussant énergiquement la table vers Joël. J'essaie d'atteindre l'arrière-boutique, mais, dans l'enchevêtrement des chaises occupées pour le dîner, je ne parviens pas à m'en approcher. Un brouhaha s'élève, puis c'est l'affolement général lorsqu'un premier coup de feu éclate.

Tout le monde se met à crier et à courir en désordre pour échapper à ce fou furieux. Chacun cherche à fuir le danger. À la deuxième détonation, déjà en état d'alerte, la foule se précipite au sol.

Soudain, je constate que Joël, qui a tiré les deux premiers coups au plafond, pointe à présent l'arme sur moi. Tous mes membres tremblent et, terrifiée et la gorge sèche, je plonge sous la table et rampe avec d'autres qui s'agglutinent vers un passage conduisant à l'arrière de l'établissement.

— Sophie!

Joël cherche à me repérer, mais je ne réponds pas. Il avance à petits pas.

— Viens, nous allons reprendre notre vie d'avant!

Comment peut-il croire qu'il va me rassurer, une arme chargée à la main? Tout est fini entre nous.

— Ta Sophie est morte! lui dis-je avec force.

Je regrette aussitôt d'avoir élevé la voix. Au ras du sol, j'entends ses pas feutrés et je vois ses beaux mocassins de cuir se rapprocher. Il sait que je suis prise. Seul le mobilier nous sépare.

Il est prêt à tuer! Je recule sans bruit sur les fesses lorsque des mains solides m'agrippent par les épaules et me tirent vers l'arrière-boutique. Je n'ai que le temps d'apercevoir Joël qui attend, impassible, que je me mette au blanc. Nos yeux se croisent, mais il n'est pas suffisamment rapide. Les mains qui m'enlèvent me propulsent dans un cagibi et referment la porte qui se dresse maintenant entre Joël et moi.

Enragée, je réagis promptement, prête à mordre, à me battre, toutes griffes dehors. La scène me révolte. Tout est si irréel. J'ai perdu une sandale. On m'extirpe de cet enfer sans que je puisse résister. Les mains me poussent maintenant vers une explosion de lumière. Tout se passe tellement vite. Dehors, le soleil aveuglant me désoriente encore plus.

— Partez!

C'est la voix jeune de Rudy. Mon regard plein de surprise l'interroge.

— Sarah m'a averti que tu as des problèmes, je suis venu avec Joël.

Ses mains d'homme et sa fidélité m'ont sauvée.

— Fuyez! Vite! Votre place n'est plus ici.

Incapable de prononcer un mot, je lui fais signe de la tête.

— Bonne chance! ajoute-t-il.

Au moment où nous nous séparons, déjà, on tambourine sur la porte et un autre coup de feu retentit, nous projetant des éclats de bois au visage.

— Cours!

C'est moi, maintenant, qui le pousse dans le dos vers une ruelle étroite. Je suis une cible autant qu'une menace pour les autres. Je détale, la peur au ventre. Je ne reconnais plus celui qui me traque ni la folie qui l'anime.

Comme le bétail, nous suivons le labyrinthe des ruelles à l'instinct. Rudy oblique subitement vers la droite. Moi, je prends la gauche, vers le nord. Le djébel Bargou est derrière moi. Ainsi, nos chemins se séparent brusquement.

La fusillade n'est pas passée inaperçue et on va vite me repérer. Je me sens minuscule dans ce monde. Je dois me dissimuler sans délai. À l'extrémité d'une palissade, une grille ouverte me permet d'entrer dans une cour où sèchent des pans de tissus. Essoufflée, je subtilise une étoffe beige que je me jette sur le dos en en rabattant un coin sur ma tête. Je reprends aussitôt ma course, le tissu fouettant mes jambes. Je ralentis la cadence. J'ai parcouru quelques pâtés d'habitations enchevêtrées. Il n'y a pas de ligne droite dans ce quartier; les maisons sont imbriquées les unes dans les autres en formant comme un immense jeu de patience. Cela peut être un atout.

Je n'ai pas les idées claires. Ma seule obsession est de survivre en me dirigeant toujours vers le nord. À n'en pas douter, Joël a été avisé de ma présence dans cette ville. Il a certainement un réseau qui peut le renseigner. Je comprends qu'il ne me sera pas facile de le semer. Le transport en commun lui-même n'est plus une option sûre. Dans mes poches, j'ai un bout de pain. Une étoffe dissimule mon visage, qui me sera utile contre le soleil et qui me couvrira la nuit. C'est bien peu pour affronter les embûches qui m'attendent.

D'un pas brisé, je continue de courir, même si j'étouffe, même si l'air me brûle la gorge. Je me jette dans le néant, sans savoir ce que me réserve l'avenir. Une pression immense me comprime la poitrine. La route principale qui s'étire devant moi m'est inconnue. C'est elle qui choisit mon itinéraire. Je vais vers l'avant en bousculant des piétons. Une voiture freine brusquement. Elle est si proche que je la heurte en m'affalant sur le capot. Vite, je serre le tissu ample pour ne pas trébucher. Je ne me retourne pas. Je dévie de ma trajectoire pour me retrouver dans une voie qui se rétrécit.

Dois-je prendre à gauche, ou à droite? Je n'ai pas deux secondes pour me décider. Je balaie rapidement du regard les deux possibilités en secouant la tête. Quelle voie choisir? Je dois toujours prendre le sens opposé à la vie qui m'étouffe. Je m'insère dans la masse. Ma fuite me ramène ainsi sur la place centrale, là où se prennent les grandes décisions. J'accroche une table couverte de longues théières de cuivre doré, ce qui cause un tintamarre assourdissant, lorsque toute la collection d'œuvres martelées tombe sur le sol. Le dinandier se met à hurler et en perd sa chéchia, le couvre-chef national de Tunisie.

Je crains d'être vue, qu'on devine ma fuite ou qu'on me reconnaisse. Maintenant, je marche vite. C'est plus discret, mais j'ai une trouille horrible de me retourner.

Le temps devient flou. Il s'étire sans même que je m'y attarde. C'est la douleur qui me rappelle à la réalité, celle de mon pied nu qui s'ajoute à celle, cuisante, de mes espoirs déçus.

La plante du pied gauche en feu, je me résigne à m'arrêter et à m'asseoir pour constater les dégâts. Les cailloux m'ont écorché la peau sous la jointure du gros orteil. Ce n'est pas le moment. Je ne peux rien faire pour atténuer la brûlure sinon l'éponger avec le tissu.

Mes yeux s'offrent un dernier regard dans la direction d'où je viens. Je suis à la lisière des maisons. Un pas de plus, et ce sont les champs, une limite abrupte. Je ne suis jamais allée aussi loin dans cette direction. Le soleil a dépassé le zénith. Je suis prise de vertiges. La circulation est continue, quoique moins dense.

J'ai atteint le point de non-retour. Les quelques mètres parcourus sur ce chemin étranger me poussent déjà à m'y remettre. Comme Rudy qui, souvent, ne réfléchit pas avant d'agir, je peux moi aussi foncer vers l'inconnu. Je dois marcher vers Tunis.

Je me frotte les chevilles et me relève d'un bond. Cependant, mon sang se fige.

— Elle est là! crie quelqu'un.

Joël est de nouveau derrière moi. L'adrénaline m'investit aussitôt. Je n'ai plus le temps de réfléchir. Je fonce tête baissée dans le sens opposé à celui de mes assaillants. Je m'élance dans une fuite sans retour. Les hommes sont si près, dans le dédale de ruelles qui s'ouvrent devant moi! J'entre bientôt dans un cul-de-sac. Une échelle donne sur un toit bas. Je m'y précipite. J'entends des hommes rigoler devant ma mauvaise décision. Ma retraite ne m'offre qu'un répit bien illusoire. Je fais tomber l'échelle.

— Allez, descends, maintenant! crie Joël d'une voix qui n'est plus la sienne.

C'est la voix d'un escroc mesquin. Il est si près, sa trahison est si évidente qu'elle me brûle la peau.

Même si la peur de mourir pourrait me faire flancher, je refuse catégoriquement.

— Jamais!

Des hommes replacent l'échelle pour monter. Un balayage du toit me fait voir, près de la bordure, à l'angle d'un mur, une ouverture, ou plutôt une trappe d'aération. Je n'ai d'autres choix que de m'y faufiler. La grille cède sous mon coup de pied et je réussis tant bien que mal à m'y introduire sans possibilité de retour. J'atterris en contrebas sur une petite table, dans un intense vacarme de vaisselle. Une femme étonnée en laisse échapper le plateau qu'elle s'apprêtait à déposer sur la table. Les voix véhémentes des hommes à l'extérieur lui font comprendre que j'ai des ennuis. Il y a du chahut sur le toit. Joël et ses acolytes vont vite prendre la maison d'assaut.

La complicité des hommes n'a d'égale que l'entraide des femmes. Mon hôtesse obligée réagit promptement en ouvrant une trappe sur le plancher et en m'incitant à me cacher avec les maigres provisions de la famille. Joël est maintenant là, devant la porte. Il force la matrone à lui ouvrir. En bonne maîtresse de son foyer, elle prend son temps et se met à houspiller le visiteur impromptu. Son homme étant absent, elle ne peut ouvrir à l'étranger. Elle n'a pas besoin d'arme pour défendre l'entrée de sa maison. Son territoire est défini par des conventions sociales bien établies. Elle n'est pas femme à se laisser impressionner.

Lorsque la porte se referme, elle m'invite à sortir de mon trou. Elle ne parle pas français, mais il est clair qu'elle est secouée. Nous nous réfugions toutes deux dans un coin sombre de la maison, comme deux chats pelotonnés, le temps de reprendre nos esprits. Les hommes peuvent revenir à tout moment. Son mari peut aussi faire partie du groupe, qui sait. Après quelques minutes, elle se lève pour m'offrir des dattes dans un linge, ainsi que de l'eau. Elle me fait comprendre par signes que je ne peux pas sortir, que je suis surveillée. Elle me montre la photo de son mari sur le mur, puis désigne la porte. Je comprends qu'il va rentrer sous peu. Elle me pousse à retourner avec les provisions sous le plancher. Le regard confiant, elle me met la main sur la tête pour abaisser la trappe. Je l'entends ensuite mettre de l'ordre dans la maison.

Le trou est noir. À tâtons, je peux explorer la cave. Elle fait moins d'un mètre cinquante de profondeur, trois mètres sur ma gauche, peut-être deux à droite. Un réduit contient des boîtes de bois et des paniers. D'instinct, je me recule sur les fesses le plus loin possible de la trappe et m'assois entre une boîte et le mur coulé. Le temps, si court il y a quelques instants, se transforme en éternité.

Le mari rentre. Une discussion houleuse s'ensuit, mais sans plus. Une ribambelle d'enfants semblent également vivre dans la petite demeure; ils font trembler la porte de mon cagibi lorsqu'ils passent dessus en courant. Je suis frigorifiée et je sens en même temps des sueurs froides me couler dans le dos. J'entends à présent des sons étranges sous les caisses. Des bêtes peu rassurantes me pendent certainement au-dessus de la tête. J'imagine les pires araignées. Lorsqu'elles deviennent trop effrayantes dans ma tête, un sifflement les fait fuir. Je frémis en évoquant l'image d'un long serpent qui se faufile hors de son panier, qui glisse furtivement vers mes pieds, puis s'enroule à mes jambes, remonte vers mon cou et a raison de mes dernières forces. Ma mémoire déficiente n'a pas occulté ma phobie des serpents. Elle se joue de moi et les recrée à foison, de toutes les formes possibles. Incapable de contenir plus longtemps mes sanglots, je suis secouée de soubresauts silencieux. Mon cœur déjà mal rafistolé est de nouveau en miettes. Je suis figée dans mon coin, engluée dans des ténèbres opaques. Tous mes sens sont en alerte.

Pour ne pas faire de bruit, je reste ainsi très longtemps, tous les muscles tendus. Ma trachée est en feu, à force de rester crispée pour m'empêcher de crier de terreur. Lorsque la fatigue se fait sentir, je remonte mes pieds près de mon corps et enroule mon voile autour de mes cheveux pour éviter d'être assaillie par les insectes. C'est très long, une lente agonie dans ma crypte. Je voudrais serrer Aïdi, ma chienne, dans mes bras; elle me réconforterait.

J'aimerais avoir un bâton. Il y a aussi des rats dans mes rêves… *Non!* Je divague. *Amenée… risqué… pas chez… si une échelle… et les âmes errantes.* Je me berce ainsi une éternité en implorant l'immensité.

Après les bêtes de la nuit, ce sont les images de Joël qui viennent me hanter. Il s'est transformé en criminel sous mes yeux. Ce n'est plus l'homme que j'ai aimé. Que s'est-il passé? Mais l'ai-je réellement aimé? Et lui? Pourquoi? Je n'aurai jamais que des questions sans réponses.

J'espère que Rudy a pu s'en sortir. Tout à coup, je revois la vallée verdoyante, les oliviers alignés dans toute leur splendeur, l'odeur des épices montant du tajine, une immense salade à la feta préparée par Fadila. Comment faire pour ne pas être affligée, seule dans ce trou? J'ai l'impression que je ne reverrai pas le ciel. Pourtant, je dois survivre. Je ne veux pas mourir pour lui. Son amour était faux, fourbe, il ne visait qu'à me garder en prison, à m'isoler de tout et de tous. Dans la noirceur, j'implore un dieu de me donner la force de poursuivre ma route.

Mes pensées errantes me ramènent à notre baiser près de la mosquée de Kairouan. Par la suite, il n'a fait qu'exercer un contrôle de plus en plus impitoyable sur moi. Il m'a assoiffée d'amour pour que je tombe dans ses bras, il m'a privée de liberté dans son oasis créée de toutes pièces. S'il avait été attentionné, fiable, honnête, serein, j'aurais pu y être heureuse, mais les faux-semblants me dégoûtent. Je ne pouvais pas vivre toute une éternité dans ses rêves évanouis. Aucune relation sereine ne peut fleurir sur le mensonge et la trahison.

Dans ma position inconfortable, mes membres s'ankylosent tour à tour. Néanmoins, je bouge le moins possible. Cette deuxième nuit est pire que la première sur le flanc du

Bargou. Je ne suis pas libre, je suis prisonnière dans cette cave. Je dois faire confiance à la femme qui m'y a mise. L'incertitude et l'attente sont plus mortelles que le froid.

Je me réveille en sursaut. La trappe s'est ouverte et la femme me parle en douceur. Elle me fait signe de sortir et me fait essayer des babouches de cuir usé, fermées sur le devant; ce sont probablement celles de son époux. Je jette un coup d'œil distrait dans le sac en tissus brodés qu'elle m'offre; il contient quelques denrées. Elle passe la courroie sur mon épaule et m'oblige à quitter la maison par une ruelle qui donne sur l'arrière.

Elle me précède pour s'assurer qu'il n'y a personne et m'accompagne sur quelques mètres avant de me montrer le champ d'oliviers qui s'étend au loin dans la pénombre de l'aube naissante. Moi, je crains une embuscade. Elle me dessine un sentier sur le sable qui semble suivre la route principale vers le prochain village. Cette complice veut mon bien. Dans son charabia, je ne comprends que *Al Shourouk*, le lever du soleil. Lorsqu'elle m'envoie la main, elle doit être satisfaite, comme Fadila me l'a enseigné, d'avoir rempli deux de ses devoirs : elle a empêché ce qui est mauvais et favorisé ce qui est bien en offrant en proportion de ses moyens à celle qui est dans le besoin.

Après des remerciements brefs, mais sincères, je me hâte de m'éloigner, toujours drapée dans l'étoffe dérobée hier, rabattue maladroitement sur ma tête, que je tiens serrée dans mes poings sous mon menton. Je veux être une silhouette informe, un spectre silencieux. L'angoisse me pousse à me presser. Je me réjouis de quitter la ville. Là, quelqu'un, pensant bien faire, pourrait alerter Joël et je serais rapidement reprise.

Dès que je me remets à marcher, même avec mes nouvelles chaussures, ma blessure me brûle. Je dois courir à cloche-pied jusqu'à l'extrémité du champ. Je redoute d'être suivie. La nuit ne durera pas longtemps. Déjà, une bande s'éclaire de diverses nuances d'orange : *Al Shourouk!* L'air du matin est frais. On peut presque sentir l'odeur des cuisines où toutes les femmes s'affaireront sous peu, lorsque j'entends, pas assez loin à mon goût, l'appel à la prière.

9.

JE dois m'éloigner le plus rapidement possible de cette cité, quitter ce cauchemar. Dans la pénombre, je bute contre les sillons surélevés sous les grandes herbes, alors que je traverse une prairie trop vaste qui me laisse désorientée. Je perçois maintenant l'étendue de cette mer infranchissable de terres agricoles. Malgré le sol rocailleux, j'ai peur de m'y noyer.

Le jour se lève déjà. Sur la route, le flot des voitures s'est accru. Je suis certainement visible à des lieues à la ronde. Mal ajustés, mes souliers cherchent à aller dans tous les sens et mon corps semble sortir de sous un tas de mortier. Trop anxieuse pour réfléchir, je serre d'une main mon étoffe. De l'autre, je bats l'air au rythme de mes pas trébuchants. Je retiens mes sanglots. Mes genoux heurtent à plusieurs reprises la terre ébouriffée d'herbages. Vite, m'en sortir, fuir vers le roc, cette protection solide. Je préfère la montagne. Prise de panique, j'oblique subitement vers le sud pour éviter de revenir vers la ville. La chaîne du Bargou est là, m'attendant patiemment. La lumière blafarde n'en dévoile qu'une ombre au loin. Je l'observe quelques secondes, mais je sais qu'elle fait maintenant partie du passé. Je bifurque finalement pour suivre une ligne imaginaire entre les djébels et la ville, vers le nord-est.

Bientôt, pourtant, un nouvel obstacle contre mes plans; un oued, c'est-à-dire un ruisseau à sec, me barre la route. Ses parois abruptes s'effondrent sous la sécheresse. Dans un glissement de pierrailles, je me retrouve au fond. Un moment, je demeure prostrée dans cette tranchée, découragée. Le ciel s'éclaircit à peine lorsque je constate que ce relief accidenté et rébarbatif me permet d'avancer à l'abri des regards, en évitant la route principale. Je décide de le suivre un moment pour quitter la vallée à la poursuite de mon objectif, atteindre le Nord.

Le crépitement de la rocaille sous mes pas m'accompagne jusqu'à ce que le soleil se pointe enfin. Il éteint les ombres menaçantes de la nuit, mais en crée de nouvelles. L'environnement passe de la couleur du terreau humide aux différentes nuances de l'aube, de l'orange foncé à un orangé plus lumineux. Le jour blafard arbore quelques traces de bleu et de vert, puis s'illumine jusqu'à la blancheur immaculée de ses rayons trop clairs, même encore bas sur l'horizon.

Comme Sophie, le soleil est un artiste. Ses différentes intensités révèlent toutes sortes d'impressions, variant les nuances et la profondeur des émotions. Pourtant, depuis qu'il est là, il exacerbe mon état de panique. J'aurais préféré qu'il ne se lève plus; j'aurais pu demeurer dans la noirceur, là où le passé et l'avenir n'existent pas.

Deux cabots maigres qui ressemblent à mon Aïdi, me suivent. Même s'ils ont la queue basse entre les pattes en signe de soumission, je reste alerte. Ils ne cherchent probablement qu'à obtenir quelque bouchée. Je les fais fuir d'un claquement des mains. Je presse le pas en continuant de me tricoter une route sûre. Le soleil est maintenant plus haut et la chaleur devient intense dans cette faille naturelle tortueuse. Je dois me résigner à sortir de ce trou qui devient de plus en plus impraticable. J'arrive à remonter la pente raide pour constater avec satisfaction que cette barrière physique m'a permis de mettre une bonne distance entre le monde et moi. Je poursuis ainsi, compulsivement, à cheminer, à traverser des parcelles de culture perpendiculaires à ma route. J'entends des voix et me retourne constamment. Comme avec Nazim, j'emprunte des sentiers d'entretien déjà bien battus. Je me remercie aussi de ma détermination à m'entraîner à la course. Mes sorties clandestines m'ont permis d'acquérir une grande résistance physique, qui est très utile aujourd'hui.

Au milieu d'un bosquet épineux, je prends finalement une pause. Repliée sur moi-même, je déballe le petit butin qu'on m'a offert. Je découvre des dattes et des amandes grillées, ainsi qu'un cruchon contenant du fromage frais, maintenant chaud. Je mange sans aucun appétit en esquissant un pâle sourire pour la bienveillance de cette femme. Elle a déposé au fond du sac un bout de tissu, un vieux torchon. En le déroulant, j'y découvre un petit couteau de cuisine.

Le reste de la journée, je déambule dans une nouvelle fracture du paysage, une zone encore plus aride et crevassée. Je monte et descends plusieurs pentes rocailleuses abruptes. Mes pieds, mal chaussés, sont douloureux. Chaque pas me fait atrocement souffrir. Je marche sur des charbons ardents. La brûlure me ralentit, j'erre plus que j'avance. Je devrais pourtant accélérer.

À l'ombre et à l'abri des regards, entourée de plantes grasses, je m'accorde de nouveau quelques minutes de repos. Assise sur le sol, je sectionne une feuille charnue dont je retire la pulpe. J'applique sur mes pieds la même gelée gluante et fraîche qui a accompagné les remontrances de Joël. En massant mes pieds, j'aperçois la bague à mon doigt; je la retire promptement. Les blessures du corps sont plus faciles à guérir que celles du cœur. Je m'assois tristement, les genoux sous le menton, et fais rouler le bijou entre mes doigts. Dans ma peine, je rassemble des débris de végétaux et des roches tout autour de moi. Instinctivement, pour passer le temps, peut-être aussi pour marquer mon passage sur cette terre, je fais un dessin abstrait autour de moi. Je trace des lignes simples, puis j'ajoute des cailloux et des brindilles en pivotant sur moi-même pour créer des cercles concentriques décorés de formes répétitives. Après un long moment, je me relève et observe mon œuvre. C'est agréable à regarder. Je dépose la bague au centre. Comme une rose des vents indique les points cardinaux, mon dessin atteste que je suis en vie, que je suis le centre de cette œuvre. C'est à moi de décider.

Je suis un peu désorientée, mais, en faisant le point, je vois, à présent derrière moi, le sommet d'une chaîne de montagnes superbe, d'un bleu profond, riche de sens. C'est le djébel Bargou. C'est sans doute la dernière vision que j'en aurai.

Je n'aperçois plus la route P4, celle qui devrait me conduire à ma prochaine destination dans ma progression vers Tunis. Elle est peut-être derrière les buttes arides que je longe. Mais j'aime bien traîner dans cet espace clos, rigoureusement limité de toutes parts. Je me complais dans ma marche vers un objectif incertain situé au nord.

— *Tu devrais éviter cette butte, elle t'éloigne de la route.*

— *Je m'en fous. En ce moment, je voudrais me perdre.*

— *Qu'est-ce que ça t'apporterait?*

— *Rien, mais Joël ne me retrouverait pas non plus.*

C'est ma voix intérieure, celle qui me pousse à avancer. Étrangement, je me fais à sa présence. Le silence est bien morne, dans cet univers sans vie. Je suis vraiment seule sur cette voie. Je suis indifférente à mon avenir, aux parois qui se dressent devant mes pas.

— *Je devrais peut-être m'arrêter et faire le point?*

— *Quel point? Tu es dans la merde, à mon avis. Si tu t'arrêtes encore, tu n'auras plus aucune avance.*

— *Je vais serrer vers ma gauche, pour me rapprocher de la route.*

Je viens de m'enfuir, de tout quitter. Le monde connu s'est écroulé; il a implosé. Il s'est replié sur lui-même.

— *Prends cette route et cours!*

C'est un ordre. Le sac en bandoulière, je me mets à courir pour échapper à cette voix désagréable.

Je cours. Je cours les yeux mi-clos. La sueur s'insinue sous mes paupières et couvre mes larmes. À intervalles, l'impression de vide dans l'estomac me remonte à la gorge et bloque momentanément le passage de l'air brûlant. Je perds le souffle, je cherche à inhaler l'absence d'air, la bouche béante. Il en résulte un son rauque. J'essaie de reprendre la maîtrise de ma respiration tout en courant dix pas de plus. À courir ainsi sous le soleil, je pourrais m'évanouir de chaleur et mourir, le cœur littéralement fendu. Mais la douleur a beau s'accentuer, je cours toujours. Ça ne me fait ni chaud ni froid d'affronter la mort. Malheureusement, mon cœur tient toujours bon.

— *Tu pourrais te jeter devant une voiture, te noyer, t'élancer du haut d'une falaise, ce serait plus efficace!*

Aucune de ces possibilités n'est à ma portée.

Mon souffle se remet à siffler et les larmes me recouvrent encore le visage. Je suis étonnée de distinguer la différence de température entre mes larmes et ma sueur. Je combats mon envie de m'arrêter, toujours la bouche ouverte, comme un zombie conscient de sa propre mort. Dix kilomètres, ce n'est pas assez pour oublier. Mes jambes commencent à être lourdes, mais je ne flanche pas. J'ai si mal à l'intérieur! Mon âme se fane, elle s'asphyxie. Toutes mes idées se sont effondrées. Tout ce à quoi je croyais a été anéanti.

« *Allez! Donne tout ce que tu as! Tu es capable de faire mieux.* » Je trouve ma persévérance absurde, mais je continue à me pousser à bout, même si cette course n'a aucun sens. « *C'est tout? Plus vite! Tu marches, là.* » J'accélère de nouveau. J'ai maintenant tellement mal! « *Je te jure que tu vas réussir si tu persévères.* » J'atteins finalement l'ombre d'un rocher. « *Bravo, championne! Quel exploit!* »

Je m'affale de tout mon long dans la poussière, à respirer un air chargé de sable fin. Je reste ainsi assez longtemps pour que toute forme d'énergie quitte mon corps, emportant du même coup les larmes, l'exaspération et la colère. Il ne me reste que la honte pour couvrir mes plaies.

La crise passée, je dois admettre qu'elle n'a pas fait avancer les choses. Mon dialogue intérieur me le rappelle cruellement.

— *Ne me refais plus jamais ça!*

— *D'accord.*

— *Ça ne sert à rien de mourir, et encore moins de sécher au soleil comme une vieille carcasse que les urubus vont picorer.*

— *Joël m'a montré une vie que j'aurais pu aimer, tout aurait pu être parfait.*

— *Ben, maintenant, c'est raté! Tu vois, la vie avec Joël n'était qu'un mirage.*

— *Et s'il me rattrape?*

— *Tu vas devoir te prendre en main et avancer.*

Je réussis finalement à me relever. C'est troublant de penser que, il y a trois nuits, j'ai dormi dans les bras de Joël. Il est depuis devenu un vrai criminel. Il a joué avec ma vie, avec mes sentiments. Il a fait de moi une marionnette. Chaque pas me permet de rager intérieurement, d'avaler de l'amertume.

Le soleil descend maintenant derrière une falaise de calcaire tachetée d'arbustes vert foncé, rabougris comme de la laine d'acier. Mon ombre s'allonge. Le soir approche. En longeant la route, j'aperçois au loin, derrière une large bande verdoyante, une mince rangée d'habitations aux murs lourds. Je peux voir jusqu'à l'infini, ce qui me donne l'impression d'être une fourmi dans un jardin. Au même moment, j'observe un mignon petit hérisson qui gratte la terre meuble pour trouver quelque insecte à dévorer. Il y a donc parfois d'horribles fatalités qui occupent la scène en même temps que de jolies choses. Dualité? Confrontation? Je dois chercher du positif dans ma fuite, arrêter de n'y voir que la trahison et la perte de mes amis.

L'image de mon frère Ian me revient. Les détails se précisent dans mon esprit. Notre relation était empreinte de complicité. En globe-trotteur aguerri, il m'a longuement conseillée lorsque je lui ai fait part de mes intentions de partir en voyage. Ian voulait que je voie plus loin que mon cadre habituel. Il m'a convaincue de choisir Tunis, une destination à la fois exotique et facile d'accès, un pays suffisamment différent pour me permettre de me ressourcer. À ce moment, j'étais trop préoccupée pour saisir la portée de son message.

Accompagnée par ce souvenir sécurisant, je marche d'un bon pas pour atteindre rapidement les maisons. Je me rappelle les circonstances de mon départ. Éric n'était pas à l'aéroport; nous avions eu une dispute qui ne s'était pas réglée.

Il n'admettait pas que je parte seule à l'aventure, et ce n'était pas pour nos enfants, nous n'en avions pas, j'en suis sûre. C'était Ian qui m'accompagnait. Il m'avait affectueusement encouragée.

— Pour une fois que tu peux vivre une expérience palpitante, profites-en!

Au moment d'enregistrer les bagages, Ian m'a confié qu'il espérait depuis longtemps que je sorte de ma coquille.

— Tu dois vivre ce voyage avec tes tripes. Une chance pareille ne se représente pas souvent dans une vie.

— Oui, mais, moi, je ne suis pas comme toi! lui avais-je répondu, le sachant de nature bohème.

En ce moment, je comprends mieux sa réponse:

— Nous sommes pareils!

Je m'étais piètrement défendue, car il avait presque raison.

De jeune garçon gêné ayant peu d'amis, il était devenu un homme authentique à l'allure rebelle, consciencieux et intègre. Ses départs me rendaient toujours triste à mourir. Il entretenait de par le monde des relations sincères qui le nourrissaient et lui permettaient d'être en harmonie avec la terre et ses habitants. Il avait aussi plein d'histoires palpitantes à raconter, contrairement à moi qui gisais dans la routine. Je m'étais aperçue avec le temps que j'enviais sa vie, sa liberté et les voyages qui lui offraient la possibilité de découvrir le monde. Même lorsqu'il était à l'étranger, il demeurait toujours présent dans mon esprit. Les explorateurs sont parfois de beaux parleurs, mais j'aime assurément les rêveurs.

Voilà, ce soir, je me retrouve, moi aussi, dans une bulle hors du monde. Il ne me reste qu'à foncer, qu'à me relever et à oser vivre cette partie de mon chemin en me laissant guider par les paroles de Ian.

Je suis un journal intime presque vierge, mais je vois à présent toutes les possibilités qui s'offrent à moi. Je peux écrire ce que je veux. Je n'ai qu'à choisir la voie. La Tunisie m'interpelle. Je n'ai pas besoin d'avoir de passé ou d'avenir, je suis ici, dans ce coin reculé, loin de mes repères habituels.

Je m'endors, épuisée, emmitouflée dans la pièce de tissu volée, adossée à un tronc d'arbre, en songeant au sens que je veux donner à cette étape de ma vie, même si l'angoisse et le sentiment d'abandon m'habitent plus que jamais.

Au matin, je suis décidée à rejoindre à pied l'ambassade du Canada à Tunis, tout en profitant de ma vie de fugitive. J'ai besoin de ce temps pour remettre de l'ordre dans mes idées et m'éloigner de Joël. Les sens en éveil, je marche rapidement jusqu'à ce que, en après-midi, les mirages commencent à faire onduler l'air au-dessus de la route.

Les fermes, les clos, les chemins se succèdent. J'aperçois un troupeau de moutons au milieu des perpétuels champs de céréales qui alternent avec des oliveraies sur les versants propices des talus. J'envie la chance de ces moutons d'être guidés par un berger, d'avoir de l'herbe et de l'eau pour s'abreuver et surtout un toit pour dormir.

La grandeur du territoire m'impressionne. Partout, des aménagements paysagers méthodiques mettent une barrière entre les diverses zones de cultures et les propriétaires, comme une gymnastique destinée à tirer profit de tout l'espace. Les lopins de terre ainsi divisés sont protégés contre les assauts, ceux des hommes comme des intempéries. Il s'agit surtout de lutter contre la désertification. La terre, bien qu'aride, est ainsi toujours cultivée, comme si chaque mètre carré se devait d'être productif.

Les agaves immenses et les figuiers de barbarie, avec leurs tiges articulées épineuses, robustes et infranchissables, utilisés partout comme clôture, m'obligent souvent à faire de longs détours. Je ne rechigne pas. Je préfère ce rythme plus lent, mais ô combien plus prudent.

Je me nourris de ce qui est disponible. Même certains fruits trop mûrs sont devenus mangeables à mes yeux. Je remercie Fadila de m'avoir fait goûter aux cactus. Leurs fruits tirant sur l'orangé offrent, sous leur pelure coriace, une chair juteuse, rouge framboise, sucrée. La première fois, je n'ai pas apprécié la pulpe parsemée de noyaux désagréables. Maintenant, elle me comble. J'ai vu la floraison colorée au début de l'été. Je profite aujourd'hui des fruits qui poussent à l'état naturel à peu près partout.

Je me remémore ma vie avec Éric. Des flashs illuminent mon cerveau. Je m'étais rapprochée de lui au travail; notre union ne tenait peut-être qu'à ce volet de ma vie. Notre relation était de plus en plus platonique et nous n'étions pas toujours complices.

J'avance toujours un peu plus vers le nord, en suivant une large gorge où serpente un oued asséché. Cette rivière intermittente m'est utile comme repère et comme route lorsque le littoral sédimentaire n'est pas trop accidenté. Une convergence d'alluvions et de dépôts rocheux m'offre un coin pour me reposer sur l'heure du dîner. J'ai faim et mes ressources sont maigres.

Une réflexion me frappe. Mes hommes tirent tous différemment avantage de leur vie. Joël a profité de moi, mais il ne profite pas de son argent. En bon consommateur, Éric profite de son argent, mais pas de moi. Ian profite des opportunités pour vivre une gamme d'expériences enrichissantes. Il est intuitif et ouvert, mais il vit toujours seul. Nazim vit heureux tout simplement.

Je traverse une zone montagneuse étrange sur une route tout aussi mystérieuse. Les arbres qui suivent les changements de niveau me font penser aux gradins d'un amphithéâtre à ciel ouvert. On pourrait y jouer la comédie. En contrebas, un barrage forme un grand lac qui miroite sous le soleil. Trop loin. Je ne fais pas ce détour. L'eau stagnante ne m'attire pas. Je ne veux ni la boire ni m'y baigner. J'avance sans m'arrêter. Je suis une sans-abri et mon cœur l'est tout autant.

J'ai beaucoup de difficulté à faire taire mes démons. J'ai érigé une barrière entre le monde et moi. J'ai la certitude d'avoir perdu mon temps, d'avoir été naïve tout au long de mon aventure.

— *Qu'est-ce qui t'a fait croire que tu menais la vie dont tu rêvais?*

— *Je ne sais pas. Ma relation avec Joël, j'aurais voulu que ce soit vrai. Sans sa folie. La maison et le jardin m'ont assurément envoûtée. Mais il m'a trahie, il m'a profondément blessée.*

— *Et Éric?*

— *Quoi, Éric? Nous nous entendons bien. Enfin, je crois…*

— *Ce n'est pas très fort comme affirmation, j'aurais espéré au moins un «je l'aime bien». Avoue qu'il te laisse indifférente.*

— *Pas tant que ça! Je ne pourrai plus jamais le regarder en face après ce que j'ai vécu ici. Joël m'a fait vivre une passion tellement explosive!*

— *La déflagration a failli te tuer, ne l'oublie pas.*

Je suis sidérée devant mes propos. Comment puis-je encore penser que Joël m'a aimée? Comment ai-je pu en être follement amoureuse?

— *Cette marche est peut-être justement la bonne avenue pour te poser des questions et faire le ménage.*

— *Et quand aurai-je les réponses?*

— *Marche encore! Au bout de la route, peut-être... On verra.*

Je franchis encore quelques kilomètres, le regard au loin, en sillonnant cette vallée asséchée par des vents chauds qui gercent les lèvres.

Le sentiment de la distance accroît l'émotion de la découverte. Il n'y a pas de plus folle entreprise que de faciliter la conquête d'une beauté quelconque, car elle y perd la moitié de sa vertu. Depuis la veille, ces deux phrases roulent en boucle dans ma tête. Cette idée me soutient. C'est une ritournelle que je connais par cœur. On me l'a répétée souvent, c'est certain. Je marche en cadence en la répétant sans cesse. J'écoute le pas de mon père, j'entends sa voix répéter avec moi ces mots qui deviennent une douce musique à mes oreilles. J'ai l'impression que des souvenirs refont surface à chaque pas, je me réjouis de reconnaître des sensations, de voir des images qui s'associent aux mots. La joie de me réapproprier mon passé me fait rire toute seule. Je me rappelle toutes les fois où mon père a ouvert le Grand Atlas pour nous présenter le monde et je suis soulagée de me souvenir qu'il l'a ouvert avec ma mère pour étudier la Tunisie, lors d'un souper avant mon départ. Comme Ian, mon père m'insuffle une dose de courage. Je suis en pleine possession de mes moyens. Cette journée est l'une des plus enivrantes depuis mon départ.

Je m'offre le luxe de marcher, je prends le temps de me ressourcer en poursuivant mon objectif premier, me rapprocher de mon vrai chez-moi.

Ma réflexion s'organise mieux. La fuite devient secondaire. Elle fait place au défi. On verra bien si je suis à la hauteur, si tous mes efforts sont vains. Je m'endors, pleine d'espoir, dans un abri de fortune construit de branchage et de roches.

Le jour pointe à peine. Je me fige d'effroi en apercevant pas très loin deux yeux jaunes intenses et profonds qui me fixent. Je ramène mes pieds sous mes fesses pour m'enfuir au moindre signe d'attaque. L'animal flaire l'air; je suis un objet de curiosité. Ses longues pattes sont prêtes à bondir. C'est un très gros chat tacheté muni d'oreilles en forme d'ailes de papillon. Il s'enfuit dans les broussailles lorsque je saute sur mes jambes.

J'ai eu une bonne frousse et je ne suis toujours pas rassurée. Il peut revenir à tout instant, me suivre à la trace. Je me mets à courir vers la route pour rejoindre rapidement la vie en société. Chaque bruissement attire mon regard affolé. Chaque mouvement sollicite mon attention.

Je dois me rendre à l'évidence que je ne pourrai pas toujours fuir la civilisation. Je me sens encore vulnérable. Je ne souhaite plus agir comme une idiote. Ian irait vers les gens, demanderait son chemin et accepterait sereinement d'être invité.

En après-midi, je crois voir au loin un village fortifié. Ce douar est le bienvenu. Il m'interpelle. Des relents de la cuisine de Fadila me parviennent. J'espère boire une eau fraîche dans un verre propre.

Étrangement, c'est au moment où je crois que tout va bien que la température se dégrade. Dans un ciel toujours bleu, des nuages s'amoncellent, s'élèvent et grossissent. L'orage gronde. Bientôt, la pluie s'abat sur la route. En une minute, je suis trempée. Chaque goutte m'attaque. La terre trop sèche n'accepte pas cette eau envahissante qui s'accumule en rigoles. Je marche encore un peu, mais la boue collante appesantit mes pas, jusqu'à ce que j'arrive à l'orée d'une futaie de pins. Les bâtiments de ferme arrondis, sans bordure de toit, ne m'offrent aucune protection. Les arbres forment un meilleur refuge. Pourtant, au bout de longues minutes, je me mets à grelotter. Je suis transie. La pluie ne cesse pas. Mes vêtements trempés me collent à la peau. Je dois bouger. Je me remets en marche. J'essaie de courir pour me réchauffer, mais rien à faire, les éclaboussures de vase me couvrent aussitôt de la tête aux pieds. Le résultat est bien pire. Maintenant, je ne vois plus très bien devant moi. J'essuie mes yeux du revers de ma main sale. Les cheveux me collent au visage. Un peu plus loin sur la gauche, dans un champ ponctué ici et là d'acacias, je vois un troupeau de bêtes à l'abri sous le feuillage. Je m'approche à travers cette savane, mais les animaux ne sont jamais seuls. Le chien annonce ma venue en aboyant et me fait sursauter. Je me fige sur place, dans l'attente. Le maître rentre le troupeau, protégé par un bon imperméable.

— Bonjour!

Il lève les mains en signe de paix. Je pointe l'abri des chèvres.

— Bonjour. Pourrais-je m'abriter un peu ici?

— Vous êtes française? Venez! Entrez.

— Merci. Je suis canadienne.

Sa façon d'être et son accent me laissent présager qu'il est lui aussi étranger.

Je reste dans l'embrasure de la porte ouverte. L'eau ruisselle comme un rideau devant moi. L'homme soigne ses bêtes. Il étale de la paille, brosse un coin et prépare des seaux pour récolter de l'eau. Il me les tend en me faisant signe de les remplir dehors. Je les place en rang sous le linteau de la porte. L'homme me sourit.

— Ce n'est pas un temps pour vagabonder!

— Je marche vers Tunis.

— Un pèlerinage?

Je souris à cette affirmation. Pourquoi pas?

— Sans bagage! C'est vraiment l'austérité!

C'est un homme barbu, bien charpenté, assez vieux pour avoir les cheveux gris, mais qui se tient aussi droit qu'un poteau. Il sourit lui aussi, toujours affairé à ses travaux. Sans me faire subir aucun interrogatoire, il installe une petite table et deux sièges de fortune.

— Vous avez faim?

Je hoche la tête. Il m'invite à prendre place. J'hésite un peu, mais il me fait un geste encourageant de la main.

— D'accord, si ça ne vous dérange pas.

— Je vous offre mon pain avec joie en guise d'aumône à un pèlerin. Vous marchez depuis longtemps?

Je compte rapidement dans ma tête, j'ai l'impression d'être en fuite depuis des semaines.

— Quatre jours depuis Bargou.

— Vous avez visité la ville?

— Pas vraiment, j'étais seulement de passage.

— N'y a-t-il pas eu une fusillade, là-bas, il y a quelques jours?

Je regarde mon interlocuteur, l'air effaré. Je hoche la tête négativement.

— Je… n'en ai pas entendu parler.

— Ah! les médias! Toujours prêts à nous donner la frousse!

Il m'est difficile de dissimuler mon trouble.

— Ne vous en faites pas, l'homme qui en voulait à sa femme a été arrêté rapidement.

Une vague de soulagement me submerge, qui emporte une part de mon angoisse, mais me laisse ambivalente quant à l'attitude que je dois avoir devant mon hôte. Je ne m'attendais pas à cette nouvelle. Je marchais donc inutilement incognito depuis tout ce temps pour fuir Joël, alors qu'il était détenu.

— Et la femme?

— On n'en parlait pas.

Ma pensée ne peut se détacher de l'image de Joël prêt à faire feu sur moi. Je préfère changer de sujet.

— Depuis que je suis sur la route, c'est mon premier orage. Sous la pluie, les contrastes sont assez différents.

— Qu'est-ce qui vous amène par ici?

— L'aventure et la beauté des paysages.

— Il est vrai que celui qui ne part pas ne peut jamais voir ce que la route a à lui offrir!

Je souris à son affirmation. Il ne croit pas si bien dire.

— Vous avez sans doute raison, la route est étrange, parfois. On ne peut pas tout prévoir, comme cette pluie qui m'oblige à vous visiter. C'est peut-être un signe du destin?

Il me verse du vin rouge dans une tasse en émail usé et se sert une rasade dans un gobelet de plastique.

— Moi, quand je suis parti de France, je croyais changer le monde. Je voulais vivre une nouvelle vie, prendre un nouveau départ. J'avais toujours eu envie d'être berger. C'est ici que j'ai trouvé la terre promise.

— Vous habitez ici depuis longtemps?

— Oh non! Six ans seulement.

Le saucisson est délicieux; j'ai la bouche pleine. J'acquiesce d'un signe de tête. Il poursuit son récit.

— Nous avions prévu nous évader à notre retraite, mais, après le départ de ma Simone, j'ai décidé de mordre dans la vie. Il ne faut jamais attendre trop longtemps pour réaliser ses rêves.

Une triste pensée doublée d'une touche de déception traverse son regard.

— Elle vous manque?

— Toujours autant! Nous voulions créer un lieu sans frontière où tous les voyageurs pourraient vivre des situations dépaysantes en dehors des routes touristiques.

— Vous avez réussi?

— Je suis assez fier de ce que j'ai créé jusqu'à maintenant.

Il observe l'intérieur de la bergerie.

— Vous élevez seulement des chèvres?

— Oh non! Ici, c'est... J'ai créé une nouvelle forme d'oasis.

Devant mon air étonné, il continue.

— À l'auberge, les gens viennent se réconcilier avec la terre. Je ne veux pas concurrencer le tourisme de masse, mais je pense que les gens ont parfois besoin de quelque chose de plus petit, de plus authentique.

— C'est vrai que c'est plus charmant de vivre à la campagne. Je n'aime pas beaucoup le brouhaha de la ville.

— Les grands apparats n'apportent pas toujours ce qu'on cherche vraiment. Ici, les gens viennent et peuvent travailler la terre avec moi. Ils peuvent aussi être en vacances, mais toujours en harmonie avec le milieu.

— Vous avez raison. La tranquillité, ce n'est pas d'avoir tout en tout temps.

— Le calme qu'on trouve dans la steppe n'existe pas ailleurs. Moi, j'ai conquis la paix en bâtissant ce lieu. Je travaille de mes mains et ça me rend heureux.

Je suis subjuguée par ses paroles. Cet homme sait ce qu'il fait et où il va. Il est fier de ce qu'il a créé et ça s'entend dans son discours. Je suis convaincue qu'il a toujours vécu dans la simplicité et le don de soi.

— Mais vous ne vous ennuyez pas de chez vous?

— C'est ici, maintenant, chez moi. J'ai planté des lavandes et du romarin comme j'avais en France et j'ai de bons amis ici. J'ai beaucoup d'affinités avec une tribu nomade des environs. Nous échangeons de nombreuses astuces pour favoriser chacun nos réussites. Le métissage des cultures permet de s'épanouir. Quand l'horizon s'ouvre sur l'infini, on ne peut pas faire autrement que de se sentir bien.

— Si je peux me permettre une question, vous avez encore de la famille en France?

— Oui, bien sûr, en Bretagne.

Enthousiaste, il poursuit:

— Ma belle-fille est venue me visiter avec mon petit-fils il y a peu de temps. L'enfant était tellement heureux! Un vrai petit diable, ce gamin! On a passé toutes nos journées à courir derrière lui. Il a adoré la vie ici et ce fut un moment merveilleux pour moi. Roseline ne voulait plus repartir.

— Et votre fils? Il n'est pas venu avec eux?

— Beaucoup trop occupé à faire fortune. Vous, vous avez des enfants?

Je suis terriblement désolée de lui avouer que non.

— Bah! Vous savez, la famille, ce n'est pas toujours idéal. Depuis que ma femme nous a quittés, les garçons ne pensent pas beaucoup à moi. Ils ont toujours détesté mes projets et préfèrent me faire passer pour un fou. Ils s'occupent maintenant de leur propre vie. C'est important de vivre au rythme de ses propres décisions. Vous ne trouvez pas?

— Ce n'est pas tout le monde qui oserait. On manque parfois de volonté.

— C'est pour ça que j'offre l'opportunité aux gens de vivre une part de leur rêve ici, même si ce n'est que pour un court moment. Et vous? Où allez-vous sur ce chemin?

La question me prend de court.

— Je suis partie de Kairouan. Je me dirige vers Tunis.

— Vous avez l'intention de vous rendre jusqu'à Rome?

— Pourquoi, Rome?

— J'avançais cela comme ça. Kairouan est une ville sainte musulmane. Habituellement, un pèlerinage réunit deux villes saintes et vous ne me semblez pas arabe.

— C'est un peu loin pour moi. Je vais arrêter à Tunis, pour cette fois.

— Faites attention, vous allez y prendre goût!

Il me tapote le bras, content de sa répartie. Je ne sais quoi répondre. Je lui demande plutôt s'il sait quand l'orage finira. Il m'annonce en regardant le ciel par la fenêtre qu'elle devrait durer encore un bon moment. Devant ma surprise, il m'invite à loger chez lui. En cette période, les chambres ne sont pas toutes louées et, dans l'état où sont mes vêtements, ce n'est pas de refus.

Il termine sa besogne et nous traversons à sa demeure. Il enlève ses bottes boueuses dehors, près de la porte d'entrée. Je l'imite. Il me fait visiter sa chaumière, une maison traditionnelle en béton. L'auberge *La Chèvre verte* ressemble au gîte *Nappes et dattes* que j'avais imaginé en compagnie de Joël. Une odeur de fenouil et de citron flotte dans l'air. J'ai une pensée bienveillante pour Fadila.

Une énergie universelle est bien présente en ce lieu. Sur le mur, en entrant, on peut lire sur un écriteau: *La liberté de penser et d'agir mène à la révolution individuelle. Pensez avec de nouvelles valeurs.*

Les espaces de rangement, en bois brut, accueillent des vases à tajine et d'autres ustensiles colorés. Les murs sont couverts de céramiques blanches à motifs délicats bleus. Mon hôte me présente la salle d'eau et m'assigne une chambre comme si j'étais une invitée de marque. Je suis un peu gênée de tant de considération, mais je suis très heureuse que la pluie se prolonge.

— Sentez-vous chez vous. Reprenez des forces, vous en aurez besoin pour continuer votre pèlerinage vers Rome.

— Merci beaucoup! J'apprécie, vraiment, mais je vais m'arrêter à Tunis.

— Il n'y a pas de mal à s'arrêter, mais vous irez certainement plus loin que vous l'avez imaginé au départ. C'est toujours ainsi, quand on cherche son chemin.

Il fait un geste circulaire de la tête comme pour admirer l'ensemble de son œuvre.

— J'ai seulement hâte de revenir chez moi.

Je ne sais pas combien il me reste de pas à faire, mais je ne souhaite pas en faire plus qu'il n'en faut. Pour la première fois, je viens de nommer l'objectif de ma quête. Je veux revenir à la maison, je veux revoir mes proches et me laisser réconforter.

— Un itinéraire n'est jamais écrit à l'avance. Il y a toujours un sens à un voyage, mais on ne le découvre souvent qu'après l'avoir vécu.

— Votre philosophie suppose donc qu'on vit toujours un peu en retard?

— Pas du tout. Il faut seulement vivre pleinement, tout en se laissant guider par nos expériences passées. C'est vrai que, sans bagages…

Il rit encore un peu du mien qui lui semble maigre.

— Je veux plutôt dire que, sans tous les moments forts, les hauts comme les bas, l'existence doit être bien triste.

Les propos de cet homme le rapprochent de la sagesse de Ian. Il l'aurait certainement aimé. Il ne peut certainement pas deviner à quel point il a raison. Sans mémoire, on ne va pas bien loin.

Il prend congé en me laissant seule à ma chambre. Pour ne pas gaspiller l'eau si précieuse, je lave mes vêtements tout en prenant une douche chaude. En essorant le tissu, j'essaie de réfléchir à la nécessité de cette équipée dans ma vie. Jusqu'à maintenant, j'y ai vécu plus de contraintes que de liberté. Ma route s'amorce à peine. Je suis encore très isolée dans cette zone montagneuse.

Même si le djébel Bargou est derrière moi et que Joël semble ne plus être une menace, je veux marcher encore un moment. J'ai besoin de me retrouver, de savoir qui je suis vraiment.

Maintenant que tout est trempé, je n'ai plus rien à revêtir. Heureusement, un peignoir souple trône dans ma chambre. Un peu gênée, je sors pour offrir mon aide à la cuisine. L'homme me propose une tunique arabe de sa garde-robe en attendant que mes vêtements sèchent.

— Un peu masculin, mais vous serez mieux. Étant donné vos cheveux noirs, on dirait une vraie Tunisienne.

Nous prenons le repas du soir après une courte prière par laquelle il demande protection pour tous les voyageurs. Lorsque je lui avoue que je ne sais pas vraiment où je suis rendue, il sort une carte et m'informe quant à la direction à prendre. Je dois continuer sur la route P4 jusqu'à El Fahs, puis emprunter la P3 jusqu'à Tunis. Je devrai couvrir environ quatre-vingts kilomètres encore. Compte tenu de la chaleur et en supposant que je fasse un peu de tourisme, je peux y être en quelques jours.

Après m'avoir servi un ragoût et fait déguster les trois fromages de chèvre qu'il produit, il m'offre un rayon de miel dégoulinant, une précieuse gâterie.

J'apprécie cet instant magique comme on goûte pour la première fois un dessert sublime, voluptueux, mystérieux. On prend une petite bouchée, on attend que le goût se révèle et on lève les yeux au ciel, souvent derrière ses paupières closes; pendant un instant, le ciel s'ouvre, le temps s'arrête. C'est l'extase. La langue caresse le palais à la poursuite de la saveur qui s'estompe, puis le bout de l'appendice gustatif pousse l'exploration sur la lèvre inférieure à la recherche du plaisir disparu. La seconde s'égraine et, sans crier gare, on se retrouve, sans l'avoir prémédité, avec un autre morceau dans la bouche. La cause de ce plaisir coupable disparaît trop rapidement. Mon hôte rit ouvertement de mon état.

— De te voir déguster le travail de mes abeilles est une bénédiction.

— De m'accueillir ici l'est tout autant.

Après cet excellent repas, nous poursuivons notre discussion en faisant la vaisselle.

Les lèvres encore humides et collantes, pour la première fois depuis mon départ, je m'étends sur un lit. Je dors profondément, enveloppée dans une couverture chaude et en sécurité.

Mon hôte se lève très tôt. Il m'invite à rester plus longtemps chez lui, mais je décline son invitation. Seulement, j'aurais aimé dormir quelques heures de plus. Mais ce n'est pas grave, le soleil brille de nouveau dans ma vie.

Je considère que j'ai fait là une rencontre extrêmement enrichissante. Cet homme vit au service de la terre et des autres; il s'accomplit magnifiquement. J'aimerais vivre une vie comme celle-là, en marge des valeurs ordinaires, mais on ne peut emprunter toutes les voies en même temps. J'ai déjà bien de la gratitude que la pluie ait mis mon hôte sur ma route.

En y réfléchissant bien, au Djébel-Bargou, j'avais cette vie, à savoir un lieu de retraite, un refuge semblable. Seulement, je ne l'avais pas choisi et Joël ne participait pas réellement à ce rêve. Il m'utilisait comme un objet.

— J'aimerais connaître un jour la même passion que vous.

— Ouvre ton âme et prends le temps de t'observer.

— J'ai plutôt l'impression qu'on a plusieurs vies à vivre avant de trouver la bonne.

— Il ne suffit pas de convoiter ce que font les autres. Trouver sa voie, c'est souvent un travail de longue haleine.

— Je crois sincèrement qu'il n'y a pas de bonnes ou de mauvaises vies. Il n'y a que des choix.

— Tu as raison. Le désir n'est pas négatif, il donne un sens à nos rêves.

Nous aurions pu discourir encore un long moment sur nos conceptions mutuelles de la vie, mais je suis prête à partir. Je reprends la route, l'esprit plus léger.

La montagne est dorénavant devant moi. Enfin, c'est l'image que je me fais. Cette montagne-là, elle ne s'élance pas vers le haut, mais vers l'horizon. J'ai quitté le djébel Bargou que j'avais souvent rêvé de conquérir. Là, je relève un nouveau défi. Ma fuite n'est plus sans but, je veux vraiment marcher physiquement vers chez moi, vers l'avenir. Rien ne peut plus me faire reculer. Je promets de persévérer. À qui? À moi-même, d'abord, mais aussi à mes proches que je souhaite à tout prix retrouver. Ma nouvelle détermination me couvre comme un écran protecteur.

En marchant, je fais fuir une souris qui m'a fait peur en sortant soudain des herbes sèches. Juste au moment où elle traverse la route, une voiture la happe. Horreur! Il y a maintenant un animal mort sur la chaussée par ma faute. C'est une souris à longue queue. Elle n'est pas écrasée, juste morte. L'image me frappe.

Il n'y a pas eu d'accident de voiture à Tunis! Non! Joël m'a brutalement forcée à le suivre. Mon cerveau me révèle une évidence que je m'étais refusé à voir jusqu'ici. Je me suis débattue vigoureusement. Il faisait noir, il voulait que je monte dans la jeep, que je quitte ma vie au Québec pour vivre avec lui.

Quand j'ai entrepris ce voyage en Tunisie, qui devait durer deux semaines, je fuyais une situation amoureuse stagnante pour faire le point. J'ai quitté le Canada en pensant m'octroyer une certaine dose de liberté, de plaisir gastronomique, d'évasion culturelle, mais je n'avais jamais prémédité une aventure amoureuse. Je n'avais pas cette audace. Lorsque j'ai vu Joël, je l'ai remarqué, bien sûr. Son charisme et sa prestance m'ont séduite. Même si je vivais des hauts pas très hauts et des bas abyssaux avec Éric, ce n'est pas cela qui m'a précipitée dans les bras de Joël. C'est lui qui m'a habilement manipulée lors de notre rencontre. Il était maître dans l'art d'arriver à ses fins.

Une autre voiture passe rapidement au-dessus du corps de la souris. Sa longue queue suit mollement le flot d'air. Sa fourrure frémit du même coup. J'ai l'impression d'être responsable de sa mort. Je l'observe un moment. On est parfois si vulnérable…

En y réfléchissant bien, je me remémore mon séjour qui avait bien commencé sous le signe des vacances. Je revois la Méditerranée et je ressens encore l'impression de légèreté qui m'a assaillie lorsque j'ai respiré l'air salin. Lorsqu'il m'a fait des avances, je l'ai éconduit poliment. Je me suis même excusée que mon attitude ait fait en sorte qu'il se méprenne sur mes intentions. Le dernier soir à Tunis, je suis sortie marcher autour de l'hôtel. Il a fait irruption derrière moi.

Voilà que la vérité explose dans mon cerveau. Mon altercation avec Joël est la dernière image que j'ai de Tunis. Je ne me suis pas laissé faire; je me suis défendue, j'ai essayé de lui résister. C'est lui qui m'a infligé un coup violent à la tête. La sensation désagréable de tomber dans le vide remonte amèrement de mes entrailles jusqu'à mes tempes. Tout mon corps frissonne. Joël m'a ramenée chez lui pour profiter de moi. Et si je n'avais pas été amnésique? Il m'aurait probablement séquestrée.

Ces réminiscences me renversent d'autant plus que, dès le début, Joël a été fourbe. Même notre voyage à Kairouan était trop bien orchestré. Aujourd'hui, il me semble complètement faux. Mon cœur rapiécé se gonfle. Quelques coutures craquent, laissant se rouvrir une blessure encore vive.

Je ne peux que m'asseoir sur le bord de la route et pleurer. Mais il est trop tard, je n'y peux rien. Je ne veux plus vivre en pensant continuellement à Joël. Paradoxalement, je souhaite perdre la portion de mémoire qui me relie à lui. Même si je souris à cette pensée, mes larmes continuent de couler. Les larmes d'angoisse, de peur ou de déception sont du passé, mais je constate que mes proches me manquent réellement et que je ne prends peut-être pas les bons moyens pour les rejoindre au plus vite. Pourquoi avoir honte de moi?

— Je ne suis pas responsable, dis-je à voix haute.

Le pèlerinage que j'ai entrepris ne fait que retarder mon retour. Hier, je trouvais l'idée réjouissante et grandiose. Maintenant, j'ai mal aux pieds, j'ai faim et j'ai soif. Tant pis pour l'homme de *La Chèvre verte* qui m'a encouragée à prendre le bâton du pèlerin jusqu'à Rome. Chacun son parcours. Je voulais peut-être découvrir le monde comme Ian, mais je rêve de rentrer, à présent.

Plusieurs voitures passent devant moi; aucune ne ralentit. La queue de la souris est maintenant raide; elle ne suit plus le mouvement de l'air.

Le soleil est au zénith. Comme la route est un peu encaissée, on y cuit littéralement. Je dois chercher de l'ombre avant l'après-midi. Ma maigre réserve d'eau est presque épuisée. Un bref moment, je pense à mes parents et à Ian; ils doivent être désespérés de m'attendre en vain et affligés par ma disparition! Éric aussi, assurément. Du moins, je l'espère.

Je me lève d'un bond. À la vue d'une voiture qui approche, je lève le pouce, mue par une soudaine conviction. Je marche à reculons pour voir les voitures qui viennent vers moi. Plusieurs passent leur chemin.

Lorsqu'une camionnette s'arrête, je remarque qu'elle transporte des chèvres et que la cabine est déjà occupée par trois individus. Je regrette subitement d'avoir fait arrêter ce véhicule, mais je m'efforce d'être optimiste. Je pense à Nazim qui, lui, était cordial et sympathique. C'est peut-être risqué, mais c'est le meilleur moyen pour être en ville rapidement.

— Bonjour. Vous allez vers Tunis?

Je lui montre de la main la direction du nord. L'homme côté passager, emmitouflé dans un *jebba* traditionnel, me répond par l'affirmative.

— Nous allons à El Fahs. C'est sur cette route, en direction de la capitale.

Le conducteur me fait signe de monter à l'arrière avec les animaux. J'ai maintenant l'air d'une brebis galeuse parmi les chèvres, mais je préfère être dehors plutôt qu'entassée avec les hommes dans la cabine.

L'odeur ne me dérange pas. Ces bêtes n'ont pas les dents pointues, seulement de petits sabots délicats. Je m'accroupis près de l'aile pour éviter de marcher dans les excréments. L'une des chèvres me piétine pour s'installer sur mes genoux. La camionnette avance en toussotant. J'espère qu'elle me mènera suffisamment loin. Mes doutes s'estompent et je reprends confiance. Nous avançons rapidement et ma position n'est pas si mauvaise.

J'entreprends d'affubler chacune des chèvres d'un joli prénom. Leur mère, c'est Colette. Ses filles, ce sont Carolina, Anna, Virginia, Maria et Julia. Je répète les noms en boucle pour les mémoriser. Leurs bêlements m'accompagnent sur la route.

Le paysage s'étend devant moi. Contrairement à la vallée du Bargou, cultivée en champs rectangulaires immenses où on peut circuler facilement, cette route sinueuse à travers les montagnes semble sortie d'un autre monde. Les maisons ne sont que des jaillissements du sol en textures variées. La zone est marquée de profondes cicatrices. Des éboulis parsèment çà et là le paysage qui file à vive allure. Le relief accidenté impose au véhicule des détours qui me ballottent désagréablement.

Passé les monticules rocheux desséchés, je peux enfin découvrir une plaine plus douce et verdoyante parsemée de longs arbres, de palmiers au ras du sol et de fleurs de toutes sortes. Au loin, je vois des buttes qui se parent de larges terrasses lorsque les pentes sont trop raides. Plus loin encore, dans le bleu de l'horizon, des montagnes éparses se détachent, semblables à des pyramides qui auraient fondu au soleil. Leur base, plus large et renflée, offre l'image étrange de flans rainurés à l'horizontale, des balcons qui accueillent à leur tour de nombreux oliviers. Le tableau est souligné au loin par une chaîne de montagnes vertigineuses, plus pointues que le Bargou. C'est un paysage splendide, riche en couleurs, en formes géométriques et en contrastes, qui lui confèrent de la profondeur.

Une certaine sérénité m'habite. Enfin, je sens que j'avance réellement. El Fahs est là, quelque part devant. J'essaie de ne pas quitter des yeux un point fixe au loin. Néanmoins, à l'approche de cette ville, j'ai des sueurs froides. Je m'efforce de réguler ma respiration et cligne fortement les yeux pour faire passer mon malaise, mais rien n'y fait.

10.

J'ai maintenant la nausée. Les odeurs de sueur, d'épices et d'excréments d'animaux qui macèrent dans le fond de la camionnette me remontent dans la gorge. Depuis ce matin, je ressens de l'inconfort et j'ai des frissons que j'attribue au stress vécu ces derniers jours. Je fais peut-être un peu de fièvre. Je suis si fatiguée!

Les hommes laissent leur cargaison dans une ferme des environs. Je les regarde un moment descendre les bêtes. L'un d'eux s'approche. C'est le conducteur.

— Bonjour! Je m'appelle Kerim. J'espère que le voyage n'a pas été trop éprouvant

— Avez-vous un peu d'eau?

J'essaie de cacher mon malaise et fais des efforts pour ne plus bouger la tête. Mes glandes salivaires déversent un torrent dans ma bouche que j'avale pour réprimer mon envie de vomir.

— Oui, bien sûr. C'est vrai qu'il fait chaud.

L'homme retourne dans la camionnette et revient avec une cannette de boisson gazeuse qu'il me tend.

— Merci beaucoup! Est-ce que vous connaissez l'horaire des autobus pour Tunis?

— Euh, non, mais, si vous pouvez attendre un moment, je peux vous conduire à El Fahs. Il y a un train régulier pour Tunis. La gare est en bordure de la ville.

Je me sens si mal, maintenant, après ce trajet dans la camionnette, que je préfère marcher pour prendre l'air et laisser à mon estomac le temps de se remettre. Je le remercie sobrement et m'élance, décidée à parvenir rapidement à la gare.

Dans la prairie devant moi marchent de grands oiseaux. Je reconnais des cigognes, qui s'envolent alors que tout vacille. Je me retrouve à quatre pattes sur le sol. Je sens bientôt une présence à mes côtés, mais je perds connaissance.

Je n'arrive pas à distinguer ce qui m'entoure, mais des sortes d'émanations s'animent et se transforment en dessins de plus en plus sophistiqués, des arabesques qui forment un réseau complexe de chemins qui tourbillonnent dans les airs et s'envolent en volutes. Je dois rester concentrée, car l'image devient floue. Je suis fascinée par ce spectacle. J'ai l'impression de survoler l'univers. Je rencontre autant de renards que de roses.

La tension et la soif du voyage n'existent plus. L'orage gronde et, en quelques secondes, elle éclate en une multitude de gouttelettes d'eau. Chacune porte une image. Je vois mes parents, mon frère et Éric. J'ouvre les bras pour les accueillir, je lève les mains au ciel pour recevoir ce cadeau qui m'est destiné. Grâce à toutes ces gouttes d'eau, l'amour m'envahit.

C'est le déluge. Le ciel s'obscurcit. Pourquoi tant de noirceur? Je suffoque, l'eau monte et s'insère par les pores de ma peau. La pression s'accentue. Je veux remonter, mais ma famille s'éloigne. Je la perds de vue, je crie, je hurle chaque nom, mais je coule, je sombre dans l'onde visqueuse. J'essaie de remonter, mais n'y arrive pas. L'eau s'évapore pourtant. Tout est confus. Une porte se dessine et s'entrouvre. La lumière jaillit. Une main se tend, belle et forte, mais mon corps ne répond plus. Je gèle, comme un bloc de glace trop dense, sans air. Je voudrais tellement les retenir, mes souvenirs évanescents!

Tout s'estompe peu à peu. Plus rien ne me rattache à mon passé. Aucun son ne sort de ma bouche. Il n'en coule qu'une eau amère, infecte, d'où naissent des serpents horribles qui m'encerclent jusqu'à me brouiller la vue. Je pleure, je prends panique. Affolé, mon corps oscille comme les reptiles en espérant que leur venin me rende rapidement ma liberté. Je suis parcourue de spasmes à chaque morsure. Les crochets me transpercent le corps. La noirceur tombe, abrupte.

Tendue, à bout de souffle et en sueur, j'entrouvre les yeux sur un environnement inconnu. Mon corps tout entier est si fatigué! Ce rêve me laisse une impression désagréable. Je ne peux dissocier le vrai du faux. Je suis angoissée. Où suis-je?

Il fait encore jour. Je suis étendue, grelottante, sur un petit lit dans une chambre. Dans la pièce voisine, j'entends des voix.

— ... des forces.

— Probablement.

— Quelle chance que tu aies été là!

J'entre dans la pièce. Devant mon air perdu, une femme s'approche. Elle m'incite à m'asseoir.

— Comment vous sentez-vous?

— Je... je ne sais pas trop.

— Vous avez faim?

Je décline l'offre d'un signe de tête.

— Kerim vous a ramenée à la maison. Je m'appelle Saïda.

Reconnaissante, je regarde l'homme attablé. La déshydratation m'a sérieusement affectée. Elle s'est probablement doublée d'une intoxication alimentaire. Je n'arrive pas à manger et je dois admettre que je suis mieux couchée. Le lendemain, je peine à me lever. Saïda et Kerim m'invitent à refaire mes forces dans leur famille avant de repartir. J'accepte de rester quelques jours, le temps de me rétablir.

La maison de béton est beaucoup plus vétuste que la villa de Joël. Elle comporte un seul étage et la façade n'est percée que d'une seule fenêtre et d'une porte. On aperçoit un espace couvert sur la droite et une palissade à gauche qui ne protège la cour que du vent. À l'écart, une grange et un garage, toujours en ciment, complètent l'ensemble. L'intérieur est sobre, mais chaleureux, agrémenté de meubles bas couverts de coussins. Il y a un espace adéquat pour cuisiner et les trois seules chambres obligent la famille à se tasser un peu pour me faire une place.

Comme je le faisais auprès de Fadila, assise à la cuisine, j'aide Saïda, qui semble avoir le même âge que moi. Pourtant, elle a cinq enfants. À trois ans, le plus jeune suit son père partout sur la ferme. La plus vieille est fière de m'apprendre le fonctionnement de la maisonnée. À douze ans, elle pourrait tenir maison toute seule. Les trois garçons entre l'aînée et le benjamin me donnent le tournis à force de courir partout en riant. Ils se suivent dans leurs jeux comme dans leurs devoirs, scolaires et familiaux. Je vis un moment de grâce.

Saïda est contente d'avoir un peu d'aide, mais surtout de m'écouter parler de mon pays. Je me creuse la tête pour l'entretenir du Canada. Cet effort me permet de rattacher enfin une panoplie de souvenirs. Je croyais venir de Montréal, mais je m'aperçois que je n'en ai aucun souvenir important. J'habite le Saguenay. Je revois le sentier de la croix, la même image qui m'était venue alors que je marchais à Sidi Hmada aux côtés de Joël. C'était le sentier Eucher. Au départ de l'Anseà-Benjamin, il longe les caps escarpés du fjord, majestueux en toutes saisons. Ian et moi empruntions régulièrement la piste cyclable jusqu'à la marina. Je repense à la baie des Ha! Ha! qui se transforme en immense village de pêche blanche l'hiver. Je suis née au Saguenay et j'y ai toujours vécu. Même mes études universitaires et mes amours s'y sont déroulés. Tout à coup, j'ai l'impression de récupérer toute ma mémoire. Chaque fragment ravivé éclaire une autre artère cérébrale auparavant plongée dans la noirceur. La réaction en chaîne finit par me redonner une bonne part de moi-même. Je jubile, soulagée d'être presque intacte.

Au bout de deux jours, je me sens mieux physiquement. Cependant, seule avec moi-même durant la nuit, je m'aperçois que, moralement, je suis fragile. Quand je pense à Joël, tout se casse encore. Même absent, il a le pouvoir de me faire mal. Je repousse sans arrêt mes pensées les plus tristes et refoule mes larmes, car il ne les mérite pas. L'impression d'être abandonnée me suit partout. J'éprouve beaucoup de rancœur. Je m'en veux d'avoir cru en lui et d'avoir misé sur des apparences. Je m'oblige pourtant à laisser cette vie derrière moi.

Mariem, la grand-mère des enfants, vient tous les jours à la maison. Petite et un peu rondelette, burinée par le soleil, les yeux plissés comme des raisins secs, elle est surtout très pragmatique. Elle me dit que je suis un don de Dieu, docile, bien élevée et utile. Pour elle, dans ce cadre intergénérationnel, chacun est comme une courroie de transmission. Si les trois mondes ne sont pas alignés sur le même axe, les frictions occasionnent des feux de broussaille. Ma venue, comme tous les événements de la vie, permet de mettre de l'huile où il faut.

C'est une belle philosophie que je peux appliquer à ma vie amoureuse, où, jusqu'à maintenant, le feu a pris plus souvent que je ne l'aurais souhaité. La ferme m'apporte aussi la sécurité et je constate que les cris des enfants habillent l'espace agréablement.

Tous les jours, Saïda et son mari font montre d'une attitude positive pour contrer la grisaille et le dur labeur. Ils semblent très heureux. Ils ont peut-être le même âge que moi, mais ils semblent plus matures. Ils sont tour à tour des parents et des amis. J'ai l'impression d'être à ma place, ici.

Mariem, pour sa part, me raconte sa vie de musulmane. Chacun doit connaître son rôle. Toute leur vie est réglée au quart de tour entre les travaux et les cinq prières quotidiennes. Elle se fait un devoir de m'enseigner les principaux préceptes de l'islam : Allah est unique, Mahomet est son prophète; donner aux plus démunis selon ses moyens; un mois de jeûne, le ramadan, après la nouvelle lune d'été; et le rêve de visiter un jour la Mecque. Voilà de quoi est tissée leur vie spirituelle. Bien sûr, il y a d'autres règles communes à bien des familles, qui visent à encourager ce qui est bon et à empêcher ce qui est mauvais. On m'apprend aussi certaines nuances sur l'interprétation des lois d'où jaillissent les conflits entre les pratiquants et les radicaux.

Dans les environs, on tire sa subsistance de la terre quotidiennement et on fait de son mieux pour vivre en harmonie avec ses voisins. La vie est trop courte pour lutter contre la terre entière et devenir un soldat de l'islam.

Je fais le rapprochement avec les enseignements de ma mère. « Le fait de juger les autres érige des barrières autour de soi », disait-elle souvent. Je constate ici la pertinence de ce principe. Même confrontée à cette culture nouvelle pour moi, je crois que les humains sont tous semblables.

Le troisième jour, nous déjeunons tous ensemble. Comme à tous les repas, c'est le branle-bas de combat pour nourrir toute la meute. Alors que nous faisons la vaisselle, Saïda me demande :

— Si on faisait quelque chose aujourd'hui toutes les deux? Qu'est-ce qui te plairait?

— Je ne sais pas vraiment, je n'y ai pas songé.

— Puisque tu voyages, je pourrais te montrer les environs. Maman va garder la maisonnée.

— Si tu veux, ça me va.

Cette réponse évasive me révèle une faille importante dans mon attitude; je n'aime pas beaucoup choisir. Jusqu'à maintenant je crois avoir suivi trop facilement le courant. Lorsqu'on ne prend pas sa vie en main soi-même, on risque tôt ou tard de se faire avoir.

Après qu'elle a distribué les tâches matinales, nous passons le reste de la journée ensemble à discuter et à nous promener. Elle me conduit d'abord à Thuburbo Majus en m'apprenant que c'est un site archéologique important du temps de l'empereur Auguste. Les vestiges sont visibles de loin, dont le capitole en ruines où s'élèvent de gigantesques colonnes romaines. Elle mentionne que c'est une destination touristique très prisée, ce qui attise ma curiosité, mais je dois lui avouer que je suis sans argent. Saïda m'offre amicalement de payer la visite ainsi que le billet de train du lendemain.

— Tu y es allée souvent?

— J'y ai même travaillé durant mes études universitaires.

Je suis surprise. Comme elle travaille avec acharnement de ses mains sur une terre difficile, jamais je n'aurais cru qu'elle était si scolarisée. Elle m'informe qu'elle est intervenante et qu'elle reste à la maison pour ses enfants. Nous discutons un moment de nos études et de nos vies respectives. Nos deux existences se rapprochent un temps.

Je lui raconte quelques anecdotes de mon voyage et lui parle de la beauté des paysages très tôt le matin dans la montagne. Elle m'avoue qu'elle tire une grande fierté de sa famille et me confie son désir de visiter l'Europe. Le Canada lui semble, pour l'instant, trop loin. Peut-être qu'un jour elle pourra réaliser ce rêve, lorsque les enfants seront adultes.

Nous profitons de notre escapade pour nous informer de l'horaire des trains. Nous revenons à la maison pleines d'énergie. Cette rare détente a fait du bien à Saïda. Moi, elle m'a permis de faire le ménage, de tasser les nuages qui obscurcissaient mes pensées.

— Je vais prendre le premier train pour Tunis demain.

— Nous allons t'y conduire, si tu veux.

Une fois là, je suis déterminée à me rendre directement à l'ambassade du Canada.

Lorsque je quitte cette famille, on me remet une carte de souhaits. Elle contient des vœux, des dessins réalisés par les enfants et l'adresse de la famille. Je promets d'écrire, de donner de mes nouvelles et d'envoyer des photos de mon pays. Juste avant que je quitte, on m'offre un cadeau à n'ouvrir que lorsque je serai dans le train.

— Pour te protéger contre le mauvais œil! me dit Saïda.

Je pars en camionnette avec Kerim et Saïda qui profitent de la sortie pour aller au supermarché. La ville apparaît, blanche, immaculée. Il y règne une effervescence que je n'ai pas connue depuis ma visite à la mosquée de Kairouan. C'est la plaque tournante de la région, le carrefour de deux grands axes routiers, l'un qui mène à Tunis vers le nord, l'autre qui va vers l'ouest et qui constitue une voie importante pour le commerce. La position géographique privilégiée d'El Fahs soutient son développement économique comme au temps des Romains. Les véhicules s'entassent dans la large rue principale, bordée de très hauts lampadaires en acier tubulaire. On trouve difficilement un stationnement à la vieille Peugeot au toit décapé par le soleil. Près du marché de légumes, les étals amovibles des marchands ambulants sont chargés de denrées périssables sous des auvents bariolés. La médina est belle, avec de hauts palmiers et sa faune bigarrée.

Après avoir effectué quelques achats, mes hôtes me conduisent à la gare ferroviaire de Pont-du-Fahs. J'ai apporté un baluchon où chacun a mis du sien. Mon sac en bandoulière est plus lourd que jamais.

En prenant le train profilé gris et blanc traversé d'une bande turquoise, je regarde derrière moi une dernière fois et envoie la main à mes amis, qui ont généreusement payé les quelques dinars requis par le trajet. Au guichet, on m'informe que c'est environ quatre dollars.

Dans le wagon, je prends le temps de bien choisir ma place. Faire des choix éclairés, c'est là mon nouveau défi. Je m'assois près de la fenêtre, visage vers l'avant pour voir venir le paysage. La configuration du wagon est telle que je me retrouve en face de deux hommes. Un étroit couloir nous sépare de deux autres sièges où un couple d'amoureux s'installe, l'un penché vers l'autre, les mains nouées au-dessus d'un petit bagage. Le brouhaha des voyageurs s'estompe après que les sacs et les valises sont déposés sur les tablettes au-dessus de nos têtes.

Après un court trajet, le train s'immobilise dans une autre gare, puis une autre encore. Je dépose alors mon sac sur mes genoux et j'en sors le petit paquet ficelé que j'observe avec attention. L'emballage est très joli. Je dénoue le ruban et découvre une boîte qui contient une breloque, représentant une main ouverte, suspendue à une chaîne. C'est très délicat, un filigrane probablement d'argent. Je suis très touchée. L'homme devant moi m'observe en souriant. Un peu mal à l'aise, je lui dis :

— C'est un cadeau.

— *Khamsa!*

— Pardon?

— La main de Fatma. C'est pour vous protéger du mauvais œil, m'indique l'homme.

— Est-ce un symbole tunisien?

— On le rencontre beaucoup ici, mais c'est berbère. Ça veut dire *petite main*. On l'associe souvent à la déesse Tanit.

— Tanit?

— La main fait référence aux cinq piliers de l'islam. Elle veillera sur vous. Elle accorde aux femmes la chance d'avoir des enfants. Tanit est très importante, à Carthage.

La symbolique de cet objet m'intéresse vivement.

Je noue la chaîne autour de mon cou, heureuse d'être sous la protection d'une divinité qui ne se soucie pas des divisions théologiques que les hommes ont créées. Je sors de mon sac les biscuits que Mariem a préparés. Une grande joie m'habite, même si j'ai aussi une solitude à apprivoiser.

Les rues se succèdent. Bientôt, Tunis se profile au loin. Un sentiment d'accomplissement se matérialise dans ma tête. J'ai franchi une étape importante.

11.

LE paysage évolue. Je vois disparaître loin derrière moi des impressions, des apparences, des fragments de ma mémoire brisée, alors qu'apparaissent devant d'autres configurations prometteuses, autant dans le paysage que dans ma tête en constante évolution.

Après un court arrêt à la minuscule gare de Cheylus, je vois approcher devant, perpendiculaire à notre route, un mur colossal percé d'arches, une barrière antique qui ferme presque tout l'horizon. Je me presse à la fenêtre. Le train passe au travers de cet aqueduc romain par un espace aménagé un peu plus large qu'un wagon. Les marguerites qui poussent sur les gravats au pied de ce chef-d'œuvre sont ballottées par notre passage.

Une multitude d'images se succèdent, des pâturages, des cultures, des villages, des étudiants à vélo, des parents qui accompagnent leurs bambins dans les jeux au parc, des agriculteurs qui transportent des bottes de foin avec leur tracteur moderne, d'autres qui le font avec leur charrette où leur récolte s'empile le plus haut possible. Je vois des vendeurs qui nettoient le devant de leur commerce, des femmes qui travaillent de leurs doigts agiles sous des auvents, du bétail qui fait la sieste. Chacun vaque à ses occupations propres.

Un peu plus loin, nous longeons une étendue de couleur différente. Cette terre n'est pas comme les autres. Ce qui y pousse, ce n'est ni du blé ni des arbres fruitiers, mais de toutes petites plantes compactes ordonnées en stries régulières qui défilent rapidement et composent un tableau de bandes noires alternant avec un vert intense, profond et sombre comme le sous-bois. Je fais le parallèle entre cette image rayée et les vastes forêts de conifères du Saguenay qui garnissent ma mémoire. Une vague d'émotions complexes me procure un bien-être immédiat. Ce que je vois me ramène aussi à une autre représentation du plaisir, un festival d'odeurs et de saveurs qui se bouscule dans ma tête. Mes neurones identifient rapidement cette culture; c'est un champ de fraises.

Au loin, une grande montagne bleue ressort du paysage.

— On dirait un volcan!

L'homme étire le cou pour voir ce que je pointe à droite et me répond :

— C'est le djébel Boukornine, littéralement deux cornes. C'est une réserve naturelle.

— Sa forme est intéressante.

Il jette un coup d'œil par la fenêtre de gauche.

— Nous arriverons bientôt dans les faubourgs de Tunis.

Nous quittons la quiétude de la campagne pour l'agitation de la ville. Depuis un moment, même les fermes m'apparaissent sous un autre aspect. Elles sont plus commerciales, plus organisées, plus serrées les unes contre les autres. C'en est fini des grands espaces de l'arrière-pays. Je vois un nuage de poussière beige s'élever au-dessus de l'horizon. La circulation devient plus dense; je suis de retour dans la civilisation. Le train approche de sa destination. Les rails se divisent en un éventail de voies. Nous entrons en gare à l'heure prévue.

En descendant sur le quai, je suis profondément déçue de ne pas y retrouver un semblant de comité d'accueil, une haie d'honneur, même sans tambour ni trompette, qui soulignerait que j'ai atteint mon objectif. Je suis enfin à Tunis.

En m'avançant vers le guichet des renseignements, j'aperçois sur le mur une carte de Tunis plastifiée. J'examine longuement l'enchevêtrement des rues. Je n'avais jamais réalisé que Tunis était aussi grande. Elle s'étire vers le nord sur plus de vingt kilomètres avant d'arriver à proximité des plages de sable. Imprimée dans le coin supérieur droit, l'image de touristes profitant des largesses du climat près des hôtels luxueux me choque un peu. Pour les uns, la vie est probablement trop facile, tandis que d'autres relèvent de grands défis tous les jours pour vivre misérablement. L'Histoire n'est pas vraiment juste.

J'essaie de me situer. Il y a de nombreux quartiers, des villes annexées, des montagnes à gauche et à droite, des parcs, des autoroutes et d'immenses bassins circulaires au centre qui s'ouvrent sur la mer. Je ne connais rien de cette ville. C'est une capitale, une vraie métropole moderne! Je me rappelle cette vision à l'approche de notre avion lors de l'atterrissage.

Une bouffée de découragement m'envahit. Je dois me ressaisir et trouver ma position sur cette carte. Elle est suffisamment détaillée pour qu'on puisse reconnaître tout autour les images qui font référence aux attraits importants, le musée du Bardo pour ses vestiges romains, Carthage, la ville punique au nord qui me fait penser de nouveau à Tanit, la déesse protectrice que je porte maintenant à mon cou, le complexe sportif et son stade d'envergure, l'aéroport au nord des trois grands lacs.

La route P3 est là. J'arrive de loin. Je la suis du doigt jusqu'à l'illustration d'un imposant aqueduc romain. La note au bas de la carte m'informe sur sa construction, ordonnée par l'empereur Hadrien en l'an 122. Ce nom illustre suffit à me rendre mes marques. De mémoire, Hadrien a sillonné son empire et, soucieux de ne pas être oublié, il a jalonné son parcours d'ouvrages solides. Moi, mon périple tunisien sera plus humble; je n'y laisserai aucune marque tangible.

Mes doigts glissent encore sur le plastique. Au bas de la carte datée de 2004, l'échelle me donne une bonne idée de l'ampleur du casse-tête. Il y a plus d'un million d'habitants à Tunis. Mes espoirs d'y trouver l'ambassade du Canada s'amenuisent à mesure que j'emmagasine les informations. Une seconde carte représente les six lignes de métro léger.

Je sors m'aérer les esprits. La place grouille d'une foule d'individus pressés. Au haut des quelques marches, j'ai l'impression d'étouffer; j'en attribue la faute aux malheurs que m'a valus cette ville.

Devant s'étend un large espace asphalté traversé par une zone achalandée couverte de toits verts. Des graffitis parsèment les palissades qui protègent les piétons. Un tramway arrive, un autre repart. C'est un pôle de transport important. Il y a aussi des autobus urbains et des taxis jaune or. Au-delà de ce tumulte, je découvre une ouverture dans cette ville étouffante, un quadrilatère sans bâtiments où se dressent quelques arbres. Plus loin, je remarque les deux clochers d'une église.

Je m'élance. Un passage piétonnier passe sous les rails. J'emprunte ce corridor pour me retrouver dans un espace gazonné orné d'arbustes taillés. Pour la première fois, je suis confrontée à ma condition; je n'ai ni argent ni itinéraire en tête. Je respire un bon coup; l'odeur des tuyaux d'échappement se mêle à d'autres senteurs de la ville et me prend à la gorge.

Vue d'ici, la gare de béton, percée d'ouvertures à claire-voie, ressemble à un stationnement public à étages. Je me remémore celui de Chicoutimi. Cependant, surmontant la façade, les grandes lettres étirées en langue arabe se découpant sur le bleu du ciel me rappellent que je suis loin d'être arrivée à la maison. Je rebrousse chemin, reviens à l'intérieur de la gare et me présente à une préposée à l'information touristique. Le nom inscrit sur son badge est Jihane.

Lorsque je lui demande les informations dont j'ai besoin, elle me répond que l'ambassade de France est à quatre coins de rue devant, tout près de la cathédrale Saint-Vincent-de-Paul et de son évêché.

— Je ne suis pas française, je suis canadienne. Je cherche l'ambassade du Canada.

Elle m'indique alors l'ambassade d'Italie, voisine de la gare. Après quelques explications, elle réussit à m'indiquer que les bureaux canadiens sont plus loin, à une douzaine de kilomètres, de l'autre côté du lac de Tunis. Il faut prendre un taxi.

J'ai maintenant une carte en main et un objectif clair, mais aucun moyen financier pour m'en prévaloir. À moins que l'Église catholique puisse m'aider…

Je retourne sous le portail. Les bâtiments sur ma droite ont un aspect peu rassurant, je vais donc à gauche pour contourner la foule de gens qui s'agglutinent toujours sur la place Barcelone. J'aperçois le drapeau italien au sommet d'un bâtiment. Je me dirige vers ce qui m'apparaît la meilleure option, même si je suis angoissée.

J'arrive à proximité de l'ambassade de France, un joli complexe de bâtiments rosés aux toits de terre cuite, entouré de verdure et de grands palmiers. Autour de moi, rien n'attire mon attention. Une femme tire un chariot rempli de ses courses. Un homme en tunique portant la chéchia discute avec un autre habillé d'un jean. Ce n'est qu'une rue parmi un labyrinthe plus vaste. Collée sur un mur de béton, une affiche représente Hannibal et son éléphanteau qui défendent Carthage contre Rome; elle annonce une exposition au musée du Bardo. Je me rappelle soudain la visite de cet établissement en compagnie de Joël, il y a trois mois.

L'image me stimule. J'ai la ferme intention d'affronter mon destin en combat singulier, même sans arme ni bouclier. En quelques minutes, je suis devant la cathédrale Saint-Vincent-de-Paul. J'entre sans trop faire attention à l'extérieur beige et blanc. L'endroit est lumineux, les murs blancs de la nef contrastent avec les piliers en pierre grise. Au-dessus du transept, supporté par une colonnade décorative, le dôme est peint d'une fresque aux couleurs riches; il scintille de dorures. Je m'assois un instant pour observer ce fragment de l'histoire du catholicisme à Tunis. Des anges illuminent le centre de l'œuvre. Je me recueille quelques instants. Je ne suis pas certaine que mes vœux soient une prière, mais j'estime pouvoir être tout de même exaucée. Je m'approche d'un homme d'Église et me résigne à demander l'aide financière dont j'ai besoin pour me rendre à l'ambassade du Canada.

Je baisse les yeux en signe d'humilité.

— Pardon, j'aurais besoin... C'est une longue histoire, mais je dois absolument rencontrer les autorités de mon pays. Heu, je... Pourriez-vous m'aider?

L'homme en soutane me regarde d'abord l'air étonné, puis m'indique un passage vers la sacristie. Là, il me désigne un siège et, comme s'il était friand d'une bonne histoire, il m'invite à m'expliquer. Il me laisse raconter ce que j'ai envie de lui avouer. Sa voix est calme et profonde. Ses épaules légèrement voûtées lui font une attitude de prière permanente. Rien ne le perturbe, ni mon voyage en solitaire en Tunisie en quête de réponses, ni ma fuite du djébel Bargou, ni mon retour sans plus aucune pièce d'identité et sans ressources.

— Qu'avez-vous appris, durant votre périple? me demande-t-il.

Déstabilisée par sa question, je ne sais que répondre.

— Vous avez traversé une épreuve particulière que peu de gens peuvent se vanter d'avoir franchie et maintenant vous êtes ici. Il vous est certainement arrivé de bonnes choses. Que ressentez-vous au fond de vous-même?

Pourquoi veut-il tant savoir ce que j'éprouve? Son regard bon enfant, ses mains ouvertes sur ses genoux, tout son être inspire la confiance et attire la confidence. Graduellement, je me mets à lui parler.

— J'ai appris à me faire confiance, à travailler pour le plaisir, à aimer, à croire à mes rêves. Oui, en venant ici, je rêvais de changer ma vie. Je sais qu'elle ne sera plus jamais comme avant.

Je suis remplie de sérénité. Le sourire de cet homme se fait bienveillant.

— Vous avez fait des rencontres et, à travers elles, vous avez vu plus grand, vous vous êtes mêlée aux humains qui parsèment les routes. C'est une bénédiction que d'affronter ses peurs.

— J'ai pourtant toujours aussi peur.

— Qu'est-ce qui vous effraie tant?

— Je ne sais pas. Peut-être le changement.

Il m'explique comment sa vie à lui a été parsemée de transformations et d'adaptations. Il dit dans ses mots tout ce que je sais déjà au fond de moi, mais ça me fait un bien immense de l'entendre.

— Que souhaitez-vous, maintenant?

— Je crois que je suis prête à rentrer à la maison, mais je dois me rendre à l'ambassade et je n'ai plus rien.

— Nos saints patrons saint Vincent de Paul et Frédéric Ozanam ont pris l'engagement de soutenir les plus démunis. De voir battre le cœur de gens comme vous me donne chaque jour l'étincelle de poursuivre mon sacerdoce. *Recueillir l'enfant nu et abandonné... Écouter sans donner de signe d'ennui les longs et lamentables récits de l'infortune...* C'est ce qui est écrit dans nos préceptes.

— Je vous remercie du temps que vous m'accordez.

— Venez, nous allons vous annoncer à l'ambassade et je vais vous aider à trouver un taxi.

Mon esprit rempli d'incertitudes et de questions se calme. La mer agitée et le chaos font place à une certaine tranquillité d'esprit.

En s'engageant dans la circulation, le chauffeur du taxi me désigne le théâtre municipal surnommé La Bonbonnière. C'est un joli bâtiment. Les contours sont soulignés de sculptures végétales; au-dessus de la façade, trois grandes arches surmontées de nymphes semblent sortir de la pierre. Nous atteignons bientôt l'autoroute. J'ai l'impression de fuir cette ville qui me paraît déjà moins austère. Le chauffeur me parle du Lac, une lagune d'eau salée qui a servi de premier port à Carthage neuf cents ans avant Jésus-Christ.

Le long du rivage, d'anciens bâtiments de béton croulent et cèdent la place à la nouveauté, des immeubles modernes en verre et métal brossé. De hautes grues sont visibles au travers des structures en construction d'un quartier des affaires chic et cosmopolite. Cette vue me laisse l'impression d'avoir manqué un chapitre. Ce matin, j'étais au Moyen Âge et j'arrive sans transition au XXIe siècle.

Au moment où l'environnement s'éclaircit, un avion, un gros-porteur, passe au-dessus de nos têtes. Nous franchissons la zone entourant l'aéroport. C'est un ballet incessant de vols internationaux. Si je pouvais embarquer gratuitement et sans papiers sur le premier vol en direction de Montréal! Je me vois déjà survoler l'océan qui me sépare de ma propre vie, celle où m'attendent tous mes souvenirs. Un tressaillement joyeux parcourt mon cœur. « Attendez-moi encore un peu, j'arrive bientôt, j'espère! »

Nous quittons l'autoroute et traversons un immense quadrilatère sécurisé. Mon chauffeur m'informe que c'est l'ambassade des États-Unis et que nous arriverons bientôt.

Ce quartier neuf, *Les berges du Lac*, tellement moderne et différent de la Tunisie à laquelle je me suis habituée, m'épate par son luxe. J'ose espérer qu'on a pensé mettre autant d'emphase sur les services que sur l'architecture. Malgré de bonnes intentions, j'arrive nerveuse devant la résidence immaculée et imposante de la rue de la Feuille d'Érable, sachant que, bientôt, je réintégrerai mon univers.

Je paie le taxi avec la petite somme qu'on m'a remise à l'évêché. J'y suis! Les lettres brillantes en relief sur le haut mur de ciment blanc, l'attestent en français, en anglais et en arabe : *Ambassade du Canada*. À travers une grille robuste capable d'arrêter un char d'assaut, je vois un bâtiment neuf, moderne, qui allie le béton et le verre. Ses formes géométriques sont empruntées au style international épuré. Il est midi, le bureau est fermé. Ce n'est pas de chance.

Je dois attendre. J'ai les mains moites, mon corps tremble. Pourquoi? J'essaie de respirer profondément. Je marche pour me calmer. Faire les cent pas alors que je suis captée par les caméras de surveillance m'intimide. Le bâtiment est très beau, mais me fait penser à une autre prison dorée. Je préfère me rendre au bout de la rue.

Après quelques pas, je chasse cette angoisse inutile. Au carrefour suivant, une esplanade s'ouvre sur ma droite, une vue intéressante vers le lac s'offre à moi. Cette large allée de pavés imbriqués me conduit directement au bord d'une petite mer intérieure bordée de yuccas ou peut-être de dracaenas, je ne peux le dire… Nazim, lui, le saurait. Des lampadaires décoratifs à trois têtes en fer forgé, disposés à intervalles réguliers, sont alignés comme des sentinelles. Je pourrais être dans le port de Montréal ou sur le bord de Battery Park à New York. Les bâtiments autour semblent rivaliser pour un concours d'architecture. J'ai une étrange impression de satisfaction quand je vois passer une femme athlétique qui s'adonne à la course à pied.

J'observe la ville de Tunis de l'autre côté du plan d'eau, une bande blanche qui s'étire jusqu'à la silhouette bleutée du djébel Boukornine. On sent l'odeur caractéristique de la mer qui se mélange à celle de la ville, l'eau m'apaise. Je repense à ce prêtre, à ses mots d'encouragements : « Ne vous en faites pas, votre famille vous reconnaîtra, même si vous avez changé. Parce que vous serez maintenant en harmonie avec vous-même. Gardez la foi. »

Je ne traîne pas longtemps, j'ai peur de rater l'ouverture de l'ambassade. Je suis prise de vertige, j'espère que ma disparition n'est pas passée inaperçue. Je passe devant la vitrine d'un café qui me renvoie un aspect différent de moi. Vaporeux. Pourquoi pas? J'aimerais rester ainsi, un peu floue, difficile à cerner et malléable à la fois. Ce serait une belle vie. Une existence anonyme au rythme de mes envies. Je souris en voyant ainsi mon reflet.

— Allez! D'abord l'ambassade, dis-je tout bas.

J'accélère le pas. Je ne suis pas seule, l'avenue, sans être bondée, voit défiler toutes ces personnes qui rentrent au bureau.

À un coin de rue de l'ambassade, alors que j'attends que la circulation cesse pour traverser, la foule s'agglutine. Derrière moi, quelqu'un se presse contre moi, beaucoup trop proche. Je n'ose me retourner. J'espère seulement que la lumière change bientôt. Je sens maintenant une jambe qui s'insère entre les miennes, je m'avance promptement jusqu'à tomber du trottoir. Au même moment, je sens des mains solides me saisir les coudes et me tirer vers l'arrière.

— Attention! C'est dangereux.

Cette voix est familière. Mon cœur s'arrête. Je me retourne, effarée.

— Joël!

Il me sourit comme si on s'était quittés la veille.

— Tu sembles surprise de me voir?

Évidemment, je suis tétanisée. Les piétons poursuivent leur route, alors que je reste sans voix devant lui.

— Que fais-tu ici? Je te croyais en prison.

— Sans plaignante pour m'accuser, de me sortir de là n'a été qu'une question d'argent.

— C'est tout ce qui compte pour toi, l'argent.

— Sophie, tu me connais mal. Tu sais très bien que c'est toi qui comptes le plus.

La peur au ventre m'empêche de réfléchir. Juste à le voir, mon estomac se tord.

— Tu ne m'embrasses pas?

Je serre la courroie de mon sac fermement. Au moins, je suis dans un lieu public.

— Je ne peux pas croire que tu vas m'oublier après ce qu'on a vécu.

Calmement, il s'approche pour me faire l'accolade. Je n'ai aucunement confiance. Je recule promptement.

— Lâche-moi!

— Toujours aussi farouche, à ce que je vois.

Je m'en veux de ne pas l'être davantage. Sous la surprise, le sang a quitté tout mon corps. Je respire à peine. Je serre les dents en espérant qu'il disparaisse comme il est venu.

— Tu sembles anxieuse. C'est peut-être à cause de l'émoi que je te cause toujours!

Comment peut-il être aussi détaché après ce qu'il a fait?

— Toi, tu es trop sûr de toi.

— J'imagine, dit-il dans son sourire autrefois si convaincant. Mais tu sais très bien que j'ai toujours raison.

Je suis désarmée devant lui. Il ne fait que me blesser, toujours plus profondément.

— Pas cette fois, Joël.

— Sophie, tu ne peux pas balayer notre relation ainsi.

Je sens la crainte poindre dans sa voix. Que veut-il? Pourquoi n'est-il pas capable de laisser tomber? Il va me traquer ainsi toute ma vie? La distance entre nous deux est si mince qu'au moindre mouvement nos corps peuvent se toucher. Il me domine presque d'une tête. Le menton relevé, je le regarde dans les yeux. Je cherche à reprendre ma contenance. Il a l'avantage de la surprise. Moi, je dois réfléchir vite, parler sans dévoiler ma frayeur, continuer à marcher et l'obliger à reculer. Je veux mettre de la distance entre nous. Je doute fortement de réussir à le faire avouer ses torts et je sais qu'il remporte toujours les joutes verbales.

— Pourquoi es-tu venu ici? Tu passes par hasard?

— Pas du tout! Je t'attendais. Je savais que tu ne pourrais pas résister aux jardins de l'ambassade.

— Tu es ici depuis longtemps?

— Quelques jours.

— N'as-tu pas d'autres occupations? Il y a l'oliveraie et ton travail!

— Sans toi, plus rien n'a de sens.

En quoi consiste cet amour fusionnel qui lui fait encore perdre la tête? Je ne lui laisse aucune chance de se monter un nouveau scénario. La vérité, même choquante, doit l'atteindre dans sa nonchalance.

— Joël, ce n'est plus possible, j'ai une autre vie, j'ai un conjoint et je veux revoir ma famille.

— Éric? Il ne te mérite pas.

Je suis troublée, un peu parce qu'il a raison. Il connaît Éric en raison de ce que je lui ai raconté lors de notre première rencontre.

— Sophie, écoute, nous n'allons pas discuter ici au beau milieu de la rue. Allons prendre un café.

Il pointe la rue d'où je viens. Moi, je regarde vers l'ambassade.

— Je dois y aller, maintenant. Je suis attendue.

Je cherche une issue, un moyen de le convaincre de renoncer. Je ne peux revenir en arrière, il est trop tard. Ma confiance s'est émiettée.

— Laisse-moi au moins une chance de m'expliquer.

— Joël, il n'y a plus rien à dire.

Il insiste. Il me prend la main d'un geste vif, sans que je puisse l'éviter et m'oblige à revenir vers le lac. Je résiste un peu. Mais il enroule son bras autour de mon cou. Je suis prise au piège. Il escorte sa proie vers sa toile.

— Voyons, tu n'as pas à avoir peur! Allons dîner.

Mes arguments sont minces. J'ai peur de crier. Je n'ai aucune raison de lui faire confiance, mais, si je ne l'écoute pas, il est assez fou pour resserrer son emprise.

Il ne choisit pas le premier café que nous croisons, il m'éloigne davantage de l'ambassade. Nous entrons finalement dans un salon de thé sur le bord du lac. L'ambiance est décontractée. Il semble au-dessus de tout, sauf que, moi, je marche sur un champ de mines. Si je fais exploser l'une d'elles, tous mes membres vont voler dans la pièce. Il m'indique galamment une alcôve libre.

Il s'inquiète de moi. Il passe une remarque sur mon allure négligée.

— Je t'ai connue plus coquette. Ce que tu portes, c'est n'importe quoi.

Il ne gagnera rien à m'humilier.

— Si je me fie à ta garde-robe, c'est plutôt toi qui es narcissique et qui as un penchant pour ce qui est tendance.

Il me rappelle le décolleté que je portais à notre première rencontre. Je m'en souviens très bien. J'avais acheté de nouveaux vêtements en prévision du voyage. J'étais même allée jusqu'à expérimenter un style plus féminin qui avantageait ma silhouette, ce qui défiait l'habituelle allure sportive et plus réservée que j'adoptais dans mon quotidien. J'aimerais avoir eu plus de jugement. J'avais flirté avec lui.

— Sophie, je peux t'appeler Sophie, n'est-ce pas?

— À présent, je préfère Valérie.

— Si tu veux. Ça te va bien, Valérie chérie.

On nous remet le menu. Je ne veux rien commander. Joël nous fait apporter un thé. Il approche ses mains sur la table, tandis que je m'enfonce dans la banquette, les mains en dessous, sur mes genoux.

— Je suis prêt à avouer mes torts, si tu reviens. Je suis prêt à t'écouter. Dis-moi ce que tu souhaites.

— Je ne veux rien. Je...

— Tu es comme un livre ouvert pour moi. Je sais que tu aimes la vie ici.

— Tu as raison, j'avais une attirance pour ce pays, mais mon voyage est fini.

— Voyons, c'est n'importe quoi! Tu ne pourras jamais te passer de moi.

Son langage trahit son exaspération.

— Il est trop tard! Je ne reviendrai pas.

Je me lève, laissant le thé intact et Joël derrière moi.

— Tu ne vas pas partir ainsi. Assieds-toi! m'ordonne-t-il en élevant le ton.

Je me retourne.

— Monsieur Akil, vous allez tout perdre.

— Penses-tu sincèrement que, parce que tu as décidé de me quitter, je vais te laisser aller sans rien dire?

Il attrape vivement son sac de voyage en cuir brun et se lève à son tour. Ses yeux changent de couleur.

— Valérie, à quoi joues-tu? Réfléchis un peu! Je vais t'offrir tout ce dont tu as rêvé.

— C'est terminé, Joël. Ce que j'ai accepté, ton amour, ta vie, ce n'est que du délire.

Il ne me blessera plus jamais; du moins, j'essaie de m'en convaincre.

— Je vais faire de toi ma reine, je vais devenir celui que tu souhaites, je vais changer.

— Tu l'as eue, ta chance. Tu penses vraiment que nos dernières semaines m'ont prouvé que tu pouvais changer?

— Je peux t'expliquer ce qui s'est passé. Je ne voulais pas te faire de mal. J'étais hors de moi. J'ai aussi eu des problèmes au travail.

— Mais je m'en fous, de ce qui se passe dans ton travail!

— Crois-tu que je peux m'occuper de tout en même temps? Ton inconscience est parfois lourde à supporter.

— Vas-y, j'ai le dos large! Toi, toujours toi. Jamais tu ne te soucies de ce que les gens vivent autour de toi?

Maintenant, c'est moi qui monte le ton, je laisse ma rancœur s'exprimer.

— Ça, c'est fort! Tu m'enlèves, tu me séquestres, tu m'isoles et c'est moi qui manque de jugement?

— Tu m'as poussé à bout. Moi, je t'aime et je t'aimerai toujours. C'est toi qui t'es désintéressée de moi.

— Je me demande bien pourquoi. Tu devrais utiliser ton intelligence pour y penser.

Je m'élance vers la porte. J'entends ses poings sur la table. Avant que j'aie le temps d'atteindre la sortie, il empoigne le dos de mon chandail. Je tire et me retourne brusquement.

— Dis-moi ce que tu veux, Valérie, je t'en prie.

— Comment peux-tu dire que tu m'aimes après ce que tu as fait? Oublie-moi!

Je sors promptement. Des gens sont témoins de la scène. Dehors, je me mets à courir vers l'ambassade au travers des pots décoratifs. Je n'arrive même pas à la première rue. Mes jambes s'emmêlent et je m'affale rudement sur le trottoir. Joël m'a fauchée. Il est là, debout au-dessus de moi. Il me tend la main pour me relever. J'essaie de fuir à quatre pattes. Son pied me plaque au sol.

— Mais t'es fou, ou quoi?

— On peut encore discuter, mais tu t'entêtes à ne pas m'écouter.

Il ne reste que le mépris et l'incompréhension entre nous.

— Joël, arrête! C'est fini!

Il explose, agressif.

— Ça ne sera jamais fini entre nous deux, tu le sais, Sophie.

Il m'empoigne par un bras et me remet sur mes pieds brutalement. Je le repousse avec de grands cris pour alerter les passants.

— Au secours! Ce type veut m'enlever!

Il me plaque un baiser sur les lèvres pour me faire taire. Je lui assène un crochet du droit, qui ne se rend même pas jusqu'à son visage. Il m'empoigne le bras.

— Même fâchée, tu es belle.

— Tu délires! Aïe! Tu me fais mal, là.

Il resserre son emprise et m'enjoint de marcher. Il pointe une rue perpendiculaire.

— La jeep n'est pas loin. Je ne suis pas assez idiot pour te laisser me dénoncer.

Mon cerveau cherche rapidement quelles sont mes options. Que dois-je faire?

— Aidez-moi!

Je crie. Il me plaque maintenant sa main sur la bouche. Son comportement abusif alerte les badauds. Personne ne tolère une scène pareille en public. Je sens maintenant les regards tournés vers nous.

— Monsieur, ça suffit! Reculez!

L'ordre tombe, cinglant. Des cris me parviennent. Tout va très vite. Deux hommes en uniformes s'approchent en faisant signe à Joël de s'éloigner de moi. En regardant autour, je m'aperçois qu'ils ne sont pas seuls. Des civils observent la scène. J'ai peur de la réaction de Joël qui me retourne promptement et se sert de moi comme bouclier. Il me tient le bras derrière le dos tandis que son autre bras m'écrase la trachée.

— C'est ma femme!

— Monsieur, lâchez-la!

— Elle m'appartient!

Je me débats. Il resserre son étreinte. Je n'arrive plus à respirer, je griffe son bras de mes ongles. Tout devient irréel. Je me laisse volontairement tomber mollement dans ses bras. Il recule de quelques pas; mes pieds traînent sur le sol. J'entends d'autres paroles auxquelles je ne fais plus attention. Ma tête ballotte vers l'arrière alors que Joël me dépose au sol.

Des bottes s'approchent rapidement tout autour. Je suis contente qu'on prenne la suite des événements en charge. Je retrouve presque aussitôt mes esprits.

On encercle Joël, cet homme qui se croyait au-dessus de tout. Il est tenu en joue. Il n'a d'autres choix que d'obtempérer.

— Ça va, madame?

Ma voix s'étrangle. Je suis tétanisée. Lorsque Joël me voit, soutenue par un homme en uniforme, il se débat pour se défaire de ses sbires. Il vocifère des menaces à mon endroit.

— Sophie! Je vais te tuer! Tu vas me le payer!

Il est maintenant au sol, les mains menottées derrière le dos. J'apprendrai par la suite que ce sont des gardes en civil finissant leur service qui ont donné l'alerte. Alors qu'on m'escorte, je ne quitte pas Joël des yeux. Nous contournons l'espace où a eu lieu l'arrestation. Je murmure pour moi-même:

— Joël, Sophie n'existe plus et tu ne pourras plus jamais l'atteindre.

Un homme m'escorte jusqu'à l'ambassade. Je le suis docilement. Le fait de réfléchir me demande trop d'efforts; je me laisse guider dans les couloirs, étourdie par le silence qui règne autour de moi, plus bouleversée que traumatisée par l'attaque que je viens de subir.

L'homme m'indique une chaise devant un bureau qu'il contourne pour y prendre place. Il est presque chauve. Mes mains tremblent sur mes genoux. J'attends qu'il parle le premier en soutenant son regard. J'imagine Joël quelque part dans les sous-sols du bâtiment. Ça me rassure de penser qu'il est dans une cellule. Il devra certainement comparaître et, cette fois, je témoignerai contre lui. Je ne le laisserai pas s'en tirer comme l'autre fois.

— Je m'appelle Marc Taillefer. Je dois prendre votre déposition, dit l'homme.

Je le regarde, mais ne le vois pas vraiment. Ma tête est ailleurs. Il finit par me demander si je vais bien. Je baisse les yeux sur un accroc sur mon pantalon. Il m'explique que je vais avoir droit à une consultation médicale si j'en sens le besoin et me demande si j'ai mon passeport. Devant mon signe de tête négatif, il me fait subir un interrogatoire. Je donne mon nom, ma date de naissance, mon numéro d'assurance sociale et toute autre information nécessaire pour lui permettre de bien remplir son formulaire. Il m'explique qu'il doit authentifier légalement mon identité.

— Je m'appelle Valérie Bouchard. Je suis née le 16 août 1988. Je suis arrivée à Tunis le 16 mai dernier.

Ce sont les seules informations qui me viennent en tête. Mes mains moites se mettent à tripoter mon sac. J'aimerais profiter d'une parenthèse, d'un ajournement. Est-il pertinent de poser autant de questions? Moi, je suis toujours dans la rue. Ma tête ne m'a pas suivie dans ce bureau. Je ne cesse de revoir en boucle mes derniers instants avec Joël.

Mon environnement devient flou. Je sens que ma vision perd de son acuité. La respiration que je retiens depuis un temps sans m'en rendre compte m'oblige à soupirer profondément. Bien trop. Bien plus que je ne veux le laisser paraître. L'homme pose une autre question que je ne comprends pas; je suis ailleurs. Il m'interpelle de nouveau. Ma poitrine se serre. Je prends une bonne respiration, ce qui me permet de revenir à la réalité. Je dois répondre. Je m'y encourage intérieurement, même si je ne veux pas être là, dans ce bureau. Dans un murmure, je réussis à articuler des réponses à ses questions.

— Vous savez qu'on vous recherche depuis le mois de mai?

Je n'en savais rien, mais je l'espérais. Il poursuit:

— Il y a peut-être eu malentendu? Vous sembliez connaître l'homme qu'on a appréhendé dans la rue il y a quelques instants?

— Je... oui... il s'appelle Joël Akil, dis-je en respirant

profondément. C'est l'homme qui m'a enlevée. Je me suis enfuie du domaine de Djébel-Bargou il y a neuf jours.

— Nous avons reçu un avis selon lequel vous auriez pu modifier votre itinéraire de voyage de votre plein gré.

— Non! C'est faux, j'étais en vacances à Tunis, j'avais un billet de retour et j'ai toujours eu l'intention de revenir à la date prévue, au début juin.

Je suis indignée. C'est la réponse la plus sincère que je peux lui donner. Il s'excuse et sort. J'enfouis mon visage dans mes mains. J'ai les joues froides et les paumes moites. Je ne sens plus mon pouls et j'ai l'impression de manquer d'air. L'homme revient bientôt un dossier entre les mains et me remet une bouteille d'eau. Il s'assoit sur le bord de son bureau. Il est maintenant trop près. Il a l'air d'un fonctionnaire d'État jouant le rôle d'enquêteur des services secrets. Je ne l'aime pas plus ainsi.

Il se met à me parler des démarches administratives et des services consulaires.

— Nous allons vous aider à retourner au Canada. Vous comprenez ce que je dis?

Je réponds par l'affirmative. Après tout ce que j'ai vécu et enduré, je dois faire face, me reprendre en main ici et maintenant.

Je fais de mon mieux pour relater mon aventure insensée dans les termes les plus juridiques que je connais. Je mets l'emphase sur l'enlèvement. Joël m'a assommée, j'ai perdu la mémoire et il m'a séquestrée alors que mon cerveau guérissait.

— Je récapitule. Vous avez donc vécu avec cet homme en Tunisie…

Il résume une partie des événements. Moi-même je m'y sens un peu perdue. Je fais un signe positif de la tête. Il me regarde maintenant avec son air soupçonneux. Il me prend soit pour une folle, soit pour une fille vraiment stupide.

— Avez-vous autre chose à déclarer?

— Non!

Je secoue négativement la tête en pinçant les lèvres de dépit. Même si c'est difficile à croire pour lui, c'est la vérité. En vrai manipulateur, Joël devait être crédible. Non seulement il était assez fou pour me mentir et me kidnapper, il rusait constamment pour me garder dans ses geôles, sachant que la vérité me ferait fuir. Tous ses petits mensonges, pardonnables à ses yeux, étaient imbriqués les uns dans les autres.

— Signez ici votre déclaration. Vous devez rester joignable et accessible de la part de nos services.

Il se croit certainement très rassurant.

Une fois ces formalités réglées, une Québécoise dans la cinquantaine habillée d'un tailleur gris me prend en charge. Elle va me soutenir dans ma démarche pour que je retourne au Canada rapidement. L'ambassade peut me recommander un professionnel de la santé qui m'aiderait à faire face aux conséquences de l'agression. Je ne crois pas en avoir besoin pour l'instant.

Après vérifications, la dame me remet mon passeport et mon portefeuille, trouvés dans la mallette de Joël. Mes cartes et mon argent semblent là intégralement. Il ne manque qu'une photo, un selfie où Éric et moi rions devant le fjord du Saguenay.

— Nous pouvons joindre votre famille par téléphone maintenant, si vous le désirez.

De parler à ma famille, de reprendre contact avec la réalité n'est pas si simple. Après une aussi longue absence, que restera-t-il de ma relation avec Éric? J'ai la frousse;

je n'arriverai pas à trouver les bons mots, à dire ce qui mettra un baume sur les blessures de mes proches.

— Bon, d'accord, dis-je dans un soupir de résignation.

Du même souffle, j'accepte l'avenir autant que le passé. À présent, je vise un retour hâtif. Je ne peux pas regretter mes choix et, sincèrement, je veux leur parler.

— Oui? Maman? C'est moi…

Je me mets à pleurer, incapable de poursuivre la conversation. Je réussis à peine à répondre par oui et non jusqu'à ce que je reprenne la maîtrise de mes nerfs. Ma mère interpelle mon père et Ian qui prennent chacun un combiné. Je les rassure de mon mieux. Je vais bien, oui, j'ai eu des problèmes et j'ai perdu mon identité, mais, maintenant, tout rentre dans l'ordre graduellement. Ma mère est tellement bouleversée que c'est mon frère qui prend le relais. Pour ne pas les inquiéter davantage, je reste vague sur les détails.

Je finis par demander des nouvelles d'Éric. À l'autre bout du fil, on s'étonne que je ne l'aie pas encore appelé. Silencieux jusqu'alors, mon père m'informe qu'il a mal pris ma disparition. Il a entrepris des démarches auprès de l'ambassade, mais, devant l'absence de nouvelles, il… J'attends la suite qui ne vient pas. Ian reprend la parole pour m'informer qu'Éric a déménagé et que mes affaires sont chez mes parents.

Ma famille est extrêmement soulagée d'avoir de mes nouvelles. On s'est inquiété à mon sujet durant trois longs mois. À moi aussi cette communication fait le plus grand bien. Je promets de rappeler le lendemain, lorsque j'aurai organisé mon retour.

Je quitte l'ambassade pour me rendre à un hôtel à proximité qu'on m'a suggéré. Je dois revenir le lendemain compléter les procédures de retour au pays.

La lumière du soleil m'aveugle. Je titube; je manque d'air. Et si Joël était libéré? S'il y avait d'autres Joël dans cette cité? Je fais quelques pas. Ne sachant où me réfugier le temps que mon stress se calme, je me dirige machinalement vers le lac, là où Joël a été arrêté il y a plus de deux heures.

Je m'enfonce dans l'espace à tâtons, comme si je cherchais dans le noir total le commutateur qui me rendra la lumière. Affalée sur un banc, je m'abandonne à mes pensées décousues. Je ne suis ni triste ni en colère. Seul un tourbillon d'incertitude me roule dans la gorge. Je reste plantée là sans bouger jusqu'à ce que mes émotions se soient calmées. Misérable et désorientée, je tremble de tous mes membres. Je suis impatiente de prendre l'avion pour quitter ce pays.

Je réalise néanmoins que mon passé et ma famille sont toujours là. Quant à Éric, je ne l'ai pas abandonné volontairement, mais il me revient de prendre une décision, de choisir ou non de reprendre contact avec lui. Comment décider de notre avenir maintenant? Je ne veux pas lui faire davantage de peine, mais je dois mettre au clair notre relation. Qu'est-ce que je veux réellement? Rien à faire, je n'arrive pas à le savoir et je n'entends surtout pas prendre une décision précipitée, à la recherche de la seule facilité. De tous les côtés, il y a des inconvénients. Mon père dirait une phrase du genre: «Il y aura toujours une punaise dans une poignée de bleuets.» L'image me réjouit. Ma vie était délicieuse jusqu'à ce que je croque un insecte au goût désagréable.

Une autre question s'impose à moi; Éric lui-même souhaite-t-il que nous poursuivions notre relation? C'est à voir.

Plutôt que l'hôtel du quartier qu'on m'a désigné, j'aurais préféré en prendre un plus modeste sur le bord de la Méditerranée. Je peux aller librement, de toute façon, mes papiers sont en règle. On m'a même dit d'en profiter pour faire du tourisme si j'en ai envie. Mais la journée a été suffisamment longue.

— Voulez-vous l'accès Internet? me demande la réceptionniste.

Quelle question! Toutes ces semaines, jamais cette idée ne m'est venue à l'esprit. Internet!

— Oui, s'il vous plaît.

Elle me montre un coin du hall où trône un vieil ordinateur et me communique le code d'accès. Confuse, je m'approche du clavier. Mes doigts d'abord timides se mettent tout à coup à fureter de plus en plus vite. Mes mots de passe me reviennent spontanément en mémoire en passant directement entre mes doigts et les touches. C'est un peu comme si je reprenais les commandes de ma vie.

Au cours de la soirée, j'écris le poème suivant dans le carnet qui traîne sur la table de chevet :

Modeste mémoire en vacances
Merveilleux mémorial, momentanément mensonger
Tu me manques
Matière grise malléable, méditative et motivée
Tu es moins menaçante maintenant que tu réintègres ta maison.
Mes souvenirs me permettent d'augmenter ma mémoire vive.
Maman, ne t'inquiète pas, je vais mieux!

Le lendemain, j'ai rendez-vous avec Marc à l'ambassade pour compléter des documents et je dois me soumettre à des tests médicaux à l'hôpital. Je me présente dans les bureaux consulaires les idées plus claires, même si je n'ai pas très bien dormi. On m'apprend que Joël sera gardé en détention jusqu'à son procès. Je ne tiens pas à en savoir davantage pour l'instant. Je dois attendre encore une nuit à l'hôtel, puisque mon avion quittera Tunis demain en avant-midi.

En fin de journée, je me rends sur le bord de la Méditerranée. Le chauffeur du taxi me suggère le quartier de la Goulette. Il y règne une grande effervescence. Les bâtiments sont plus hauts, les restaurants plus imposants et bien visibles de la rue, mais les fenêtres sont toutes ornées de bleu ciel. Le va-et-vient d'innombrables taxis jaunes annonce aux visiteurs qui arrivent par la mer une vie urbaine comparable à celle de toutes les grandes métropoles. Des marchandises de toutes sortes transitent par ce port en pleine effervescence.

Ma mémoire va bien. Elle me renvoie la belle image du port d'escale des croisières internationales de Saguenay.

Ici aussi les grands paquebots blancs arrivent près du quai et y déversent leurs touristes joyeux et prêts à consommer la culture du pays dans une bulle éphémère et festive, une danse qui dure le temps d'une halte. Eux ont l'exubérance des vacanciers. Moi, je veux seulement partir en toute sécurité. J'ai envie de m'effacer clandestinement comme un chat furtif durant la nuit, cela pour conserver mon autonomie, pour rester maître de mes choix.

Je m'offre un repas typiquement tunisien dans un décor somptueux au bord de la Méditerranée. Je rentre à mon hôtel avant la noirceur. En me faisant couler un bain, je repense à la question que m'a posée l'homme de l'auberge *La Chèvre verte*: « Vous avez l'intention de vous rendre jusqu'à Rome? »

Au matin, je suis à l'aéroport dès huit heures à réfléchir à l'audace qui m'habite. Mes deux nuits de réflexion à Tunis m'ont ouvert les yeux. J'ai besoin de temps pour décanter. Quand on veut vraiment quelque chose, quand on oriente ses actes selon sa volonté, tout est possible.

J'attends avec impatience le début de la nouvelle étape de ma vie. J'ai mon passeport et ma carte d'embarquement bien en main. J'ai actualisé mon itinéraire de voyage et je m'accorde deux semaines d'évasion que je veux vivre comme mon frère me l'a conseillé jadis, en savourant chaque étape. Pour une fois, je ne suis ni pressée ni inquiète.

J'ai discuté avec Éric par Internet. Mon premier appel l'a ému. Il n'en finissait pas d'affirmer qu'il regrettait. Moi aussi, je regrette, mais je n'ai pas vécu les derniers mois dans la terreur de ma disparition. Mes proches, si. Au moment de mon départ, Éric a été vraiment ébranlé, mais mon absence lui a aussi permis de réfléchir à notre relation et de se remettre lui-même en question. Je relis le courriel que j'ai fait imprimer.

Après ton départ, les premiers jours sans toi m'ont semblé bizarres.

J'avais peur, je craignais que tu en profites pour faire le point sur notre relation, que tu me laisses. J'étais déçu de notre vie. Probablement que toi aussi. Tu m'as appelé à ton arrivée à Tunis; ta voix chantante, heureuse, m'a fouetté. Je savais que ce voyage te faisait plaisir. Quand tu m'as reparlé après la visite de la mosquée Zitouna, j'ai pris panique. Je ne t'avais jamais sentie aussi exaltée. Mais, après une semaine sans nouvelles, j'ai appelé ta mère. Chez elle aussi on s'impatientait; ce n'était pas dans tes habitudes de rester muette aussi longtemps. Je suis allé te chercher comme convenu à l'aéroport. Le numéro de vol correspondait à ce que tu m'avais donné, le jour et l'heure aussi. Je t'ai attendue, mais tu n'étais pas dans l'avion. J'étais très en colère. Oui, j'ai pensé que tu étais partie avec un autre homme.

J'étais aussi inquiet. Est-ce que tu étais bien? Pourquoi t'étais-tu volatilisée sans rien dire? Je n'ai pas cessé de penser à toi. J'ai multiplié les appels à l'ambassade, tes parents aussi. J'ai eu une véritable peine d'amour. Seulement, croyant que tu ne reviendrais pas, j'ai trouvé le réconfort et l'amour dans les bras d'une autre. J'ai honte de te l'avouer, mais je crois que c'est plus sincère…

Faut-il vraiment tout dire et tout savoir? Parfois, je préfère imaginer les autres sans leurs zones grises. Éric n'a jamais été patient. Mon absence prolongée a rompu les derniers liens de notre couple déjà vacillant. Notre relation se termine un peu en queue de poisson, par un courriel sans équivoque. Il est subtilement sorti de mon esprit. Même les bons souvenirs que je garde de lui ne ravivent aucune flamme. C'était sans doute mieux ainsi. La vie est comme une roue, un éternel recommencement.

Mes parents ont eu une réaction beaucoup plus intense quand je leur ai appris que je ne rentrais pas immédiatement. Je comprends très bien leur émoi, leur peine et leurs états d'âme. Les derniers mois n'ont été faciles pour personne, mais, si je leur ai causé du souci, ce fut bien involontaire. Je remercie le ciel que mon frère prenne soin d'eux. Étant donné toutes les fois où c'est moi qui les ai rassurés durant ses nombreux voyages, il me doit bien cela.

J'ai peut-être un peu le cafard; mon cœur se serre et ma détermination s'étiole. Cependant, j'assume mon choix. Je vais vivre à fond la nouvelle étape qui s'amorce. Ma conscience m'interpelle. J'ai décidé de reprendre ma vie en main, de reconstruire mon identité si fragile. Ma raison m'affirme que je n'aurai plus jamais une chance pareille. Ian m'a rassurée, mon entourage comprendra.

Enfin! Je passe la douane. L'avion d'Alitalia est là. L'agent d'embarquement fait le dernier appel. Je reste assise calmement encore un moment, me levant seulement quand la file d'attente est presque épuisée. Je ne suis pas comme ces touristes qui se précipitent pour rentrer chez eux ou ces autres passagers fébriles qui s'en vont vivre le voyage de leur vie.

On m'assigne poliment mon siège dans un italien chantant. Le vol durera à peine une heure trente jusqu'à Rome. Je serai bientôt en Italie. L'idée me fait sourire, je suis à la fois très excitée et heureuse de ma décision.

12.

Une agente de bord entre et balaie les sièges du regard. Elle s'approche de moi.

— Vous parlez français?

Surprise et vaguement inquiète, je lui réponds d'un petit signe positif.

— Puis-je faire asseoir une enfant près de vous? Son père l'attend à Rome.

— Euh, oui, bien sûr.

Elle me présente Marciana, une petite tunisienne de six ans. Le passager au bord de l'allée laisse passer la petite en l'observant distraitement, sans plus. Moi, je lui souris gentiment.

— Bonjour, tu vas bien?

Gênée, elle me répond d'un léger mouvement des yeux. Comme moi, elle a un maigre sac de voyage. Avec sa belle robe tunisienne, ses petites jambes étirées sur le siège et ses deux mains déposées à plat de chaque côté de son corps, elle ressemble à une poupée.

— Où vas-tu?

— Voir mon papa.

— Il habite Rome?

— Oui.

— Il est italien?

— Je ne sais pas.

Sa voix enfantine est neutre.

— Et ta mère?

— Elle est morte.

Son petit visage est de marbre. Seules ses lèvres serrées trahissent sa peine. Elle étire le cou pour regarder le terminal par le hublot.

— Tu aimerais voir en bas?

Elle sourit. Je déboucle sa ceinture et change de place avec elle, même si elle arrive à peine à voir, à nouveau sanglée dans son siège.

— C'est la première fois que tu prends l'avion?

— Hmm! Hmm! acquiesce-t-elle.

— Le décollage est impressionnant. L'avion monte rapidement et fait beaucoup de bruit, mais c'est normal. Après, c'est très agréable de voir plus haut que les nuages.

L'avion roule maintenant sur le tarmac, le départ est imminent

Je demande à l'enfant si elle est prête.

Elle me répond d'un murmure accompagné d'un signe de tête affirmatif, en me regardant de ses grands yeux noirs. Elle sort de sa poche un petit dromadaire en poil dur. Si elle est inquiète, elle n'en laisse rien paraître. Du haut de ses six ans, elle semble m'accepter comme substitut parental le temps d'un aller vers Rome.

Durant le voyage, elle me parle de sa grand-mère. J'apprends ainsi qu'elle habitait jusqu'à récemment avec elle, mais qu'elle aussi vient de mourir. Toute sa jeune vie est ainsi étalée.

Soudain, elle remarque mon pendentif qu'elle pointe de son petit doigt. Elle me demande timidement mon nom.

— Je m'appelle Valérie.

— Toi, qui vas-tu rejoindre, à Rome?

— Personne, j'ai décidé de prendre le temps de vivre un peu et d'explorer le monde avant de rentrer chez moi, au Canada, expliqué-je, avant tout pour moi-même.

Durant le vol, nous prenons une collation et un jus. Nous parlons un peu. Elle me présente Hajer, son dromadaire.

— Il est beau.

— Elle est belle! C'est une fille.

— Il lui faudrait un joli ruban rose, alors.

Elle sourit. Sur l'écran qui révèle notre itinéraire, je vois, plus au sud, le Vésuve. Depuis toujours, je suis fascinée par ce volcan mystérieux qui peut à tout moment transformer la vie de millions de personnes d'une éruption capricieuse. Je montre à ma voisine cette montagne impressionnante par sa forme conique et son cratère. Marciana me décrit à son tour ce qu'elle voit en bas. Elle me fait part du bleu et du rose des montagnes.

— Qu'est-ce que tu fais?

— J'écris.

Je me suis procuré un carnet pour consigner mes états d'âme au cours de la nouvelle étape de mon voyage. J'ai aussi besoin d'exorciser certains aspects de mon périple tunisien.

— Pourquoi?

— Pour passer le temps et pour me rappeler cette belle journée.

Je lui montre à jouer au tic-tac-toe. Elle apprend vite; rusée, elle gagne bientôt quelques parties. Puis subitement, elle me demande, inquiète:

— Tu as peur?

— De quoi?

— D'arriver à un endroit que tu ne connais pas…

— Pas vraiment, j'ai hâte de découvrir Rome.

— Moi, j'ai peur de ne pas l'aimer. Et si papa ne m'aime pas et qu'il n'est pas gentil avec moi?

Tout à coup, elle est affolée. L'avenir la terrorise et personne n'est là pour la consoler. Il n'y a que moi. C'est peut-être ce qui me pousse à prendre soin d'elle. À l'approche de mes trente ans, je n'ai jamais, jusqu'à très récemment, vécu un tel choc, un tel déracinement. Marciana est si petite, si fragile, et, déjà, la vie la met à l'épreuve. Comme elle, je crains un peu, moi aussi, d'être délaissée.

J'invite Marciana à monter sur mes genoux, ce qu'elle accepte avec empressement. Elle se blottit dans mes bras et pleure un moment sans bruit. Je la berce, j'essaie de trouver les bons mots pour la rassurer, pour lui expliquer comment, parfois, les grands changements peuvent être agréables.

— Ton père est assurément une bonne personne, puisqu'il a aimé ta maman.

Je suis loin d'être certaine de ce que j'avance. Comment se fait-il qu'il vit à Rome, alors que sa fille habitait Tunis? Marciana est probablement la conséquence d'un amour de voyage, une enfant illégitime maintenant orpheline de sa mère.

— Est-ce que je vais pouvoir aller à l'école?

— Bien sûr.

— Est-ce que je vais avoir des amies?

— Certainement! Tu te feras un tas d'amies, à l'école.

— Toi aussi, tu te feras un ami, quand on sera à Rome.

Je la regarde, amusée par ses propos si naïfs. Sa mine se rembrunit.

— Est-ce qu'ils vont toujours mourir, mes amis?

— Oh! ma chérie, les gens ne meurent pas toujours trop tôt.

C'est difficile à imaginer pour elle, puisque tous ses proches ont disparu. Cette petite Tunisienne adorable sommeille maintenant sur moi. Étrange de voir comme les enfants ont une confiance aveugle.

L'agente de bord nous avise que nous serons bientôt à Rome. Elle me sourit aimablement, satisfaite que je me sois occupée de l'enfant durant le vol. J'installe Marciana sur son siège, boucle sa ceinture et relève sa tablette sur le dossier de devant. Le sol se rapproche, nous regardons grossir les maisons, les arbres et les voitures. Elle me jette des regards furtifs, à la fois impressionnée et inquiète.

Au premier abord, l'Italie et la Tunisie se ressemblent.

— Tiens, regarde, Marciana, il y a des palmiers comme chez toi.

— Pas du tout!

— C'est vrai qu'ils sont petits…

Elle semble fâchée, mais j'ai surtout l'impression qu'elle ne compare pas réellement les paysages, qu'elle ne fait qu'exprimer sa peur. Elle se sent certainement ballottée et loin de chez elle, comme une bouteille à la mer. Pour moi, c'est tout autre chose. Rome évoque un tas d'images dans ma tête, comme si cette ville avait été érigée pour soutenir une multitude de récits, peu importe le sujet ou l'époque. Des siècles de gloire, de guerre et d'anecdotes amoureuses me viennent en mémoire et une vague d'énergie monte en moi. Je suis peut-être devenue une conquérante! J'espère, en tout cas, un avenir meilleur pour Marciana. Moi, je m'autorise à réécrire ma propre biographie.

Je replace la mèche qui retombe devant ses beaux yeux noirs et dis :

— Ne t'en fais pas, nous sommes arrivées. Je ne te laisserai pas toute seule.

— Tu vas m'attendre?

— Promis!

Lorsque les roues de l'Airbus 320 touchent la piste d'atterrissage, le choc, puis le freinage font trembler la carlingue. Ma voisine tient fermement mon bras d'une main et Hajer, le dromadaire fille, de l'autre.

— Ce n'est rien. C'est normal, quand on tombe du ciel.

L'idée ne la fait pas rire. L'avion roule maintenant vers le terminal. Une fois qu'il est arrimé à la passerelle, les passagers quittent l'habitacle. Je reste assise avec Marciana; les enfants et les personnes ayant besoin d'assistance descendent toujours en dernier.

— Tu vois ma main? Elle a cinq doigts, comme mon pendentif. Quand tu auras peur, tu penseras à moi.

— C'est exactement ce que ma grand-mère m'a dit avant de s'en aller : « La déesse Tanit veillera sur toi. »

Je comprends qu'elle vit un déchirement trop intense pour son âge. D'abandonner sa patrie ne se fait pas si facilement. Moi aussi j'avais l'intention de partir en la laissant là auprès d'un père inconnu. Pour honorer ma promesse, je tiens sa petite main jusqu'au service de l'immigration où l'on nous escorte. Puisque nos effets personnels tiennent dans le compartiment en cabine, nous n'avons aucun bagage à réclamer. Marciana pleure maintenant à chaudes larmes en émettant une faible plainte à chaque respiration. Au service frontalier, l'agent me demande mes papiers et accepte que je demeure dans le bureau, l'enfant sur les genoux. Elle enfouit son visage dans mon cou pour ne pas faire face à sa nouvelle vie.

Toutes deux débarquons en Italie comme des étrangères. Elle, elle se rapproche de la patrie de son père. Moi, j'ai mis la mer entre Joël et moi. Je respire mieux en nous sachant chacun sur notre continent. Joël, son imposture et ses vaines promesses sont derrière moi. Je ne suis peut-être pas au bout de mon voyage, mais j'arrive en Europe animée de l'espoir que mes ennuis aient pris fin. Je ne suis plus aussi inquiète devant l'inconnu. L'expérience m'a démontré que très peu de gens ont de mauvaises intentions. Même la pauvreté engendre l'entraide, l'autonomie et la débrouillardise.

Une dame vient nous rencontrer, un dossier entre les mains. Elle me parle d'abord en italien, mais, devant mon incompréhension manifeste, elle poursuit en français.

— Le père de Marciana sera un peu en retard. Vous pouvez nous laisser la petite, nous veillerons sur elle, nous avons l'habitude.

Cette dame essaie de prendre l'enfant, mais Marciana se met à hurler en s'agrippant à mes cheveux. Impossible de lui faire entendre raison. La responsable finit par accepter que j'attende dans une petite pièce dédiée aux entrevues, un peu comme à l'ambassade. La gamine, hystérique, reste accrochée à moi.

Durant de longues minutes, je m'enfonce profondément dans les méandres des suppositions. Mon imagination, fertile à souhait, dresse des scénarios catastrophe. Je pense surtout au père, que j'imagine désorganisé et absent. C'est pour Marciana que je m'inquiète le plus. J'espère que je me trompe.

N'empêche, cette enfant contrarie mes plans. Je ne m'attendais pas à une arrivée à Rome aussi peu conventionnelle. Je dois encore passer par une voie de contournement, comme si les routes rectilignes m'étaient toujours interdites. J'ai hâte de quitter l'aéroport et de voir réellement Rome de mes yeux. Durant ce délai, je me concentre sur ma tâche, qui consiste à faire en sorte que Marciana ne soit pas trop anxieuse. Elle est tellement délicate! Pour l'apaiser, je lui parle de ce que je connais de sa nouvelle ville. Elle m'écoute, attentive et sérieuse, sans poser de questions. Je suis contente de m'assurer ainsi qu'elle ne reste pas toute seule dans ce grand aéroport. De lui être utile me fait sentir en accord avec mes propres sentiments. Moi aussi, je suis un peu seule.

Bientôt, un jeune homme se présente dans l'embrasure de la porte. Il arrive essoufflé, un porte-documents entre les mains.

— *Buongiorno! Sono Pietro Moretti*[1].

Une agente des services frontaliers entre dans le local à sa suite. Il paraît nerveux. Désorienté, il me regarde, l'air perplexe, mais, en voyant Marciana toujours sur mes genoux, ses yeux s'attendrissent. C'est sûrement son père. De rater ce premier rendez-vous avec sa fille est indélicat de sa part. Il n'a pas le temps de s'exprimer davantage.

Une femme prend place derrière une table et lui indique la chaise à côté de nous. Sans lever les yeux, elle se plonge dans les documents légaux comme si nous n'étions pas là.

Bien serrée contre moi, Marciana lève un œil sur ce père qu'elle n'a jamais vu. Il lui répond d'un sourire admiratif. Sa nouvelle fille se détourne pour ne pas soutenir cette intru-

1. Bonjour, je suis Pietro Moretti.

sion dans son petit univers. L'homme me regarde à nouveau en relevant les mains et les épaules en signe d'incompréhension. Il a les sourcils en points d'interrogation devant l'attitude de la petite. Il doit aussi se demander qui je suis…

Impatiente, la femme l'interroge sévèrement. Il lui remet les documents qu'elle souhaite obtenir. Dans une langue mélodieuse à mes oreilles, ils discutent quelques instants. La voix de cet homme habille l'atmosphère d'un climat chaleureux et doux, même si la réplique paraît l'embêter. Sous la chaise, ses pieds sautillent, trahissant sa nervosité. Pendant que la dame remplit un formulaire, le père prend connaissance des documents contenus dans l'enveloppe qui a suivi Marciana depuis Tunis. Il étale les précieux papiers, l'acte de naissance de Marciana Selmi, née le 9 mai 2010, ainsi qu'une très longue lettre adressée à Marciana par sa mère. Il passe rapidement sur l'acte de décès d'Iris Selmi, qu'il repousse comme si cette preuve était contagieuse. Il se retourne finalement vers moi, ou plutôt vers Marciana, et l'aborde tout doucement en français.

— Bonjour, Marciana, je m'appelle Pietro.

Elle ne réagit pas.

— C'est moi, euh… je suis ton père.

Je sens les petits bras tendus resserrer leur étreinte sur moi. Pour essayer de faire un pont entre les deux, je dis :

— Marciana, tu peux lui dire bonjour…

Rien à faire, elle secoue la tête. Je suis un peu confuse. C'est son père après tout, alors que je ne suis qu'une étrangère.

— Je suis désolée, Marciana est un peu gênée.

— Ce n'est rien, c'est une réaction normale. Pardonnez mon retard, ajoute-t-il à mon endroit.

Je le regarde, méfiante, un peu sur la défensive. Il porte un t-shirt blanc ajusté et un jean élimé. Il a les cheveux en bataille et, les yeux à peine ouverts, il a l'air de sortir du lit. Apparemment au début de la trentaine, il semble nonchalant, le genre éternel adolescent.

La femme lui fait signer un autre document. Lorsque tout est compris et clair pour eux, il me tend finalement la main. Mais l'enfant accrochée à mon cou m'empêche de lever le bras. Il sourit.

— Moi, c'est Valérie. Enchantée.

Il tente à nouveau d'adresser la parole à sa fille.

— Et toi, tu es certainement Marciana?

— Hmm! Hmm!

— Je suis très content de te rencontrer enfin.

Son français est excellent. Marciana lui répond à présent d'un petit signe de la tête.

Tout le monde se lève et je suis le mouvement. Pendant que la femme range les documents et que monsieur Moretti prend congé de l'agente d'immigration, Marciana me fait part de ses appréhensions.

— Je ne parle même pas comme lui.

— Moi non plus je ne parle pas italien.

— Je t'apprendrai, intervient son père.

Il se rapproche pour toucher Marciana, toujours suspendue à mon cou, ses deux petites mains bien fixées sur ma nuque. Elle se retourne promptement pour ne plus le voir et fixe le mur de l'autre côté.

La dame de l'immigration nous escorte vers les douaniers, puis nous gagnons le terminal. Je pourrai enfin profiter de mon voyage. Marciana accepte de marcher à mes côtés en me tenant toujours par la main. Pietro tente de prendre son autre main, mais elle la cache promptement dans son dos et fuit son regard.

Près des portes automatiques, ce père inconnu essaie à nouveau d'amadouer sa fille. Accroupi, il lui parle avec son accent mélodieux, mais surtout en utilisant des mots justes et faciles à comprendre. Subtilement, il s'efforce de tisser un lien. La scène me touche et me déchire à la fois. Marciana refuse de se laisser approcher.

— Je crois qu'elle n'a pas connu beaucoup d'hommes dans sa vie, dis-je pour expliquer l'attitude de Marciana et aussi pour récompenser ses efforts.

Voyant qu'il n'a toujours pas de succès, il se redresse.

— Si on commençait par faire connaissance, nous trois?

Du regard, il cherche l'aire de restauration. Il m'invite à prendre un café. L'intention est louable. Je regarde Marciana et lui demande:

— Tu veux un jus?

Elle me fait signe que oui.

Alors que nous sommes assis devant nos verres, j'explique à Pietro comment j'ai rencontré Marciana dans l'avion.

— Elle semble déjà très attachée à vous.

— Une figure maternelle est souvent primordiale, à cet âge.

— Vous avez certainement raison, mais ce n'est pas toujours aussi simple. Vous m'excuserez, mais je n'ai pas retenu votre nom.

— Je m'appelle Valérie Bouchard, et vous? Pietro…

— Pietro Moretti. *Piacere*[2].

Nous discutons un moment. J'essaie de poser les questions qui rassureraient Marciana.

— Vous vivez seul?

---

2. Enchanté.

— Oui! En fait, non. Ici, je vis chez mes parents.

« Environ trente ans et encore chez maman... J'espère au moins que cette femme va prendre soin de l'enfant, me dis-je. Il semblait désorganisé à propos de l'arrivée de sa fille. »

Pourtant, il lui explique à présent qu'il l'attend depuis longtemps et qu'il lui a préparé une belle chambre rose juste pour elle, ainsi que des livres et des jouets. Il dit espérer qu'elle sera heureuse à Rome. Il n'en finit plus de parler. Il a pris un long congé afin de rester avec elle le temps qu'elle s'habitue à sa nouvelle vie.

Pietro est finalement très attentionné envers Marciana et compréhensif quant à son nouveau destin. Il sort même quelques photographies de son porte-documents, une où il est en compagnie de ses parents, une autre devant la façade de leur maison et une dernière le montrant auprès de la mère de Marciana, que la petite reconnaît immédiatement. Elle se rend à l'évidence en comparant la photo et l'homme devant elle.

— C'est toi?

Enfin, elle parle.

— Oui, j'ai connu ta mère lors d'un voyage. Elle était très belle, tout comme toi.

Voilà, j'avais raison! Il a été volage lors de ses vacances.

— Pourquoi es-tu parti?

— Parce que j'étudiais à Rome et que...

Il essaie de trouver une réponse, mais la vérité ne convient pas toujours aux enfants.

— Je comprends que tu sois déçue, mais je suis là et je vais tout faire pour être un bon père.

Il propose à Marciana une friandise qu'elle accepte.

— Nous devons y aller, à présent, tes grands-parents ont hâte de faire ta connaissance.

Je me lève et m'approche de la petite pour lui faire mes adieux. J'ai maintenant très hâte de me rendre à mon hôtel.

— Je peux vous déposer à Rome, si vous le souhaitez, me dit Pietro. Ma voiture est dans le stationnement.

Un peu gênée, j'accepte l'invitation sous l'œil satisfait de Marciana.

Une fois dans la voiture, tout le monde se détend un peu. Pietro me demande ce qui m'a amenée à Tunis. Je lui donne ma raison première, le dépaysement. Il me pose quelques questions sur mes visites, mais je reste vague. Je réponds simplement que ma route a été parsemée de belles rencontres. Il me souhaite d'être tout aussi satisfaite de ma visite de la capitale italienne. Il s'informe de mes plans, me suggère de visiter le Colisée au plus tôt le matin et me rassure quant à la sécurité des touristes. Il faut s'en tenir aux règles de prudence habituelles en voyage.

Je suis accrochée à la fenêtre où défile le paysage. Sur son siège d'appoint à l'arrière, Marciana, remarque tout de suite les toits à faible pente en terre cuite.

— Chez moi, on ne voit pas les toits des maisons.

— Tu as raison, ils sont plats, répond Pietro.

Pour moi, la principale différence s'inscrit dans mon for intérieur. Ici, rien n'évoque ce que j'ai vécu durant les derniers mois. Nous sommes dans cette ville, assurément extraordinaire. Tout n'est qu'émerveillement et découverte. L'architecture me charme. Le crépi très coloré des bâtiments qui va de l'ocre à l'orange en passant par le rose remplace le ciment blanc. Les volets vert forêt succèdent aux volets uniformément bleus. Des détails architecturaux ornent les fenêtres et les balcons des quartiers moins populaires. Une façade beige, dont les fenêtres sont soulignées d'une large bande ocre, contraste avec sa voisine, qui présente les teintes inverses. C'est comme un jeu de couleurs chaudes sous le soleil couchant. Marciana aime les maisons roses et les arbres en forme de cônes allongés. Moi, je préfère les pins parasols, imposants avec leur tronc fort et leur large tête torturée. Leur silhouette me rassure. Ils sont immenses, d'un vert très foncé. Solides, ils ne céderont pas sous les tempêtes à venir. Ils me représentent bien.

Mon hôtel est près de la Gare Termini. Lorsqu'on arrive par le train, c'est un quartier pratique, à moins de deux kilomètres du cœur historique de la ville. L'hébergement y est moins coûteux qu'en bordure des attraits principaux. Pietro ne prend pas la peine de garer la voiture qu'il arrête en plein milieu de la petite rue. Il sort précipitamment pour m'ouvrir la portière, mais je suis déjà debout près du trottoir. Il me remercie chaleureusement pour ma disponibilité et mon souci d'assurer la sécurité de la petite. Il me fait la bise maladroitement.

— Mon horaire était impossible, ces derniers temps, et l'arrivée de Marciana a été un peu précipitée.

— Elle est tellement mignonne! J'espère que ça va aller pour vous deux. Merci pour le transport.

J'ouvre la portière arrière et vais faire mes adieux à Marciana. Entre deux sanglots, elle réussit à articuler :

— Valérie, ne me laisse pas toute seule.

Ses beaux yeux noirs si expressifs sont remplis de larmes.

— Ton père va bien prendre soin de toi, j'en suis sûre.

— Il est bizarre.

— Peut-être, mais n'aie pas peur, tu vas apprendre à le connaître, tu peux lui faire confiance. Tu vas être heureuse dans ta nouvelle famille. Ça, c'est important.

Elle prend ma main et la colle sur sa joue.

— Au revoir.

— Je suis contente de t'avoir connue, Marciana, je penserai souvent à toi. Sois sage. Au revoir.

Maintenant, c'est moi qui réprime mes sanglots.

Alors que des voitures s'impatientent derrière, la Fiat Panda bleue de Pietro Moretti démarre. Je fais une dernière salutation de la main avant qu'elle ne s'insère dans la circulation dense. Dès que la voiture tourne au carrefour, elle disparaît derrière un immeuble à cinq étages couleur sable mouillé.

Je reste un moment à fixer le bout de la rue. Je suis figée autant par ce départ, qui apparemment me trouble, que par ma nouvelle adresse qui me charme.

Je suis à Rome. Mon rêve de visiter cette ville millénaire se réalise enfin. Je dois pourtant chasser les pensées qui m'assaillent. Un jour, moi aussi, j'aimerais devenir la mère d'une enfant aussi délicate. Mon horloge biologique m'envoie des signaux indéniables.

Je franchis les grilles ouvertes de l'hôtel qui donnent sur une petite cour luxuriante où trône une authentique fontaine romaine recouverte de mousses et de fougères. Un homme détendu assis sur une chaise à l'ombre m'accueille par mon nom.

— *Signora Bouchard*[3] *?*

Il m'accompagne dans le petit vestibule. Les portes grandes ouvertes donnent accès à un escalier qui s'élève autour d'un minuscule ascenseur. Nous montons jusqu'au quatrième étage. L'homme ne parle qu'un peu d'anglais, mais il me décrit les règles de la maison en alternant avec l'italien.

---

3. Madame Bouchard?

La chambre a été rénovée récemment. J'ai à peine l'espace pour faire le tour du lit. Il faut monter une marche pour accéder à la salle d'eau, qui semble un ajout sur la galerie. Elle comprend une cuvette surmontée d'un mignon lavabo et une douche qui paraît trop étroite pour que je puisse y entrer. La minuscule fenêtre de la salle de bain donne sur une arrière-cour.

Le préposé m'explique que le déjeuner est à disposition dans une cuisinette commune. Dès le lendemain, j'aurai l'occasion de constater que ladite cuisinette est presque aussi grande que ma salle de bain et qu'elle comprend un évier sur pied surmonté d'une tablette pour la vaisselle d'un côté, un grille-pain et une cafetière sur une desserte de l'autre.

Après m'avoir remis la clé et une carte touristique de Rome qu'il barbouille sans que je comprenne ce qu'il m'explique, il sort. Je souris, satisfaite de me retrouver seule dans mon nouveau logis, certes petit, mais qui comble mon imaginaire.

J'ouvre les volets de bois qui ne semblent tenir que par les nombreuses couches de peinture verte écaillée; les ancrages de métal rouillé peuvent à tout moment laisser le parement qui s'effrite. C'est vraiment vétuste. Je reste longtemps à la fenêtre à regarder les passants, les voitures, les mobylettes... des Vespas. J'écoute les sons, si différents d'une ville à l'autre.

Le ciel se couvre subitement, l'air se fait lourd et un orage violent s'abat sur la ville; je reste là pour voir le rideau blanc qui bientôt m'empêche de voir l'autre côté de la rue. Je m'étends un moment sur le lit et laisse mes songes partir à la dérive. Je visite un certain Français qui vit en Tunisie au milieu de ses chèvres. Je l'informe que je suis arrivée à destination. À défaut de le lui dire réellement, je l'imagine heureux pour moi.

En début de soirée, l'orage passé, je sors visiter les alentours à pied. J'arrive rapidement sur une place où se dresse une église monumentale dont la façade décorée de colonnes est de style baroque. C'est différent de tout ce que j'ai déjà vu. Elle est plus large que haute, sans clocher sur la façade. Une tour carrée de briques anciennes, probablement romane, sort décentrée de l'imposant bâtiment. À la suite d'autres visiteurs, j'entre dans le portique pour découvrir, abasourdie, *Santa Maria Maggiore*[4], une splendeur.

Je suis impressionnée par les caissons du plafond. La plupart des églises que j'ai visitées ont un plafond voûté. Ici, il est plat, comme si on avait serti d'or une boîte à chaussure renversée sur des colonnes de marbre. L'opulence des décorations est extrême. La lumière qui pénètre par les fenêtres tout en haut des murs de la nef fait chatoyer les incrustations de mosaïque colorées.

Déjà, lorsque je sors, les trottoirs sont presque secs. Le soleil déclinant semble teindre d'or l'amalgame des pierres, des tuiles et des volets.

Je n'ai pas fait de plan précis de visite pour les deux semaines à venir. Je souhaite seulement en profiter au maximum. Je garde tout de même en tête que mon budget est limité même si j'ai suffisamment d'argent dans mon compte de banque pour ne pas m'inquiéter trop.

Je mange dans une *caffetteria*[5], un petit restaurant avec *tavola calda*, c'est-à-dire un comptoir de menus préparés. Je m'accorde tout de même le droit de prendre un verre de vin dans la salle à manger pour célébrer mon nouvel état de célibataire en voyage pour me ressourcer, libre d'aller et venir dans mes pensées. J'affronte avec détermination ce nouveau

---

4. Sainte-Marie-Majeure.

5. Cafétéria.

statut, animée de la folle envie de découvrir les plus beaux monuments de Rome. Je me promets d'acheter demain un guide pour m'y retrouver et mieux organiser mes visites.

Vers vingt heures trente, je rentre finalement à l'hôtel. Je suis épuisée; mon niveau d'énergie est à zéro. J'organise ma chambrette. Je place dans le frigo l'eau pétillante ainsi que quelques friandises que j'ai achetées tout près dans une sorte de dépanneur.

La noirceur et les bruits nocturnes me poussent à fermer les fenêtres et les volets. Même à ma hauteur, je ne me sens pas vraiment en sécurité. J'entends fréquemment les sirènes des voitures d'urgence au pin-pon! lancinant.

Je suis finalement au lit. Cependant, bien qu'enivrée par ma première journée romaine, les yeux fermés, je suis incapable d'oublier Marciana, et je me pose tout un tas de questions au sujet de Pietro. Qui est cet homme? Prendra-t-il son rôle de père au sérieux? Je doute de ses qualités d'organisateur, quoique… il a été amical et poli. Il possède certainement une belle éducation, car, à part lui, ici, je n'ai rencontré personne d'autre qui parle français. Je souhaite sincèrement que les retrouvailles de la fille et du père se soldent par de bons moments pour eux.

Je soupire, enfouis mon visage dans mes mains et essaie de refouler mes larmes. Est-ce que pleurer me sera salutaire? Je n'en sais rien, mais, pour l'instant, je ne peux réprimer les sentiments trop intenses qui m'assaillent. Je laisse donc aller mes larmes, que j'attribue à la fatigue.

Dès que je parviens à m'endormir, mes idées s'entrechoquent, alors que je retrouve Ian, Joël, Marciana et Pietro au cœur d'une quête effrénée, mais sans but.

13.

LE téléphone me réveille. J'ai l'impression de ne dormir que depuis l'aurore. Surprise, je laisse la sonnerie s'égosiller un moment, le temps de me remémorer que je suis à Rome. C'est certainement une erreur; personne ne connaît mon adresse. Après quatre sons brefs, mais insistants, je m'avance vers l'appareil, troublée par cet appel si matinal, alors que je ne parle même pas italien. Je réponds finalement. C'est la réception. Dans un mauvais anglais, l'homme essaie de me faire comprendre que j'ai reçu un message. Curieuse et inquiète à la fois, je m'habille à la hâte pour descendre prendre le déjeuner. Le message, envoyé par courriel, est de Pietro. Je suis soulagée qu'il ne provienne pas du Canada. La note a été laissée plus tôt.

Je suis désolé de devoir vous déranger encore durant votre voyage, mais Marciana tient à vous revoir. Accepteriez-vous un souper avec nous ce soir?

Appelez-nous au 06 3 293 383.

Je viendrai vous chercher, si vous acceptez.

Pietro et Marciana

Quelle belle attention! C'est charmant. Je suis ravie de revoir l'enfant. Je pourrai m'assurer qu'elle va bien et prendre de ses nouvelles. Je me demande comment s'est passée sa première nuit dans sa nouvelle maison. Pauvre petite! Elle devait vraiment se sentir perdue!

Peut-être que son père pourra m'aider à trouver un guide français-italien et me suggérer d'autres attraits à voir par ici? Il y a peut-être des avantages à connaître quelqu'un ici. Mais je sais si peu de chose sur lui.

Je me rappelle que je ne savais rien de Joël non plus à mon arrivée à Tunis.

— Mon Dieu, je dois le rappeler!

Mon pouls s'accélère. Je suis troublée et surtout indécise quant à l'attitude à adopter. Par simple politesse, je dois lui répondre, mais pourquoi accepter? Je me trouve déjà un peu ridicule d'avoir pleuré hier en pensant à Marciana. J'ai été à peine cinq heures en sa compagnie. Elle m'a charmée, mais la revoir? Je ne souhaite pas lui créer de faux espoirs. Elle semble déjà trop attachée à moi. Je lui ai fait mes adieux hier. Ça ne sert à rien de lui occasionner une autre séparation. Elle doit vivre là où elle est maintenant, avec son père, cet homme un peu blême, efflanqué, à moitié gaga devant elle. Je l'ai peut-être jugé un peu rapidement. D'avoir un père est probablement mieux pour elle que d'être sous la responsabilité des services sociaux. Ce n'est certainement pas souhaitable pour elle de me revoir. Mais va-t-elle s'imaginer que je la rejette, si je refuse? Oh! Misère! Je ne veux pas lui faire de peine.

Je gesticule en essayant d'expliquer au réceptionniste que je veux joindre ce numéro. Il le compose et me tend l'appareil. J'entends la sonnerie et j'angoisse quand une femme répond.

— *Pronto*[6]!

Ma main tremble.

— Pietro, s'il vous plaît.

— *Un momento, prego*[7].

— Valérie?

— Oui, c'est moi.

— Je suis content de vous entendre. Vous allez bien? Vous avez passé une bonne soirée?

— Oui, merci et vous? Marciana va bien?

— Si, si. Nous pourrons en parler ce soir?

— Euh, je…

— À dix-huit heures. Cela vous convient?

— Non!

— À dix-neuf heures, alors. Je serai devant l'hôtel avec Marciana.

— Bien…

— Marciana saute de joie. Je vous souhaite une bonne journée. *A stasera*[8]!

Il raccroche, je tiens l'appareil en suspension dans l'air. Je regarde l'homme devant moi, médusée.

— Je me suis fait avoir!

Le réceptionniste ne comprend pas ce que je dis. Ça m'est égal. Encore une fois, j'ai manqué de conviction. Je n'ai pas réussi à avoir suffisamment d'éloquence pour freiner l'enthousiasme de Pietro. Je ne vais tout de même pas rappeler pour annuler, à présent.

Désappointée, je me dirige vers la cuisinette où je prends

---

6. Allo.

7. Un instant, s'il vous plaît.

8. À ce soir.

des croissants froids. Emballés individuellement, ils goûtent le carton. Le café est fort, mais insipide. En deux minutes, je suis dans la rue. Des moineaux urbains piaillent; le soleil encore bas fait briller le sommet des corniches. Je respire un bon coup et lève le menton pour attaquer cette nouvelle journée, mon vieux sac en bandoulière, prête à affronter la ville.

— *Buongiorno*[9]!

Je salue les passants d'un petit signe de tête en m'entraînant à dire ce mot sur un ton chantant.

Jamais je n'aurais pensé que j'aurais un rendez-vous dès ma première journée en Italie. L'appel de Pietro me laisse une sensation étrange. Je suis ambivalente, tiraillée entre la joie de la revoir, elle, et l'envie de m'esquiver pour ne pas le rencontrer, lui. Qu'importe, en dévalant les rues pavées, le nez en l'air, je mets mes appréhensions en veilleuse.

Même si ma nuit a été courte, je suis remplie d'énergie et je me sens en confiance. Je suis à Rome! J'aimerais le crier à tue-tête. Déjà, les couleurs chaudes du petit matin m'enveloppent.

Mon frère a toujours préféré l'exotisme des villes orientales. Ian a passé beaucoup de temps en Inde à réciter des mantras. Moi, mes rêves de jeunesse étaient plus… antiques, axés sur l'histoire des grandes civilisations occidentales. La quintessence du rêve, pour moi, c'était Rome. Pourtant, à la première occasion, j'avais choisi de visiter Tunis, moins connue, surtout parce que je croyais qu'une ville romantique comme Rome se visitait à deux.

Rome est une ville comme il en existe peu, un musée à ciel ouvert. Tout est si différent, ici! Je n'ai pas assez d'yeux

---

9. Bonne journée.

pour tout voir. L'usure du temps apparaît partout et se marie très bien avec la richesse des pierres taillées mises en évidence au-dessus de la plupart des portes et fenêtres que les habitants habillent de palmiers d'appartement et de fleurs.

J'emprunte une ruelle. Les petits véhicules s'y enchevêtrent. C'est un casse-tête certain pour les Romains qui y habitent et pour la police locale qui surveille scrupuleusement les stationnements. Je marche rapidement afin de visiter tôt le matin, comme me l'a conseillé Pietro. Je cherche le chemin le plus court vers mon objectif premier. Tout à coup, j'aperçois enfin l'objet de ma quête au fond d'une enfilade. Dans la ligne de fuite, je vois apparaître les arches emblématiques. Je me retiens de courir, mais presse le pas jusqu'au bout de la rue qui s'arrête abruptement sur une place qui, comme un belvédère, offre une vue impressionnante à la hauteur du deuxième étage du monument, le Colisée. Il est massif et imposant. Je suis impressionnée autant par la construction que par sa symbolique. Je descends les escaliers pour me retrouver au pied du colosse. Une foule hétéroclite s'y entasse déjà. Les billetteries sont bondées. Je m'installe dans la file qui s'enroule autour du mur extérieur avant de pénétrer par l'une des portes en arche haute de sept mètres. Je prends le temps de contempler les plus infimes détails dans l'architecture de l'ensemble. Les trois premiers étages sont percés de quatre-vingts arches et décorés par des colonnes de style distinctif, dorique, ionique et corinthien. L'attique, c'est-à-dire la partie supérieure qui couronne la construction, est intact sur une moitié seulement du monument. L'effondrement d'une partie des murs extérieurs expose à la vue, comme dans une représentation en coupe, l'organisation interne des corridors et du système complexe d'escaliers. Le parement extérieur de travertin ayant été pillé au cours des siècles, les ancrages de fer arrachés ont laissé des cicatrices importantes dans la brique et le béton.

Au moment de pénétrer dans ce lieu, j'ai une pensée pour les mille neuf cent trente ans de crimes commis dans le monde depuis sa construction. Je me sens comme une poussière dans l'univers. Tout ce que j'ai vécu au djébel Bargou n'obtient plus autant d'attention de ma part. Ce bonheur éphémère, cette malheureuse aventure n'est rien comparativement à tout ce qui a pu être vécu dans l'enceinte du Colisée. En fait, en relativisant les choses, j'essaie d'évacuer la rancœur qui m'habite toujours.

Une vague de sentiments divers me submerge. Je pense soudain à Pietro, probablement blasé d'habiter cette ville assaillie par les touristes à longueur d'année. Je suis plus sensible à Marciana qui, en plus de découvrir cette capitale, doit s'adapter à sa nouvelle vie.

Mes yeux s'habituent à la pénombre. La file s'étire encore loin devant moi. Je touche la pierre; je veux palper son histoire.

Mon billet en main, je pénètre enfin à l'intérieur de l'amphithéâtre, dans ce lieu hors du temps, au niveau de l'arène. Les dimensions sont impressionnantes, l'ambiance est étrange. À l'état de ruine, sans parement décoratif, toute la structure est mise au jour. Je suis surprise de constater que les restes des gradins ressemblent à des tas de briques sombres érodées par les intempéries, figées dans le temps. Je n'ai pourtant pas de difficulté à imaginer l'ensemble; la filmographie sur le sujet nous a bombardés d'images. J'imagine les cinquante-cinq mille spectateurs, la foule hurlante, l'empereur et sa suite, les gladiateurs et les fauves. Seule une partie du plancher de bois de l'arène a été reconstruite pour nous permettre d'en apprécier la configuration, mais surtout pour nous laisser voir le soubassement, les cachots et les différents espaces où se trouvaient les cages des animaux féroces. Je pense aux esclaves, aux gladiateurs et à tous les gens qui ont péri dans ce lieu pour le plaisir du peuple.

Après un premier tour d'horizon, j'escalade l'un des grands escaliers qui mènent à un large palier au centre des gradins, juste au-dessus du premier niveau, celui de l'aristocratie.

Une simple croix rappelle le martyre d'innombrables chrétiens. De l'autre côté, la loge des empereurs est visible. Je fais le tour plusieurs fois pour observer de différents angles les moindres détails. J'aime beaucoup l'empilage et l'agencement parfait des briques en chevron qui supportent les arches. Assise à l'ombre, sur le bord d'un escalier en marbre poli par les siècles, je me laisse bercer; je m'imprègne du lieu.

Parmi la foule, j'ai l'impression d'être différente, d'avoir moi-même vaincu un gladiateur, de m'être levée contre un lion et de m'en être affranchie. Je suis fière de moi, de ma détermination, satisfaite de pouvoir poursuivre ma propre destinée.

Je visite le musée intérieur et la boutique souvenir. D'une galerie du deuxième étage, je prends plaisir à observer le forum impérial. L'ampleur du centre historique est impressionnante. J'ai hâte de poursuivre mes découvertes, mais la chaleur me force à quitter l'amphithéâtre. Le soleil au zénith surchauffe cet espace clos.

L'après-midi est déjà bien entamé. Mon billet inclut la visite du mont Palatin, la colline voisine où se retrouvent les palais de nombreux empereurs, et aussi le forum, la place centrale, politique et religieuse de la Rome antique. Je passe l'arc de Constantin pour entreprendre la suite de ma visite.

Des ruines s'étalent, impressionnantes et imposantes, l'une à la suite de l'autre jusqu'au Capitole. Ainsi, je découvre les vestiges de la cathédrale Julia, des bustes, des passages sans toiture, des restes préservés de mosaïques, d'immenses pans de bâtiments encore debout, des reliquats de voûtes exposées à ciel ouvert, des champs de colonnes étendues et d'autres morceaux de marbre qui parsèment le gazon.

Sur un promontoire, je vois au loin le dôme de la basilique Saint-Pierre. Je sais que de visiter Rome me prendra encore beaucoup de temps et j'en suis ravie.

Ma journée est mémorable. Je ressors du monde antique tout près du Capitole. J'en profite pour admirer une réplique de la louve abreuvant de son lait Rémus et Romulus, les jumeaux fondateurs de Rome. Je reviendrai pour terminer la visite de cette portion un autre jour. Il est presque dix-huit heures, je n'ai rien avalé depuis ce matin et ma petite bouteille d'eau est vide depuis longtemps.

Tout à coup, je me rappelle mon rendez-vous avec Pietro. Je cours vers l'hôtel. La pente pour revenir à ma chambre monte finalement plus que je ne le croyais. Je suis essoufflée et en sueur lorsque j'arrive sur l'Esquilin, l'une des sept collines. Je n'ai que le temps d'une douche rapide. J'enfile une robe estivale, les cheveux trempés. Ils dégoulinent encore sur mon dos lorsque je descends. Pietro attend déjà avec Marciana dans le hall. Je suis surprise. Si Marciana n'avait pas été là, je ne l'aurais probablement pas reconnu. Comment cet homme sans charisme hier peut-il avoir l'air si sûr de lui aujourd'hui? Il a apparemment délaissé son allure un peu rebelle pour le pantalon ajusté, et la chemise pastel. Ses cheveux sont toujours en bataille, mais sans exagération.

— Je suis désolée, je n'avais pas vu le temps passer. Je ne suis pas tout à fait prête.

Marciana trépigne de joie. Elle vient vers moi et m'enserre les jambes.

— Tu es très bien, vêtue ainsi! réplique poliment Pietro.

— Je vais chercher mon sac et attacher mes cheveux. Vous pouvez m'attendre encore cinq minutes?

— Si, si, nous attendrons!

— Je veux aller avec toi!

— Marciana, Valérie va revenir rapidement.

— Laisse, je vais lui faire visiter ma chambre.

Le voyage en ascenseur la comble. Comme elle trouve ma maison beaucoup plus petite que la sienne, je lui explique que ce n'est qu'une chambre d'hôtel pour quelques jours.

— Et ensuite? me demande-t-elle.

— Eh bien, je vais retourner au Canada voir ma famille.

Elle fait une moue réprobatrice.

Je l'interroge, surtout pour changer de sujet:

— Alors, comment s'est passée ta première nuit dans ta nouvelle maison?

— Hmm!

— Tu as bien dormi, hier soir?

— Non! J'avais peur.

— Et qu'est-ce que tu as fait?

— J'ai pleuré!

— Toute seule?

— Un peu, comme une grande.

— Tu peux le dire quand tu as peur. Moi aussi, parfois, j'ai peur, et ça fait du bien de le dire.

— Oui, mais tu n'étais pas là.

— Pietro était là, lui.

— Ma chambre est trop grande, j'aime mieux la tienne.

— Oui, mais elle n'est pas à moi.

— Tu pourrais venir dans ma chambre. Il y a de la place pour deux.

— Marciana, je t'ai expliqué que…

Je n'arrive pas à continuer.

— Allez, viens me faire un câlin, ton père nous attend.

Les cheveux encore mouillés, mais peignés, je salue de nouveau Pietro. Il me fait la triple bise. Je baisse les yeux, mal à l'aise. Je n'arrive pas à soutenir son regard. Je m'attendais à prendre la voiture, mais il m'explique que, étant donné les problèmes de stationnement il est venu par le métro.

Nous redescendons en marchant la via Cavour au rythme de Marciana qui me tient la main. Pour briser le silence, je raconte à Pietro la journée formidable que j'ai passée. Il m'écoute gentiment. Moi, je suis émerveillée par les ruines locales, alors que, pour lui, elles font partie du quotidien.

En passant devant une animalerie, Marciana s'arrête pour observer un chat dans la vitrine. Pendant ce temps, dans un murmure, Pietro me fait part de ses craintes.

— Elle passe son temps à te réclamer. Toute la journée, elle a semblé terrorisée. Je pense que son adaptation va être plus difficile que je pensais.

— Il lui faut du temps. C'est normal, je crois.

Subitement, j'appréhende la soirée. Certes, on m'offre le repas et je l'apprécie, mais je ne veux rien laisser au hasard. Je dois faire savoir à Pietro que je ne souhaite pas qu'il donne suite à notre rencontre. Je repars dans quelques jours et je ne veux blesser personne, surtout pas Marciana.

Nous arrivons finalement près du forum. Le restaurant est situé juste sur le coin du boulevard qui borde la place. De la terrasse couverte de plantes grimpantes, nous avons la plus jolie vue possible. Pietro est attentif à ce que je lui raconte. Il me pose des questions sur ce que j'ai vu pour savoir si j'ai bien assimilé ma visite. Il complète aussi mes réponses en me faisant part de certains détails et se permet d'ajouter des éléments à ma culture en me parlant entre autres du bâtiment qui se trouve devant nous, la curie julienne, le siège du sénat depuis César. Il n'est ni présomptueux ni hautain; il discute simplement avec moi. Il est aussi attentif envers Marciana, à qui il explique certains mots. Progressivement, mes appréhensions s'atténuent. Le jeune homme est d'agréable compagnie, posé et cultivé; surtout, il sait me mettre à l'aise par son attitude ouverte.

En attendant le serveur, je l'entretiens de ma famille et surtout de mon frère Ian. Lui me parle de ses parents. Il est fils unique et il m'avoue que c'est sans doute pour ça qu'il cherche à tisser des liens d'amitié solides.

Lorsque Marciana s'impatiente, il lui demande de raconter à son tour sa première journée à Rome.

— Nous avons joué et j'ai dessiné.

— Et qu'est-ce que tu as dessiné? lui demande son père.

— Toi, Valérie. Je t'ai dessinée pour que tu restes.

Pietro se penche vers moi et chuchote :

— Tu vois, c'est ainsi depuis hier. Elle ne parle que de toi.

J'en suis mal à l'aise, mais honorée.

— Cet après-midi, ajoute-t-il, nous avons aussi fait une sortie au parc avec mes parents. Ils sont vraiment contents pour moi.

— Ils vont certainement devenir dingos comme tous les grands-parents.

— Dingos?

— Fous et prêts à tout pour gâter l'enfant.

— Je crois que c'est déjà comme ça.

Le serveur parle italien avec Pietro qui me traduit le menu. Je choisis les pâtes à la carbonara, Marciana le poulet et Pietro la lasagne. Il commande un jus pour sa fille et une bouteille de vin pour nous deux.

— Pietro, comment se fait-il que tu parles français? Aujourd'hui, je n'ai rencontré aucun Romain qui parlait bien ma langue.

— Mes parents m'ont payé des leçons. J'ai passé un été en France et maintenant je m'exerce avec mon ami Mathieu.

— Tu parles bien. J'aime beaucoup ton accent.

— C'est quand même utile, à l'hôpital.

— Euh! Pourquoi à l'hôpital?

— Parce que c'est là que je travaille. Je suis médecin.

Je suis surprise. Je n'aurais jamais deviné. Hier, son apparence ne concordait nullement à ce statut. À l'aéroport, il semblait désorganisé, presque immature. Je comprends mieux, maintenant. Il devait être terriblement nerveux.

— Et toi? Quel travail fais-tu, quand tu n'es pas en voyage?

— Je suis ingénieure civile. Je venais de terminer un projet de barrage hydroélectrique quand j'ai pris de longues vacances. Mais je ne sais pas si je vais reprendre ce travail à mon retour.

Devant mon air sérieux, il s'étonne.

— Vraiment?

— Ça me fait drôle d'y penser, à moi aussi, mais je suis en congé depuis un moment…

— Rien de grave, j'espère?

— Non, j'avais juste besoin de voyager, je crois. Et je pense que cette vie de bohème commence à me plaire. En ce moment, je me sens libre.

Nos assiettes nous sont servies, la nourriture est délicieuse, mais, après deux verres de vin, j'ai l'impression que je n'arriverai pas à retourner à ma chambre. Marciana est très sage, peut-être même trop pour son âge. Elle n'est pas parfaitement à l'aise, c'est évident. Pietro, lui, est intéressant. Nous parlons de voyages, du Canada, de la neige et de rénovations. Il se dit peu doué avec un marteau. C'est ainsi qu'il a rencontré son voisin Mathieu, un Québécois qui travaille dans la construction. Son anecdote m'intéresse.

Je dois accompagner Marciana à la toilette. J'arrive à peine à m'y rendre en ligne droite, mais ce n'est pas grave, je suis bien. Je prends mon rôle très au sérieux et ramène la petite sur sa chaise. J'en profite pour embrasser ses longs cheveux noirs.

— Voulez-vous un dessert? dit Pietro. Ils font d'incroyables tiramisus, ici.

— Je veux bien essayer, merci.

Le repas ne s'étire pas longtemps, Marciana est fatiguée. Nous marchons tout de même jusqu'au Colisée pour le voir illuminé. Sur fond de ciel bleu nuit, il est féerique. J'ai certainement les yeux scintillants. Cette vision me fait penser à une toile de Van Gogh, *Café du soir*. En cet instant, je pense faire partie d'un chef-d'œuvre.

— C'est comme une maison avec des portes tout autour, dit Marciana en riant.

Nous revenons près de l'hôtel en métro. Galant, Pietro me reconduit jusqu'à la grille de mon immeuble. Marciana est dans mes bras, accrochée comme un koala.

— Merci beaucoup pour l'invitation. Ce fut une très belle soirée.

— J'apprécie ce que tu fais pour ma fille. C'est vraiment gentil.

— Quand vas-tu venir à la maison voir ma chambre? demande Marciana en me fixant intensément.

— Je ne sais pas vraiment.

Elle remet sa petite tête dans mon cou.

— Elle insiste beaucoup, n'est-ce pas? dit Pietro tout bas.

— Non, ce n'est rien, elle est adorable. Elle en a déjà vécu beaucoup. Je comprends qu'elle cherche ses repères.

— J'ai pensé l'amener au zoo, demain.

— C'est une bonne idée, tous les enfants aiment les animaux.

— Vous pourriez venir visiter le parc Borghese avec nous? Elle serait très contente.

Je suis emballée par sa proposition et je lui souris immédiatement en signe d'approbation. Pourtant, j'hésite.

— Je ne suis pas certaine que ce soit raisonnable.

— Marciana t'aime et tu la rassures. Je te servirai de guide.

Fatiguée, je dépose la petite dans les bras de son père, ravi de la prendre enfin.

— À demain, dit-elle.

— Je t'attendrai à la gare à treize heures, sous le R de Roma Termini.

Marciana me fait un petit signe de la main par-dessus l'épaule de son père.

Je grimpe les marches deux par deux jusqu'au quatrième étage. Quelle promesse m'étais-je faite ce matin, déjà? Ne pas faire de peine à Marciana, ne pas la décevoir! Maintenant, c'est fichu. Mais j'ai hâte à demain pour la revoir. En outre, la présence de Pietro est agréable, son sourire est charmant et ça me plaît de ne pas être seule.

En me réveillant, bien que la ville m'appelle, je prends tout mon temps. Je n'ai pas fait la grasse matinée depuis longtemps. Dans mon lit, je rêvasse un peu. J'essaie d'imaginer à quoi ressemble un zoo romain. En quoi serait-il différent? Je ne suis pas allée dans un jardin zoologique depuis tellement longtemps! Marciana aimera certainement voir les animaux.

Il est huit heures quand, finalement, j'étale la carte des attraits touristiques sur le lit pour planifier mes prochaines visites. Aujourd'hui, je ne dois occuper que mon avant-midi. Ce sera vite passé.

Forte de l'expérience d'hier, je commence ma journée par une marche dans le quartier à la recherche d'un joli café où prendre un véritable déjeuner italien. Je trouve celui qui me charme près d'une fontaine. Le *barista*[10] m'impressionne par sa dextérité à dessiner des motifs avec le lait sur le café. Je mange deux pâtisseries et prends le temps de lire quelques lignes d'italien sur le journal *Il Messaggero*. Je reconnais quelques mots, mais j'ai bien peur qu'il me reste beaucoup de chemin à faire pour apprendre cette langue.

J'opte finalement pour un tour de ville guidé en autobus. C'est attrayant et instructif. La baladc me donne une bonne idée de l'ampleur des choses encore à voir. Devant la place Navone, je descends un moment du bus pour explorer à pied la forme oblongue d'une nef d'église à ciel ouvert, construite sur les ruines d'un cirque antique où se déroulaient les spectacles d'athlétisme et les courses de chars. Je marche jusqu'au centre à travers la foule pour admirer la fontaine des

10. Professionnel dans la préparation du café.

Quatre-Fleuves du Bernin. Puis subitement une pensée frôle mon esprit, j'aurais aimé que Pietro soit à mes côtés pour discuter durant le trajet. Aime-t-il la lecture? Je chasse cette idée pour me concentrer sur le guide audio.

À mon retour près de la gare Termini, je me rends à la basilique *Santa Maria degli e dei Martiri*[11]. Notre guide francophone nous a recommandé cette visite, qui sert de lieu de culte officiel aux cérémonies de la nation.

En arrivant devant ma destination, je cherche du regard la basilique. Il n'y a qu'un bâtiment de la même brique brune que le Colisée, dont un pan concave en ruine est percé de trois portes en arche. Une croix discrète et un écriteau blanc au-dessus de la porte attestent que je suis au bon endroit.

En entrant, plus de doute possible, je suis dans la chrétienté. Une vaste salle cruciforme où sont sans doute serties toutes les couleurs de marbre possibles m'enchante par son côté festif. Elle est richement décorée de frises, d'encorbellements et de colonnes, illuminée par de grandes fenêtres qui épousent le plafond voûté. On pourrait y servir un banquet somptueux; ce serait merveilleux. Les visiteurs y sont très respectueux. Moi, j'aimerais pouvoir y jouer. Tiens, la grandeur du transept est telle qu'on pourrait y faire entrer huit terrains de tennis côte à côte. J'imagine même le bruit des balles au contact du marbre et je ris toute seule en silence.

Durant la visite, j'apprends que ce sont les thermes de Dioclétien, les plus vastes construits dans la Rome antique et abandonnés depuis mille ans, qui ont été transformés en église en 1561 selon les plans de Michel-Ange. Les huit colonnes principales de granit rose, hautes de quatorze mè-

11. Sainte-Marie-des-Anges-et-des-Martyrs.

tres, et le sobre plafond voûté datent de l'origine des bains, soit de l'an 306. Le vaste transept vide permet d'admirer l'agencement du plancher en une mosaïque complexe où la ligne méridienne de Bianchini a été ajoutée vers 1700. Cet instrument de mesure en bronze de quarante-quatre mètres de long est encastré en diagonale dans le marbre. Un oculus au sommet d'un mur permet de créer une raie lumineuse qui identifie sur ce cadran solaire géant les différentes dates du calendrier, en plus de donner l'heure. Une autre splendeur à ajouter à ma mémoire.

Il est à peine passé midi lorsque je termine ma visite. Je suis à deux pas de la gare, mais je me dirige hâtivement vers notre lieu de rendez-vous, préférant être en avance.

Je suis un peu déçue de la gare Termini. Je m'attendais à entrer dans un somptueux palais antique qui aurait évoqué les conquêtes de Rome, mais l'endroit est d'apparence plutôt moderne. Il date des années cinquante, tout au plus. Une douzaine de trains entrent côte à côte dans une massive forme rectangulaire de briques où se superposent deux rangées de voûtes qui laissent passer la lumière. C'est un monument à la gloire du transport, une cicatrice utilitaire qui défigure le quartier. C'est un lieu rationnel et fonctionnel, un lieu de passage. Les voyageurs affluent ici chaque jour comme une marée. Dehors, on remarque à peine la façade vitrée avec son toit relevé comme un voile apposé sur cette imposante construction pour lui donner un peu de légèreté.

Quand j'aperçois Pietro et sa fille, j'ai une pointe de pizza dans la bouche. J'avale rapidement la dernière bouchée. Je suis ravie de les voir tous les deux enthousiastes. Marciana accourt vers moi. Pietro me salue de son sourire irrésistible. En approchant sa main de son visage, il me fait un léger signe du doigt, puis essuie une trace de sauce tomate à la commissure de mes lèvres.

— Pas très chic! J'avais trop faim. C'est pratique, les pizzerias ambulantes.

Il me fait la bise et je me sens rosir.

— Je t'ai apporté une surprise.

Il me remet un dictionnaire français-italien.

— Il te sera certainement utile quand je ne serai pas là.

— Merci, Pietro, c'est gentil.

Il s'occupe des billets et nous prenons le tramway en direction du zoo dans les jardins Borghese. Avant d'y arriver, nous suivons des chemins sinueux sous les grands arbres.

Marciana se réjouit de voir autant d'animaux. Moi, je suis surprise de découvrir un aussi grand parc en pleine ville. Nous passons l'après-midi à courir d'un habitat à l'autre pour voir les girafes, les lions, les phoques et les ours. Les hyènes et le chameau rappellent à Marciana sa maison tunisienne, mais elle rit ouvertement pour la première fois devant les singes. Elle ne se lasse pas. Nous faisons le tour plus d'une fois.

En fin d'après-midi, fatiguée, elle demande à Pietro de la prendre sur ses épaules comme les autres pères. C'est une victoire pour lui, il me regarde les yeux remplis de fierté. Marciana se tient droite, un peu rigide, et, prudemment, pose ses mains sur sa tête pour se tenir. Après un moment, elle demande timidement en italien.

— *Veri elefanti*[12]?

— Tu veux voir les éléphants? demande Pietro.

---

12. Vrais éléphants?

Marciana lui répond d'un signe timide de la tête.

— *Voglio vedere gli elefanti*[13], reprend son père pour lui montrer la bonne prononciation. *Con piacere mia cara*[14], ajoute-t-il.

Une phrase qu'il traduit pour nous deux. Il a maintenant les yeux pleins d'eau, ému par les premiers mots de sa fille dans sa langue maternelle. D'une main, il tient un pied de Marciana; de l'autre il attrape ma main pour m'entraîner vers les éléphants. Nous passons un bon moment encore à observer les pachydermes et les autres bêtes.

À la sortie du parc zoologique, j'offre à tout le monde un cornet de *gelato* que nous dégustons près de la fontaine des tortues. Cette fois-ci, j'ai choisi la saveur café.

Je me trouve dans un univers vaporeux, entre la joie euphorique du moment et l'inquiétude du lendemain. Dans cette ville, j'ai l'impression d'émerger des limbes. Comment retourner seule à ma chambre, maintenant? Je ne souhaite pas que la journée se termine.

Pietro semble, lui aussi, enclin à la prolonger en ma compagnie. Nous étirons notre escapade vers la place du Peuple et la place d'Espagne, deux magnifiques espaces architecturaux agrémentés, bien entendu, d'églises, d'escaliers et de fontaines. Mon compagnon me fait passer par la rue Condetti, la cinquième avenue de Rome, où l'on trouve les luxueuses marques de mode, Gucci, Hermès, Prada, Louis Vuitton… Je passe sans m'émouvoir.

— Veux-tu regarder un peu?

— Non, ça va, ça ne m'intéresse pas vraiment.

---

13. Je veux voir les éléphants.

14. Avec plaisir, ma chérie.

— C'est bien la première fois que je rencontre une femme qui refuse de faire du lèche-vitrines chez Gucci.

— Moi, je préfère les ruines et les animaux.

Je regarde Marciana qui semble parfaitement d'accord avec moi.

— Alors, tu dois apprécier la campagne?

— Oui, bien sûr. Chez moi, la nature est partout.

Assis devant la fontaine *Barcaccia* de Bernini, nous prenons le temps de respirer. Marciana a encore un peu d'énergie pour courir après les pigeons.

— Rome est vraiment charmante! dis-je.

— Combien de temps penses-tu rester?

La question est directe. Je suis à Rome depuis deux jours seulement et j'ai encore bien des choses à visiter. Mais pourquoi cette question? L'idée qu'il s'inquiète de mon départ me laisse pleine d'appréhension.

— Je dois partir… Je veux dire retourner au Canada. En fait, j'ai prévu rester ici deux semaines.

Je parais certainement mal à l'aise. Le silence s'étire très longtemps. Je suis dans mes pensées, lui dans les siennes, mais, tous les deux, nous fixons Marciana.

— Je pense qu'aujourd'hui tu as gagné sa confiance, dis-je enfin.

— Elle a même essayé l'italien. Elle est vraiment dégourdie pour son âge!

Tout à coup, il ne semble plus très bavard. Je me lève, incapable de soutenir ce silence et aussi le semblant d'intimité qui s'est insinué entre nous. Il m'emboîte le pas. Nous revenons vers l'hôtel à pied. Bien que silencieux, et même s'il porte Marciana, Pietro a le pas léger.

Je les quitte près du carrefour des quatre fontaines, après

avoir refusé de prendre le repas du soir avec eux en prétextant la fatigue. Lorsqu'on se fait la bise, il me promet qu'il va me rappeler. Je réponds vaguement à son invitation. Ils bifurquent vers le nord. Je poursuis ma route lentement en méditant sur la magnifique journée que je viens de vivre.

L'image de Marciana avec son père déclenche en moi une cascade de bien-être. Pietro est finalement responsable et je suis soulagée qu'il soit si attentif à la petite.

Je passe la soirée seule à ma chambre, en regrettant de ne pas courir visiter une nouvelle rue, comme si je manquais quelque chose d'important. La nuit jette enfin un baume sur mes remords. Je ne suis pas sortie souper. Je me contente d'un sac de biscuits aux citrons.

À trois heures du matin, j'appelle Ian pour lui confier ma joie d'être à Rome. Je sais très bien que c'est une excuse pour entendre sa voix qui, comme je l'avais prévu, m'encourage à poursuivre mon séjour sans trop m'en faire.

— Alors, tu t'amuses, ma petite sœur?

— J'essaie de suivre tes conseils.

C'est une réponse suffisamment floue pour qu'il s'aperçoive que j'ai le mal du pays.

— Que fais-tu, debout aussi tard? Tu as rencontré un bel Italien?

— Ne sois pas ridicule. Je veux seulement donner de mes nouvelles. Je m'ennuie un peu de vous, mais mon voyage est vraiment intéressant.

Ian me rassure sur ce qui se passe à la maison et me mentionne qu'Éric lui a parlé de notre rupture, que je confirme. Nous discutons encore un moment, puis, après avoir parlé à mes parents, je raccroche, satisfaite. Je ne m'endors que beaucoup plus tard.

Quelques heures après, je me réveille les yeux bouffis et la tête lourde. La carte demeure sur le bureau. Je n'ai prévu aucune sortie. J'ouvre grand fenêtre et volets, et me prélasse au lit à écouter les bruits de la ville. C'est la faim qui me fait sortir de mon cocon.

Je m'étais promis de ne pas tisser de liens à l'étranger. Pietro est intéressant, gentil et très attentionné, mais il est temps que je me débrouille seule. Il a promis de rappeler; j'attendrai donc qu'il se manifeste. S'il veut me revoir, il sait où j'habite. Et moi? Oui, bien sûr, j'ai conservé son numéro de téléphone.

À cette idée, je m'enfuis de ma chambre. Après un début de journée un peu léthargique à essayer de me perdre en suivant un aqueduc, je découvre par hasard la cathédrale Saint-Jean-de-Latran et sa façade semblable à un arc de triomphe. Je commence à penser que l'homme de l'auberge *La Chèvre verte* a eu raison et que le fait de venir à Rome s'apparente à un pèlerinage, vu que je visite surtout des églises. Ce monument, siège de l'évêque de Rome, en l'occurrence le pape lui-même, porte la mention : *Mère et tête de toutes les églises de la ville et du monde*. C'est une maxime qui en impose.

Même si je suis fascinée par mes découvertes, j'ai tout de même l'impression qu'il me manque un élément important.

Je m'assois sur l'une des chaises pour méditer sur ce que je veux vivre ici, à Rome. Je fais des efforts pour penser à autre chose qu'à Marciana. Je pense à Pietro. C'est encore pire. Je refoule mes sentiments; je ne veux pas en avoir. Je me sens loin de chez moi. J'aimerais tellement rentrer maintenant! J'imagine mes boîtes empilées à la maison et j'angoisse juste à penser que je vais devoir rebâtir ma vie. Est-ce raisonnable, de flâner à Rome avec Pietro? J'ai l'impression de mentir à Marciana. Au mont Bargou, je suis tombée amoureuse si rapidement de Joël! Le contexte m'y avait poussée. J'ai tellement peur d'aimer de nouveau!

— *Mais tu es libre, maintenant, ne l'oublie pas.*

— *Tiens, ma conscience qui est de retour.*

— *Tu peux tout de même profiter un peu de la vie!*

Devant le décor qui s'offre à moi, un espace où l'amour doit être honoré, je verse des larmes, envahie par un sentiment d'injustice. Pourquoi faut-il que tout soit si compliqué?

Cette nef est différente; tout est dans les tons de gris, les murs, les colonnes, le plancher de marbre. L'attention des visiteurs est tournée vers le chœur et le plafond à caissons garni de feuilles d'or. Les douze statues des apôtres de plus de huit mètres de haut en marbre blanc contrastent avec leur niche de marbre anthracite et vert.

J'ai l'impression d'être jugée. On pourrait croire que je suis en pleine adoration, à m'essuyer les yeux devant saint Philippe qui terrasse un serpent, le mollet sorti de sa toge. Je constate seulement que je suis attirée par un homme, un Romain, père d'une petite fille de six ans. L'amour est un sentiment vieux comme le monde, mais qui m'a coûté cher il y a peu de temps.

— *Je ne peux pas m'engager pour l'instant.*

— *Et pourquoi? Ce n'est même pas nécessaire, tu n'as qu'à prendre ton temps!*

— *Mais, du temps, je n'en ai pas suffisamment.*

Je me lève remplie de détermination. Dehors, en plein soleil, les couleurs chaudes de Rome finissent par me redonner le sourire. J'erre une partie de la journée. Je suis dans une ville exubérante où passer du bon temps est facile et enrichissant. Je m'accorde plusieurs saveurs de *gelato* pour faire passer mon ennui.

Je perds ma soirée à me battre contre l'humeur maussade qui me traque. Le simple fait d'être assise seule à la *trattoria*[15] du coin à feindre l'indifférence me rend triste. Je n'ai passé que vingt-quatre heures seule. Ce n'est pas très réussi comme exil. Ma retraite en solitaire me paraît inutile. Pourquoi me l'imposer? Pour Marciana? C'est ridicule. Elle est heureuse de me voir, Pietro est agréable et je crois qu'il m'aime bien. Alors, pourquoi m'en priver? Je retourne me coucher avec l'image de Pietro et de son sourire énigmatique en tête, que j'aimerais épingler au-dessus de mon lit comme une icône.

---

15. Restaurant simple et sans prétention, familial.

14.

Encore une rue et j'y suis. J'ai chaud. Le papier où j'ai noté l'adresse est de plus en plus chiffonné; il sera bientôt illisible. Mon cœur s'affole à mesure que les chiffres se rapprochent. Voici la pharmacie dont il m'a parlé. C'est là. J'y suis.

Ce matin, n'en pouvant plus d'attendre, j'ai téléphoné à Pietro, je lui ai dit que je voulais le revoir, passer une partie de mes vacances en sa compagnie. Il m'a tout de suite invitée à souper chez lui, chez ses parents, en fait. J'espère être une bonne amie et profiter de sa présence enrichissante.

Sur la rue à sens unique bordée de larges trottoirs et de stationnements, j'arrive devant deux immenses portes ouvertes. Une grille protège l'entrée qui s'ouvre sur un espace commun de pavé fin. Dans le vestibule aux murs sobres et au plafond décoré de moulures en plâtre représentant les points cardinaux, s'élève un escalier de terrazzo qui obstrue la vue d'une cour intérieure fleurie et lumineuse. Je gravis les quatre étages sans me presser. J'hésite une fraction de seconde. Dès que la sonnette retentit, une femme dans la cinquantaine vient m'ouvrir.

— *Ciao! dovete Valery? Sono contenta di conoscervi. Pietro mi ha detto molto di te*[16].

Je lui souris poliment. Je n'ai rien compris, sinon qu'elle est contente de me voir.

— *Tu parli italiano*[17]*?*

Je réponds d'un signe de tête négatif. Elle me prodigue les explications dans sa langue, mais je ne comprends rien.

— *Celestino! Abbiame visitori*[18]*!*

Un homme assis au salon adjacent se lève pour m'accueillir d'une poignée de main. Le couple échange quelques phrases. On me fait passer au salon. Le tapis bleu roi est criard. Au même moment, la porte s'ouvre et une petite fille me saute au cou.

— Valérie! Tu m'as manqué. Regarde ce que papa m'a acheté.

Elle me présente un sac rempli de petits poissons qui gigotent. Elle les montre ensuite à sa grand-mère qui semble les trouver très beaux.

Pietro entre à son tour. Il me regarde un instant de la tête aux pieds.

— Tu as trouvé la maison facilement? Tu as fait la connaissance de mes parents, à ce que je vois. Marciana voulait un chat, mais je pense que les poissons vont faire l'affaire pour commencer.

— Oui, je pense que c'est une bonne idée.

Il passe près de moi, sourire aux lèvres.

---

16. Bonjour, vous devez être Valérie? Je suis contente de vous rencontrer. Pietro m'a beaucoup parlé de vous.

17. Tu parles italien?

18. Célestino, nous avons de la visite!

— Un instant, je vais déposer ces sacs à la cuisine.

Je m'élance à sa suite. Je reste les yeux rivés sur le plancher de bois aux motifs zébrés et exotiques de la salle à manger.

— C'est très particulier.

— C'est du bois d'olivier.

Je le rejoins près du comptoir. Il s'approche pour me souhaiter la bienvenue chez lui.

— Je suis content que tu sois ici.

— Moi aussi, mais je ne comprends rien de ce que tes parents disent. Je pense avoir besoin d'un interprète.

— Ce n'est pas un problème pour moi. Ne t'en fais pas, Marciana et toi allez apprendre vite.

La perspective de passer la soirée avec ses parents m'angoisse. Jusqu'à maintenant, je m'amusais à dire quelques mots d'italien, mais je constate l'importance d'en apprendre davantage. J'en vois même la nécessité pour percer l'univers de Pietro. Cette idée me remue un peu. De penser à un avenir avec Pietro est pour l'instant beaucoup trop concret pour moi, même si, auprès de lui, tout semble toujours simple.

Sa mère nous rejoint à la cuisine. Elle sort de beaux plats de service en verre taillé. Debout sur une chaise, Marciana nous regarde préparer la salade.

J'essaie d'aider la mère de Pietro en affichant mon plus aimable sourire. Elle est un peu décontenancée que je lui prenne les couverts des mains, mais finit par comprendre que je ne la laisserai pas me servir. Elle accepte finalement en pointant les objets que je dois mettre sur la table. Elle replace ensuite le tout à sa convenance, puis me fait signe d'aller chercher Marciana. Pietro coordonne les conversations; il a beaucoup de facilité à jongler avec les mots dans les deux langues. À table, Marciana réussit à faire rire son grand-père avec ses mimiques. La bonne humeur est de rigueur. Monsieur Moretti m'offre un carnet et un crayon pour noter des mots usuels. J'en prends immédiatement l'habitude. La discussion reste tout de même sommaire. Personne ne semble sur la même longueur d'onde. C'est très frustrant pour moi et décevant pour Marciana.

La soirée passe rapidement, ponctuée de beaucoup de mouvements de main et de bras, chacun gesticulant pour se faire comprendre.

Le repas est gargantuesque. Après l'entrée, le premier plat de pâtes et le second plat de poulet, Pietro termine avec un assortiment de *cannoli*[19]. Nous passons ensuite au salon. Cet espace paraît avoir besoin d'aménagement; la bibliothèque est sombre et chargée, les tableaux sont disparates, les meubles, trop massifs, semblent provenir d'une autre époque. Je regarde Pietro discuter avec ses parents plus que je participe, mais j'aime bien écouter le rythme rapide de leur conversation. Le visage et les gestes expressifs, madame Moretti m'annonce une bonne nouvelle que je ne comprends pas. Ses yeux attendent une réaction de ma part, mais le message ne parvient pas jusqu'à mon cerveau. Monsieur Moretti ajoute d'autres informations.

— Plus lentement, dis-je de mon mieux. *Più lentamente.*

Nous jouons à la charade durant de longues minutes. Je suis désolée d'être devenue subitement analphabète. En témoin avisé, Pietro me laisse m'enfoncer un moment, puis il demande à Marciana :

— Tu crois qu'on devrait aider Valérie?

19. Dessert : pâte tubulaire fourrée au fromage ricotta.

La petite confirme en rigolant. Il vient à mon secours en me soufflant les mots. Devant mon incompréhension, il me traduit la phrase complète.

— Maman tient à ce que je t'emmène visiter le Vatican. On pourrait s'y rendre demain. Mes parents vont s'occuper de leur petite-fille.

Pendant que Pietro et moi faisons la vaisselle, Marciana se met à courir, à faire l'avion, bras en l'air dans le couloir, et à imiter les animaux qu'elle a vus au zoo. Elle laisse exploser toute sa joie. Sa grand-mère ne réussit pas à lui lire une histoire pour la calmer. Pour elle, le déracinement s'est opéré brusquement, dans l'émotion la plus totale, mais la petite pousse semble déjà bien repiquée dans sa nouvelle terre. J'espère qu'elle grandira sans trop affaiblir ses racines. Ce soir, elle semble très heureuse.

Plus tard, elle me montre sa chambre et tout ce qu'elle contient. Elle est très excitée et ne souhaite pas se mettre au lit. Toutes les raisons sont bonnes pour argumenter.

— Je n'ai pas envie de dormir! J'ai soif, je ne veux pas que ce soit mon père qui me brosse les dents! Juste toi.

La soirée est agitée et se termine par une crise de larmes monumentale au sujet d'un verre d'eau. Pour s'endormir, elle s'enroule sur le canapé à côté de moi en tenant fermement mon doigt d'une main et son dromadaire fille, Hajer, de l'autre. Lorsque son emprise se desserre, je retire doucement ma main. Aussitôt, elle referme son poing. Au bout de longues minutes, je réussis finalement à me lever, alors qu'elle dort profondément, épuisée.

Pietro respire enfin. Je le sens tout de même fatigué pour la première fois.

— Elle a de l'énergie! Et c'est comme ça tous les soirs.

— Il est tard, je pense que je vais rentrer à l'hôtel. Moi aussi je suis fatiguée et nous aurons probablement une autre bonne journée de marche demain.

— Je te raccompagne. Ton quartier, le soir, il n'est pas très sûr.

Je remercie ses parents pour le repas. Lorsque je suis prête à partir, une petite voix s'élève du fauteuil.

— À demain, Valérie.

— Bonne nuit, Marciana.

Pietro me regarde. Il ne semble pas vraiment amusé. Il a plutôt l'air découragé. Chemin faisant, il me confie ses appréhensions au sujet de la petite fille qu'il doit intégrer à sa vie, des difficultés qu'il anticipe et des nombreuses questions qu'il se pose. Il a l'impression que d'élever une enfant exige plus de compétences que de devenir médecin. Il est déstabilisé par les crises quotidiennes.

— Devant elle, je me sens tellement démuni!

— Pietro, je crois qu'une petite fille de six ans a réussi à s'emparer de ton cœur.

Nous empruntons un chemin différent et arrivons bientôt devant l'hôtel.

— Roma Termini sous le R à huit heures?

— Parfait. Merci beaucoup pour le souper. Tes parents sont gentils.

Comme si chacun avait compris les besoins de l'autre, notre soirée demeure sous le signe de l'amitié.

ଓ

Le métro, dangereusement bondé, nous mène au nord du Vatican. La foule déferle comme une vague vers l'entrée.

Nous nous engageons dans la cité papale par les bras ouverts de l'esplanade du Bernin. Je suis époustouflée par la grandeur de la place Saint-Pierre. De voir l'ensemble en vrai est totalement irréel. C'est si vaste! Davantage que ce que je m'étais imaginé. La file pour passer le poste de sécurité est longue, mais nous en profitons pour discuter. Je ne cesse de poser des questions sur ce que nous voyons. Le guide touristique en main, je lui en fais même la lecture.

— C'est la première fois que j'accompagne une personne aussi expressive.

— Désolée! Tu dois être fatigué de mes questions.

— Non, continue, c'est mignon.

Sa réponse me soulage. Pour me justifier, je me sens dans l'obligation de lui expliquer d'où me vient mon exubérance.

— Rome me fascine depuis longtemps. Nos parents nous ont appris à nous émerveiller de ce qui nous entoure. L'architecture raconte l'histoire de chaque ville; elle est unique à chaque lieu. Je ne peux pas faire autrement que d'être ébahie. Chaque découverte est pour moi une expérience intérieure importante et nécessaire.

— Tu n'es donc pas une simple touriste.

— Pourquoi?

— Parce qu'eux ne visitent que des lieux. Toi, tu fais plus que ça.

Je perçois dans son regard qu'il est sincère.

— Tu t'ennuies d'eux? Je veux dire de tes parents?

— Un peu, mais je profite de ce que je vis aujourd'hui. Je visite ce lieu extraordinaire accompagnée d'un guide très aimable.

Je crois qu'il a rougi.

Après la fouille au comptoir de la sécurité, nous pénétrons dans la basilique. Je ne suis que dans le narthex et tout est purement grandiose. Impossible d'englober dans une phrase le gigantisme et la beauté d'un tel lieu. Si les églises que j'ai visitées jusqu'à maintenant sont grandes, ici c'est la démesure. Soixante mille personnes peuvent y prendre place et entendre la messe en même temps. C'est trois terrains de soccer qui entreraient dans ce vaste espace, mais je suis trop émue pour laisser vagabonder mon imagination. L'architecture complexe et les somptueux dessins de mosaïque m'étonnent tout autant que la beauté, le nombre et la diversité des statues qui l'habitent. J'admire les œuvres avec intérêt, touchée par le talent de tous les maîtres qui se sont succédé pour créer ce joyau, excitée comme une groupie devant les noms illustres qui ont marqué l'histoire de ce monument.

Le soleil qui entre par des fenêtres carrées à la base de la voûte trace des rais de lumière qui rendent le lieu encore plus mystérieux. Le plancher de marbre coloré est fabuleux. Le Baldaquin du Bernin en bronze, soutenu par ses gigantesques colonnes torsadées de trente mètres de haut, est stupéfiant. Les nombreuses chapelles qui bordent la nef sont toutes plus richement décorées les unes que les autres.

Nous marchons lentement. Pietro se rapproche souvent pour me chuchoter des informations à l'oreille. Il dépose parfois sa main sur mon épaule en pointant des détails fabuleux de la voûte. Après la visite de l'intérieur, devant mon intérêt et en guide avisé, il me fait monter sur le toit de la basilique par l'escalier. L'attente en vaut la peine. Une surprise m'y attend, d'abord les vendeurs du temple, puis les trois cent vingt marches qui serpentent entre les deux parois de la coupole de Bramante, dans un corridor exigu et de plus en plus incliné. L'effort final pour atteindre la lanterne m'oblige à me contorsionner dans un minuscule escalier en colimaçon très pentu et poli par le passage des fidèles. Pietro, qui me suit de près, regarde-t-il mes fesses? Si je manquais une marche, j'emporterais dans ma chute plusieurs visiteurs. Je m'amuse en imaginant cette scène improbable.

Le campanile sur le dôme offre une vue panoramique sur Rome qui en vaut vraiment la peine. Mon âme d'ingénieure refait surface et je ne cesse de commenter tel ou tel détail fascinant de la construction. Je n'ai pas suffisamment d'yeux pour m'imprégner de tout ce que je vois.

— Je veux dormir ici.

— C'est impossible, me répond-il, les yeux pétillants.

— Je sais, mais ce serait pourtant merveilleux de voir le soleil se coucher d'ici. Ça me rappelle mes cours d'histoire de l'architecture. Je n'avais jamais imaginé que d'être ici serait si grisant.

Nous devons pourtant redescendre. Pietro continue à me faire découvrir des attraits importants.

— Tu es un excellent guide, Pietro.

— Je suis venu très souvent ici avec mes parents. Pourtant, je découvre quelque chose de nouveau chaque fois.

En sortant de la place Saint-Pierre, Pietro marche sur le muret qui longe l'avenue sans s'inquiéter des passants. Il est souriant; on dirait un gamin. À le voir ainsi, jamais on ne pourrait croire qu'il est médecin. Au bout du parc, il saute à pieds joints sur le trottoir. Il trotte plus qu'il ne marche. Soudain, semblant s'apercevoir que Marciana n'est pas là et qu'il n'a pas à faire le pitre, il s'exclame:

— Désolé, je me suis laissé emporter par ma joie.

— Je ne pensais pas que le pape te rendait si joyeux.

— Je pense que c'est le fait d'être père, qui me rend si heureux.

— Mais tu le savais, n'est-ce pas, que tu avais une fille?

Il devient plus sérieux, nous marchons vers le château Saint-Ange lorsqu'il consent à me fournir des explications.

— Iris était une belle personne, intelligente et douce. Je l'ai rencontrée sur le campus à Tunis, lors d'un échange inter-universités. Elle étudiait pour devenir enseignante.

— Vous avez été longtemps ensemble?

— Cet été-là seulement. Nous étions très épris l'un de l'autre. Mais je devais terminer mes études à Rome et sa famille a refusé qu'elle me suive. Elle devait aussi finir son cours.

— Et vous avez continué à vous fréquenter?

— Nous avons communiqué jusqu'à ce qu'elle ne me donne plus aucune nouvelle. Du jour au lendemain, elle n'a plus répondu à mes lettres ni à mes appels... Regarde, c'est le corridor des papes. Il relie le Vatican au château en cas de siège.

J'ai la tête qui bourdonne d'informations.

— C'est très étrange, non?

— Le château Saint-Ange a été construit vers l'an 130 pour servir de mausolée à l'empereur Hadrien.

L'image me fait sourire; un autre mur à son actif!

— Tu parlais d'Iris. Elle ne t'a jamais donné d'explications?

— Après quelques mois, elle m'a envoyé une lettre me demandant de ne plus l'importuner, que notre relation était trop complexe pour elle. Ça a été un choc pour moi. Je n'y ai rien compris. Elle me souhaitait bien du succès et du bonheur. Quand j'ai obtenu mon diplôme, elle m'a envoyé une carte pour me féliciter. Du même coup, elle m'a annoncé qu'elle était malade. Un cancer. Elle est décédée quelques mois après, elle vivait seule avec sa mère. Marciana devait avoir trois ans.

Nous nous assoyons sur l'herbe presque sèche du parc.

— Tu savais, à ce moment, pour ta fille?

— Après la mort d'Iris, sa mère s'est chargée d'élever sa petite-fille. Mais, quand elle est tombée malade à son tour, elle a reconnu ses torts et m'a avoué l'existence de Marciana. Iris l'avait nommée ainsi en mémoire du village de mon enfance. Cette femme m'avait privé de ma fille tout ce temps.

— Tu l'as vue, alors?

— Les procédures pour faire reconnaître ma paternité ont été complexes, surtout que sa grand-mère ne voulait pas la laisser partir. Elle est morte il y a un mois. C'est la conclusion d'une longue bataille. Si je ne suis pas allé la chercher moi-même à Tunis, c'est que les services sociaux l'ont décidé ainsi; je devais terminer mes heures de garde à l'hôpital.

Je suis touchée par ses confidences et son ouverture. Tout compte fait, il s'était réellement engagé avec la mère de Marciana; cette relation a été importante pour lui. Je regrette de l'avoir jugé hâtivement lors de notre première rencontre à l'aéroport.

— Je suis désolée pour Iris.

— À l'hôpital, je côtoie la mort régulièrement, mais on ne peut pas comprendre tant qu'elle ne nous touche pas. Je suis content qu'il me reste quelque chose d'elle.

Pietro s'étend sur le dos et ferme les yeux en ajoutant:

— Marciana ressemble beaucoup à sa mère.

— Elle est vraiment très belle.

— Valérie, toi aussi, tu es très belle!

Il ressemble à un collégien qui prend le soleil au lieu de suivre ses cours. Sa réplique me met des papillons au cœur.

Je m'étends à ses côtés, suffisamment proche pour que nos épaules se touchent. Trop intimidée pour lui répondre, je veux seulement communier à ses émotions, lui faire comprendre que je suis là.

Je pense à Joël; jamais il n'a été aussi profond dans ses propos.

— Regarde, au sommet, c'est l'archange Saint-Michel, le défenseur de la foi.

Je pense à une image qui m'est brièvement venue à l'esprit alors que nous étions au zoo. C'était comme une vision d'avenir. Nous formions une famille heureuse. Je suis éprise de Marciana, il faut bien que je le réalise. Elle m'attire à elle comme un aimant. Et je ne suis pas du tout indifférente à son père.

Pietro me demande si je souhaite voir le musée du Vatican et la chapelle Sixtine.

— Je pense plutôt à prendre l'apéro avec toi. Je commence à être saturée de voir de si belles choses. J'ai besoin de me retrouver les pieds un peu sur terre.

Nous cherchons une terrasse à l'ombre pour nous rafraîchir. Nous parlons de nos intérêts communs, pour l'art, l'histoire et les activités sportives. Pietro aime faire des randonnées. Il ne s'est jamais adonné à la course par manque de temps et parce que, à Rome, la chaleur n'est guère propice à cette activité. Sa réplique me rappelle Joël et ses restrictions.

— Ça va? Tu sembles angoissée, tout à coup.

— Ce n'est rien, je pense à l'hiver au Canada. Tu as déjà fait du ski?

— J'ai déjà essayé, mais je n'ai pas beaucoup d'expérience.

— Moi, j'aime beaucoup les sports d'hiver. On n'a pas peur de cuire sur place!

Nous passons un long moment à discuter de tout et de rien. Je lui rappelle qu'il me reste encore plusieurs jours à occuper avant mon départ et que je suis ouverte aux propositions.

— As-tu déjà vu un opéra italien?

— Au complet? Jamais. Ce n'est pas mon genre de musique.

— Puisque tu es à Rome, tu dois absolument en faire l'expérience.

— Toi, tu en vois souvent?

— Non, rarement, mais ce serait une belle sortie à faire ensemble.

Deux jours plus tard, Pietro passe me chercher peu après dix-neuf heures. Cette fois, il monte frapper à la porte de ma chambre. Durant la journée, j'ai arpenté le quartier pour dénicher une robe digne de notre sortie. J'en ai choisi une écrue ornée d'un plissage ajusté sur le buste qui retombe en une jupe vaporeuse sous le genou. J'ai fait sécher mes cheveux en les bouclant. Je me maquille légèrement lorsque je l'entends frapper.

Dès qu'il entre, ses yeux trahissent sa pensée; il est impressionné. Je suis ravie qu'il me taquine un peu.

— *Tu sei splendida stasera*[20].

— Toi aussi, tu es élégant. J'ai l'impression de rêver.

Il ne peut s'empêcher de replacer une mèche de cheveux sur mon épaule, alors que je noue la boucle de mes sandales. En me redressant, je lui fais face. Il dépose ses mains sur mes hanches, m'attire légèrement à lui et, au lieu de la bise habituelle, il dépose un baiser sur mes lèvres. Le temps s'arrête. Il me regarde. Je souris.

---

20. Tu es resplendissante, ce soir.

— L'opéra n'est qu'à quelques coins de rue, mais j'aimerais te montrer quelque chose avant.

Il m'entraîne à quelques pas dans la direction opposée. Nous gagnons un jardin privé, fermé par une grille en fer forgé au motif végétal dans lequel je reconnais le style art nouveau. Derrière un bosquet, il me montre une statue de femme en bronze. On dirait qu'elle nous attendait accroupie dans l'herbe. C'est unique, certainement ancien, terni par le temps.

— *Libellula*, c'est le titre de cette œuvre anonyme.

Je suis fascinée par l'impression que dégage cette femme aux ailes droites et ajourées de libellule. Le corps mince de cette nymphe au visage serein et aux cheveux ondulant en arabesque semble en parfaite harmonie avec son environnement. On ne retrouve pas ce genre d'attrait dans les guides touristiques.

— C'est vraiment inouï!

— Tu l'aimes? Moi, je l'ai toujours trouvée intéressante.

Sa posture est particulière. Ses jambes sont représentées de telle manière qu'elle semble prête à s'élancer; un voile léger retombe de son buste. Il s'en dégage beaucoup de force et de sérénité.

— Je savais que tu l'aimerais.

— Je te remercie de me l'avoir montrée. Elle est très belle.

— Étant donné leur métamorphose, les libellules représentent la sagesse. Elles ont une grande capacité d'adaptation.

Je fais le tour de la statue pour la voir de tous les côtés. Lorsque je rejoins Pietro, il demande:

— Ne trouves-tu pas qu'elle te ressemble?

— Je ne sais pas, mais j'aimerais bien être cette libellule.

— Valérie, je perds le souffle, quand tu es là, murmure-t-il en se rapprochant.

Je détourne les yeux, feignant d'observer un détail de la statue.

— Tu as entendu ce que j'ai dit?

— Oui. Tu sais, je m'imagine très bien à tes côtés. Cependant, j'ai un avion à prendre dans moins d'une semaine. Et il y a Marciana.

— Laisse-moi au moins espérer que tu vas réfléchir.

— Déjà, je ne cesse de penser à toi.

Il me prend dans ses bras et me serre contre lui. Son odeur m'enivre. Je voudrais être à lui. Je passe ma main derrière sa nuque et ma bouche recherche la sienne. Nous nous embrassons fougueusement.

— Oh! Valérie.

C'est le seul mot qu'il prononce en m'offrant son bras galamment. Il est temps de nous rendre à l'opéra.

Le Teatro dell'Opera di Roma[21], sobre et discret de l'extérieur, est féerique à l'intérieur. On s'y retrouve au temps des grandes cours royales. La foule en entier y est en tenue de soirée comme pour un bal.

Nous occupons une loge de côté au deuxième étage, juste au-dessus de la scène. L'amphithéâtre est grandiose. Le parterre aux sièges rouges et les loges sur cinq étages parés de lustres où la dorure est à l'honneur créent un monde merveilleux. Dès les premières notes saccadées de l'introduction, je suis charmée. La fosse d'orchestre, à n'en pas douter, est occupée par des professionnels. À l'ouverture des rideaux, le décor, les voix multiples des chœurs et l'ambiance enveloppante me rivent sur mon siège. *Il pirata*

21. Théâtre de l'Opéra de Rome.

de Bellini est une pièce romantique moins connue qu'*Aida* de Verdi, mais je suis bouleversée par le jeu des solistes. Bien qu'il soit chanté en italien, je comprends très bien l'intrigue.

Pietro est lui aussi sur le bord de la balustrade, plus attentif à mon profil qu'à la pièce. L'entracte nous permet de nous dégourdir, de nous émerveiller ensemble de cette expérience culturelle fascinante, mais surtout de nous enlacer de nouveau tendrement. Je pleure finalement à chaudes larmes lorsque, à la fin, les amoureux sont séparés au son d'une musique déchirante aux accents profonds.

Je reste un moment les yeux rivés sur le rideau pour apprécier les dernières notes qui me restent en tête. À notre retour sur la rue, pour fêter ma première sortie à l'opéra, Pietro m'offre une collation à la *pasticceria*[22]. Le présentoir est un plaisir pour les yeux.

Assis sur les marches de Sainte-Marie-Majeure, nous formons un duo insolite, en costume de gala, à nous empiffrer de choux à la crème, de pâte d'amandes et de baba au rhum dans cette douce nuit.

Sur le chemin du retour, Pietro m'apprend qu'il possède une maison en dehors de Rome où il peut plus aisément décrocher de son travail de médecin.

— J'aimerais t'inviter à la campagne. C'est vraiment un beau coin pour passer le reste de tes vacances. Tu pourras rencontrer mes amis. Tu vas adorer.

Il ne passe jamais par quatre chemins. Il est toujours franc et direct. J'aurais envie de lui sauter au cou, mais je me retiens.

---

22. Pâtisserie.

— Je pense que le grand air ferait du bien à tout le monde. Mes parents sont attentionnés, mais ils prennent un peu trop de place. Je veux me retrouver un peu avec ma fille.

— C'est une bonne idée. Tu penses partir bientôt?

— Dès demain, si tu veux.

— Pietro, je... laisse-moi y penser ce soir. J'ai encore des visites à faire ici et...

Je n'ai que l'envie de le toucher, de l'inviter à ma chambre. Cependant, j'ai déjà suffisamment dépassé la limite que je m'étais fixée.

— Parfait, je t'accorde une nuit de réflexion. Je t'appellerai demain. Bonne nuit, Valérie!

— Bonne nuit, Pietro. Merci beaucoup pour la sortie.

Je baisse les yeux, honteuse. J'ai l'impression de gâcher cette fin de soirée. Pietro est un électron libre qui m'attire inexorablement. Pourtant, j'ai peur de m'engager dans cette relation. Je dois choisir et, vite, sortir de ce rêve.

Il m'est impossible de revenir en arrière, sans doute, mais le chemin qui m'a menée à Rome est parsemé de deuils et ce que j'y vis de très beau m'angoisse au plus haut point. J'ai l'impression de trahir à la fois ma famille et Pietro. Je suis en colère contre moi-même, parce que je n'ai rien fait pour éviter de l'aimer; je n'ai même pas résisté.

Je voulais vivre un moment en marge, préparer ma métamorphose comme la libellule. Je voulais rester seule pour m'épanouir et développer ma débrouillardise. Je souhaitais rebâtir ma confiance en moi pour me recréer une nouvelle vie au Canada. Ce que j'ai découvert, c'est que je mène un combat contre moi-même. Pourquoi la vie a-t-elle toujours une longueur d'avance sur moi? Certes, je me sens bien vivante. Lorsque je vois Marciana, lorsque Pietro passe sa main sur ses cheveux, lorsqu'il me fait des clins d'œil, lorsqu'il m'apprend des mots nouveaux, je craque. C'est tellement plus fort que lorsque j'étais près de Joël! Avec lui c'était physique. Il me blessait tout autant qu'il me plaisait. Maintenant, Pietro me montre une nouvelle voie, celle de la complicité. Je prends conscience à chaque instant que nos destins sont scellés.

Me voilà en train de renier mes intentions. Pietro a des yeux tendres qui expriment la douceur. Ses paroles sont toujours en accord avec ce qu'il ressent. Ses gestes, à la fois timides et posés, ne sont pas empruntés ni ambigus. Il représente une amitié facile, mais une peine d'amour inévitable. Nous avons seulement fait de notre mieux pour le bien-être d'une petite fille que ni l'un ni l'autre ne connaissait il y a une semaine.

Au matin, lorsque la sonnerie se fait entendre, ma détermination est farouche.

— Pietro, je suis désolée. Je ne crois pas que… je vous accompagnerai.

— Mais pourquoi? Quelques jours seulement.

— Je ne peux pas, je dois finir mes visites. J'ai besoin de compléter mon voyage comme je l'ai imaginé.

— Je ne te comprends pas.

— Je suis à Rome pour des raisons personnelles!

Je regrette d'avoir prononcé cette phrase, mais il est trop tard. Ce que je veux faire, c'est une rupture préventive avant que Marciana soit impliquée, avant qu'il y ait quelque chose de sérieux entre nous.

— Valérie, ne vois-tu pas que je pense à toi sans arrêt? J'ai ton image en tête dès que je me réveille, je me demande si tu es réveillée, comment tu aimes ton café, si ce matin tu as pris un croissant ou si tu as préféré te rendre à la *pasticceria* essayer une nouvelle gâterie. J'ai l'impression que tous les malentendus qui nous séparent peuvent s'expliquer.

— Pietro, bientôt, je vais retourner chez moi.

— Pense à moi, pense à Marciana.

— Laisse-la en dehors de ça. Tu me mets au supplice. De penser à toi me torture suffisamment sans en ajouter.

— S'il te plaît, ne t'en va pas. Pour une fois, ne respecte pas tes promesses. Tu vois que je t'aime. Marciana t'aime et je sais que, toi aussi, tu nous aimes.

— Non, Pietro, tu te trompes! Nous avons passé de très beaux moments ensemble, mais l'amour est impossible entre nous. Il ne ferait que briser notre amitié.

— Valérie, je t'en prie. Réfléchis.

Une heure plus tard, je fais des adieux déchirants à Pietro et à Marciana qui partent sans moi. Il me reste quelques jours pour visiter les musées et certains attraits que je n'ai pas encore vus. La journée est triste. Durant la soirée, un orage violent éclate, comme lors de mon arrivée à Rome. J'en profite pour me coucher tôt et pleurer toutes les larmes de mon corps.

Le lendemain, la grisaille est pire, alors que je visite le château Saint-Ange, le mausolée d'Hadrien. Cette rotonde a été transformée en forteresse et a abrité quelques papes. Elle me paraît tout juste intéressante.

Devant le buste de l'empereur, ma pensée divague; j'ai l'impression qu'il me parle.

— Vas-y! Si tu as pu passer par-dessus les blessures que Joël t'a infligées, tu pourras affronter cette nouvelle conquête.

— Mais je ne veux justement pas de problèmes supplémentaires! J'ai déjà donné.

— Tu as peur et c'est normal. Les armées doivent marcher et se battre pour percer des frontières. Marciana a besoin de toi. Regarde comme elle tient à toi!

— Et moi? Je crois que j'ai aussi besoin d'elle. Et de Pietro!

Je me rends compte que je nourris des absurdités. Je continue à avancer dans un dédale de couloirs et de salles peintes au temps de Raphaël en considérant distraitement les expositions militaires et religieuses. Les touristes me contournent. Je fixe le sol de mosaïque.

— Ça te fait peur parce que tu préfères être seule. Tu as peur de perdre la maîtrise de ta vie. Tu as peur qu'on t'aime à nouveau.

— C'est ridicule!

— Regarde-toi. Qu'est-ce que tu cherches, ici? Ce n'est pas en passant encore un mois à contempler des antiquités que tu vas obtenir ce que tu veux.

— Bon! C'est peut-être vrai, mais je n'ai pas souhaité cette conclusion.

— Rends-toi à l'évidence, depuis que tu l'as vu, tu ne cesses de penser à lui. Ce ne sont pas les monuments que tu aimes, c'est Pietro que tu fuis.

— Pas du tout! Comment veux-tu que je retourne au Canada si je tombe amoureuse ici? Je ne peux pas.

— Laisse faire! Tu trouveras bien le chemin de la raison un jour!

J'essaie de garder toute ma cohésion intérieure. Mon avenir est en jeu. L'amulette, cette main arabe à mon cou, me donne une force que j'appelle espérance.

En fin de journée, seule à contempler la fontaine de Trévi, je comprends que je ne peux plus me mentir. Mon cœur, même rapiécé, exulte quand je pense à lui. Je ne précipiterai rien, mais je ressens le besoin de revoir Pietro. Je dois me rendre chez lui. Je dois lui faire part de ce que je ressens pour lui. Je dois aussi lui parler de mon passé. Cela m'angoisse, mais je sais qu'il m'attend, ainsi que Marciana. Sinon, pourquoi m'aurait-il donné l'adresse?

Compte tenu de ce que je ressens, mon retour au Saguenay devient moins important, comme un rêve lointain. La vie d'ici me paraît plus vraie, plus savoureuse et très enveloppante pour l'instant.

Ce matin, le gros chat beige et blanc dort paisiblement sur le rebord de la fenêtre du voisin, entre deux pots de terre cuite vides. Il vit le moment présent, un bel exemple à suivre; le passé peut être vide, mais l'avenir l'est toujours, puisque rien n'est écrit d'avance.

Le félin s'étire, se lèche un peu, se retourne et continue à jouir du soleil. Le temps s'égraine trop lentement à mon goût aussi. J'espère faire le bon choix. J'hésite encore un peu. Mes gestes se font plus lents, moins coordonnés. Je me rends à la chambre sans me presser. Je ne changerai pas d'idée, mais je dois me préparer. En montant l'escalier, je laisse ma main traîner sur le mur pour en sentir les aspérités sous mes doigts.

Je gagne la salle d'eau, j'aime le grincement aigu des vieux robinets. Je me débarbouille le visage. Mon portrait dans la glace a mûri. J'ai peut-être pris quelques rides durant l'été. Cela me fait sourire; ce n'est pas tellement important. J'éponge mon cou et descends le long de mon corps. Il est ferme. Je me sens plus belle, plus forte. Pourtant, je passe près de défaillir en pensant à Pietro. Au contact du marbre froid, une vague de réconfort me parcourt. Je n'ai pas besoin d'hésiter. Je prendrai ce que la vie m'offrira. Je vais faire confiance à cet avenir encore vierge.

Je fais mon bagage et quitte ma chambre, animée de la certitude que Pietro m'attend. J'ai lavé et rapiécé mon sac, qui m'accompagne depuis Bargou. Il est utile. De plus, j'aime son usure. Il est le seul témoin de l'ensemble de mes aventures. Lorsque je le mets en bandoulière, j'ai l'impression qu'il me redonne un air de jeunesse, un soupçon de vigueur et d'assurance. Oui, d'accord, j'ai l'air d'une gamine, mais je suis bien dans mon mélange de style, ma robe noire en dentelle et mon sac élimé. Je suis rebelle, point final.

Ma première visite officielle chez Pietro me comble et me rend joyeuse, mais la proximité d'un autre homme dans ma vie me trouble.

15.

LA minuscule gare de la *Piazza Stazione di San Pietro*[23] n'est pas particulièrement intéressante avec ses portes en arche et ses maigres deux étages. Elle est vieillotte et beige, mais ô combien plus tranquille que la Gare Centrale. En attendant le train, je repense aux bouches du métropolitain de Paris. L'image des globes orangés de monsieur Guimard, incrustés dans des feuillages qui s'étirent en de longues volutes d'acier, me traverse l'esprit. Je pense à Éric. Nous y sommes allés en amoureux. Nous avons passé la semaine à négocier ce que nous voulions voir et faire. Au fond, je ne suis pas si bouleversée que notre relation ait pris fin.

La ligne de train mène directement au *Lago di Bracciano*[24]. Je dois descendre à l'arrêt *Vigna Di Valle*[25]. Heureusement, Pietro m'a bien expliqué l'itinéraire.

Je profite du trajet pour observer le paysage italien. Je sais que ma vie sera transformée au bout des rails. Ce n'est pas seulement un voyage d'agrément que je m'accorde, une

23. Place de la station Saint-Pierre.

24. Lac de Bracciano.

25. Vignoble de la vallée.

pause pour mon plaisir, c'est Pietro que je vais rejoindre dans l'espoir que mes sentiments ne me trahiront pas, cette fois. J'espère que l'univers qu'il m'a décrit existe vraiment.

Maintenant bien assise dans mon wagon, j'ai bon espoir que se dégage une nouvelle parcelle de ciel bleu pour moi. Le bruit régulier du frottement de l'acier me laisse divaguer. Le serpent semble aller droit vers l'objectif, alors qu'il ondule à travers les villages de la région du Lazio. Je suis pensive, hypnotisée.

Lorsque le train s'arrête dans le creux d'un vallon près de la gare jaunâtre de *Vigna Di Valle*, mon sang semble subitement fuir mon corps. J'ai l'impression d'être livide comme une statue de sel qui regarde son passé par-dessus son épaule. Je vais m'évanouir. Je faiblis, mais le plancher est sale et la banquette voisine, occupée. Advienne que pourra. Je suis dans ce train et je dois assumer ma décision. Je me promets d'être honnête.

D'ici, on peut apercevoir une vingtaine de maisons éparses. En suivant les indications de Pietro, je m'engage sur le chemin qui longe la voie ferrée, en direction de la maison sur la colline.

— Va vers la gauche, sur la petite route Selciatella, m'a dit Pietro. Environ cinq cents mètres plus loin, un muret de pierre forme un entonnoir fermé par une grille verte. Le paysage se compose de longues étendues cultivées. Tu ne peux pas manquer ta destination; nous avons une haie de cactus juste devant.

Son explication a semé le trouble au fond de mon estomac. Il est vrai que l'Italie comporte bien des similitudes avec la Tunisie.

Juste avant l'entrée de la propriété, le champ que je longe est clôturé par un grillage tenu par des poteaux de ciment. Au milieu du pré broutent des chevaux.

— Treize, via della Selciatella. C'est ici.

Une douzaine d'oliviers alignés sur deux rangées m'accueillent. Ils bordent l'entrée d'une maison de ferme typique de deux étages en pierres locales; son toit à deux pans est recouvert de terre cuite. La construction cadre bien parmi les arbres et les plantes ornementales comme l'imposant yucca près de l'entrée.

La grille n'est pas fermée. Prudente, je marche d'un pas retenu en m'assurant de faire suffisamment de bruit pour annoncer ma venue, mais pas trop pour ne pas déranger, un effet de ma double personnalité et de mes dualités.

Mais il n'y a personne. J'aurais dû avertir avant de m'amener. La maison est fermée à clé. J'en fais le tour. Derrière, un petit vignoble s'étend en pente. Les pieds de vigne fournis forment des sillons. Sur les parcelles voisines, il y a un verger ici, des champs cultivés là, ailleurs encore, dans les zones plus ravinées, des forêts de feuillus. Des chemins d'entretien délimitent les zones. Nazim aurait aimé se promener là. L'air frais sent bon; la brise provient de loin. En contrebas, à quelques kilomètres, on aperçoit un immense lac.

Après avoir fait le tour des installations, je décide de me faire chauffer au soleil de cette fin de journée. Tout près, presque à mes pieds, un filet d'eau coule au bout d'un tuyau de cuivre cerné de vert-de-gris. C'est tellement naturel aux yeux de tous, d'avoir l'eau courante! Après le trajet que j'ai parcouru sans eau, je ne peux m'empêcher de fermer les paupières pour mieux profiter de cette bénédiction. J'accumule les précieuses gouttes dans le creux de mes mains pour en aspirer quelques-unes. Quel bonheur! Je me sens revivre et, pour ne pas en gaspiller une trop grande quantité, je referme le robinet.

Adossée à une lourde porte de bois, à l'abri d'un gros pot de terre encore vide posé sur l'unique marche usée en marbre, je fais la sieste, le nez tourné vers la chaleur.

Pietro et Marciana ne tarderont certainement pas à revenir. Je fixe le robinet qui perd une goutte à la seconde. Il rythme mon attente. Je ne suis pas là pour rien, on m'a invitée. J'espère poursuivre mes vacances dans ce cadre enchanteur et peut-être retrouver la légèreté de mes vingt ans auprès de Pietro.

Je m'assoupis, le front appuyé contre mon avant-bras croisé sur mes genoux. Le bruit d'une voiture dans l'allée remet mes sens en éveil. La petite Fiat se gare non loin de moi. D'un pas svelte, un inconnu s'en extirpe, alors qu'elle est beaucoup trop petite pour ses longues jambes. Je me lève pour l'accueillir. Il semble sortir d'un chantier. Sa barbe de trois jours s'harmonise à son jeans et à son t-shirt rouge.

— *Buongiorno, Signora*[26]*!*

Il me tend la main d'un geste spontané. Surprise, je lui réponds en français.

— Bon après-midi.

— Ah! oui, la *bella donna del Canada*[27]. Moi, c'est Mathieu.

— Valérie, dis-je en lui tendant la main.

Il est clair que Pietro lui a parlé de moi en termes élogieux. Il me plaît bien. Je souris en rougissant un peu.

— Enchanté! Pietro et Marciana sont sortis, mais vous savez ce que c'est lorsqu'on fait des emplettes. Ils devraient rentrer bientôt.

— Ce n'est pas grave, je vais les attendre. Le paysage est très beau.

26. Bonjour, madame.

27. La belle femme du Canada.

Il continue de parler en extirpant un sac à outils du coffre de sa voiture.

— Moi, je suis venu mesurer les cabinets de la nouvelle salle d'eau. Venez, entrons! Pietro me laisse les clés. C'est plus pratique pour les travaux.

J'entre, mais je me sens un peu comme une intruse. J'observe les menus détails, le sol couvert de céramiques posées à angle, les poutres apparentes sous le plafond surélevé, les rondins foncés qui se détachent sur le plafond blanc de la cuisine, une très large fenêtre divisée en losanges qui donne un aperçu de la terrasse... Mathieu semble se retrouver facilement dans les armoires et nous sert un verre d'eau pétillante.

— Vous connaissez Pietro depuis longtemps?

— Quelques années. C'est un voisin formidable, il n'est jamais là! Il a toujours besoin d'aide dans ses projets, cependant. Il rêve parfois en couleur, mais on ne s'ennuie jamais en sa compagnie.

— Il est très gentil. Il m'a tout de suite aidée lorsque je suis arrivée.

— Ça ne me surprend pas, il est comme ça. Il ramasse même les chiens errants.

Je baisse les yeux; l'allusion est ambiguë. Voyant mon malaise, il s'avise de sa bévue et s'excuse de s'être mal exprimé. Finalement, nous en rions.

— Vous êtes québécoise? De quel coin exactement?

— Du Saguenay, et vous?

— Quelle coïncidence! Ma grand-mère habite L'Anse-Saint-Jean. Moi, j'ai grandi au nord de Montréal.

Je le regarde, bouche bée, hypnotisée par ce qu'il vient de dire. Je vois très bien le paysage dont il parle, le fjord et ses caps majestueux, le pont couvert et la station de ski Mont-Édouard. Une panoplie d'images me reviennent en tête. Il s'impatiente.

— Vous savez où c'est?

— Euh… Oui, très bien, même.

Tout à coup, je réalise que si je reste en Italie, je ne serai plus aussi proche de ma famille. J'aurai à faire des compromis.

— Vous repartez bientôt?

— En fait, je suis en vacances encore quelques jours, ensuite je ne sais plus.

— Moi, j'essaie de visiter mes parents chaque année. Ce n'est pas si simple, compte tenu de mon travail et de la distance. Quand j'y retourne, j'ai beaucoup de plaisir, mais je préfère la chaleur de l'Italie, surtout l'hiver.

Un flot d'informations et d'émotions se matérialise. Mes neurones s'entrechoquent. J'ai subitement très chaud et j'ai l'impression de manquer d'air. C'est l'abîme juste avant le choc vagal.

Mathieu m'attrape juste au moment où je me sens faiblir. Peu importe où je suis, je sens réellement la neige dans la pièce. Il me propose de m'asseoir sur le sofa. J'y reprends mes esprits.

— Vous n'avez pas mangé de la journée, n'est-ce pas?

Je lui réponds par un petit signe négatif de la tête. Il attrape un panier de fruits sur le comptoir.

— Une pomme du verger?

— Ce sera parfait, merci.

Je me lève en entendant une voiture arriver. Elle se gare à côté de celle de Mathieu.

— Vous ne devriez pas vous lever.

— Ce n'est rien. Ça va déjà mieux, je vous assure.

Mathieu prend un morceau de fromage au frigo et en coupe une tranche qu'il me tend.

— Mangez un peu, c'est un produit du terroir. Ce n'est pas du cheddar de votre belle région, mais il est très bon.

— Ils arrivent!

Mon cœur bat la chamade. Je vois Marciana s'élancer vers le champ qui borde la propriété pour regarder les chevaux. Elle semble déjà tellement bien, ici! Après lui avoir donné une consigne, Pietro entre, des sacs de provisions plein les bras.

— Bonjour, Pietro.

En m'apercevant, il passe près de tout échapper.

— Laisse-moi t'aider.

— Tu es venue?

— Je suis là.

— Et tes visites?

— Elles attendront un peu.

Il dépose ses achats et se précipite vers moi. Apparemment heureux, il me fait l'accolade et me serre dans ses bras, en passant sa main sur ma joue.

— Bienvenue chez toi... Je veux dire que tu es ici comme chez toi.

— C'est très gentil.

Se sentant exclu tout à coup, Mathieu intervient.

— Bon, on fait les mesures ou on repeint la chambre?

Pietro s'excuse de faire attendre son ami. D'une poigne solide, il lui serre l'épaule. Cette salutation masculine et sincère en dit long sur leur amitié.

— Ce n'est pas grave, je reviendrai. Je vous laisse!

Il sort en coup de vent. Au passage, il tapote la tête de Marciana qui entre.

— Valérie! Tu es là?

Elle s'élance vers moi et me saute au cou.

— Tu es revenue!

Elle me serre très fort, puis elle essaie d'attraper l'épaule de son père. Du bout des doigts, elle tire sur son chandail pour qu'il se rapproche de nous. Elle nous enlace tous les deux par le cou. Pietro passe son bras autour d'elle et dépose sa main sur mon épaule. Nous formons un noyau solide. Quand j'ouvre les yeux au-dessus de la mêlée, Pietro m'observe intensément, ni souriant ni fier, je dirais plutôt serein. Je ne me sens plus seule.

Marciana se débat pour descendre, brisant le charme de cet instant.

— Je pense que tout le monde est ravi, à ce que je vois. Valérie, je suis vraiment content que tu aies changé d'avis.

— C'est très beau, ici.

Nous sommes là tous les deux immobiles à se regarder.

— Attends, je ne suis pas un très bon hôtelier. Je vais te montrer la chambre d'invité. Tu pourras t'installer pendant que je prépare le repas.

— Merci, c'est gentil.

Il prend mon sac sur son épaule et monte à l'étage. Je le suis dans une chambre aux murs blancs et au plancher de vieux bois, meublée d'un lit de fer. Marciana s'insère entre nous deux, souriante.

— Je te laisse te préparer. Tu viendras prendre l'apéro quand tu seras prête.

J'ai envie de m'étendre sur le lit, de fermer les yeux quelques secondes et d'entrevoir mon avenir. Mais Marciana me tire par le bras pour que j'aille voir sa chambre.

— Viens, j'ai une chambre à Rome et j'en ai une ici aussi.

— Ton père a vraiment pensé à tout! Il est bien, tu ne trouves pas?

— Il est encore mieux quand tu es là aussi.

Pour sortir de cette tornade d'émotions, je voudrais redescendre en courant voir Pietro, mais je prends le temps de regarder l'aménagement de la chambre de Marciana. Ça ne sert à rien de me précipiter, puisqu'il m'attend certainement avec impatience. J'emmène à mon tour Marciana pour qu'elle m'aide à placer mes quelques vêtements dans un meuble de ma jolie chambre rustique.

Mon escapade exige tout de même un peu plus d'ouverture de ma part. L'invitation de Pietro n'est pas désintéressée et je suis ici pour une bonne raison. J'aime cet homme bien plus que je ne l'imaginais il y a quelques jours. En sa présence, je me sens euphorique, j'ai l'impression d'avoir des ailes, d'être parfaitement à ma place. Nous sommes bien plus que des amis. Pour que nous soyons en confiance, je dois l'informer de mon parcours antérieur. Je ne peux lui cacher d'où je viens ni par quel chemin tortueux je suis arrivée jusqu'à lui. Je veux être suffisamment transparente pour qu'il puisse m'aimer, comme je suis.

Je me rafraîchis le visage, et remets un soupçon de noir sous mes yeux.

— Moi aussi, je veux être belle pour papa, dit Marciana.

Elle court à sa chambre d'où elle revient avec une robe neuve. Je l'assois sur la commode et je souligne son regard d'un trait de crayon.

— Voilà, comme ça, nous allons l'impressionner!

— Valérie, tu crois qu'un jour papa va me trouver une nouvelle mère?

Je souris à cette question candide.

— Pour l'instant, tu as un père remarquable.

— Toi, tu pourrais rester avec nous.

Je la serre chaleureusement dans mes bras. Je me sens davantage impliquée que je ne le souhaitais au départ. Néanmoins, je suis très bien ici, cette enfant dans mes bras.

— Je crois que ton père nous attend, petite.

Je suis prête. Je respire un bon coup en aidant Marciana à descendre du meuble. Je quitte la chambre armée d'une nouvelle assurance, la tête haute, décidée à accueillir l'avenir.

Je remarque les portraits dans le couloir. Sur les deux murs, comme sur une bande dessinée, je peux lire une biographie, celle de Pietro entouré de ses parents et de ses amis. Il y a aussi les photos d'un voyage. Je reconnais la ville de Tunis, une plage sous le soleil battue par une eau turquoise et une jolie fille… probablement Iris.

— Viens vite!

Marciana me pousse vers la cuisine. Je descends lentement l'escalier, mon regard est séduit par l'étalement des photos. Moi, je n'ai aucune photo de mon passage en Tunisie. Un sentiment étrange monte en moi. Je regrette presque d'être ici, de prendre la place laissée vacante. Je repousse pourtant bien vite cette idée. Je vais prendre le temps qu'il faut pour expliquer à Pietro ce que je ressens pour lui et lui dire que je ne suis peut-être pas prête à demeurer en Italie pour toujours. Je peux mettre de côté mes tracas et laisser filer le temps.

— Voilà les deux plus belles femmes de ma vie, dit-il lorsqu'il nous voit.

— Regarde, Valérie a maquillé mes yeux!

Elle fait battre ses cils comme un joli papillon ses ailes. Nous rions.

La maison de ferme est chaleureuse, propre et accueillante. Voyant que mon intérêt glisse vers l'architecture du plafond, il m'explique qu'il a conservé les poutres d'origine lors des rénovations pour garder le cachet. Tout en parlant, il nous sert l'apéro. Je prends le verre tendu en regardant Pietro au fond de ses grands yeux. Ses doigts restent sur le verre, alors que les miens glissent sur les siens; j'accepte la caresse de son index sur mon pouce et lui rends son sourire. Le temps s'arrête de nouveau au moment où nous prenons une gorgée du breuvage crémeux au citron. Pietro a cuisiné des antipasti vraiment délicieux que nous dégustons sur la terrasse.

Je dois lui avouer que je suis ici parce que c'est tout ce qu'une Québécoise amnésique a trouvé pour faire passer ses angoisses. Tout semble maintenant si simple, comme si la confession allait faire s'envoler un poids immense.

Au point où j'en suis, je prends une grande respiration. Je m'assure que Marciana est toujours avec le chat et j'entame la narration intégrale de mes récentes aventures, depuis mon réveil en Tunisie, jusqu'à mon arrivée à Rome. Je parle de Nazim et de Fadila, ainsi que de Rudy à qui je dois la vie et de tous les étrangers qui ont pavé ma route, dont l'homme de l'auberge *La Chèvre verte*. Je termine par la narration de l'arrestation de Joël à l'ambassade.

Pietro écoute mon récit attentivement. Je n'ai pas l'impression d'être jugée ni critiquée. Il me demande des éclaircissements lorsque je suis trop vague et m'encourage à verbaliser tout ce que j'ai refoulé durant les derniers mois.

Je lui explique aussi que, au Djébel-Bargou, sans mémoire ni autre ancrage que ce qu'on me racontait, j'ai dû faire confiance aveuglément à Joël. Même quand les choses ont commencé à devenir incohérentes, la peur de perdre ce que je croyais acquis et réel m'a fait reculer devant bien des évidences. Par la suite, à tout moment, j'aurais pu me rendre aux autorités pour dénoncer ce qui se passait, mais la précarité de ma situation m'a poussée à viser un objectif fiable, l'ambassade, d'autant que j'avais fait l'expérience de la solidarité des Tunisiens contre les désirs de liberté d'une femme. L'incertitude a donc souvent été une mauvaise conseillère pour moi, mais d'un autre côté, j'ai reçu à bien des endroits un accueil encourageant.

Finalement, peut-être que mon destin m'appelait plus fortement vers Marciana et Pietro.

Je me rends compte que je parle depuis une heure. J'en suis étonnée.

— C'est une saga assez incroyable, dit Pietro, d'un air compatissant.

— C'est pourtant ce qui m'est arrivé. J'étais la femme de Djébel-Bargou.

— Tu as été courageuse d'affronter Joël et de partir.

— J'ai vécu de belles choses, mais j'ai aussi eu très peur.

— Et ta mémoire? Tu devrais te soumettre à des examens plus approfondis. Ce serait plus prudent.

— Je crois que, physiquement, tout est rentré dans l'ordre.

— Les pertes de mémoire peuvent être causées par différents facteurs, comme un choc physique ou moral. Par certains médicaments, aussi, peut-être.

— J'ai reçu un coup violent à la tête, c'est tout. Ma perte de mémoire ne s'explique pas autrement.

— Mais tu ne serais pas plus rassurée si on vérifiait à l'hôpital? Tu as subi une grave commotion.

Qu'il se fasse du souci pour moi me cause une joie paradoxale. Il dit les mots que j'ai besoin d'entendre.

— Je pense que j'ai surtout besoin de savoir que tu n'es pas déçu.

— Pourquoi? Comment pourrais-je l'être?

— J'ai hésité à te parler parce que j'avais des appréhensions. Je ne voulais pas briser tes espoirs. Mais cette aventure fait partie de moi, que je le veuille ou non. J'ai surtout besoin de pouvoir compter sur quelqu'un qui me comprenne.

Mais pourquoi ce besoin de me défendre, me dis-je, alors que je n'ai rien à me reprocher. J'ai vraiment envie d'avoir une épaule sur laquelle m'appuyer.

— Je suis là et je comprends ce que tu peux ressentir.

Pietro est très réceptif, manifestement. Marciana se lance sur moi pour se faire bercer, alors que je me mets à verser quelques larmes d'angoisse. La tension de plusieurs semaines d'errance se dissipe en quelques minutes. Je ne suis plus seule. Pietro se met à genoux derrière mon fauteuil et m'enlace dans ses bras vigoureux.

— On devrait fêter la visite de Valérie! annonce-t-il à Marciana.

Il sort trois verres. L'enfant a droit à du jus de raisin, alors que nous dégustons le vin du domaine. Il est un peu sec, mais ma connaissance des vins est trop limitée pour que je risque un commentaire. Je goûte sans me questionner davantage sur mon passé et sur notre futur.

Après le repas du soir, lorsque Marciana s'endort sur le canapé, Pietro la transporte à sa chambre. À son retour, il m'explique qu'elle ne s'endort pas encore seule, même si elle semble lui faire de plus en plus confiance. Il demeure debout au milieu du salon à me regarder.

— Valérie, pourquoi as-tu changé d'idée? Qu'est-ce qui t'a fait venir ici? me demande-t-il.

— Je voulais te voir. Je devais tout t'expliquer. Je ne pouvais pas partir comme ça sans te dire la vérité.

L'éclat de son regard me révèle qu'il comprend, ce que confirme son sourire.

— Es-tu revenue juste pour ça? C'est la seule raison?

Je me lève pour être à sa hauteur.

— J'ai aussi envie de nous trois.

Il s'approche aussi près qu'il est possible, sans me toucher et passe ses mains dans mes cheveux en laissant glisser les mèches sur mes épaules.

— Valérie, tu sais, dès que je t'ai vue à l'aéroport, j'ai su que tu étais spéciale. Tu me plaisais déjà.

— Moi, j'ai pensé que tu ne voulais pas prendre tes responsabilités et j'ai eu peur pour Marciana! Mais je suis très contente de m'être trompée.

Ses mains survolent mes bras, se déposent sur mes épaules, s'y attardent un moment puis remontent vers mon cou. Sa bouche s'approche pour effleurer mes lèvres. Il me regarde intensément. Je réponds à son invitation et lui offre un baiser sensuel.

— Pietro, tu ne peux pas savoir comme j'ai essayé de me convaincre que c'était impossible, que je ne pouvais pas t'aimer.

— Marciana ne te l'aurait jamais pardonné.

Je souris.

— Et toi? Si je n'étais pas venue?

— Je n'aurais pas passé la semaine ici. Je serais revenu à Rome.

Il nous sert un digestif à saveur d'amande.

— Essaies-tu de m'enivrer pour abuser de moi? Ce n'est pas nécessaire, je crois que j'ai déjà de la difficulté à résister à ton charme.

Dès la première gorgée, l'alcool me fait rosir les joues. Pietro m'enlève le verre des mains. Ses yeux sombres ne quittent pas les miens. Il m'enlace tendrement et ses lèvres se déposent sur mon cou, faisant frissonner tout mon épiderme.

— *Mio amore*[28].

— Pietro, j'ai peur. J'ai envie de te suivre, mais je ne sais pas comment sera notre avenir.

— Prenons-le un jour à la fois, l'avenir. Je t'aime et je ne peux plus me passer de toi.

Mes mains, jusqu'alors pendantes, reprennent vie. Ma bouche recherche fébrilement la sienne, mes doigts caressent sa barbe de deux jours. La main glisse sur ma robe, explorant mes formes.

— Valérie, tu me charmes.

— Je pense que je suis amoureuse.

Je passe mes mains sous son chandail. Il m'attire à lui, s'assoit sur le divan et m'invite à le rejoindre. Il n'est pas pressé; il prend le temps de goûter ce moment.

— Tu crois que je peux demander un visa et rester encore durant les prochains mois?

— Je pense surtout que tu dois arrêter de réfléchir. Mais, oui, on peut faire en sorte que tu restes avec nous.

Sa bouche sensuelle descend vers mes seins; je frôle ses pectoraux. Nous nous retrouvons enlacés l'un près de l'autre, étendus sur le divan. Sa tête est sur mon épaule. Ses doigts jouent avec le tissu de ma robe.

— Papa!

C'est Marciana qui crie du haut de l'escalier.

— Viens, Valérie, montons!

— Tu veux que je monte?

— Évidemment.

---

28. Mon amour.

Il réconforte Marciana, qui s'est réveillée en pleurs.

— Valérie, tu restes avec papa?

— Oui, nous discutons.

— Tu vas être encore là demain?

— Promis! dis-je en l'embrassant. Dors bien.

Pietro soupire.

— Es-tu certaine que c'est ce que tu veux? me demande-t-il.

— Je crois que c'est ça, la vie de parent...

— Ferme les yeux.

J'obéis à son ordre. En me frôlant, il passe derrière moi et attrape mon épaule pour me faire pivoter. Il me conduit vers le passage où il fait une escale pour bécoter ma nuque, puis me guide jusqu'à sa chambre. Dans l'embrasure de la porte, il m'embrasse de nouveau en me chuchotant que je peux ouvrir les yeux. La lumière tamisée me laisse entrevoir une petite pièce sobre où un grand lit trône sans chevet, accompagné d'une armoire massive. Sans le quitter du regard, je touche son visage, porte mes mains derrière sa tête et glisse mes doigts dans ses cheveux alors qu'il s'affaire à dégrafer ma robe. Je m'active à mon tour à le dévêtir. Son torse nu m'attire. Je m'y blottis en y plaquant mes avant-bras repliés pour qu'il m'enlace. Je le repousse un peu pour laisser glisser mes mains sur ses côtes et son ventre. J'attrape sa ceinture que je dénoue pour finalement lui retirer son pantalon. Tous les deux en sous-vêtements, nos corps se déplacent l'un sur l'autre, sa bouche goûte des parcelles de mon épiderme qui me font frémir. Je caresse ses hanches et son dos. Bientôt, il s'agrippe à moi et respire dans mon cou, mon souffle s'accélère. Il m'attrape par la taille et me renverse sur le lit. Les derniers morceaux de tissu finissent par disparaître.

— C'est bien que tu sois revenue.

— Oui.

— Ton corps est si doux!

Mes lèvres effleurent une épaule; sa main caresse mon sein.

— Pietro.

Nos corps s'appellent et, généreusement, se donnent l'un à l'autre. Mes sentiments sont décuplés, je me serre contre lui avant de m'endormir, heureuse dans ses bras.

ᏟᏰ

J'ai honte d'arriver à la cuisine en robe de nuit à dix heures passées. Pietro a déjà mangé et Marciana regarde les chevaux près de la clôture.

— Bien dormi?

— Je ne me suis pas levée si tard depuis que je suis sortie de l'école. C'est vrai que, la campagne, c'est les vacances.

— Tu es certaine que ça va?

C'est le médecin qui parle. Peu importe, son accent me charme toujours.

— Je n'ai pas été aussi bien depuis vraiment longtemps.

Il rigole un peu puis me traite de *pigro*, c'est-à-dire de paresseuse! Il m'embrasse tendrement. Nous parlons durant que je bois mon café.

Nous passons un très beau samedi près du lac. Nous visitons les alentours en voiture et mangeons des pâtes dans un restaurant de Bracciano. Il est très clair que nous sommes faits pour nous entendre. Le contexte inhabituel de notre rencontre nous a rapprochés. Même si au départ nous ne le savions pas, nous avons les mêmes valeurs, la famille, l'accueil, le travail minutieux et la confiance mutuelle. Nous aimons tous deux l'Italie, en plus, les tomates, les olives, la charcuterie comme le *prosciutto* qui donne un petit goût salé et relevé aux pizzas. Je raffole particulièrement du citron, en fait de toute la cuisine italienne, à la fois simple et fraîche, sans oublier le bon vin et les autres gourmandises pour l'âme.

Le soir, malgré la brise qui nous rappelle que l'été s'en va, nous faisons une longue marche à travers champs. Marciana peut gambader à sa guise, pendant que nous discutons des diverses possibilités.

— J'espère que tu te rends compte que ta place est ici? Que Marciana te traite comme sa mère et que moi… Eh bien, moi, je t'aime un peu plus chaque jour.

Oui! je serais bien ici. Je me vois vivre des jours paisibles dans cet environnement qui semble ne jamais subir les affres du temps.

Même si la pluie s'abat toute la journée du dimanche, ce n'est pas grave; nous en profitons pour effectuer des travaux de restauration dans l'atelier de Mathieu. Pietro ne veut pas m'imposer cette corvée, mais Mathieu, impatient de finir le décapage d'un meuble ancien, attire mon attention. Nous passons l'après-midi à discuter tous les trois.

— Je n'aime pas m'éterniser en ville, avoue Mathieu. Même depuis le temps que je vis ici, je préfère me retrouver dans les coins reculés où les touristes ne vont jamais.

— Moi aussi, habituellement, je préfère la campagne, mais pour l'instant, j'aime bien découvrir Rome et ses attraits. Le chemin que j'ai fait de Bargou à Tunis était vraiment isolé. Il m'a pourtant permis d'affronter mes peurs et de rencontrer des gens à l'écart des routes touristiques.

— J'aurais certainement aimé cette route, parce que, plus les chambres sont défraîchies par le temps, plus je trouve qu'elles ont du charme.

— Tu aurais été servi! Je n'ai pas fait dans le luxe.

— C'est extra! Parce que c'est dans les coins reculés qu'on sent l'énergie des lieux. Dans une chambre de passage, je ne m'attarde pas vraiment aux détails comme la couleur des murs et l'originalité du lustre. L'atmosphère d'un lieu, c'est d'abord les gens qui l'habitent. C'est le temps qui creuse ici et là une empreinte indélébile dans le bois ou dans les couches successives de peinture, du moment qu'elle n'a pas été bâclée de génération en génération.

On s'entend très bien là-dessus. La journée passe rapidement, sans anicroche. Le fait de ne pas avoir connaissance du temps qui passe m'a toujours paru le gage d'une journée réussie.

Lorsque le soleil décline sur le lac, des dizaines de martinets reprennent leur vol erratique en stridulant. C'est un ballet joyeux dans la couleur ocre du soir. À l'approche du souper, j'invite Marciana à dresser le couvert avec moi sur la terrasse pour nous quatre. Elle s'empresse d'obtempérer.

La complicité s'installe entre Pietro et Marciana. Moi, je suis comme une mère qui voit défiler le temps trop vite et qui reste muette, très fière devant sa progéniture. J'ai quitté l'Afrique depuis quelques jours à peine, mais je sais que je suis sur la bonne voie.

Nous passons le reste des vacances de Pietro à la campagne, non sans faire quelques allers-retours à Rome pour visiter ses parents et découvrir d'autres centres d'intérêt de la capitale. Désormais, j'ai le temps. J'apprends à connaître les lieux et l'entourage de mon amoureux. Je me trouve peut-être éloignée de mes proches, mais, comme j'ai toujours réussi à vivre sans dépendre de quiconque, je suis satisfaite de mon choix.

Pietro, mon médecin personnel, a confirmé par un scan la présence d'une commotion sévère. Parallèlement, on m'a fait savoir que Joël a passé aux aveux, qu'il a reconnu m'avoir agressée physiquement et qu'il a plaidé coupable. Comme j'ai été dépaysée et séquestrée dans un lieu qui m'était totalement inconnu, le processus de rappel de mes souvenirs a été affecté. Le stress post-traumatique associé à la commotion a pu favoriser mon amnésie. J'ai été chanceuse, je suis en bonne voie de guérison.

Mon parcours m'a fait découvrir de nouveaux horizons. Mon acuité s'est affinée, de sorte que je peux mieux appréhender les gens et faire de meilleurs choix. Peut-être n'aurais-je pas eu besoin de passer par ces péripéties pour atteindre le même résultat, mais je le prends tel qu'il est.

Devant le bureau des visas canadiens à Rome, je m'étonne. C'est très différent de la nouvelle ambassade canadienne à Tunis. Le bâtiment ressemble à un HLM en béton gris aux fenêtres d'un bleu roi trop vieux. Il me rappelle une ruelle montréalaise. Je suis certaine de m'être trompée d'adresse. Cependant, le drapeau unifolié flotte bien en haut du cinquième étage. À droite de la porte, on retrouve un marché étonnamment nommé le *Tuodi Market*. En lisant rapidement, j'ai lu le *Taudis*.

— Bienvenue au Canada!

La porte de garage automatique semble tout de même solide. De plus, elle est protégée par une clôture de rue amovible en tuyau galvanisé du genre de celles qu'on utilise pour encadrer ou repousser des manifestants. Ici, pourtant, il n'y a personne d'autre que moi. Les armoiries du Canada en laiton vissées sur le parement de béton confirment que je suis au bon endroit. Ma demande de visa confirme ma relation avec Pietro; de m'installer dans sa vie me comble.

Par curiosité, en venant ici, j'ai passé devant l'ambassade tunisienne, tout près. Situé sur la via Asmara, une large rue verdoyante, il est entouré d'une jolie grille de fer forgé ouvragée. Les jardins enserrent une majestueuse demeure rose et blanche de trois étages massifs qui se détachent sur fond de ciel bleu. Le portique blanc orné de colonnes supporte une large galerie et est agrémenté d'une balustrade de béton ouvragé d'où s'élèvent trois jolies fenêtres surmontées d'œils-de-bœuf. Une note de nostalgie vrille ma mémoire. La coquette demeure me rappelle les bons moments que j'ai vécus sur les steppes de Tunisie. La maison où j'ai vécu était presque aussi belle que ce petit palais. Fadila se serait sentie comme une reine dans cette demeure. Je m'ennuie d'elle.

Je tourne les talons au moment où la grille s'ouvre. Une voiture sort de l'enceinte, me laissant entrevoir, dans la cour, un jardinier qui me salue de la main. Je crois voir Nazim. Je le salue plus chaudement que n'importe quel touriste l'aurait fait. Il sourit aimablement. Je passe mon chemin, émue.

À partir d'aujourd'hui, je fais confiance à la vie et j'assume pleinement ma responsabilité en rapport avec elle. J'ai vécu tant d'épisodes palpitants, tant de sentiments intenses! J'ai demandé à Pietro s'il veut retourner en Tunisie, il a hésité, mais nous savons que nous devrons nous y rendre pour boucler notre passé respectif. Je veux revoir Sarah, Rudy, Fadila et Nazim. Je veux aussi conduire Marciana sur la tombe d'Iris.

C'est en étant à l'écoute de mes besoins et mes envies que j'ai réussi à trouver ma voie. Je désire être une mère, une amie et une conjointe, riche de toute mon expérience.

Est-ce que je voulais partir du Canada? Assurément que oui! J'avais envie d'un changement, j'avais besoin d'être ailleurs, de me prouver qui j'étais vraiment. Ce que je n'avais pas planifié, c'était le temps que je mettrais à y arriver. La route s'est imposée ou peut-être que, d'une certaine façon, c'est la vie que j'ai choisie.

La tempête sévit toujours dehors, mais, à l'intérieur du chalet en bois rond que nous avons loué pour les vacances de Noël, il fait bon. L'ambiance est feutrée, le bois crépite dans le foyer et le plafond cathédrale amplifie les sons. La journée au centre de ski a été vraiment agréable. J'ai donné les premières leçons à Marciana. Là, elle dort profondément à l'étage. Tout aussi épuisé, Pietro somnole sur le divan devant l'âtre.

— Je ne croyais pas que l'hiver pouvait être si intense.

— Tu n'as rien vu. Demain, Ian veut t'emmener en raquettes.

— Alors, viens me rejoindre pour que je profite de toi avant que ta famille m'épuise tout à fait.

Dans mes bras, il ne tarde pas à s'endormir comme un enfant. Je dépose une couverture sur son torse nu. Pour profiter de ce moment de calme, je m'enroule dans un châle de laine sur le fauteuil. Je regarde par les immenses fenêtres les flocons tourbillonner dehors.

Pour la première fois, je passerai le réveillon ailleurs que chez mes parents. Ils viendront nous rejoindre dans quelques jours. Ce Noël en famille est merveilleux. Submergée par le bonheur, je suis remplie de gratitude. Dans deux semaines, je vais travailler dans un bureau touristique de Rome. En m'établissant avec Pietro, j'ai compris que mon travail d'ingénieure n'était pas si important à mes yeux. À présent, je rêve plutôt de transmettre mes connaissances aux francophones qui viennent visiter la capitale italienne. Je prends depuis trois mois des leçons d'italien et j'adore discuter avec mes beaux-parents. Pietro ne peut plus rien nous cacher à Marciana et à moi; nous pouvons décoder tout ce qu'il dit. Nous avons très bien compris, quand, avant notre voyage au Saguenay, il s'est plaint d'être minoritaire et a affirmé qu'il espérait avoir un garçon bientôt pour l'appuyer. Marciana et moi, nous nous sommes regardées, incrédules. Pietro m'a observée de son air interrogateur et insistant, jusqu'à ce que je lui demande en italien s'il était sérieux. Ce soir-là, l'amour a eu une saveur différente, notre engagement mutuel était complet; nous avons concrétisé nos rêves à tous les deux.

Depuis ce merveilleux mois de septembre, j'ai réalisé que nous avions réuni trois destins qui n'en forment maintenant plus qu'un. Je suis fière de mon parcours.

Je ne sais pas à quoi va ressembler notre nouvelle vie, mais je ne l'appréhende plus, nous pouvons croire que notre foyer nous suivra, peu importe où il sera.

Je me retourne, Pietro est debout, tout à coup, les cheveux en bataille. Son pantalon de pyjama à carreaux lui donne l'air d'un bûcheron.

— Tu as l'air pensive, me dit-il

— Non, je suis heureuse.

— Moi aussi. Je suis tellement bien, avec toi!

— Tu as vu comme Marciana dort bien, maintenant.

— On devrait monter, nous aussi. Demain, Ian va certainement arriver tôt. Et, si nous voulons donner un petit frère à Marciana, il nous faut nous entraîner.

Je me lève promptement, prête à gravir les marches en courant.

— Attrape-moi vite, alors!

Pietro s'élance à ma suite, mais, au centre de l'escalier, il s'arrête net. Je reviens vers lui. Il semble avoir de la difficulté à respirer. Il s'agenouille, étourdi.

— Ça ne va pas? Qu'est-ce qu'il y a?

Il empoigne ma cheville au moment où je dépose ma main sur son épaule.

— Tu me fais toujours autant d'effet, mais je te tiens. J'ai gagné!

Je regarde sa main monter sur ma jambe. Je suis presque couchée dans l'escalier et il monte à quatre pattes en me couvrant de baisers.

— Pietro, tu m'as fait peur!

Son rictus taquin me rassure. Je ne pensais pas que Ian avait raison à ce point. Le bonheur est partout.

Remerciements

Écrire cette histoire m'a permis de voyager beaucoup plus loin que je le pensais au départ. Chaque jour, j'ai tenté d'escalader cette montagne qui s'était logée dans mon imaginaire. Ainsi, j'ai fréquenté une route surprenante, parsemée de nouveaux défis.

Je tiens à remercier particulièrement monsieur Jean-Claude Larouche, mon éditeur, qui en acceptant de publier mon travail, m'a offert l'opportunité de rêver plus grand et surtout, de le faire chez moi. Même si JCL rayonne à travers de nombreux pays, je souhaite le féliciter pour son attachement à la région du Saguenay–Lac-Saint-Jean et aux nouveaux auteurs qui en sont issus.

Je veux aussi souligner le travail de tous ses collaborateurs pour leurs conseils et leur accueil souriant.

Merci particulièrement à mon directeur littéraire, monsieur Stéphane Aubut, pour sa présence rassurante à l'autre bout de la souris. Avec professionnalisme, il m'a patiemment guidée sur le chemin de l'édition. Je suis reconnaissante pour la pertinence de ses corrections et pour sa confiance envers moi.

Merci beaucoup à toi, Sylvio, et à nos trois grands enfants. Tout au long de ces mois d'écriture, même dans l'ombre, vous avez su demeurer compréhensifs et m'avez encouragée à poursuivre ce projet jusqu'au bout.

Une pointe de gratitude aussi à ma sœur, une experte dans l'art de créer de beaux moments. Merci de partager ton expérience. Ton jugement créatif est inspirant.

Que serais-je sans mes parents qui m'ont insufflé le besoin d'explorer de nouvelles voies? Merci! Comme vous, j'ai acquis la détermination de foncer dans la vie. J'espère qu'il y aura suffisamment de vert, de bleu ou de rouge dans ce récit.

Merci à Giuseppe Benedetto d'avoir révisé mes passages en italien.